Cathy Liggett

Perlen der Hoffnung

Roman

BRUNNEN
Verlag Giessen · Basel

Deutsch von Angela Klein-Esselborn
Lektorat: Konstanze von der Pahlen

www.brunnen-verlag.de
Umschlagfoto: michele.pautasso/fotolia; Getty Images
Umschlaggestaltung: Sabine Schweda
Satz: Die Feder GmbH, Wetzlar
Druck: GGP Media GmbH, Pößneck
ISBN 978-3-7655-1512-5

Glaube ist die tiefe Überzeugung,
dass die unsichtbare Welt Gottes Wirklichkeit ist,
auch wenn wir sie noch nicht sehen können.
Hebräer 11,1

1

Vorstadt von Columbus, Ohio

„Hey Gaby, na, was machst du?“

Selbst nach all den gemeinsamen Jahren konnte das Herz von Gabriele Phillip beim Klang der Stimme ihres Ehemanns einen Schlag aussetzen. Sie drückte sich das Handy fester ans Ohr. Die Woche ohne Tom zog sich. „Ich laufe zu Hirschams und kaufe Papa ein Hemd zum Geburtstag.“

„Laufen? Du *läufst*?“

Sein übervorsichtiger Ton zauberte ein Lächeln in ihr Gesicht. „Nicht laufen, du Dummerchen, obwohl ich auch laufen könnte. Ich gehe zügig. Im Eiltempo. Ich muss um halb zwei wieder in der Kirche sein, zu einem Treffen mit den anderen Leitern.“

„Ist alles …?“ Seine Unschlüssigkeit verriet ihr, was er befürchtete. Wie viele Male hatte er dieselbe Frage gestellt, nur um das Schlimmste zu hören? Kein Wunder, dass Tom kaum noch fragen konnte. Nur Narren näherten sich immer und immer wieder dem Feuer, an dem sie sich verbrannt hatten.

Doch zumindest heute hatte sie gute Nachrichten.

„Alles in Ordnung. Alles bestens. Wunderbar. Wirklich.“ Gaby schloss die Augen und dankte Gott. Da Tom hörbar seufzte und dann schwieg, nahm sie an, dass er dasselbe tat. „Außer … dass ich dich schrecklich vermisse.“

„Ach ja?“

„Wann kommt denn deine Maschine an? Ich hoffe bald. Es soll heute noch stürmen.“

Als sie sich am Morgen angezogen hatte, hatte sie in dem kleinen Fernseher auf ihrer Schlafzimmerkommode den Wetterbericht gesehen. Der Meteorologe hatte nicht einfach Regen vorhergesagt, sondern einen

Wolkenbruch angedroht und auf seinem Wetterradar auf Farbflecken gezeigt, die von bedenklichem Gelb bis zu wütendem Rot reichten.

„Mein Flugzeug landet so gegen fünf. Aber ich habe online nachgeschaut. Ich glaube nicht, dass der Regen vor dem späteren Abend einsetzt."

„Ja? Prima." Mit einer Sorge weniger dachte sie voraus. „Pizza zum Abendessen?"

„Darfst du denn Pizza essen?"

Lächelnd verdrehte sie die Augen, auch wenn niemand in der Nähe war, um es mitzubekommen. „Was ist mit halb Gemüse, halb Peperoni?"

„Wunderbar. Genau wie du. Ich liebe dich, Gaby."

„Ja, ich weiß."

Irgendwie hatten sie trotz Leid, Unglück und Enttäuschungen im Laufe ihrer Ehe doch immer überlebt, schwankend bisweilen, doch auf jeden Fall gemeinsam. Und jetzt waren sie belohnt worden.

Und was für eine Belohnung! Sie seufzte zufrieden.

Gaby schlurfte mit ihren Stiefeln über den trockenen Parkplatz und musste zugeben, dass sie den Wetterfrosch wohl falsch verstanden hatte. Im Moment zogen fast weiße Wolken mit nur kleinen grauen Sprengseln schlierig über den blau gestrichenen Himmel und sahen viel zu gutmütig aus, als dass in Kürze ein ungeheurer Sturm losbrechen könnte.

Doch Gaby war froh, dass sie heute Morgen, bevor sie das Haus verlassen hatte, auf Nummer sicher gegangen war. Auf gar keinen Fall wollte sie riskieren, auf einem regenglatten Boden auszurutschen und hinzufallen. Nicht jetzt, da ein Kind in ihr heranwuchs – ihr Kind, auf das sie und Tom schon so lange gewartet hatten. *So schmerzhaft lange.*

Deshalb hatte sie ihre schwarzen Ballerinas wieder in den Schrank befördert, den sie sich mit ihrem Mann teilte, und stattdessen abgetragene, aber rutschsichere Schneestiefel aus der Garage geholt. Nicht sonderlich attraktiv, doch zum Glück arbeitete sie in einer historischen Steinkirche und nicht in einem Hochglanzgebäude. An ihrem Arbeitsplatz kleideten sich alle adrett, aber leger. In der Graceview-Gemeinde scherte sich niemand um ihre Modeansichten, sondern vielmehr um ihr Engagement als Leiterin der Gemeindejugendarbeit.

Am Eingang von Hirschams hielt Gaby einer jungen Mutter die Tür auf, die Mühe hatte, einen Kinderwagen zu schieben und gleichzeitig ein Kleinkind mitzuziehen, das versuchte, sich aus ihrem Griff zu winden.

Nicht unbedingt eine Familienidylle à la Carl Larsson, und doch spürte Gaby, wie sich Eifersucht in ihr aufbäumte. Scharrte. Als würde sie versuchen, von ihr Besitz zu ergreifen. Als wollte sie einsickern und durch Gaby hindurchkriechen wie eine Schlingpflanze, die das Herz erstickt.

Doch die Eifersucht konnte Gaby nicht mehr beherrschen. Sie wehrte sich dagegen. Jetzt war die Hoffnung nicht mehr ein verschwommenes Trugbild in der Ferne. Sie war greifbar geworden. An Tagen, an denen sich das Schreckgespenst aufbäumte, konnte sie es jetzt mit einem aufrichtigen Lächeln verscheuchen, nicht mit einem aufgesetzten. Mit positiven Gedanken, nicht mit negativen. Und indem sie Segnungen aufzählte, nicht abzog.

Schnurstracks lief Gaby in die Herrenabteilung, wo sie nicht lange nachdenken musste, was sie kaufen sollte. Ihre Mutter hatte ihr ganz genau Größe, Marke und Farbe des Hemds durchgegeben, das ihr Vater von Tom und ihr geschenkt bekommen wollte. Auch wenn Gaby ein Hemd nicht gerade spannend fand, konnten sie und Tom sich sowieso kaum etwas anderes leisten. Toms neue Stelle bei einem gemeinnützigen Unternehmen war zwar ein Aufstieg gewesen, doch sie hatten noch immer wenig Einkommen zur Verfügung, vor allem wegen der Arztrechnungen der Vergangenheit – oder der Gegenwart.

Außerdem würde nächstes Jahr alles anders sein. Wenn der Geburtstag ihres Vaters erneut herannahte, hätte sie ihm bereits ein besonderes Geschenk gemacht. Ein wertvolles Geschenk.

Etwas, das man nicht mit Geld kaufen konnte.

Die Verkäuferin hätte nicht zügiger arbeiten können. Mit dem Päckchen in der Hand sah Gaby auf die Uhr. Sie hatte noch zehn Minuten totzuschlagen, bevor sie wieder in der Graceview sein musste.

Sie schlenderte durchs Kaufhaus und begutachtete die neue Frühjahrsmode. Pink war wohl auch in dieser Saison wieder *die* Farbe. Doch die Damenbekleidung weckte ihr Interesse nur wenig. Daher schlenderte sie

Richtung Babyabteilung, hielt dann aber inne. Wollte sie sich wirklich in dieses Meer an bezaubernden, das Herz erweichenden Dingen wagen?

Da fiel ihr ein Strampler ins Auge. Ganz hellgelb, wie die Unterseite einer Zitronenschale, mit einem unheimlich süßen wuscheligen Lamm auf der Brust. Selbst aus der Ferne lockte er sie und schien einen hohen Knuddelfaktor zu versprechen.

Konnte der Strampler wirklich so weich sein, wie er aussah?

Langsam bewegte sich Gaby in seine Richtung und versuchte, die endlosen Regale mit Pastellfarben nicht zu beachten, ebenso wenig das Zuckerwatterosa und das zarte Babyblau der Babykleidung, das mädchenhafte Lila und das Frechdachsblau der Kleinkindersachen. Vielmehr hielt sie ihren Blick auf den Strampler gerichtet und ging ohne Umwege dorthin. Sie wollte ihn nur anfassen, um zu fühlen, wie weich er war. Das war alles.

Sie nahm einen Stramplerfuß in die Hand und rieb ihn zwischen den Fingern. Herrlich. Süchtig machend. Weich wie eine Daunenfeder, aber natürlich überhaupt nicht fedrig. Sie hielt ihn sich an die Wange und konnte sich beinahe den unverwechselbaren Duft von Babypuder vorstellen. Fast hätte sie schwören können, dass sie den kleinen Fuß fühlte, der in dem samtigen Stoff steckte.

„Wunderbar weich, nicht wahr?“ Eine Verkäuferin tauchte aus dem Nichts auf und lächelte sie wissend an.

Gaby versuchte, den Stoff loszulassen, doch sie schaffte es nicht. „Unglaublich.“

„Sie sind im Sonderangebot.“

Gaby betrachtete das Preisschild, ohne es wirklich zu lesen, legte den Kopf schief und gab vor, im Geiste etwas durchzurechnen. In Wirklichkeit hatte ihre Entscheidung – oder vielmehr ihre Unentschlossenheit – nichts mit Geld zu tun. Diesmal nicht.

Sie hielt den Stoff fester und fester zwischen den Fingern und wusste bereits, in ihren Gliedmaßen würde sich eine schmerzhafte Traurigkeit ausbreiten, um zweifellos auch einen Weg in ihr Herz zu finden, wenn sie das Kleidungsstück jetzt loslassen würde. Ach, wie ungern wollte sie es loslassen.

Aber sollte sie? Sollte sie es wirklich *kaufen*?

Dann wiederum …

Es waren doch schon zehn Wochen. Sie hatte das erste Drittel fast geschafft. In keiner Schwangerschaft hatte sie das Baby so lange behalten. Nicht in den acht Jahren, seit sie und Tom versuchten, ein Kind zu bekommen.

Alles deutete zwar darauf hin, dass die künstliche Befruchtung geklappt hatte, und sie hatte auch schon ein kleines Bäuchlein und festere Brüste als sonst; doch nach so vielen Jahren, so vielen Tests, Fehlschlägen und Tränen war es anscheinend zu schwer zu glauben, zu schön, um wahr zu sein.

Doch Gaby durfte nicht weiterhin so denken. Dieses Baby – ihr Baby – war wirklich da.

Bei diesem Gedanken zitterte sie vor freudiger Erwartung, die ihr Herz höherschlagen ließ.

Bis auch das andere Zittern kam, das ihr den Hals zuschnürte, das Angst und Beklemmung mit sich brachte. Traurigkeit über die Verluste. Gefühle, denen man so leicht nachgab, die so vertraut waren.

Ihr Baby konnte nicht gedeihen, wenn sie düstere Gedanken und Ängste nährte. In ihr stieg ein Beschützerinstinkt auf, der stärker war als alles, was sie bisher empfunden hatte. Sie musste diese Gefühle wegschieben. Ihr Baby brauchte Licht und Liebe. Positive Gedanken und Gefühle. Nährendes. Gütiges. Und Weiches.

„Ich … ich will ihn“, stammelte Gaby. „Ich will ihn“, wiederholte sie, nahm den Strampler und gab ihn der Verkäuferin. „Ich nehme ihn.“

Doch als sie zusah, wie die Verkäuferin den Strampler in weißes Seidenpapier einschlug, kamen ihr wieder schreckliche Gedanken. Was machte sie da? Etwas Verkehrtes? Etwas, das ihr Kind mit einem Fluch belegen könnte?

Nein, das zu glauben verbot sie sich selbst. Schließlich hatte sie auch schon für Freunde Babykleidung lange vor der Zeit gekauft. Und war ihren Kindern je etwas Schlimmes zugestoßen?

Und außerdem – wenn sie durch die Prüfungen, die ihr und Tom auferlegt waren, eines gelernt hatte, dann war es, dass es keine Zeichen gab. Keine Zaubersprüche. Keine Talismane. Keine richtigen Worte für Sprechgesänge. Keinen Zauberstab einer guten Fee. Nichts, das ein Kind erschaffen könnte.

Nichts, bis auf die Eignung ihres Körpers – und Gottes gnädigen Willen. Jede Minute jedes Tages betete Gaby, beides möge übereinstimmen.

2

Heidi Martin schreckte von ihrem Nickerchen auf der Couch hoch. Sie nahm die Decke von ihren Beinen, schob sich die Haare aus den Augen und versuchte, zu sich zu kommen. Der blassrosa Widerschein des Fernsehers beleuchtete das dunkle Wohnzimmer, Gelächter vom Band zerschnitt die Stille. Aber war da nicht noch etwas gewesen? Etwas, das sie hatte aufmerken lassen?

Ach so, da war es ja. Ein Telefon klingelte. Blinzelnd las sie die orangen Ziffern an der Digitaluhr: 00:50 Uhr.

Katie war schon wieder über die Zeit. Diesmal fünfzig Minuten. Diese Erkenntnis machte Heidi so wach, als habe sie eiskaltes Wasser ins Gesicht bekommen. Bei dem Mädchen wurde es immer später und später. Und sie wurde immer dreister.

Siebzehnjährige. Wenn man ihnen den kleinen Finger reichte, nahmen sie gleich die ganze Hand.

Heidi stapfte zum Telefon in der Küche. *Jetzt reicht's, Frollein!* Sie riss das schnurlose Telefon aus der Station, drückte auf die Sprechtaste und hielt sich gar nicht erst mit einer Begrüßung auf. „Was ist los, Katie? Welche Ausrede hast du denn diesmal?"

Heidi hatte sich schon so oft bemüht, den barschen, unversöhnlichen Ton aus ihrer Stimme zu halten. Doch heute Abend war sie so müde und frustriert, dass sie es nicht einmal versuchte. Das Leben mit einem Teenager konnte sehr kräftezehrend sein, doch als Alleinerziehende war es so unermesslich aufreibend, besorgniserregend und … ach, ihr fiel kein Wort ein, das es angemessen beschrieben hätte.

Außerdem waren ihre tatsächlichen Worte am Telefon nicht annähernd so harsch wie die hämischen Gedanken, die ihr in den Sinn kamen und auf der Zunge lagen. Eigentlich hätte sie gerne gesagt: *Was für eine faule Ausrede haben du und dein verantwortungsloser Freundeskreis denn jetzt schon wieder parat? Und wenn wir schon dabei sind – wann hängst du endlich nicht mehr mit diesen lahmen …*

Heidi hasste das Wort Loser. Schließlich war sie doch Grundschullehrerin, und so etwas zu sagen war nicht nett oder pädagogisch wertvoll. Aber lag sie mit ihrer Einschätzung so daneben? Die Jugendlichen, mit denen Katie seit etwa einem Jahr abhing, galten nicht als die besten Schüler ihrer Klasse. Oder Sportler. Oder Cheerleader, mit denen sie sonst immer befreundet gewesen war.

„Ma'am?", sagte ein Mann gedehnt mit tiefer, ernster Stimme. „Spreche ich mit Heidi Martin? Katie Martins Mutter?"

Sie spürte, dass er darauf trainiert war, unverblümt und ruhig zu reden. Das machte es nur noch schlimmer und ließ das Telefon in ihrer Hand erzittern. „Ja-a."

„Hier spricht Steven Kirkpatrick von der Autobahnpolizei, Ohio State Highway Patrol. Ma'am, es hat einen Unfall gegeben."

Das Wort ließ jedes Leben aus ihren Gliedmaßen schwinden. Heidi sank auf den kalten, gefliesten Küchenboden, während der Polizist noch mehr erzählte. *I-71 Überführung. Regen. Über die Mittellinie.* Nichts davon ergab irgendeinen Sinn. Die einzigen Worte, die hängen blieben, die einzigen, auf die sie sich konzentrieren konnte, waren *Lazarus-Krankenhaus.*

Er sprach noch weiter, als sie schon das Telefon auflegte. Sie konnte nicht länger zuhören. Sie musste hinfahren. Zum Krankenhaus. Zu ihrer Katie.

Schwach vor Angst schaffte es Heidi, vom Boden aufzustehen, in ein Paar Schuhe zu schlüpfen und ihren Autoschlüssel zu finden. Es hatte das ganze Wochenende geregnet, doch sie achtete gar nicht auf die Regenjacke, die im Windfang an einem Haken hing.

Irgendwie schaffte sie es rückwärts aus der Einfahrt, ohne gegen den Briefkasten zu stoßen, ohne die Sprinklerköpfe zu überrollen. Irgendwie fuhr sie die Edwards Road entlang, auch wenn ihr die Tränen und der Regen fast jede Sicht nahmen.

Auf dem Weg nach draußen hatte sie sich ihr Handy geschnappt, doch es lag stumm auf dem leeren Beifahrersitz. Es fiel ihr niemand ein, den sie hätte anrufen können. Verwandte hatten sie keine in der Nähe, und als Jeff starb, schienen so viele enge Freunde verschwunden zu sein.

Ach bitte, Jeff, bitte. Kannst du mich hören? Ich brauche dich! Ich brauche dich so sehr! Sie schluchzte herzzerreißend, ihre Tränen flossen genauso heftig wie der strömende Regen. *Das kann doch nicht wahr sein! Nicht auch noch Katie!*

Angst und Verzweiflung stiegen in ihr auf, rangen mit dem letzten Rest Luft in ihr, raubten ihr fast den Atem. Sie blinzelte durch die Tränen und nahm die verschwommene Welt um sich herum kaum wahr. Nicht, bis ein Sattelschlepper sie mit halsbrecherischer Geschwindigkeit überholte und ihre Windschutzscheibe unter einer dichten Wasserdecke begrub. Durch den Druck wurde sie an die Rückenlehne gepresst, als hätte ihr jemand eine Ohrfeige verpasst. Die Tränen versiegten unverzüglich, als sie das Steuer fester hielt, damit der Wagen nicht in den Straßengraben schlingerte.

Das ist es. Nicht mehr weinen! Sie musste stark sein. Sie musste sich selbst in den Griff bekommen. Musste sich konzentrieren. Musste ankommen. Um Katies willen.

Bitte, lieber himmlischer Vater, bitte lass mich bei Katie ankommen. Ich muss zu ihr, bitte, Gott.

Diese Litanei hallte ein ums andere Mal in ihrem Kopf wider, während Regentropfen auf ihre Windschutzscheibe trommelten. In der tiefdunklen Nacht fand sie sich nur schwer zurecht, selbst auf Straßen, die sie schon so oft gefahren war.

Nach einer schier endlosen Kurverei mündete die Straße schließlich in eine gerade geteerte Strecke. Gedämpftes Licht von einer Tankstelle in der

Ferne half ihr, den Weg zu erkennen. Stück für Stück wurde ihre Bitte, wie es aussah, erfüllt. Der Regen ließ schon nach, als vor ihr rote Buchstaben den Eingang der Notaufnahme des Krankenhauses anzeigten.

Heidi parkte den Wagen und rannte durch die Tür zur Notaufnahme. Gewiss würde sie von irgendwoher Hilfe bekommen, denn von alleine schien bei ihr nichts mehr zu funktionieren. Ihre Beine nicht. Ihr Verstand nicht. Ihre Lippen auch kaum.

„Katie Martin?" Sie stützte sich auf den Tisch der Anmeldung und unterdrückte ein Schluchzen.

Eine Sekretärin von Anfang zwanzig in einem marineblauen Kittel starrte sie an. „Sind Sie ihre Mutter?"

„Ja. Ja, bin ich." Ihr Magen zog sich zusammen bei dem Gedanken an all die vielen Male, an denen sie auf Katies „echte" Mutter angesprochen worden war, wobei sie in ihrem Innern Katies echte Mama war. *Ich war doch immer für sie da. Ich habe sie aufgezogen und mich immer um sie gekümmert.* „Wo ist sie? Ich muss zu ihr."

„Ja, klar", sagte die junge Frau und nahm sich einen Stapel Papier. „Zuerst müssen Sie mir eine Einverständniserklärung unterschreiben, und dann brauche ich noch Ihren Führerschein und die Versicherungskarte. Die Zuzahlung kann per Kreditkarte erfolgen oder …"

„Hören Sie, es gibt nur mich, okay? Sonst niemanden. Und für mich gibt es nur Katie. Ich kann jetzt keinen Papierkram machen. Drücken Sie auf den Türknopf. Bitte."

„Es dauert doch nur eine Minute …"

Heidi schlug auf den Tisch. „Lassen Sie mich meine Kleine sehen!" Wieder kamen ihr die Tränen.

„Machen Sie die Tür auf." Eine männliche Stimme hinter Heidi wandte sich dröhnend an die junge Frau. „Den Papierkram können Sie später noch erledigen."

Die junge Frau sah verärgert aus, antwortete jedoch höflich: „Ja, Herr Doktor."

Heidi drehte sich nach ihrem Retter um, um sich bei ihm zu bedanken.

Überraschenderweise erkannte sie den Mann. Kevin Peterson. Sie kannte ihn vom Sehen aus der Zeit, als Katie und seine Tochter Natalie in der Grundschule im selben Basketballteam gewesen waren. Bevor so vieles passiert war …

„Danke“, murmelte Heidi, als sich die Metalltüren wie von Zauberhand auftaten. Sie wischte sich die Augen und ging mit raschen, großen Schritten zu ihrer Katie.

3

Cassandra Albright glaubte fest, dass alle Leute sich ihre Trainingsanzüge maßschneidern ließen. Als sie herausfand, dass dem nicht so war, hinderte sie das jedoch nicht daran, dafür zu sorgen, dass ihrer bequem, aber geschmackvoll war und ihre durchtrainierte, schlanke Figur zur Geltung brachte. Schließlich stand sie jeden Morgen um drei Uhr auf, um in aller Herrgottsfrühe ihre Übungen zu machen. Nicht weil es ihr sonderlich gefiel, beim Work-out an ihrem Crosstrainer Wiederholungen alter Fernsehserien zu gucken, sondern weil sie es musste. Ihre Stelle als Hauptnachrichtensprecherin beim führenden Sender in Ohios Hauptstadt sowie ihr VIP-Status erforderten, dass sie jederzeit bestens aussah.

Darum kaufte sie auch nie Jogginganzüge in Rosa, Hellblau oder Lila. Sie waren einfach zu kitschig, zu spießig. Bequemlichkeit durfte nie zulasten von gutem Geschmack gehen; daher wählte sie die Klassiker – Schokobraun, Anthrazit oder Schwarz für Herbst und Winter. Strahlendes Weiß für den Sommer. Und fürs Frühjahr? Hellbraun, Beige oder sattes Milchkaffeebraun, so wie derjenige, den sie sich für diesen bewölkten, aber trockenen Sonntag Anfang März aus dem Schrank geholt hatte.

Abgerundet wurde ihr Outfit durch ihre liebsten cremefarbenen Segeltuch-Slipper mit Goldrand und ein geflochtenes Armband in Weiß- und Gelbgold mit passenden kleinen Ohrringen. Sie fühlte sich richtig wohl in ihrer Haut, als sie die schweren Sonntagsausgaben der *New York Times* und der *Columbus Dispatch* in Max's Bagel Shop trug. Die Zeitungen waren zwar sperrig und die Druckfarbe konnte schon mal Flecken hinterlassen; doch Cassandra war seit zwanzig Jahren im Nachrichtengeschäft und immer bestrebt, auch danach auszusehen.

Nachdem sie die Zeitungen auf einen Hocker am Tresen gehievt hatte, rutschte sie auf den Platz daneben. Noch bevor sie den Reißverschluss ihrer Jacke öffnen und ihre gebräunten Schultern in einem ärmellosen sportlichen Top freilegen konnte, tauchte ein Junge im Collegealter hinter der Theke auf, um ihre Bestellung aufzunehmen – oder vielmehr aufzugeben.

„Sie brauchen gar nichts zu sagen, Miss Albright. Ich weiß schon." Er wischte die Theke mit einem feuchten Lappen ab. „Sie möchten einen Blaubeer-Bagel, sehr, *sehr* leicht angetoastet, mit einem Hauch von fettarmem Streichkäse. Dazu einen kleinen Orangensaft ohne Fruchtfleisch mit einem Löffel zerstoßenem Eis. Und einen Becher Kaffee der Hausmarke mit einem guten halben Zentimeter Platz für Kaffeesahne. Keinen Zucker und vor allem keinen Süßstoff, denn der kann Krebs hervorrufen und zu ADHS-ähnlichen Symptomen führen. Außerdem hätten Sie gerne einen Löffel zum Umrühren, keinen billigen Plastikrührer, aber bitte schön ohne Essensreste oder Schmierfilm, vielen Dank."

So ein Flegel! Was fiel dem Jungen ein, ihre übliche Bestellung so herauszuspeien, noch dazu in *ihrem* Tonfall? Cassandra wollte gerade nach dem Geschäftsführer fragen, damit der junge Barkeeper gefeuert würde, da merkte sie, wie zufrieden er mit sich selbst schien – als hätte er die Lincoln-Rede von Gettysburg gerade rückwärts aufgesagt. Noch wichtiger jedoch war, dass sie aus dem Augenwinkel ein Paar mittleren Alters wahrnahm, das mithörte. Sie schaltete einen Gang herunter.

„Ah, lass mich raten." Sie lächelte den jungen, unrasierten Kerl mit den strubbeligen Haaren an. „Du studierst im Hauptfach Rundfunkjournalismus. Habe ich recht? Und du versuchst dich bei mir einzuschmeicheln?" Sie zwinkerte. Du meine Güte, sie zwinkerte – was sie sonst verabscheute.

„Ja – ähm, ja, Ma'am." Der Junge nickte und verzog den Mund nervös zu einem angedeuteten Lächeln.

„Na dann mal ein Tipp, junger Mann. Eine Rasur und ein Haarschnitt wären schon mal eine wesentliche Maßnahme. Wenn du also bereit für ein Praktikum bist und beim Friseur warst …", sie lächelte allergnädigst, „… kannst du mir gerne eine E-Mail schreiben."

Sie zog hinter sich eine hellbraune rucksackartige Tasche hervor und kramte darin nach einem Stift und einer Visitenkarte. „Wie heißt du?"

Nach seinem glatt vorgetragenen Monolog hatte den jungen Mann wohl das große Zittern ergriffen, und er stotterte: „J-Jimmy W-Watkins."

„Hier, bitte, James." Cassandra gab ihm ihre Karte. „Verlier sie nicht. Ich erwarte eine Nachricht von dir."

„D-d-danke. Vielen Dank." Er wedelte mit der Karte herum, als sei sie ein Gewinnschein der Lotterie, und führte dann die Bestellung aus.

Cassandra wusste sehr wohl: Es war sehr zweifelhaft, ob sie eine E-Mail von ihm überhaupt zur Kenntnis nehmen oder beantworten würde. Nicht bei den Tausenden von Nachrichten, die sie jeden Tag bekam. *Zum Glück gibt es die Funktion ‚Alle Auswählen und Löschen'*, sinnierte sie. Außerdem waren Praktika bei WON begehrt und dünn gesät und Verwandten großer Anzeigenkunden als Gefälligkeit vorbehalten.

Doch jeder brauchte von Zeit zu Zeit einen Silberstreif am Horizont, nicht wahr? Und dieses Geschenk hatte sie James Watkins heute gemacht. Für sie war das gute PR der preiswertesten Art, dachte sie und schaute nach, ob das Paar in ihrer Nähe dieses großzügige Angebot auch mitbekommen hatte.

Doch die beiden beschmierten ihre Bagels mit Extra-Streichkäse und quasselten miteinander. Genau wie die anderen Gäste, bemerkte sie bei einem Blick durch den Raum enttäuscht. Viele davon waren augenscheinlich Kirchgänger. Dieselbe Kundschaft, die Woche für Woche hierherkam. Sie schienen alle mit sich selbst und ihren eigenen Gesprächen beschäftigt. Anscheinend hatte niemand ihre freundliche Geste mitbekommen.

„Wenn Sie noch etwas wünschen, Miss Albright, lassen Sie es mich wissen." Jimmys Stimme unterbrach sie in ihren Gedanken, als er ihr einen Korb mit Bagels, Saft, Löffel und einen Kaffeebecher hinstellte.

„Danke, James." Bedächtig führte sie ihre Routine aus und nahm den

Löffel, der zwar sauber aussah, den sie aber mit einer Serviette abwischte, bevor sie zwei Döschen Kaffeesahne in ihren Kaffee rührte.

Sie blies in den Kaffee, damit er abkühlte, und sah auf den Fernseher, der in einer Ecke von der Decke hing, und wünschte sich augenblicklich, sie hätte es nicht getan. Da war sie – Lisa Delacroix, die neue Wochenendsprecherin bei WON. *Miss Aufsteigerin. Miss Junior Superduper.* Erst hatte Cassandra Albright nur hier und da etwas flüstern hören. Doch in letzter Zeit gab es tagtäglich Lob für Delacroix und Prognosen zur neuen Nachrichtenfrau.

Vielleicht wäre Cassandra nicht so nervös gewesen, wenn sie nicht auf dieselbe Art und Weise eingestiegen wäre. Vor zwanzig Jahren war auch sie als Wochenendmädchen bei WON aufgekreuzt. Und über kurz oder lang hatte sie die Wochentagskönigin vom Thron gestoßen. Na klar hatte Elisabeth Gould mehr Erfahrung und Empfehlungen gehabt. Doch an Goulds Gesicht und Körper hatte man auch die Abnutzungserscheinungen gesehen. Das hätte vielleicht keine Rolle spielen dürfen, doch offenbar tat es das. Solche Gedanken hatten Cassandra die letzten Nächte wachgehalten – nicht gut für ihr alterndes Gesicht über vierzig.

„Entschuldigung." Sie spürte, wie ihr jemand auf die Schulter tippte, und sah einen älteren, kahlköpfigen Herrn in einem fadenscheinigen, abgetragenen Anzug, der von der Seite herangeschlichen war. „Wir wollten schon gehen, da habe ich zu meiner Frau" – er deutete auf eine zerbrechlich wirkende Dame hinter sich – „gesagt, ich will Ihnen mal eben eine Frage stellen."

„Natürlich", erwiderte Cassandra freundlich. Ob er auch um ein Autogramm bitten würde?

„Ich wollte nur mal wissen, warum ihr Nachrichtenleute euch immer auf die schlechten Sachen und die schlechten Menschen konzentriert", sagte er und schob sein metallenes Brillengestell auf seine Nase. „Meine Frau und ich möchten abends, bevor wir ins Bett gehen, gute Geschichten über gute Menschen hören. Und auch morgens, wenn wir aufstehen."

Oh bitte. Nicht noch so einer. Cassandra hatte diese Beschwerde schon so oft gehört. Es war kaum zu fassen, dass die Leute keine Ahnung von dem

Wettbewerb hatten. Natürlich mussten sie die Zuschauer erschrecken und Geschichten künstlich aufbauschen. Wie sonst konnten sie für gute Einschaltquoten sorgen?

„Nichts würde mich glücklicher machen, als Sie glücklich zu wissen. Ich notiere mir Ihre Bitte.“ Sie nahm ein Blatt Papier von der Theke, irgendein Gemeindebrief, den jemand liegen gelassen hatte, und kritzelte eine Notiz darauf. „Ich reiche sie gleich an unseren Programmdirektor weiter.“

Als das ältere Ehepaar ging, stopfte sie das Blatt in ihre Tasche und sah sich erneut verstohlen um, ob auch jemand ihre huldvolle Begegnung mit dem alten Mann mitbekommen hatte. Doch niemanden schien es zu interessieren, dass sich eine echte Berühmtheit in ihrer Mitte befand.

Jetzt ist es so weit. Ich verschmelze mit ihnen. Zu vertraut. Verliere den Einfluss auf meine Zuschauer. Kommen zu mir mit Stellenwünschen und Beschwerden, als wäre ich die Personaltussi oder der Kummerkasten!

Und jetzt, da ihr Delacroix auf den Armani-Fersen war, würde sie gewiss bald ins Abseits rutschen … bevor sie ganz von der Bildfläche verschwand. Das durfte sie nicht zulassen.

Es musste etwas geschehen.

4

„Katie?“ Heidis Hand zitterte, als sie sich über das Krankenhausbett beugte, behutsam zerzauste Haarsträhnen aus der Stirn ihrer Tochter schob und dabei versuchte, den Mullverband an der Augenbraue nicht zu berühren.

Doch das Mädchen reagierte weder auf ihre Hand noch auf ihre Stimme. Ihre Augen blieben geschlossen, ihr Kopf drehte sich auf dem Kissen zur Seite.

„Was ist …?“ Heidi wusste nicht so recht, was sie die Schwester fragen sollte, die die Monitore hinter Katies Bett auswertete. Irgendwie hatte sie zu viel Angst vor der Antwort. *Was ist mit Katie? Schläft sie? Ist sie mit Medikamenten ruhiggestellt? Bewusstlos?* In ihr stieg Angst auf, die mit jedem Wort größer wurde, das sich ihr in den Verstand drängte.

„Wir haben den Schnitt über ihrem Auge genäht und ihr etwas gegen die Schmerzen gegeben. Sie hatte noch andere Beschwerden, aber Dr. Peterson geht das nachher mit Ihnen durch.“ Nachdem sie Katies Puls gemessen hatte, tippte die Schwester etwas in einen Laptop neben dem Bett, entschuldigte sich und zog den Vorhang hinter sich zu.

Grässliche Sorgen machten sich in dem kleinen Abteil breit, das von einem widerlich gelben Neonlicht und dem grün-roten Geblinke des Monitors beleuchtet wurde. Beides drohte Heidi einknicken zu lassen, doch sie stand so fest sie konnte auf zittrigen Beinen da, starrte Katie an und wollte sie mit ihrem eigenen Willen dazu bringen, die Augen zu öffnen. Sie zu erkennen. Zu sprechen – irgendetwas zu äußern. Ein Wort zu sagen, das alles wieder heil machen würde.

In diesem Augenblick schien die Hoffnung jedoch weit entfernt. So fern wie die Jahre, die aus Katies kastanienbraunen Locken eine Haarpracht in einem trotzigen Schuhcremeschwarz gemacht hatten. So unbegreiflich wie die Ereignisse, die aus ihren Kuschelabenden unnahbare Tage gemacht hatten, an denen sie sich gegenseitig nicht ertrugen.

Wie hatte das geschehen können? Wie bloß?

Katie hatte lange Zeit nach Jeffs Krankheit so brav gewirkt, wie man es von ihr erwarten konnte. Und dann plötzlich …

Seit einiger Zeit kramte Heidi nun schon in ihrem Gedächtnis nach dem Wendepunkt. So oft wachte sie mitten in der Nacht auf, lag im Dunkeln da und versuchte, das Ereignis auszumachen, mit dem alles angefangen hatte. Sie gab sich alle Mühe, doch nie schien es eine Antwort zu geben. Es fühlte sich an, als seien sie und Katie eines Abends zu Bett gegangen und am nächsten Morgen als zwei andere Personen wieder aufgewacht. *Was hatte sie einander entfremdet?*

Das war eine Frage, auf die sie in Gedanken ständig zurückkam, wieder und wieder. Und genau wie bei einem nicht fertig gelösten Kreuzworträtsel konnte sie sie nur so lange beiseiteschieben, bis sie es wieder zur Hand nehmen und wie unter einem Zwang alle Lücken ausfüllen musste.

Selbst jetzt wurde ihr ganz übel von all der Fassungslosigkeit. Seufzend ließ sie sich auf Katies Bettkante sinken und betrachtete das zarte Gesicht ihrer Tochter.

Sie sieht so friedlich aus. Nicht diese zornigen, verzerrten Gesichtszüge, an die sich Heidi in letzter Zeit so gewöhnt hatte. So viel Streit. Konnten sie nicht einen Tag überstehen, an dem sie sich nicht wegen irgendetwas zankten? Worüber hatten sie am Abend gestritten, bevor Katie gegangen war? …

„Katie, bist du denn übergeschnappt? Hast du vergessen, wie alt du bist?"

„Alt genug. In nicht mal einem Jahr werde ich achtzehn und in der Abschlussklasse sein. Dann kann ich tun und lassen, was ich will."

„Ja, aber noch bist du keine achtzehn. Und in den Frühjahrsferien fährst du nicht nach Florida mit deinen …"

„Freunden, Mama; sie heißen einfach Freunde. Warum fällt es dir so schwer, das auszusprechen?"

Während sie einander anstarrten, hatten sie gleichzeitig die Hände in die Hüften gestemmt wie Revolverhelden, kurz davor, ihre Pistole zu ziehen.

Heidi gab zuerst nach und ließ die Hände sinken. Sie wollte ihre Meinungsverschiedenheit nicht eskalieren lassen. „Hör mal, es ist bereits alles arrangiert. Ich habe auch schon das Geld überwiesen. Wir fliegen mit der Graceview-Gemeinde über die Ferien auf Missionsreise nach Südafrika, und dabei bleibt es."

„Das kann doch nicht dein Ernst sein. Du behandelst mich wie …" Verächtlich kniff Katie die Augen zusammen und schüttelte den Kopf. „Du hast dich so verändert."

„*Ich* habe *mich* verändert?" Heidi musterte Katies freizügige Aufmachung aus einer bunt gestreiften Strumpfhose, einem kurzen Jeansrock mit einem schwarzen Spitzenunterrock darunter und einem dunkelvioletten Tank Top und einem schwarzen Kapuzenpulli darüber.

Wenn sie ehrlich war, musste sie zugeben, dass Katie selbst in so einem Mischmasch auf seltsame Weise toll aussah. Wie auch sonst, denn Katie war eine klassische Schönheit. Sie hatte Jeffs ausdrucksstarke schimmernde Augen mit langen Wimpern. Ihre Nase passte perfekt in ihr Gesicht, und ihre nelkenroten Lippen brauchten kein Lipgloss.

„Schon gut." Katie verzog den Mund, als könne sie jeden Moment weinen oder Feuer speien. „Ich kann nicht mal mehr mit dir reden."

Ich hasse das! Ich hasse das so sehr! Heidi wollte die Arme nach ihr ausstrecken, doch Katie war schon mit stampfenden Schritten auf dem Weg in ihr Zimmer, sodass Heidis Arme sie nicht mehr aufhalten konnten. Doch vielleicht könnten es ihre Worte?

„Carol Singer hat erzählt, als sie und Megan letztes Jahr auf einer Missionsreise in Nicaragua waren, war das das Beste, was ihnen je passieren konnte."

Katie lief einfach weiter.

„Megan hat unheimlich gern mit den Kindern gespielt. Den Müttern geholfen. Darum habe ich uns für das Frauen-Helfen-Frauen-Team bei der Mamelodi-Mission eingetragen. Ich bin davon ausgegangen, du würdest gern …"

„Ha!" Katie blieb abrupt stehen und drehte sich um. „Du willst wirklich, dass ich so bin wie Megan Singer? Ist es das?"

„Was ist denn mit Megan? Sie ist immer fröhlich, und Carol hat mir erzählt, dass sie eine Hauptrolle im Frühjahrsmusical spielt."

Katie verdrehte die Augen. „Du hältst Megan für perfekt, nur weil sie beim Musical einen blonden Pferdeschwanz und ein Haarband tragen muss. Aber du kennst sie gar nicht richtig. Das ist nicht die echte Megan. Sie mag ja zu ein paar Kindern in Nicaragua nett gewesen sein. Aber auf jeden Fall ist sie zu den Leuten in ihrer eigenen Schule nicht nett."

„Du hast noch nie erwähnt, dass Megan gemein zu dir ist."

„Sie ist gemein. Punkt. Du solltest sie mal in der Cafeteria sehen. Manchmal kann ich nicht mal dort essen – wenn ich sie und ihr Gefolge schon sehe, wird mir ganz übel. Alle hacken auf diesem übergewichtigen Mädchen aus der Neunten herum. Und wenn sie es nicht ist, schubsen sie die Jüngeren an, damit sie ihr Tablett fallen lassen und das ganze Essen auf dem Boden verteilen."

„Megan Singer? Megan macht so etwas? Das kann ich kaum glauben." …

Die Vorhänge wurden aufgezogen. Heidi sprang vom Krankenhausbett auf.

„Tut mir leid, dass ich Sie habe warten lassen", sagte Kevin Petersen. „Hier ist wie immer viel los."

Sie hatte nichts und niemanden wahrgenommen, während sie sich ganz auf Katie konzentrierte. Doch jetzt hörte sie die eiligen Schritte hinter dem Vorhang sowie Pieptöne von verschiedenen Seiten, die die Vitalwerte anderer Patienten verrieten.

„Wie sieht es aus bei ihr?" Er ging um das Bett herum und beugte sich zu Katie.

War er nicht derjenige, der ihr das sagen sollte? „Sie hat noch nicht die Augen geöffnet."

Nickend nahm Kevin das Stethoskop, untersuchte Katie und schlang es sich dann wieder um den Hals. „Die Helfer an der Unfallstelle hatten den Unfall als schwer gemeldet. Ich glaube, Katie und ein weiterer Beifahrer auf der Rückbank waren die Einzigen, die eingezwängt waren, aber soweit ich weiß, sieht der Wagen ganz böse aus."

„Wie geht es den anderen?" Sie sprach äußerst ungern von den *anderen*. Sie wusste zwar, wie Katies neue Freunde hießen, konnte aber kaum Gesichter und Personen den Namen zuordnen.

„Der Fahrer ist nicht so schlimm dran wie der Beifahrer. Zu den Details können die Eltern bestimmt mehr erzählen."

Heidi verschränkte die Arme vor der Brust und wappnete sich selbst. „Was ist mit Katie?"

„Als sie hierhergebracht wurde, klagte sie über Schmerzen im Kopf, Nacken und Schulterbereich. Nachdem wir sie genäht haben, war ich so frei, die ersten Untersuchungen durchzuführen. Leider ohne Ihre Zustimmung, aber ich hoffe, es macht Ihnen nichts aus. Und na ja, wenn es Natalie gewesen wäre …" Kevin atmete tief ein. „Ich habe Katie behandelt, als wäre sie mein eigenes Kind."

Die beiden wechselten einen verständnisvollen Blick, der alle Worte überstieg, und Heidi bekam einen Kloß im Hals. „Ich bin so froh. So froh, dass Sie hier waren. Danke."

„Das Komische ist, dass ich eigentlich gar keinen Dienst hatte. Eine Kollegin hatte einen Notfall in der Verwandtschaft und konnte nicht kommen. Ich war zu Hause, hatte nichts vor, und daher …"

Vor über einem Jahr hatte Heidi über die Gerüchteküche in der Schule von der Scheidung der Petersons erfahren. Damals hatte sie nicht weiter darüber nachgedacht, auch weil Scheidungen häufiger vorkamen.

Da sie Kevin Peterson nun gegenüberstand, fragte sie sich jedoch, warum. Er sah gut aus, und seine nur leicht angegrauten Schläfen versprachen, dass er in künftigen Jahren ein ebenso erfreulicher Anblick sein würde wie jetzt. Besser noch: Er wirkte so freundlich und engagiert, überhaupt nicht arrogant oder aufgeblasen. Aber von außen konnte man ja nicht in Ehen oder hinter verschlossene Türen schauen.

„Ich hatte Sorge, dass Katie ein ernstes Hirntrauma erlitten haben könnte. Sie hat gleich …" Er hielt inne und senkte die Stimme, als wollte er, dass der Schlag nicht so heftig ausfallen würde. „Sie hat nach ihrem Vater gerufen. Nach Jeff."

Als sie den Namen ihres verstorbenen Mannes hörte, schloss Heidi die Augen und stützte sich am Bettgestell ab. Sie konnte sich alles ausmalen – die jammernde, verängstigte und verwirrte Katie. Sie brauchte einen Augenblick, bis sie die Augen wieder öffnen konnte.

„Ich habe die Ergebnisse des CT von ihrem Gehirn", fuhr er fort. „Alles sieht normal aus; wahrscheinlich waren es eher die beängstigenden Umstände. Ohne Zweifel eine traumatische Situation."

Heidi stieß einen Seufzer der Erleichterung aus.

Kevins Stimme sagte ihr, dass sie sich auf noch mehr gefasst machen musste. „Ich habe allerdings noch Aufnahmen von ihrem Hals und ihrer Schulter angefordert."

„Was denken Sie?"

„Vielleicht ist es ja gar nicht schlimm. Doch nach diesem schweren Unfall und angesichts ihrer Beschwerden will ich sicherstellen, dass es keine inneren Verletzungen gibt."

Plötzlich fröstelte Heidi, als wäre die Temperatur im Zimmer um zehn Grad gesunken. Sie rieb energisch ihre Unterarme, um sie zu wärmen. „Es ist so schwer, sie in diesem Zustand zu sehen. Und der Anruf. Er war so …"

Kevin ging um das Bett herum und legte ihr tröstend eine Hand auf den Arm. „Sie schafft das. Sie ruht sich etwas aus und kommt schon wieder zu Kräften. Diese Untersuchungen machen wir rein vorsorglich. Ich sage ja nicht, dass etwas ist. Ich will nur sichergehen."

Sie war gerührt und dankbar für sein Mitgefühl wie auch für seine Gründlichkeit. „Danke, Herr Doktor."

„Kevin."

„Ja, Kevin."

Er drückte ihren Arm, um seine Unterstützung zu signalisieren, schenkte ihr ein tröstliches Lächeln und wandte sich zum Gehen. „Ach so." Er hielt den zur Seite geschobenen Vorhang fest. „Ich weiß, dass Sie erst mal bei ihr sitzen möchten. Aber wenn sie in die Radiologie gebracht wird, können Sie mir dann einen Gefallen tun?"

Heidi sah ihn erwartungsvoll an.

„Gehen Sie nach vorne, unterschreiben die Zustimmungserklärung und erledigen den Papierkram?", bat er freundlich. „Sonst machen die mich einen Kopf kürzer."

„Natürlich. Aber nach den Aufnahmen – ich meine, wenn dann alles normal aussieht – kann sie dann bald nach Hause? Sind das dann alle Untersuchungen?"

„Eigentlich …", Kevin dehnte das Wort, „… steht noch eine aus."

Als sie merkte, wie sich sein Kiefer anspannte, versteifte sie sich. „Noch eine?"

„Eine Urinanalyse." Mitgefühl verdunkelte seinen Blick. „Offenbar hatte man an der Unfallstelle Grund zu der Vermutung, es könnten Drogen und Alkohol im Spiel sein."

5

„So, endlich mal kurz allein mit meinem kratzbürstigen Rotschopf."

Tom schlang ihr von hinten die Arme um die Taille, und Gaby musste zugeben, dass es sich gut anfühlte, zumal sie den Großteil der Woche voneinander getrennt gewesen waren.

Sie stellte die übergroße, dampfende Nudelschüssel, die sie aus der Küche ihrer Mutter holen sollte, wieder ab, ließ sich in seine Umarmung sinken und ihre Gedanken in die Vergangenheit schweifen: zu früheren, einfacheren Zeiten – ihren Tagen am College, als sie am Wochenende zu ihren Eltern nach Hause gefahren waren. Es galt zwar die unausgesprochene Regel, dass sie in getrennten Zimmern übernachteten, doch das hatte ihrer Leidenschaft tagsüber keinen Abbruch getan.

Vor allem nicht Toms. Damals hatte er sie immer mal in ein leeres Zimmer gezogen, um sie kurz zu umarmen. Oder er hatte ihr einen Kuss gegeben, wenn er meinte, ihre Eltern würden nicht hinsehen. Selbst jetzt noch musste Gaby lächeln bei dem Gedanken an das Begehren ihres Mannes damals. Und das tat sie auch, während sie sich noch enger an ihn schmiegte und einen schwachen Protest über seine Anspielung auf ihre Haarfarbe vorbrachte. „Zuallererst bin ich nicht rothaarig. Ich bin rotblond."

Schon oft hatte es solche Neckereien gegeben. Tom amüsierte sich noch immer köstlich, dass Rosalie DeFazzio, Gabys Mama, entschlossen war, auch nach ihrer Heirat mit Johnny O'Malley an ihrem italienischen Erbe festzuhalten, indem sie ihren Nachwuchs Gabriele, Mario und Salvadore nannte, obwohl ein Kind nach dem anderen mit einem noch leuchtenderen Rotschopf zur Welt kam.

„Rot, blond ... wie auch immer." Er lachte heiser und zog sie noch enger an sich. Doch so schnell seine Begeisterung aufgekommen war, so schnell verebbte sie wieder. Er löste seine Arme und legte ihr locker je eine Hand auf die Hüften. „Bist du sicher, dass du nicht bald heimgehen und dich ausruhen musst?"

Mit einem fröhlichen Kichern drehte sich Gaby in seinen Armen um und stand dem Mann gegenüber, den sie, wie es ihr vorkam, schon seit Ewigkeiten liebte. „Heimgehen und ausruhen?“ Sie schob eine Strähne seines strohblonden Haars zurück und versuchte in seinen Augen zu lesen. „Ach so, heute Nachmittag kommt ein Basketballspiel, oder?“

„Nein. Ich dachte bloß, du bist vermutlich müde.“

„Im Gegenteil – mir geht es gut. Außerdem …“, sie sah sich in der Küche um, betrachtete die verkleckerten Arbeitsflächen, die soßenverschmierte Herdplatte, das Spülbecken voller Siebe und Töpfe – lauter Hinweise darauf, dass sich ihre Mutter viel Mühe gemacht hatte, für die gesamte Familie ein kulinarisches Fest vorzubereiten, „… wir sind doch eben erst gekommen.“

„Ja, aber du kannst einem Mann doch keinen Vorwurf daraus machen, dass er auf seine Mädchen aufpasst. Sein Mädchen, meine ich.“

Sein Versprecher überraschte sie. Angesichts all dessen, was sie in den vergangenen Jahren mitgemacht hatten, war es dieser Tage nahezu tabu, über das Baby zu sprechen, vor allem etwas so Spezielles wie das Geschlecht des Kindes zu erwähnen oder Lieblingsnamen aufzuwärmen, die sie sich ausgedacht hatten, als sie zum ersten Mal Eltern hätten werden sollen. Doch jetzt, da Tom das Thema aus Versehen angeschnitten hatte, machte sich ein Gefühl der Erleichterung bei Gaby breit, und ihr wurde umso mehr bewusst, wie verschlossen sie die letzten Wochen gewesen waren.

„Oder auf den Jungen“, entgegnete Gaby und sprach die Worte eifriger aus, als ihr bewusst gewesen war.

„Oder auf den Jungen“, stimmte Tom lächelnd zu. Er berührte kaum merklich die kleine Wölbung ihres Bauches unter ihrer cremefarbenen Kordhose. „Wird schon alles gut gehen.“

„Ich weiß. Ich weiß. Alles wird gut.“

Ihre Worte kamen Gaby feierlich vor, wie ein Schwur zwischen Blutsbrüdern oder zwischen Braut und Bräutigam. Wobei die Bande zwischen ihnen schon immer stark gewesen war. Deshalb war sie anfangs auch so bestürzt, als sie Probleme mit der Empfängnis hatte. Einander zu lieben und füreinander zu sorgen, war ihnen beiden so selbstverständlich geworden. Sie hätte nie geglaubt, dass ihre Ehe angespannt werden könnte, dass sie demselben Stress erliegen würden wie andere, *normale* Paare.

Und doch war es so. In all den Jahren qualvoller Blutungen, Fruchtbarkeitspillen, hormoneller Hochs und Tiefs, negativer Schwangerschaftstests und Fehlgeburten waren sie verunsichert worden.

Oh ja, sie hatten auch Höhenflüge erlebt – Glaube und neue Hoffnung hatten ihnen Mut gemacht zu ihrem Traum von einer eigenen Familie. Doch es folgte immer dasselbe. Herzeleid, Depression, unerträgliche Enttäuschung.

Oft war es, als hätte sie jemand in einen langen, dunklen Tunnel geführt, aus dem man nur sehr, sehr schwer wieder herausfand. Manchmal gingen sie Hand in Hand nebeneinanderher und versuchten den Weg gemeinsam auszukundschaften. Aber wenn der Schmerz zu stark wurde, kam es ihnen fast einfacher vor, einander loszulassen. Getrennte Wege durch die Dunkelheit zu gehen.

Bei alldem hatte sie sich gefragt, ob sie überleben, ob sie jemals den Weg ans Licht finden würden. Ob sie jemals wieder Luft holen könnten. Und wenn, würden sie dann noch wissen, wie man atmet? Wie man geht? Wie man aneinander festhält?

„Da muss man sich doch fragen …"

„Fragen?" Sie zog die Stirn kraus. Hatte Tom ihre Gedanken gelesen? Es wäre nicht das erste Mal. „Sich was fragen?"

„Wie das mit der Genetik ist. Die roten Haare. Was glaubst du, wie stehen die Chancen?"

Gaby lachte. „Das fragst du mich?"

„Du hattest doch Pädagogik als Hauptfach."

„*Grundschulpädagogik*. War da nicht etwas mit dem Mendel'schen Gesetz? Das müsstest du aber besser wissen."

„Sicher – wenn ich mich bloß daran erinnern könnte."

„Was hattest du überhaupt vor mit Botanik als Hauptfach?"

„Hmm. Dich heiraten und glücklich sein bis ans Lebensende?"

„Wow – nach all den Jahren fällt dir doch immer noch das Richtige ein."

Tom kniff ihr in die Nase. Sein schelmisches Grinsen ließ seine Augen funkeln. „Heißt das, ich habe etwas gewonnen? Wir machen uns bald auf den Heimweg?“

Sie wusste, Tom mochte ihre Familie, so wie ihre Eltern und Brüder ihn mochten, seit er zum ersten Mal vor vielen Jahren das Haus der O'Malleys betreten hatte. Doch bei all seinen Dienstreisen in letzter Zeit hatten sie kaum Zeit füreinander gehabt, und sie wusste, wie es ihm erging, ohne dass sie groß darüber reden mussten. Es waren besondere Zeiten, nicht nur, weil sie endlich ihr Kind unter dem Herzen trug, sondern weil sie sich darin einig waren, dass dies – nach den hohen Ausgaben für die künstliche Befruchtung, ganz zu schweigen von den enormen emotionalen Investitionen – ihre letzte Chance war, Eltern zu werden.

Irgendwie fühlten sie sich so viel besser und geborgener, nah beieinander zu sein. So oft wünschte sie sich, sie drei könnten abgeschottet, aneinandergeschmiegt wie in einem Kokon die nächsten gut sechs Monate verbringen und genau zur errechneten Zeit wieder in die Welt eintreten.

„Wir gehen gleich, wenn Papa sein Geburtstagsgeschenk ausgepackt hat“, sagte Gaby.

„Ist das unser Zeichen zum Aufbruch?“

„Ja, genau.“

Tom beugte sich hinunter, um sie auf den Mund zu küssen, hatte sie jedoch kaum berührt, als Mikey, Salvadores ältester Sohn, in die Küche gedüst kam.

„Opa sagt, er fängt gleich an, alles zu essen, was sich bewegt, wenn ihr euch nicht beeilt!“ Der Fünfjährige umklammerte Gabys Beine und zerrte daran.

„Was will er?“ Sie und Tom lachten laut los.

„Und Gregor kann nicht aufhören sich zu bewegen!“ Seine Augen waren vor Angst über das mögliche Ableben seines zweijährigen Bruders weit aufgerissen, während sie vor Belustigung ebenfalls ganz große Augen hatten. „Opa will ihn aufessen!“

„Na, das dürfen wir aber nicht zulassen.“ Gaby griff sich die Nudelschüssel von der Arbeitsplatte.

Tom nahm sie ihr sogleich aus der Hand. „Lass mich das machen“, sagte er bestimmt. Und an Mikey gewandt: „Na los, Kumpel! Dann retten wir Gregor mal!“

Gaby beobachtete, wie Mikey sich kreischend an Toms Fersen heftete. Sie konnte nichts gegen die Vision von eigenen Kindern machen, die eines Tages hinter ihrem Vater hertänzeln würden. Was für ein wunderbarer Vater ihr Mann irgendwann sein würde. Bald.

„Kommst du nicht mit?“ Tom drehte sich nach ihr um.

Gaby nickte. „Ich hole noch rasch ein paar Servietten.“

Doch als sie zum Serviettenhalter in der Küche ihrer Mutter ging, zwickte es in ihrem Bauch und sie hielt sich den Unterleib.

Könnte es …?

Nein, könnte es nicht. Wahrscheinlich war es nur der Orangensaft. Es *musste* der Orangensaft sein, oder? Er hatte in dem Glaskrug in Mamas Kühlschrank so gut und frisch ausgesehen. Doch sie hätte es besser wissen müssen. Er hatte viel zu viel Säure auf leeren Magen. Sie hätte vorher etwas essen sollen.

6

Der City-Grill machte wirklich den besten Lachs, dachte Cassandra abwesend, als sie den fast leeren Pappteller auf den Ebenholztisch stellte und dann ihr preiselbeerfarbenes Sofa nach der Fernbedienung absuchte.

Als sie sie endlich links hinter sich fand, richtete sie sie auf den Fernseher wie eine todbringende Waffe. Sie konnte die Nachrichten im Kabelfernsehen keine Sekunde länger ertragen. Es war lächerlich, wie jung die meisten Nachrichtensprecherinnen aussahen. Noch so grün hinter den Ohren. Seit wann ging es auf der Welt so lax zu? Seit wann waren Ausstrahlung und ein tiefer Ausschnitt wichtiger als Wissen und Erfahrung?

Sie verbannte die aufgetakelten Wesen mit einem Knopfdruck aus ihrem Wohnzimmer und zappte durch die anderen Programme, bis sie eine Nachrichtensendung fand, die eher nach ihrem Geschmack war.

Na, das ist doch schon besser. Das Nachrichtenmagazin „60 Minuten". Jetzt konnte sie sich entspannen und mit ein paar altvertrauten Gesichtern plaudern. Älteren Profis, die ihrem Beruf alle Ehre machten.

Cassandra entspannte sich auf der Couch wieder und hörte der Abmoderation eines Teilberichts über Waffenlobbyisten zu, bevor sie den Stapel Post von einem Kissen neben ihr in die Hand nahm.

Sie teilte ihre Aufmerksamkeit zwischen Nachrichtensendung und Briefen auf und sortierte abwesend die Rechnungen aus, die sie auf den Couchtisch legte. Danach durchstöberte sie den verbleibenden Stapel und warf Werbezettel und Prospekte – alle bis auf die Modewerbung – auf den Boden, um sie später zu entsorgen.

Übrig blieb noch ein Sammelsurium an Briefen. Wie zum Beispiel eine Einladung zu einer Hochzeit eines Kollegen, den sie kaum kannte und der sich offenbar verpflichtet fühlte, sie einzuladen. Nun war sie aus reiner Etikette genötigt, ein Hochzeitsgeschenk zu kaufen. Aber tatsächlich zur Hochzeit zu gehen? Sie sah sich die Einladung mit dem violetten Rand einen Augenblick an und schnippte sie dann auf den Stapel mit den Rechnungen. Sie gehörte doch irgendwie zur selben Kategorie, oder?

Die Werbepause war vorüber, doch den nächsten Bericht konnte sie getrost vergessen – Statistiken über die Glaubensrichtungen der Amerikaner.

Cassandra hatte alles schon einmal gehört und interessierte sich für das Thema genauso wenig wie für den letzten Umschlag auf ihrem Schoß – noch ein dicker Brief von Trudi Miles. Mit der Adresse in Kinderschrift auf einem bräunlichen Umschlag war er etwa so einladend und spannend wie der Ort, aus dem er kam – Plaines, Indiana, wo Cassandra aufgewachsen war.

Warum um alles in der Welt musste Trudi ihr immer Zeug schicken? Praktisch quartalsweise kamen diese unaufregenden, vollgestopften und üblicherweise verkleckerten Umschläge mit einem zwei- oder dreiseitigen

Brief über Trudis langweiliges Familienleben. Leider lagen diesen Briefen immer Fotos von Trudis und Bobbys Kindern bei – die sich nicht zu den attraktivsten Teenagern des Universums gemausert hatten –, Anleitungen zum Anlegen eines Kolibri-Gartens oder ein Rezept für einen schnellen, einfachen gestürzten Ananaskuchen. Wollte die Frau sie verulken?

Als kleine, sehr kleine Mädchen waren Cassandra und Trudi sogenannte beste Freundinnen gewesen. Da sie noch so jung waren, hatten sie keine weitere Gemeinsamkeit gehabt, als nebeneinander zu wohnen. Doch Trudis Haus und das der Pflegefamilie, in der Cassandra aufwuchs, ähnelten sich überhaupt nicht. Na ja, vielleicht die Fassade mit der abgenutzten, schäbigen Farbe. Den fehlenden Schindeln. Türläden, die aus den Angeln hingen. Und verbrannte Grasbüschel, die ihnen im Sommer die Waden verkratzten, wenn sie nichts anderes zu tun hatten, als auf dem fleckigen Rasen zu sitzen und davon zu träumen, an einem anderen Ort zu sein.

Aber drinnen …

Wie ein Wirbelsturm auf einem Radarbild, der an Stärke zunahm und sich nicht aufhalten ließ, bauten sich in Cassandra Zorn und Beschämung auf. Der Wirbelsturm, der ihr bis in die Kehle aufstieg, Druck in ihrem Kopf aufbaute, bis sie dachte, er würde in tausend Teile zerplatzen, schien aus dem Nichts zu kommen.

Doch das stimmte nicht. Er war von irgendwoher gekommen. Von ihm. Diesem grässlichen, widerlichen, stacheligen Zerrbild von einem Mann, der die Kühnheit besessen hatte, sich als Pflegevater zu bezeichnen. Sie spürte noch seine schwieligen, klebrigen Hände über ihre Wangen schaben. Konnte noch den ranzigen Geruch mehrere Tage alten Schweißes riechen, der ihr ebenso Übelkeit verursachte wie sein Reiben an ihrem Oberschenkel. Er hatte ihr vielleicht nicht alles genommen, aber ganz gewiss mehr als genug. Schließlich war sie mit sechzehn – nach elf Jahren – weggegangen, bevor er ihr alles hätte nehmen können … jeden geheimen, besonderen Teil von ihr.

Sie hatte ein Geldbündel – das Trinkgeld, das ihre Pflegemutter in einem Plätzchenkrug aufbewahrte – in ihre Taschen gestopft, war praktisch aus der Stadt geschlichen, auf leisen Sohlen durch die dunklen Straßen, hinter dem Imbiss entlang, wo ihre Pflegemutter Doppelschichten schob, bis sie zur Autobahn gelangte.

Niemand machte sich auf die Suche nach ihr. Und dieses eine Mal war sie froh, dass sich niemand um sie scherte.

Offenbar niemand außer Trudi. Sie hatte Cassandra vor ein paar Jahren aufgespürt, schrieb ihr seither und beendete ihre Briefe mit albernen Sprüchen wie: „Es umarmt dich deine beste Freundin."

Na ja, wenn sie wirklich eine beste Freundin wäre, wüsste sie es besser. Sie wüsste, dass ich an nichts erinnert werden will, das mit damals zu tun hat.

Einfacher konnte es doch wohl nicht sein. Cassandra pfefferte den Umschlag an eine Stelle des Tisches, den sie in Gedanken mit „Später, möglicherweise nie" kennzeichnete.

Noch einen Augenblick starrte Cassandra den Umschlag an, zwang sich dann aber selbst wegzuschauen. Sie drückte ihre rechte Hand fest gegen die Stirn, nahm ein paar lange, tiefe, befreiende Atemzüge und stieß die Luft langsam wieder aus. Über die Jahre war sie besser damit gefahren, die Vergangenheit weit wegzupacken. Weit, weit weg.

Als sie sich wieder beruhigt hatte, sah sie sich noch einmal um und betrachtete jeden Stapel um sich herum. Dann nahm sie Trudis Sendschreiben vom Tisch und warf den Umschlag auf den Boden zum anderen Altpapier.

7

Kahle Birkenzweige wiegten sich sachte in der sanften Mittagsbrise. Wie biegsame Arme anmutiger Ballerinas schienen sie Heidi zuzuwinken, die in dem hochlehnigen, elfenbeinfarbenen Sessel am Erkerfenster ihres Wohnzimmers saß. Doch sie war nicht in der Stimmung, sich von dem Anblick behaglich einlullen zu lassen oder die Sonne zu genießen, die durch das Fenster hereinströmte und die Sessellehne sowie den mokkafarbenen Teppichboden zu ihren Füßen erwärmte. Über ihre Unterarme liefen Kälteschauer … und auch die andauernde angstvolle Kälte in ihrem Herzen ließ sich nicht vertreiben.

Da konzentrierte sie sich besser auf die trockenen, runzeligen Blätter. Sie waren ihres herbstlichen Glanzes beraubt, eine Zeit lang unter dem Schnee des Winters begraben gewesen und wurden jetzt von der Sonne freigelegt, um sich unordentlich über den Rasen zu verteilen. Heidi erinnerte sich an all die Aufgaben, die sie jetzt an Jeffs Stelle zu erledigen hatte.

Unordnung und Arbeit allüberall. Vom Herauszupfen von Laub aus den Büschen und dem Vorbereiten der Beete auf den Frühling bis zum Ausfüllen der Leere, die sie empfand, wenn sie auf ihr gemeinsames Bett blickte oder auf den Stuhl am Küchentisch oder „seine" Seite der Couch.

Und dann natürlich das Kümmern um Katie. Seine Tochter. Das ihr anvertraute Kind. Noch mehr Arbeit. So viel mehr. Nach diesem Wochenende mehr, als sie sich je hatte vorstellen können.

Das ist so ungerecht von dir, Jeff …

Sie verschränkte die rechte Hand mit ihrer linken, um sich vom Schmerz in Knöcheln und Handgelenken zu befreien. Dann zog sie ihre Füße an. Rollte den Kopf von einer Seite zur anderen. Doch nichts schien den dumpfen, allgegenwärtigen Schmerz zu lindern. Anspannung und Sorge setzten ihr von allen Seiten zu, und sie fühlte sich, als sei auch sie am Samstagabend in einem Autowrack gewesen.

So ungerecht …

Das Knarzen einer Treppenstufe rüttelte ihr ohnehin schon nervöses Inneres durch. Sie blickte hinüber zu den Stufen, die den Eingangsbereich unterteilten, und wünschte fast, es wäre Katie als Kleinkind, die in ihrem Baumwollhemdchen die Treppe herunterkam und ihren Stofflöwen hinter sich herschleifte. Doch nein, es war Katie als Teenager – ausgewachsen, mit einer zu engen Jeans und einem ebenso eng anliegenden kastanienbraunen T-Shirt sowie einem Gürtel mit silberner Schnalle, den sie sich doppelt um die Hüften geschlungen hatte.

Katie schien sich über Heidis Anblick zu erschrecken, wie sie dort saß – in der Stille des Wohnzimmers getarnt. Auf halber Treppe blieb sie stehen und sah mehr als einmal zur Haustür, als würde sie über ihren nächsten Schritt nachdenken. Doch dann ging sie langsam die letzten Stufen hinunter und trottete pflichtbewusst ins Wohnzimmer. „Es ist ja so schön sonnig." Sie zwinkerte und blinzelte zum Fenster hinaus.

Heidi nickte. „Allerdings."

„Komisch. Irgendwie war es neulich Abend so grässlich und stürmisch. Und jetzt …"

„Jetzt ist es so, als wäre es nie gewesen."

„Ja. Genau."

Ach, es gibt ja doch noch einen kleinen Fetzen, in dem wir einer Meinung sind.

Wirklich, wie hielt Gott das bloß aus? Das Auf und Ab. Die Stürme und den Sonnenschein. Die Versuchungen, die Triumphe. Immer und immer und immer wieder. Mit Millionen und Abermillionen Kindern. Wie schaffte er das? Heidi fühlte sich von alledem abgekämpft. Die Achterbahnfahrt war ihr in den letzten Jahren zu heftig geworden, hatte sie zu stark umhertaumeln lassen, sie fast aus dem Sitz geschleudert.

„Wie geht es deinem Kopf?"

„Besser." Katie rieb sich leicht die Stirn. Der große Mullverband war vor ihrer Entlassung aus dem Krankenhaus entfernt worden. Jetzt wurden die Stiche nur noch von einem kleinen Heftpflaster bedeckt. Ha! Ein Pflaster. Wenn es doch nur alles Verkehrte bedecken könnte …

„Ich hatte wohl Glück, was?“

„Ja, das hattest du wohl.“ Heidi zuckte die Schultern, die so verspannt waren, dass sie sich wieder nach Jeff sehnte. Wenn sie die Augen fest genug schloss, konnte sie dann noch die entspannende, tröstliche Berührung seiner Hände spüren?

Schweigen hing zwischen ihnen, bis ein Schulbus, der die Hortkinder für die Nachmittagsbetreuung abholen sollte, quietschend vorüberfuhr. Heidi war, als sei sie tausend Jahre nicht auf der Arbeit gewesen, während sie sich doch nur diesen einen Tag freigenommen hatte. „Du siehst aus, als würdest du weggehen wollen.“

„Jessica nimmt mich mit. Wir besuchen Mark im Krankenhaus.“

Mark. Der Fahrer. Der Freund. Ach, ich will gar nicht erst darüber nachdenken. Jeff, wie konntest du bloß? Wie konntest du mich bloß allein lassen? Da sie sich ihren Atem für den verbalen Schlagabtausch sparen wollte, der mit Sicherheit kommen würde, schüttelte Heidi nur den Kopf.

„Was?“ Katies Augen verengten sich. „Ist das dein Ernst? Mir geht es gut.“

„Ich bin wirklich froh, dass es dir gut geht. Aber die Antwort lautet dennoch Nein.“

Katie blieb der Mund offen stehen. Sie drehte ihren Kopf von einer Seite zur anderen, als würde sie versuchen, ihn zu leeren, damit er Heidis Worte verarbeiten konnte. Ihre Haare flogen in alle Richtungen, vor allem aus ihrem Gesicht, wodurch die Verachtung in ihrem Blick sichtbar wurde. „Mir geht es also gut, aber mein Freund liegt noch im Krankenhaus. Und ich darf ihn nicht besuchen gehen? Wie ist es denn jetzt mit deinem ‚So tut ihnen auch‘, was du immer sagst?“

Heidi nagte an ihrer Unterlippe.

Katie hingegen zog eine Schnute. „Ich fasse es nicht.“

„Es ist ganz einfach. Ich will nicht, dass du zu ihm gehst. Nicht jetzt.“

„Jetzt?“ Aus Verachtung wurde Frustration, und Katie kamen die Tränen. „Oder meinst du nie wieder?“

Heidi zerriss es das Herz, als sie eine Träne über Katies Wange laufen sah, denn sie wusste, es würden noch weitere fließen. „Hör mal, ich möchte nicht darüber streiten. Es ist einfach …"

„Einfach was? Alle Tests waren doch negativ. Niemand hat an dem Abend was genommen. Keine Drogen, keinen Alkohol."

„An *dem* Abend?"

„Das kann doch nicht wahr sein! Du tust so, als müssten Kinder perfekt sein. Als wärst du perfekt gewesen. Als *wärst* du perfekt."

„Mir ist durchaus klar, dass keiner von uns ohne Fehler ist, glaub mir das."

„Und warum bist du dann so? Das Zeug im Auto – es gehörte seinem Bruder. Das haben sie nachgewiesen."

„Ich weiß."

Katie warf ihren Kopf zurück und stieß einen fassungslosen Schrei aus. „Es lag nicht an Drogen. Es lag am Regen. Die Drogentests waren negativ. Jessicas Mama will eine Party schmeißen und ihr alles kaufen, was sie will, und du bist einfach nur gemein zu mir." Sie warf die Arme in die Luft – ein Überbleibsel der Wutanfälle aus jüngeren Jahren. „Ich fasse es nicht. Warum hasst du mich denn so sehr?"

„Dich hassen? Glaubst du, ich habe die ganze Nacht an deinem Bett gesessen, weil ich dich hasse?"

„Was ist denn dann dein Problem?"

„Du weißt es wirklich nicht?"

Katie funkelte sie an. „Nein." Ihre Stimme klang nach jugendlichem Spott, während sie ihre Hände abwehrend in die schief gestellte Hüfte stemmte. „Aber ich bin mir sicher, dass du es mir bestimmt sagen wirst, nicht wahr?"

„Als du im Krankenhaus warst, hat der Urintest …" Heidi holte tief Luft und stieß dann einen langen Seufzer aus. „Katie, du bist schwanger."

8

„Bist du am Wochenende religiös geworden, Albright, oder was?“

Jack McFaddens Stimme knatterte mit herablassender Belustigung durch sein Büro, eine Art, die Cassandra hasste wie die Pest, doch seit Jahren erduldete. Mit einem flüchtigen Blick tat er das Kirchenblättchen ab, das sie ihm gegeben hatte, und schnippte es auf einen Papierberg auf seinem Schreibtisch.

„Nicht unbedingt religiös. Nur irgendwie erleuchtet.“

Sie nahm den Gemeindebrief wieder in die Hand, stand wie angewurzelt vor seinem Schreibtisch und wartete darauf, dass er weitersprach.

„Erleuchtet. Aha“, krächzte er und verdrehte die Augen, was ihre Aufmerksamkeit auf seine ungeheuer buschigen Augenbrauen lenkte. Die weißen Haare wuchsen so wild durcheinander, dass man eine Heckenschere gebraucht hätte, um sie zu zähmen. „Das ist schon ein religiöses Wort, würde ich sagen.“

„Ja, das ist es wohl“, stimmte sie zu, ohne es für nötig zu befinden, zu erwähnen, dass sie noch nie einen Fuß in die Graceview-Kirche gesetzt hatte. „Bevorzugst du ‚spirituelle Erweckung‘? Oder wie wäre es mit dem Wort *Einschaltquoten*? Gefällt dir das besser?“

„Glaubst du wirklich, das kümmert die Leute?“ Jack lehnte sich in seinem Schreibtischstuhl zurück. „Ich meine, im Ernst … Südafrika? Ich glaube, unsere Zuschauer sind mehr am Wetter interessiert als an Menschen, die irgendwo auf der anderen Seite der Weltkugel an Aids sterben. Wir sind doch nur ein lokaler Nachrichtensender.“

„Aber wir können es auch in größerem Stil. Der Sender mit Herz. Die Welt da draußen ist globalisiert, und wir reden hier über umgekippte Sattelschlepper auf der I-270.“

Jack richtete sich auf, als sei er attackiert worden. Dann ging er zum Gegenangriff über. „Die Leute interessieren sich für umgekippte Lastwagen und Verkehrsstaus. Das bringt ihre Reisezeit durcheinander. Und wenn es sie durcheinanderbringt, bringt es auch alles andere in ihrem mühevollen, gestressten Leben durcheinander."

„Du glaubst also nicht, dass sich Menschen für andere Menschen interessieren?"

„Ha! Tust du es denn?"

Erwartete er wirklich, dass sie das beantwortete? „Ich bin bereit, mir die Kosten für die Missionsreise mit dem Sender zu teilen. Das besagt doch schon etwas, oder?"

„Ziemlich billige Eigenwerbung, wenn du mich fragst."

„Willst du mir unterstellen ..."

„Hör mal, Cass." Er benutzte die Kurzform ihres Namens, wohl wissend, wie sehr sie sie verabscheute. „Ich bin ja nicht dumm. Unbelehrbar vielleicht. Total mies. Und nicht mehr so gut aussehend wie früher. Vielmehr werde ich von Tag zu Tag hässlicher. Aber dumm bin ich nicht. Wir sitzen hier beide im selben Boot. Spielen schon lange dasselbe Spiel. Zu lange. Und das kann nicht mehr lange so weitergehen, meine Liebe."

„Na also! Wenn wir dann unsere weiche Seite zeigen ..."

„Weiche Seite?" Jack hob eine Hand, um sie zum Innehalten zu bewegen, und verunreinigte mit einem Lachanfall die Luft. „Bitte, hör auf mit dem Müll. Es geht doch ums reine Überleben – um unseres. Glaub mir, ich habe verstanden. Daher werde ich deinen Vorschlag auch den zuständigen Stellen unterbreiten." Plötzlich hellte sich sein Blick auf. „Weißt du was? Vergiss die Jungs da oben. Das Risiko teilen wir uns. Ich übernehme persönlich die andere Hälfte deiner Reise nach Mama..., Mamo..., wie auch immer dieser Ort heißt. Wie viel wird es sein? Etwas mehr als ein Riese? Nimm dir zwei Wochen Urlaub und bring mir einen tollen Bericht mit. Etwas richtig Großes. Vielleicht findest du ja auch noch Dreck am Stecken der Gemeinde."

„Der Gemeinde? Im Ernst? Ich denke eher so in Richtung blitzsauber, rührselig ..."

„Du hast recht, du hast recht. Alte Gewohnheit. Okay, hol dir das herzzerreißende Zeug." Er stimmte mit einer Handbewegung zu. „Etwas, womit du dich bei den Zuschauern einschmeichelst, eine Geschichte, die den Sender erstrahlen lässt. Es sollte schon etwas Größeres sein, das mein Ansehen beim Management über die nächsten Jahre sichert. Oder sogar bis zur Rente."

„Jetzt mal ehrlich …", sie hob ihre Augenbraue und wedelte mit dem verknitterten Gemeindebrief, „… glaubst du wirklich, für weniger würde ich an einen gottverlassenen Ort am anderen Ende der Erde reisen?"

Jack zog die oberste Schublade seines überfrachteten Schreibtischs auf und holte eine eingewickelte Zigarre aus einem Versteck. „Eine eigennützige Spielerin wie du? Keinesfalls."

Cassandras Chef schnupperte an seiner teuren Zigarre – wie üblich, wenn er sich nach Gesprächen oder Begebenheiten besonders gut fühlte. Auch sie war mehr als glücklich, so als hätte ihre Karriere – ihr Leben – eine Verjüngungskur erhalten, eine Vitamin-B12-Spritze der größten Sorte.

Als sie zu ihrem Büro ging und Sonnenschein durch die Fenster der Korridore strömte, beschäftigte sie sich noch einmal mit dem Flyer aus dem Kirchenblättchen. Sah so aus, als wäre dieser Trip eine Vorbereitung auf die große Missionsreise der Gemeinde im Sommer. Jetzt würden Mini-Teams nach Mamelodi geschickt, „um eng mit den Südafrikanern zusammenzuarbeiten und die Projektbelange der Sommermission besser vorzubereiten".

Na ja, wie auch immer. War der Grund für die Mission nicht einfach egal? Sie brauchte eine Story. Etwas Außergewöhnliches. Und nach allem, was sie über Südafrika wusste – über Aids, Armut, Verbrechen und den ganzen Kram – war sie sich sicher, dass sich der Einsatz lohnte.

Jetzt musste sie beim Pastor nur noch das Okay einholen, dass sie die Reise filmen durfte. Aber warum sollte er etwas dagegen haben? Es würde das Image der Gemeinde genauso polieren wie ihr eigenes.

Sie überflog den Gemeindebrief und fand die Nummer des Gemeindebüros, um den Pastor anzurufen. Aber besser wäre noch … Sie warf einen Blick auf ihre Uhr. Bis zu den Fünf-Uhr-Nachrichten waren es noch ein paar Stunden. Sie hatte reichlich Zeit, zur Graceview-Gemeinde hinüberzulaufen und ihr einen persönlichen Besuch abzustatten.

Schließlich war sie keine, die sich eine gute Gelegenheit entgehen ließ. Und diese hier war ihr auf einem Silbertablett präsentiert worden. Oder genauer genommen auf einem Bagel-Tablett. Wenn der alte Mann in Max's Bagel Shop nicht aufgehört hätte, ihr seine Beschwerde vorzutragen, und sie nicht so getan hätte, als würde sie sich für sein Anliegen interessieren, hätte sie niemals den Gemeindebrief in die Hand genommen und die Ankündigung der bevorstehenden Südafrikareise entdeckt. Von sich aus wäre sie ganz gewiss nicht auf diese Idee gekommen.

Ja, es fügte sich alles zusammen. Sie hatte sich solche Sorgen um ihre Karriere gemacht, ihre Zukunft, und dann war aus heiterem Himmel die Antwort erschienen. Fast als hätte es so kommen müssen.

Jedenfalls, wenn man an so etwas glaubte.

Cassandra konnte sich kaum erinnern, dass sie je an so etwas geglaubt hatte. Und wenn ja, wie es sich angefühlt hatte. Doch es war sinnlos. Selbst vor vielen, vielen Jahren war sie nie so naiv gewesen.

9

Heidi wusste, in die Highschool zu gehen und nach Katie zu fragen, war einfach nicht cool. Also blieb sie, so lange sie konnte, am Straßenrand in ihrem Wagen, bis sie schließlich keine Minute länger warten konnte. Sie wollte doch nicht zu spät zur Geburtshelferin kommen. Dr. Stephanie Riggsby wohnte einmal quer durch die Stadt in einer Gegend, in der Katie sich nicht auskannte. Daher hatten sie beschlossen, gemeinsam hinzufahren, anstatt sich vor Ort zu treffen. Das hatte Katie doch wohl nicht vergessen?

Die erste Tür, an der Heidi zog, war verschlossen, doch die zweite ließ sich öffnen. Sie schob die schwere Tür auf. Beim Betreten der Schule wurde sie unvermittelt an Katies Grundschulzeit erinnert, als Heidi sich immer zugehörig gefühlt hatte, und Katie vermutlich auch. Auch wenn sie selber unterrichtet hatte, hatte Heidi sich, so oft es ging, ehrenamtlich engagiert. In größeren Abständen hatten sie und Jeff sogar gemeinsame Ausflüge mit lauten Busfahrten begleitet, nach denen sie zwar immer einige Kopfschmerztabletten nehmen mussten, jede einzelne Minute jedoch genossen.

Damals war Katie immer von vielen Freundinnen und Freunden umgeben gewesen. Heidi kannte jedes dieser frischen Gesichter mit Namen sowie die Namen ihrer Eltern. Ihre Gemeinschaft kam ihr vor wie eine große Familie – und zwar eine glückliche, die so viel Anlass zur Hoffnung, zur Vorfreude geboten hatte.

Doch das Teenageralter hatte mit diesen idyllischen Grundschultagen nichts gemein. Heidi wusste zwar, dass es verkehrt war, sich andere Zeiten herbeizusehnen, doch sie glaubte nicht, dass sie furchtbar traurig wäre, wenn die derzeitige Phase vorüber war.

Viel zu oft war es ihr, als würde sie fremdes Terrain betreten. Manchmal gar Feindesland, dachte sie, während sie ins Schulsekretariat lief. Niemand beachtete sie dort, weder die Sekretärin, noch die beiden Schüler, die hier in ihren blau-goldenen Uniformen aushalfen.

„Entschuldigung."

„Hmm?" Die Sekretärin tippte weiter auf ihrer Tastatur herum.

„Meine Tochter. Wir hatten uns vor der Schule verabredet."

Das Tippen ging weiter. „Wissen Sie, welches Fach sie in dieser Stunde hat?"

Heidi hatte eine Vorstellung von Katies Schulfächern, kannte den Stundenplan jedoch nicht auswendig. „Nicht genau."

„Mädels, kann eine von euch mal eine Schülerin für mich heraussuchen und sie ins Sekretariat rufen?"

Beide Aushilfen drehten sich zur Sekretärin um, doch nur eine ließ sich auf einen freien Schreibtischstuhl plumpsen und klickte einen Computerbildschirm an. „Wie heißt denn Ihre Tochter?"

„Katie Martin."

Alles schien zu erstarren. Zeit. Handeln. Luftbewegung. Oder bildete sich Heidi bloß ein, dass die Sekretärin endlich aufhörte zu tippen, um sie anzusehen? Oder dass die Finger des Mädchens über der Tastatur zu schweben schienen, und dass die andere Bürogehilfin nicht den richtigen Platz zwischen A und Z fand, wo sie den Ordner einstellen konnte?

Sie wissen es, oder? Oder nicht? Wurde sie jetzt paranoid und beschwor etwas herauf, das gar nicht da war? Oder spürte sie es wirklich? Etwas, das ihr verriet, dass das Geheimnis zwischen ihr und Katie gar keines mehr war? Dass sich die Neuigkeit verbreitet hatte, verstreut wie die puscheligen Samen des Löwenzahns, die vom Wind weggepustet werden?

Heidis Herz klopfte, während sie darauf wartete, dass die umhertastenden Finger des Mädchens Katies Namen eintippten. Doch bevor das Mädchen dazu kam, eilte Katie mit ihrem ausgebeulten Rucksack über der Schulter ins Büro.

Sie schnappte sich die Liste, auf der sie sich austragen musste, ohne jemanden – einschließlich Heidi – direkt anzuschauen. Dann verließ sie das Büro mit raschen Schritten, einem rot gefleckten Gesicht und einem nervösen, beschämten Blick, den Heidi aus der Zeit kannte, als Katie noch Basketball gespielt hatte und vor einer hoffnungsfrohen Zuschauermenge den Korb verfehlte.

Katies Schritte waren so lang, dass Heidi kaum mitkam. Vielleicht war es ihr peinlich, dass Heidi da war. Oder wollte sie womöglich den beiden Mädchen aus dem Weg gehen, die ihnen gegenüber den Gang entlangliefen? Sie beäugten Katie auffällig und tuschelten hinter vorgehaltener Hand miteinander. Oder vielleicht – hoffentlich – bildete Heidi sich auch das nur ein?

Bis Heidi den Parkplatz verlassen und einen Kilometer in Richtung Schnellstraße gefahren war, sagte keine von ihnen ein Wort.

„Wie lief deine Klassenarbeit heute?", fragte Heidi, um ein Gespräch anzukurbeln, während sie auf die Schnellstraße fuhr. Nicht dass die Schulaufgabe sie interessierte. Nicht dass es jetzt darauf ankam. Doch wenn es eine Sache gab, die sich Heidi in den vergangenen Jahren angeeignet hatte, dann war es, so zu tun, als würde alles normal laufen, selbst wenn dem nicht so war. Ehrlich gesagt wusste sie nicht, wie Katie sich im Moment auf ihre Schulsachen konzentrieren konnte.

Doch Katie hatte keinen Sinn für Plaudereien. Sie warf Heidi einen verärgerten Blick zu. „Warum musstest du hereinkommen?"

„Ich dachte, du hättest es vielleicht vergessen."

„Ach so, ich hätte vergessen, dass ich schwanger bin? Hältst du mich wirklich für so blöd?"

„Nein. Ich dachte, du hättest den Arzttermin vielleicht vergessen."

„Du glaubst also wirklich, ich könnte vergessen, dass ich schwanger bin?"

Heidi sah zu Katie hinüber, deren gequälter Gesichtsausdruck ihr die Luft zum Atmen nahm. Sie hätte Katie so gern gefragt, ob es jemand wusste. Und wenn ja, trug Katie die ganze Last alleine? Machten sie sich über sie lustig? Tat sie ihnen leid? Standen ihre Freundinnen zu ihr?

Aber irgendwie sprachen sie nicht mehr über solche Dinge. Es war immer ein Umhertänzeln. Nein, das stimmte nicht. Es war eher wie ein Minenfeld. Heidi versuchte, auf Zehenspitzen an die Wahrheit zu gelangen, bevor es eine Explosion gab.

So bewegte sie sich zentimeterweise vorwärts. Stieß vorsichtig an. Kratzte an der Oberfläche und wusste, dass sie irgendwann den wunden Punkt berühren würde, die Quelle des Schmerzes. Hoffentlich ohne Schmerz zuzufügen, wo zuvor keiner gewesen war.

Die Fragen begannen ganz harmlos, doch Heidi wusste genau, wo sie hinführen sollten. „Hast du heute noch vor, mit Jessica einkaufen zu gehen?"

Katie sah aus dem Fenster und zuckte mit den Achseln. Dann schüttelte sie den Kopf.

„Darf sie nicht?", bohrte Heidi nach.

„Vermutlich doch. Aber ich glaube nicht, dass sie will."

Heidi hielt die Luft an. Sie hatte Jessica zwar nie sehr gemocht; es war nichts Spezielles, einfach nur so ein Gefühl. Doch jetzt wünschte sie sich, so schräg es auch war, Jessica hätte Katie nicht im Stich gelassen. Vielleicht hatte sie es ja auch nicht. „Muss sie heute Abend noch zu viele Schulaufgaben machen?"

„Jessica?“ Katie verdrehte die Augen. „Ist das dein Ernst?“

Katie hatte nie zuvor Jessica auch nur ansatzweise verunglimpft. Heidi war überrascht und hielt es für das Beste, das Thema von Katies bester Freundin nicht weiter zu vertiefen. Die Emotionen kochten schon zu hoch. Ein Gebräu aus Angst. Ungeduld. Kummer. Furcht. Jeder Bestandteil konnte jeden Augenblick in die Luft fliegen.

„Na ja, wenn du wirklich gehen willst“, meinte Heidi leichthin, „kannst du dann jemanden anrufen?“ *Sag mir, du hast eine Freundin. Nur eine einzige andere Freundin.*

„Mark. Aber den werde ich wohl kaum sehen dürfen.“

„Jungs gehen sowieso nicht gern einkaufen. Und die anderen Mädchen?“ Sie musste fragen. Musste es herauslassen. Das Einkaufszentrum war ihr mehr als egal, doch sie wollte es wissen. Redeten überhaupt noch irgendwelche Mädchen mit ihr? Oder bloß *über* sie?

„Es gibt keine anderen Mädchen, okay?“

Jetzt war es raus. Katie sagte, dass sie keine Freundinnen haben würde. Und? War sie jetzt glücklich? Heidi wollte es trotzdem noch nicht glauben. Es war einfach zu schmerzhaft. „Na komm, an der Highschool wimmelt es doch nur so von Mädchen.“

Ach, das hatte sie gar nicht laut aussprechen wollen. Es klang so gemein und grässlich. Nicht so hoffnungsvoll, wie sie es gemeint hatte, so wie: „Schau mal, das Glas ist halb voll, nicht ganz leer.“

Der Schmerz auf Katies Gesicht schien noch schlimmer zu werden, bis Heidi meinte, ihr Herz müsse zerbrechen.

„Ach, na ja, auch egal.“ Heidi suchte nach Worten, die den Schaden beiseitefegen würden. „Du kannst ja auch ein andermal ins Einkaufszentrum gehen.“

„Wie auch immer.“ Katie schenkte den Dingen außerhalb des Autos mehr Aufmerksamkeit als ihrem Inneren.

Während Heidi in qualvollem Schweigen weiterfuhr, zog sich ihr Magen zusammen. Sie wollte zwar nicht weiterforschen, wollte keine weiteren traurigen, grässlichen Dinge erfahren, doch sie konnte nicht aufhören. Sie musste es wissen, um Katies willen und zu ihrem eigenen Wohl. Sie schlug einen anderen Kurs ein. „Gibt es sonst etwas Neues? Was fällt Megan Singer denn noch so ein? Ich hoffe, sie hat keine neuen Opfer in der Mensa gefunden."

„Nur eins."

„Oh nein, das kann nicht wahr sein. Das ist ja furchtbar. Wenn Carol wüsste, was ihre perfekte Tochter da anstellt, würde sie durchdrehen. Sie hat es doch nicht schon wieder auf dieses übergewichtige Mädchen abgesehen, oder? Und du hast mal so einen Jungen erwähnt – so ein Neuer, etwas Unterentwickelter." Katie hatte so still aus dem Fenster geschaut, dass der plötzliche Zorn in ihrer Stimme Heidi bis ins Mark traf. „Wie konntest du ihr das bloß erzählen? Ich fasse es einfach nicht!"

„Wem erzählen? Wovon redest du?" Da sich Heidi auf die Tränen konzentrierte, die in Katies Augen schwammen, hätte sie fast nicht das Auto bemerkt, das vor ihr das Tempo drosselte. Sie musste kräftig auf die Bremse treten, um nicht aufzufahren.

„Mrs Singer. Warum hast du es ihr erzählt?"

„Ihr was erzählt? Von dir? Ich habe ihr nie ein einziges Wort erzählt. Ich habe gar niemandem etwas erzählt."

„Sie hat Megan erzählt, sie ist dir in der Buchhandlung über den Weg gelaufen und du hast ein Buch über Schwangerschaft gesucht. Und dann hast du gesagt, dass du meinetwegen nicht an der Mutter-Tochter-Übernachtung bei dir auf der Arbeit teilnehmen kannst."

„Was? Das habe ich nie gesagt! Ich habe bloß gesagt, dass ich die Übernachtung ganz vergessen hatte. In letzter Zeit hatte ich nur *ganz wenige* Sachen im Kopf", erwiderte sie und fühlte sich in mehr als einer Hinsicht in die Enge getrieben.

Ja, sie hatte sich nach Büchern über Schwangerschaft umgeschaut, als Carol sie in der Buchhandlung Kleine Eule erspäht hatte. Sie war nie schwanger gewesen und sah einfach Informationsbedarf. Doch sie hatte nichts dergleichen gesagt. „Zu den Büchern habe ich nur gesagt, dass ich ein Geschenk für eine werdende Mutter suche. Aber woher nimmt sich Carol Singer überhaupt das Recht heraus, solche Gerüchte in Umlauf zu setzen?"

„Wenn es doch stimmt, ist es kein Gerücht mehr, oder?“, konterte Katie sarkastisch.

„Trotzdem weiß sie ja nicht, ob es stimmt. Es ist bloß ihre Art, alles unter Kontrolle zu haben und sich wichtig zu machen. Von ihrer Seite aus ist es reine Spekulation. Genau – reine Spekulation.“

„Nicht mehr“, entgegnete Katie, und ihr ganzer junger Körper sah zusammengesunken und bleischwer aus. „Mrs Singer hat Megan gefragt, und dann ist Megan damit zu Jessica gegangen.“

Heidi hätte fast laut hörbar nach Luft geschnappt. „Jessica?“ *Katies beste Freundin. Ihre einzige Freundin. Jessica hatte sie verraten?* „Jessica hat es Megan erzählt?“

„Jessica hat gesagt, Megan klang so, als wüsste sie die Wahrheit bereits.“

Und jetzt wussten es alle? Also hatten ihre Instinkte, ihr Gespür vorhin in der Schule den Nagel auf den Kopf getroffen. Sie und Katie schafften es kaum, sich selbst an den Gedanken zu gewöhnen, und jetzt sollten sie das unter dem argwöhnischen Blick der ganzen Stadt tun?

Das gibt es einfach nicht. Das kann nicht wahr sein.

Lange Zeit war sie jeden Tag mit dem Gedanken aufgewacht, sie wäre keine Witwe. Dass es nicht der Wahrheit entsprach. Dass Jeff noch lebte und das Ganze ein böser Traum war. Und jetzt das hier. Katie, ihr Schatz! Auch das kam ihr surreal vor. Doch schlimmer noch als die Realität musste der Schmerz sein, den Katie jetzt zu ertragen hatte. Ein Schmerz, den kein Teenager eigentlich aushalten dürfte.

Warum, Katie? Warum warst du so sorglos? Sie wollte sie anschreien. Katie wusste es doch besser. Warum hatte sie nicht innegehalten und an die Konsequenzen gedacht? Warum konnte sie nicht wie andere Teenager sein, mit Freunden Spaß haben, das Leben genießen? Warum musste es sie treffen?

„Warum siehst du mich so an?“, spie Katie hervor.

„Wie denn?“

„So wie immer.“

„Ich glaube, ich habe nicht …“

„Doch. Als wäre ich so erbärmlich. So grässlich. Du siehst mich immer so an. Es tut mir leid, dass du dir mich als die Prinzessin des Abschlussballs und die begnadete Basketballspielerin gewünscht hast. Tut mir leid, wenn du wolltest, dass ich mit jemandem wie Chad Stewart gehe. Und es tut mir leid …"

„Das stimmt nicht", unterbrach Heidi.

„Und ob. Gib es zu. Gib es einfach zu! Aber so bin ich nicht! Kapierst du es nicht? Ich bin bloß Katie. Das Kind, dessen Vater starb, und alle haben weggeschaut, wenn ich durch den Flur gegangen bin. Und jetzt bin ich schwanger. Ich bin das Mädchen …" Katie versagte die Stimme, und ihre Lippen bebten, während ihr die Tränen aus den Augen sprudelten. „Sie starren alle bloß. Und ich fühle mich so …" Sie schluchzte und schnappte nach Luft. „Ich fühle mich so …"

„Katie …" Heidi legte ihrer Tochter eine Hand aufs Knie.

„Ich fühle mich so allein!" Katies erstickter Schrei hallte durch den Wagen, hörte sich an wie ein wundes Tier in einer Falle.

Sie heulte, zitterte, schluchzte … Katies schmerzlicher Ausbruch schien eine Ewigkeit zu dauern und sich für immer in Heidis Herzen einzugraben.

Heidi fuhr an den Seitenstreifen und ließ auch ihren Tränen freien Lauf. Als Jeff vor Jahren von ihnen gegangen war, waren ihre starken, tapferen Herzen in tausend Stücke zerborsten. Doch mit der Zeit hatte die Heilung eingesetzt, noch nicht vollständig, doch sie hatten nach bestem Vermögen die Bruchstücke wieder zusammengesetzt. Bis jetzt. Jetzt waren ihre anfälligen Herzen wieder zerbrochen, zu noch feineren, zarteren Teilchen zerbröselt. Und irgendwie mussten sie diese Teilchen aufbewahren, bis das Zusammenschmelzen erneut beginnen konnte.

„Du bist nicht allein, Katie", flüsterte Heidi. „Ich bin da, Schatz." Sie zog Katie in ihre Arme. „Ich bin immer da. Immer."

Ihre Tränen flossen und gingen ineinander über, während sie einander fest umschlungen hielten.

Der Arzttermin würde auf einen anderen Tag warten müssen.

10

„Danke für das Abendessen, Mrs Martin.“ Mark Lender knüllte seine Serviette zusammen und legte sie neben seinen leeren Teller. Dann warf er mit einer ruckartigen Kopfbewegung die Haarsträhnen zurück, die seine Augen verdeckten. „Es war wirklich gut“, fügte er hinzu, während ihm seine struppigen Fransen wieder in die Stirn rutschten.

„Es ist schnell und leicht gemacht“, erklärte Heidi. „Katie hat es immer gern gegessen.“

Trotzdem war Katie wenige Augenblicke zuvor ins Bad gerast. Es sah so aus, als hätte sich ihr altes Lieblingsessen nicht mit ihrem neuen Zustand abgestimmt. Währenddessen saß Heidi also allein mit dem Jungen am Tisch, der bedeutenden Anteil daran hatte.

Plötzlich hatte sie auch nicht mehr so großen Hunger und legte ihre Gabel hin.

„Glauben Sie, Sie können mir beibringen, wie man so ein Hühnchen mit Reis kocht?“, fragte Mark, der offenbar der Einzige war, der großen Appetit hatte.

„Na ja, ich …“ Heidi starrte ihn an. Eigentlich wusste sie gar nicht, wer er war oder was er hier zu suchen hatte. In Katies Stufe gab es doch nur gut hundert Jugendliche, und Heidi hatte einen Großteil von ihnen kennengelernt. Aber sie konnte sich nicht erinnern, jemals Marks Namen gehört oder auf einer Anschriftenliste gelesen zu haben oder auch in der Lokalzeitung, wenn Schüler für etwas geehrt wurden. Oder bei irgendeiner Spendenaktion.

Sie wusste nicht, wo er wohnte oder woher er kam. Sie wusste bloß: Wie er da so saß mit seinen mittellangen, ungebändigten Haaren und der dicken Bandage um sein gebrochenes rechtes Schlüsselbein, sah er irgendwie so heruntergekommen aus wie Ausschussware. Nicht unbedingt der Typ, von dem sie gehofft hatte, Katie werde ihn ihr eines Tages vorstellen.

„Das ist keine große Sache", sagte Heidi. „Du brauchst Hähnchenbrust, Reis und eine Fertigsuppe mit Pilzen. Das Rezept findest du auf der Dose. Du wirfst einfach alles in eine Glasform und stellst es in den Ofen."

„Echt?" Mark riss die Augen auf, als hätte sie ihm gerade das Geheimnis des Universums anvertraut.

„Echt. Das ist alles." Sie zuckte die Achseln.

Heidi wartete geduldig auf Katies Rückkehr, faltete die Hände im Schoß und beobachtete Mark, der mit einer Ecke seines Platzdeckchens spielte. Die grünspanfarbene Wanduhr in Form eines Hahns tickte die Minuten herunter. Absurderweise wünschte sie sich, das Ding würde krähen, um die unbeholfene Leere zu füllen.

Sie hatte gedacht, wenn sie Katie erlaubte, Mark zum Abendessen einzuladen, hätte das dieselbe Wirkung.

Nach Katies herzzerreißendem Zusammenbruch am Nachmittag waren sie nach Hause gefahren, wobei sich eine traurige, trostlose Stille schwer auf ihr ohnehin beladenes Herz gelegt hatte. Heidi konnte es kaum erwarten, wieder in ihrer Umgebung zu sein, in ihrem sicheren Hafen zu Hause in der Old Sunberry Lane. Doch als sie dort waren, fühlte sich selbst dieser normalerweise so friedvolle Ort bedrückend an. Die vertrauten baumbestandenen Straßen wirkten auf sie viel zu still. Ihr ordentliches Haus war so gedämpft, so geräuschlos. Alles kam ihr vor wie ein Sinnbild von Isolation, ein Aufschrei von Einsamkeit, genau wie Katie es im Auto getan hatte. Schließlich war sogar das Klingeln von Katies Handy eine Stunde später ein willkommenes Geräusch und nicht, wie sonst, eine Störung.

Heidi hatte die Luft angehalten und gehofft, es würde Jessica sein, die sich entschuldigen wollte. Doch es war kein Mädchen. Das erkannte Heidi an Katies Tonfall. Es war Mark, der Katie fragte, ob sie ihn abholen und mit ihm Fastfood essen wollte.

Heidis Augenbrauen hoben sich missbilligend. Doch als Katie beharrlich um Erlaubnis bettelte, bröckelte Heidis Entschlossenheit in dem Maße, wie Katies Tränen ihr Make-up von ihren Wangen wischte. Was

Heidi jedoch viel näherging, war der Widerhall von Katies mitleiderregendem Schluchzen in ihrem Kopf – und ihrem Herzen.

Wäre es denn so schrecklich, wenn Mark zum Abendessen käme? Das bedeutete doch noch längst nicht, dass Heidi stillschweigend duldete, was sie getan hatten.

Was stellte sie überhaupt unter Beweis, wenn sie ihnen verbot, sich zu treffen? Als wenn sie noch mehr, noch etwas Schlimmeres tun könnten. Als wenn Katie zweimal geschwängert werden könnte. Außerdem würde Heidi – so wenig sie es sich auch wünschte – ihn und seine Familie irgendwann kennenlernen müssen.

Schließlich hatte sie beschlossen, Katie ein Stück entgegenzukommen. „Hol ihn doch ab, und ihr kommt gemeinsam hierher. Ich habe für heute Abend ein schönes Essen geplant."

„Darf er wirklich hierherkommen? Im Ernst?"

„Ja, im Ernst."

Heidi war sich wie die schlimmste Mutter vorgekommen, als Katie sie so misstrauisch beäugt hatte. Sie war genauso schockiert wie ihre Tochter, als die Einladung aus ihr herausgeplatzt war.

Sie konnte sich nicht daran erinnern, dass Mark schon einmal hier gewesen war. Katie und ihre Freunde hatten sich immer irgendwo anders getroffen. Heidi hatte es immer auf die neu gewonnene Freiheit schieben wollen, die ein Teenager nach der bestandenen Führerscheinprüfung empfand. Doch vielleicht lag es auch daran, dass Katie nicht glaubte, Heidi würde zustimmen.

„Kochst du denn gerne, Mark?" Heidi konnte das langsame Ticken der Uhr nicht mehr ertragen.

„Ich habe es noch nie richtig probiert. Meine Mutter hat zwei Jobs. Sie kommt kaum zum Kochen. Daher habe ich es nie gelernt."

„Das ist verständlich."

„Ja. Ich hab auch mal eine Aushilfsstelle gehabt. Nach der Schule, in einem Baumarkt. Also, ich meine, vor dem Unfall."

„Ach ja? Wie lange brauchst du den Verband denn noch? Kannst du danach wieder beim Baumarkt anfangen?"

„Noch etwa drei Wochen. Aber ich weiß gar nicht, wie ich zur Arbeit kommen soll. Mein Auto hat ja einen Totalschaden. Wir hatten keine Unfallversicherung."

„Ist ja schrecklich." Plötzlich sah Heidi Mark in zwanzig Jahren vor sich. Wahrscheinlich mit schütterem Haar. Gebeugt von der Last des Lebens auf seinen Schultern.

„Meine Mutter ..." Er rieb sich die verletzte Schulter. „Sie weiß nichts von dem Baby. Nach dem Unfall konnte ich es ihr nicht erzählen. Sie hat sich zu sehr über das Auto aufgeregt. Wir haben kein Geld für ein neues."

Es war ja nicht so, als hätte sie nicht auch schon daran gedacht, Kontakt zu Marks Eltern aufzunehmen. Erst einmal wollte sie aber selbst zurechtkommen. Sie hoffte, sie und Katie könnten sich erst einmal verständigen und darüber entscheiden, was mit dem Baby werden sollte, bevor sie sich mit den anderen Großeltern befasste.

Natürlich hätte sie gerne auch noch einen Moment für sich gehabt, bevor sie sich ihrem Umfeld stellen musste. Doch dank Carol Singer und ihrer Tochter war ihr das anscheinend nicht vergönnt.

Schon allein dieser Gedanke beförderte fast die Pilzsoße aus ihrem Magen. Am liebsten hätte sie Katie im Bad Gesellschaft geleistet. Doch in diesem Augenblick kam sie zurück, lächelte Heidi und Mark schwach an und sank schweigend auf ihren Stuhl.

„Alles klar?", fragte Mark, bevor Heidi dazu kam.

„Etwas besser." Sie schob den kalten, noch vollen Teller zur Seite und wandte sich an Heidi. „Du erzählst es Mrs Lender doch nicht, oder?" Sie flüsterte fast. Offenbar hatte sie Marks Geständnis gehört und war bereit, ihn in Schutz zu nehmen.

„Ihr zwei müsst euch darüber im Klaren sein, dass dieses Kind auch ein Enkelkind ist." Heidi sah die Teenager abwechselnd an. „Marks Mama hat ein Recht, es zu erfahren. Sie wird es erfahren wollen."

Mit gesenktem Blick schüttelte Mark den Kopf. „Das glaube ich nicht. Und das sage ich nicht einfach so. Meine Mutter hat meine Schwester hinausgeworfen, als sie schwanger war. Ich weiß nicht einmal, wo sie ist.

Seit vier Jahren habe ich sie nicht mehr gesehen. Mama wirft meinen älteren Bruder auch dauernd raus, aber der kommt immer wieder zurück. Die Drogen im Auto, das waren nämlich seine. Er hat immer irgendwelchen Ärger. Und dann ist da noch mein kleiner Bruder. Er hat wirklich schlimmes Asthma. Meine Mutter muss ihn ständig ins Krankenhaus bringen. Dann hat sie noch ihre Jobs. Meine Mutter ist kein schlechter Mensch. Es ist nur …"

Heidi brauchte nichts weiter über seine Mutter zu hören. Sie hörte sich an wie eine Frau, die alle Hände voll zu tun hatte. „Was ist denn mit deinem Vater?"

„Mein Vater? Was mit dem ist?" Mark spannte seinen Kiefer merklich an. „Das letzte Mal ist er vor ungefähr sieben Jahren aufgetaucht. Wahrscheinlich bloß, um meine Mutter zu verprügeln. Zumindest kann ich mich nur daran erinnern."

Ohne es zu beabsichtigen, machte Heidi einen so schweren Seufzer, dass sie meinte, die ganze Straße müsste ihn gehört haben.

„Ich habe Katie versprochen, dass ich ihr Geld von meinem Lohn gebe. Um Babysachen zu kaufen. Ich meine, wenn meine Schulter verheilt ist und ich noch einen Job habe und irgendwie zur Arbeit komme." Mark sah Heidi mit einem bettelnden Blick an. „Ich will es meiner Mutter nicht erzählen. Was ist, wenn sie mich auch rauswirft?"

„Es ist toll, dass du dein Baby mitversorgen willst", sagte Heidi, obwohl sie tief in ihrem Innern am liebsten die Augen verdreht hätte. Jugendliche hatten keine Ahnung, wie teuer ein Kind ist. Ein Teilzeitjob nach der Schule war allenfalls ein Tropfen auf den heißen Stein. „Aber glaubst du nicht, deine Mutter fragt sich, wohin dein Geld verschwindet? Und wird sie es nicht komisch finden, wenn sie sieht, dass deine Freundin schwanger ist?"

Katie legte ihr eine Hand auf den Arm. „Du verstehst das nicht. Wir sind praktisch nie bei Mark zu Hause. Und wenn, dann ist seine Mutter sowieso nicht da."

Komisch, dass Katie jetzt, in ihrem derzeitigen Zustand, sich so frei fühlte, offen und ehrlich zu sein. Heidi zuckte zusammen, weil sie gar nichts mehr hören wollte, doch Katie fuhr fort: „Sie weiß gar nicht, dass Mark und ich zusammen sind. Daher wüsste sie nicht mal, dass das Baby von ihm ist.“ Ihre Augen verengten sich. „Außer wenn es ihr jemand sagt.“

Plötzlich kam Heidi die Situation mehr als mitleiderregend vor. Nicht nur, dass Katie von ihrem Freund geschwängert worden war; seine Mutter wusste nicht einmal, dass Katie überhaupt existierte. Heidi kannte Katies Freunde zwar auch nicht so gut, aber zumindest gut genug, um zu wissen, dass sie nicht sonderlich begeistert von ihnen war.

So hatte sie sich das alles ganz und gar nicht vorgestellt. Nie hätte sie sich träumen lassen, dass sie hier zwischen ihrer schwangeren Tochter und einem Fremden sitzen würde, der zu diesem Umstand beigetragen hatte.

Heidi hatte sich immer ausgemalt, dass auf dem vierten Stuhl an ihrem Tisch eines Tages ein netter, aufrechter Kerl sitzen würde. Ein junger Mann mit kurz geschnittenen Haaren und blonden Strähnen vom Aufenthalt an der Sonne beim Fußball-, Baseball- oder Golfspielen, der Hemden trug und Jeans, die nicht halb in den Kniekehlen hingen. Jemand, der Katie verehrte und sie wie einen kostbaren Schatz behandelte, der sie ja auch war. Jemand, dem Katie ihre Zukunft versprechen wollte, ohne ihre Gegenwart aufs Spiel zu setzen.

Doch ihre Realität hatte nichts mit diesen Träumereien zu tun. Sonst wäre der Platz am anderen Tischende auch besetzt; Jeff wäre bei ihnen.

Selbst der Gedanke, jetzt das Geschirr abzuräumen und es zum Spülbecken zu tragen, war ihr schon zu viel. Doch nach ein paar Minuten hatte sie das Gefühl, ein Gewichtheber hebe die Last etwas an, und Heidi schaffte es, die schwere Antriebslosigkeit des Selbstmitleids wegzuschieben und auf die Füße zu kommen.

Zu ihrer Überraschung dankte Mark ihr erneut für das Abendessen und räumte mit Katie das Geschirr zum Spülbecken. Dann zog sich das Pärchen ins Wohnzimmer zurück, während sie die restliche Unordnung beseitigte.

Heidi ließ das Wasser absichtlich nur leise plätschern und versuchte, den beiden zu lauschen, während sie das Geschirr abwusch. Hatten sie einander wirklich etwas zu erzählen? Was machte ihn für Katie so anziehend?

Vor der Geräuschkulisse des Fernsehers fing sie dann und wann ein Wort auf, aber nichts, das irgendwie einen Sinn ergab. Einmal jedoch hörte sie Katie so lachen wie früher. Wann hatte Heidi sie das letzte Mal so lachen hören? Vor Monaten? Jahren?

Es war ein Lachen, das sich nicht spöttisch oder aufgesetzt anhörte, ein Lachen, das rein und echt klang. Jung und frei.

Einen Augenblick stand Heidi still da und sog Katies Freude in sich auf. In ihrem Gesicht blitzte ein Lächeln auf. Doch dann warf Kummer erneut Falten auf ihre Stirn, weil Mark – und nur Mark – der Einzige war, der aus Katie die wenige noch übrige Freude hervorlocken konnte.

Mit dem Spüllappen in der Hand starrte Heidi aus dem Fenster und wunderte sich über ihre durcheinandergewirbelten Gefühle.

Sie versuchte noch immer, ihr Inneres zu sortieren, als das Telefon klingelte. Heidi trocknete ihre Hände an einem Geschirrtuch ab, nahm das Telefon aus der granitgrauen Station und sah auf das Display. Peterson? *Kevin Peterson?* Ihr Herz machte einen Satz. Hatte er Neues über Katie zu berichten? „Hallo?"

„Katie?"

„Nein, hier ist Heidi."

„Heidi, ich bin's, Kevin Peterson. Tut mir leid. Ihre Stimme klingt sehr jung."

„Viele sagen, dass Katie und ich uns am Telefon ganz ähnlich anhören. Soll ich sie holen?"

„Eigentlich habe ich mich neulich schon mit Katie unterhalten."

Sie sog die Luft ein. „Wirklich?"

„Ja, ich bin ihr an der Tankstelle über den Weg gelaufen. Sie war in Plauderlaune. Hat mir erzählt, dass Sie beide bald nach Afrika reisen. Hört sich interessant an."

Seine Stimme klang so entspannt und ruhig. Heidi sehnte sich ebenfalls nach Entspannung, aber das fiel ihr in diesen Tagen nicht leicht.

„Ja, also, wir *wollten* nach Südafrika reisen." Heidi drehte sich mit dem

Rücken zum Wohnzimmer, damit Katie nicht mithören konnte. „Aber ich bin mir nicht mehr so sicher."

„Ja? Bei Katie klang es aber ziemlich sicher. Sie war schon sehr aufgeregt wegen der Reise. Irgendetwas in Richtung ‚Frauen helfen Frauen'? Sie meinte, dass sie froh ist, zur Abwechslung mal nicht in den Süden an den Strand zu fahren."

„Das alles hat sie gesagt?"

„Und zwar freiwillig."

„Bei alldem, was gerade so los ist, weiß ich nicht so recht." Sie ging an den Herd, nahm den Teekessel, hielt ihn unter den Wasserhahn und füllte ihn zur Hälfte mit Wasser. Kamillentee – genau den brauchte sie jetzt.

„Sie hat mich auch um meine Meinung gebeten."

„Ihre Meinung? Wozu?"

„Zu allem. Sie erzählte, dass sie sich hat impfen lassen, bevor sie wusste, dass sie schwanger ist", fuhr Kevin mit noch immer sanfter, behutsamer Stimme fort. „Sie fragte, ob ich es in Ordnung fände, wenn sie verreist."

„Wirklich?" Heidi hielt kurz inne, bevor sie den Kessel auf die Herdplatte stellte.

„Ich habe ihr gesagt, dass der Flug ein bisschen unangenehm werden könnte, vor allem, wenn sie an morgendlicher Übelkeit leidet, und sie könnte erschöpft sein. Aber sonst …"

Das beantwortete auch einige von Heidis Fragen – die medizinischen. Doch da gab es noch die emotionalen. Katie wollte also weiterhin auf Missionsreise gehen, auch nach dem Streit, den sie am Unfallabend gehabt hatten? Das überraschte Heidi. Es sah so aus, als hätten sie die Rollen getauscht. Denn jetzt war sich Heidi nicht mehr so sicher, ob *sie* verreisen wollte. Wollte sie wirklich das Risiko eingehen, dass ihre Gemeinde, die quer über die Stadt verteilt wohnte, von der Schwangerschaft erfuhr? Es waren zwar Christen, aber würden sie hinter Katies Rücken tuscheln und genauso reagieren wie die Leute an der Schule? Würde Katie noch mehr von diesen Reaktionen aushalten? Könnte Heidi es?

„Katie wird schon klarkommen." Kevins Stimme unterbrach ihre Gedankengänge. „Sie ist ein tolles Mädchen."

„Danke. Ich weiß das zu schätzen."

Sie schwiegen. Dann ergriff Kevin erneut das Wort. „Das ist allerdings nicht der einzige Grund, weshalb ich anrufe."

Der Teekessel begann leise zu pfeifen. Sie umfasste den Hörer fest und ignorierte das Geräusch. „Nicht?"

„Nein. Als ich Katie gesehen habe, musste ich an Sie denken, und …" Er hielt inne. „Ich habe mich gefragt, ob Sie morgen Abend mit mir einen Kaffee trinken gehen würden. In Kera's Café, in der Stadtmitte."

Die Frage kam für Heidi überraschend. „Morgen Abend?" Der Kessel pfiff durchdringend. Sie sprang auf und drehte den Herd ab.

„Ja. Haben Sie schon etwas vor?"

„Ähm, nein. Es ist nur … ich …" Sie was? Sie war mitten in einem Gefühlswirrwarr? Wusste nicht, ob sie sich über etwas anderes unterhalten konnte als über Katie? Glaubte nicht, dass sie eine sehr gute Begleitung war? All das? Sie wusste nicht, was sie sagen sollte.

Doch Kevin kam ihr entgegen. „Hey, tut mir leid. Die Einladung kommt für Sie bestimmt aus heiterem Himmel."

„Es ist nicht so, dass ich …"

Seine ruhige, schöne Stimme unterbrach sie. „Ich glaube, der Zeitpunkt ist nicht besonders günstig. Ich hätte Sie damit nicht überfallen dürfen. Was halten Sie hiervon: Denken Sie darüber nach, und wenn Sie sich nach Ihrer Rückkehr aus Südafrika mit mir treffen wollen, wissen Sie ja, wo Sie mich finden, okay?"

„Ja." Sie lächelte ins Telefon. „Danke", sagte sie, bevor er sich erneut entschuldigte, diesmal für den Geräuschpegel in der Notaufnahme, und sagte, dass er nun auflegen müsste.

Als sie den Geschirrspüler einräumte, musste Heidi sich eingestehen, dass sie von Kevins Anruf angenehm überrascht war. Darüber hinaus schien seine gelassene Haltung ihre Ängste vorübergehend bezwungen zu haben. Kein Zweifel – der Mann konnte sich gut in das Leid anderer hineinversetzen. Er hatte seine wahre Berufung gefunden.

Sie schaltete den Geschirrspüler ein, schnappte sich die Tasche mit den Arbeiten, die benotet werden mussten, und machte sich auf den Weg nach oben ins Arbeitszimmer. Doch als sie an der Speisekammer vorbeikam, hielt sie inne und stellte Tasche und Becher ab. Sie nahm ein paar Sachen aus den gut gefüllten Regalen und legte sie neben Katies Autoschlüssel.

Danach holte Heidi einen Block Post-its aus einer Küchenschublade, schrieb Marks Namen auf das gelbe Quadrat und klebte den Zettel auf eine Packung Reis, die neben einer Dose Pilzsuppe stand.

Von außen betrachtet sah ihre Geste freundlich aus, das wusste sie. Doch in ihrem Innern tobten ihre Gedanken und Gefühle und fochten wegen Mark und Katie einen Kampf aus.

Warum er, Katie? Warum?

Warum ich, Herr? Warum?

11

Auch wenn ihr schwarzer Krepprock nicht mehr so passte wie früher und sie ihre weiße Spitzenbluse rasch noch hätte aufbügeln sollen, fühlte Gaby sich doch noch irgendwie elegant, als sie bei Mancusi's über den gefliesten Boden zu dem Tisch ging, an dem ihr Mann bereits auf sie wartete.

Toms Anruf am späten Nachmittag war für sie überraschend gekommen. Nicht, dass sie nicht auch tagsüber immer mal voneinander hörten. Doch als sie aufs Abendessen zu sprechen kamen, schlug er vor, sie sollten irgendwohin ausgehen. Und nicht nur wie üblich in einen Sandwich-Imbiss, sondern in eins der feinsten Restaurants der Stadt.

Erst dachte sie, er würde sie aufziehen. Sie lachte und fragte, ob sie dann zum Dessert nach Paris fliegen könnten. Seine Idee hätte romantisch und spontan klingen können, doch sie kam ihr etwas grotesk vor. Hatte er ihren schmalen Geldbeutel vergessen? Die Schulden für die Aufräumarbeiten, als die Regenfluten des Frühjahrs ihren Keller überschwemmt hatten? Den Stapel Rechnungen von der Klinik für künstliche Befruchtungen? Die Extraausgaben, die sie sehr bald für die Ausstattung eines Kinderzimmers haben würden?

Gaby hatte schon angesetzt, ihn an all das zu erinnern, doch irgendetwas in seiner Stimme ließ sie innehalten. Er klang zu sehr nach dem Tom von vor vielen Jahren, der so darauf erpicht war, sich wie ein ungestümes Mannsbild aufzuführen. Der sie genauso umwarb wie damals, als sie sich kennengelernt und ineinander verliebt hatten, damals, auf einem sattgrünen Uni-Campus. Oder als sie frisch verheiratet waren und er abends einen kleinen Blumenstrauß mitbrachte oder Pläne für einen Wochenendausflug an den Badezimmerspiegel klebte, die sie morgens überraschen sollten.

Als sie zum Tisch kam, lächelte er. Er schien sehr zufrieden mit sich selbst und freute sich, sie zu sehen. Dann stand er auf, gab ihr ein Küsschen auf die Wange und zog ihr den maisgelben Polsterstuhl hervor.

Gaby war so frohgemut, wie lange nicht mehr, als sie sich setzte und die beiden sich über den von Kerzenschein erleuchteten Tisch hinweg anschauten. Sich mitten in der Woche aus keinem ersichtlichen Grund an so einem besonderen Ort mit ihrem Mann zu verabreden, konnte weiß Gott wunderbar sein. Sie staunte über ihre Gefühle und war glücklich, dass er diese Idee gehabt und sie seine Pläne nicht durchkreuzt hatte, egal, was für ein Loch der Abend in ihre Haushaltskasse reißen würde.

„Hallo meine Schöne!“ Tom griff über den Tisch hinweg nach ihrer Hand.

„Hallo geheimnisvoller Mann.“ Sie legte ihre linke Hand in seine rechte. Niemals würde sie seiner zärtlichen Berührungen überdrüssig.

„Nicht geheimnisvoll.“ Sachte drückte er ihre Hand. „Ich wollte nur ein besonderes Abendessen mit meiner Liebsten haben.“

„Das hier ist auf jeden Fall etwas Besonderes.“

Tom lächelte, und das Blau seiner Augen leuchtete durch das Pfauenblau seiner Krawatte noch intensiver. Er trug nicht oft Anzug und Krawatte, da in seiner Position selten das eine noch das andere erforderlich war. Doch wie Gaby sehr gut wusste, hatte er sich in den letzten Wochen auf die heutige Präsentation mit den nationalen Führungskräften vorbereitet. Für ein solches Meeting war förmliche Kleidung obligatorisch, und Gaby hatte mit Freude dafür gesorgt, dass sein schwarzer Anzug gereinigt und gebügelt war. Sie sah ihn gerne in maßgeschneiderten Sachen. Sein gut gebauter Körper passte perfekt in einen Anzug, und seine breiten Schultern füllten das Jackett eindrucksvoll aus.

„Liefen die Meetings heute gut?"

„Sehr gut." Er nickte. „Die nationale Führungsriege wird sogar unser Budget anheben; wir haben also in diesem Geschäftsjahr mehr Betriebskapital."

„*Wir* – die Firma? Oder *wir* – du und ich?"

„Beides."

„Du hast eine Gehaltserhöhung bekommen?" Sie konnte die Freude in ihrer Stimme nicht verbergen.

„Nur eine kleine. Aber ja, *wir* haben eine Gehaltserhöhung bekommen."

„Das ist ja toll! *Das* ist also der Anlass."

„Du meinst, das Mancusi?"

„Na ja … ja."

„Nicht unbedingt. Irgendwie ist da noch mehr. Es ist …" Tom blickte sie so fest an, als würde er sie zum ersten Mal sehen. Sein forschender Blick war zwar liebevoll, doch plötzlich fühlte sie sich so befangen, dass ihrer Kehle ein mädchenhaftes Kichern entfuhr. „Was denn? Was ist es?"

„Man könnte wohl sagen, ich hatte heute einen sentimentalen Moment."

„Echt? Ich wusste gar nicht, dass große, starke Jungs wie du auch sentimentale Momente haben können", zog sie ihn auf, obwohl das ganz und gar nicht stimmte. Vielmehr war das einer der Hauptgründe, weshalb sie Tom Phillips so sehr liebte. Auf solch eine Kombination von Stärke und Zartgefühl war sie bei den meisten Männern, die sie kennengelernt hatte, noch nicht gestoßen – oder zumindest hatten sie sie nicht so bereitwillig offenbart.

„Mit unseren Kollegen waren wir heute Mittag essen. Ich bin ja öfter außer Haus, aber als wir heute hinausgingen, traf es mich wie ein Blitz: der Duft der Hyazinthen, die genau neben dem Haupteingang blühen."

„Hyazinthen?"

„Du erinnerst dich nicht mehr? Ganz am Anfang unseres Studiums?"

„Tut mir leid. Mir fällt gerade kein Zusammenhang ein."

„Die Frühjahrsferien in unseren Studentenwohnheimen?"

„Ach so, als wir unseren Eltern erzählt haben, wir wollten auf dem Campus bleiben und beim Anstreichen der Häuser helfen, um uns etwas dazuzuverdienen?"

„Aber wir wollten bloß Zeit füreinander haben."

„Warum haben wir gedacht, wir hätten keine Zeit füreinander, auch ohne die blöde Anstreicherei?"

„Wer weiß. Vor allem erinnere ich mich noch, wie ich mit dir auf der Veranda deines Studentenwohnheims gesessen habe."

„Ja? Warum erinnere ich mich nicht daran?"

„Da duftete es genauso. Und da habe ich dich angeschaut und wusste, selbst mit den Farbspritzern auf deinem Gesicht würde ich dich nie mehr lieben als in diesem Augenblick."

Schweigend saß Gaby da und war ganz benommen von seinen lieben Worten. Nicht, dass Tom ihr nie sagte, dass er sie liebte. Seine Anrufe und ihre Nächte endeten meistens mit einer Liebeserklärung. Und doch war sie gerührt und froh, dass sie sich nach all den Jahren noch wertvolle Dinge anvertrauen konnten.

„Heute ist mir aufgegangen, dass das nicht stimmt. Irgendwie liebe ich dich immer mehr, Gaby, und ich weiß ohne jeden Zweifel, dass das immer so bleibt."

Unerwartete Tränen füllten ihre Augen. „Das kann noch eine ganze Weile sein." Ihre Stimme bebte, auch wenn sie sich Mühe gab, unbeschwert zu klingen. „Mindestens fünfzig Jahre oder so."

„Versprochen?"

„Versprochen."

Tom ließ ihre Hand los und hob sein Wasserglas. Sie tat es ihm nach. Als wollten sie ihren innigen Schwur besiegeln, stießen sie mit ihren Gläsern an.

Bevor sie einen Schluck trinken konnten, erschien ein Kellner an ihrem Tisch. „Möchten Sie einen Blick auf die Weinkarte werfen?" Er hielt ihnen eine ledergebundene Karte hin. „Haben Sie etwas zu feiern?"

„Nein, was die Weinkarte angeht. Aber ja, wir haben etwas zu feiern", erwiderte Tom. „Wir feiern einander", fügte er hinzu. Auch der Kellner musste jetzt lächeln, doch nicht so stark wie sie.

„Gaby …?"

Nicht die geflüsterten Worte, sondern Toms Hand, die ihr übers Haar strich, holte Gaby im frühen Morgengrauen aus ihrer hauchdünnen Schläfrigkeit. Als sie die Umrisse seines Gesichts über sich gebeugt sah, lächelte sie mit einer Wonne, die bis in die Zehen kribbelte.

Verrückt, dass sie nicht jeden Morgen mit solchen Empfindungen aufwachte.

Gaby empfand es als Glück, als Segen, mit diesem Mann verheiratet zu sein. *Ich sollte mich schämen, dass ich es als gegeben hinnehme, Herr.*

„Ich muss gehen", sagte ihre große Liebe.

„Mmm … warum denn?", seufzte sie.

„Du weißt schon." Er grinste. „Der Flieger geht doch schon so früh."

„Warum denn?"

„Weil ich heute nach Philadelphia muss. Und bevor du wieder fragst, warum …", kicherte er, „… weil mein Big Boss meint, dass ich es soll."

„Aber ich werde dich vermissen." Verspielt schlang Gaby ihm die Arme um den Hals und zog sein Gesicht näher zu sich heran. Die vergangene Nacht war ihr noch lebhaft in Erinnerung – und seinem Lachen nach zu urteilen, ihm auch.

„Ich werde dich auch vermissen."

„Danke für letzte Nacht. Ich kam mir vor wie eine Prinzessin. Alles war so …“ Ihr fiel kein Wort ein, das köstlich genug gewesen wäre, es zu umschreiben.

„Unglaublich. Genau wie du.“ Tom küsste sie auf die Stirn. „Ich wünschte, ich könnte weiter mit dir kuscheln. Aber ich bin schon etwas spät dran, und wenn ich den Flug verpasse, werden sich eine Menge Leute über mich aufregen.“

Sie entließ ihn aus ihrer Umarmung und murmelte: „Ich weiß, ich weiß. Tut mir leid.“

„Mir auch. Leider muss ich jetzt los. Du hast allerdings noch eine halbe Stunde, bis der Wecker klingelt.“ Er zog ihr die Daunendecke bis unters Kinn. „Und du solltest dir so viel Ruhe gönnen, wie möglich, werdende Mama.“

„Das erinnert mich an etwas. Ich hatte einen Traum. Einen richtig guten …“

„Ja? War ich diesmal der Ritter in der glänzenden Rüstung?“, lachte Tom. „Oder der Footballspieler mit dem riesigen Bizeps?“

„Nein, nicht von uns, du Dummerchen. Na ja, oder doch. Von *uns* als Familie. Es war so ein Traum, den man wirklich spürt, weißt du? Als sei er jetzt noch ganz real – merkwürdig.“ Ruckartig richtete Gaby sich auf und nahm ihre Kissen als Stütze. „Die Sonne schien, wir haben Picknick gemacht und saßen auf einer Decke – wir drei: du, ich und unser Kind. Ich weiß nicht, ob es ein Junge oder ein Mädchen war …“

Mit jedem Augenblick strömte mehr Licht durchs Fenster. Plötzlich bemerkte sie die Anstrengung in seinem Gesicht, konnte erkennen, dass er versuchte, geduldig zu sein und ihr zuzuhören, war aber von der Aussicht, seinen Flug zu verpassen, etwas gestresst. Sie musste ihn gehen lassen. „Aber ich erzähle dir später mehr, okay? Du musst jetzt nämlich wirklich los. Also raus jetzt hier!“

„Danke.“ Er hob ihr Kinn und küsste sie flüchtig auf den Mund. „Sobald ich aus dem Flieger steige, bin ich in Besprechungen“, sagte er, lief quer durchs Zimmer und nahm sich seinen Schlüsselbund von der Kommode.

„Aber ich rufe dich an, sobald ich kann. Heute Abend fliege ich zurück, okay?"

Sie beobachtete, wie er sich seine Aktentasche schnappte. „Vollkommen okay. Ich liebe dich, Tom."

„Lieb dich auch", sagte er über die Schulter und verließ das Zimmer.

Als sie hörte, wie sich die Haustür schloss, machte Gaby es sich unter der Decke bequem, aber an schlafen war nicht mehr zu denken – und sie wollte es auch gar nicht.

Die Stille im Haus liebkoste sie, und sie lag einfach da, genoss die Ruhe und ihre schönen Gedanken.

Als sie in der Nacht in Toms Armen gelegen hatte, hatte sie ihm gesagt, wie erstaunlich sie es doch fand, dass sie beinahe ein Dutzend Jahre miteinander verbracht hatten und es noch immer Dinge gab, die sie einander nicht mitgeteilt hatten. Wie die Geschichte von den Hyazinthen und der Zeit, die sie auf den Stufen zum Studentenwohnheim zugebracht hatten. Eine Zeit lang hatten sie ein Spiel daraus gemacht und abwechselnd versucht, sich an etwas zu erinnern, was sie dem anderen noch nicht erzählt hatten.

Über die meisten Geheimnisse und Erinnerungen mussten sie lachen. Nur eine einzige Sache wollte Gaby ihm nicht erzählen, obwohl sie ihr wieder und wieder ins Gedächtnis stieg ... Auch wenn sie ihr Herz erleichtern wollte, sie konnte sich nicht überwinden, darüber zu sprechen. Es war etwas, das sie niemandem mitteilen mochte, nicht einmal Tom.

Sie schob den Gedanken also wieder zurück in sein Versteck, wie sie es seit Jahren tat. Keinesfalls wollte sie den Abend mit dem wahren Grund verderben, warum sie kein Kind adoptieren wollte. Warum sollte sie? Wenn ihr Kind erst auf der Welt war, hatte ihr Geheimnis – ihre Angst – ohnehin keine Bedeutung mehr. Selbst jetzt verscheuchte Gaby die traurige Erinnerung und dachte lieber an etwas Fröhlicheres, wie etwa ihr Baby.

Ein Gedanke an ihren kleinen Engel und Traumfetzen kamen wieder hoch und überfluteten ihr bereits überlaufendes Herz. Sie schloss die Augen und versuchte sich wieder auf sie drei zu konzentrieren, so wie sie ihr im Traum erschienen waren. Tom hatte gelächelt, sich auf seiner Seite der Decke ausgestreckt, seinen Kopf auf die Hand gestützt und sie und ihr Kind bewundert.

Und da saß sie, auf ihrem Schoß das Baby, das ihren Mittelfinger fest umklammert hielt. Sie konnte sich noch genau daran erinnern – das seidig zarte Gefühl der Babyhand auf ihrer Haut, das fröhliche Glucksen des Kindes. Sein angenehmes Gewicht an ihrer Brust.

War das Baby ein Mädchen oder ein Junge? Gaby versuchte die Lücken ihres Traumbildes zu schließen, sich an Kleidung oder Farben oder Haare zu erinnern, aber es fiel ihr nicht mehr ein. War es wirklich von Belang? Ob Junge oder Mädchen – es fühlte sich jedenfalls besonders an, wie sie drei beisammen waren. Als Familie.

Minuten später riss der Wecker sie aus ihren schlaftrunkenen Gedanken. Sie fühlte sich erschöpfter als nach dem ersten Aufwachen, machte pflichtbewusst ihr Bett, die Augen noch halb geschlossen, und schlurfte ins Bad.

Wie jedes Mal in letzter Zeit, wenn sie zur Toilette ging, hielt Gaby die Luft an. Die vergangenen Versuche, ein Kind zu empfangen, und die Fehlschläge hatten ihre Spuren hinterlassen. Da war immer die Sorge … und doch auch Hoffnung, dass sie keine Anzeichen entdecken würde, dass etwas falschlief.

Sie zwang sich hinzusehen und spürte eine Woge der Erleichterung, wie klares, reinigendes Wasser, das über einen Damm tritt. Keine Flecken. *Danke, Herr!* Ein neuer Tag war angebrochen, und ihr Kind – ihre Familie – war bewahrt geblieben.

Sie drehte das Wasser in der Dusche auf, damit es warm wurde, während sie die Zähne putzte. Geistesabwesend zählte sie wie in Kindertagen die Sekunden und sah sich im Bad um.

Als sie es entdeckte, begann sich das Zimmer plötzlich zu drehen. Trudelte wie verrückt umher. Gaby ließ die Zahnbürste fallen und hielt sich mit beiden Händen an der Marmoreinfassung des Waschbeckens fest. Dann blickte sie erneut auf den cremefarbenen Teppich mit dem dunkelroten Blutfleck.

Sie brauchte eine Minute, bis sie es schaffte, zitternd nach einem Taschentuch zu greifen. Dann sah sie das beige Handtuch, das Tom benutzt hatte. Es waren rote Streifen daran. Offenbar hatte ihr Mann sich heute Morgen beim Rasieren geschnitten.

Wird er es je erfahren?, dachte sie, als sie ein Kleenex mit kaltem Wasser befeuchtete, auf die Knie ging und über den Fleck auf dem Teppich rieb.

12

Die Luft staute sich in Gabys Lunge.

Es erschien ihr nicht real. In der einen Minute saß sie noch in ihrem Büro und genoss das Hochgefühl des Vorabends, in der nächsten befand sie sich in einer farblosen Toilette mit Metallwänden und starrte die rötlich-braunen Blutflecken in ihrer Unterwäsche an. So winzig, und doch …

Es muss etwas anderes sein. Es muss! Mit klopfendem Herzen suchte sie hektisch nach anderen Erklärungen. Vielleicht hatte sie auf etwas Rotem gesessen? Oder vielleicht war heute Morgen etwas von dem Blut im Badezimmer an ihre Wäsche gekommen? Oder …?

Die Realität raubte ihr den Atem. *Das kann doch nicht wahr sein. Ich verliere doch jetzt nicht das Baby. Ach bitte, lieber Gott, hilf mir. Ich habe es gespürt. Ich habe dieses Baby in meinem Traum richtig gespürt.* Das Gefühl war noch immer so unmittelbar, so wahr. Die Wärme des Kindes, das sich an ihre Brust schmiegte. Der wunderbare warme Atem an ihrer Wange.

Ein Klagelaut wollte ihrem Herzen entweichen. Doch sie konnte – und würde – ihn nicht aufsteigen lassen. Sonst würde sich ihr der Magen umdrehen und den letzten Funken Kampfgeist mitnehmen. Und sie würde vollkommen leer zurückbleiben.

Gaby biss in ihre Faust und wehrte sich gegen den Schrei. Sie wollte nicht zusammenbrechen. Sie wollte nicht hysterisch werden. Nicht jetzt.

Es kostete sie ihre ganze Kraft, zum Waschbecken zu gehen, fast zu stolpern. Noch mehr Kraft jedoch kostete es sie, all die negativen Gedanken zu vertreiben. Ja, sie hatte es schon einmal erlebt. Ja, es war fast schon Routine.

Doch dieses Mal hatte sie beinahe das erste Drittel überstanden. Dieses Mal würde es anders sein. *Es musste!*

„Ich kämpfe für dich, mein Baby", flüsterte sie dem Kind in ihrem Bauch zu, während ihr die Tränen aus den Augen quollen. „Ich gebe nicht auf. Ich verspreche es dir."

Sie spritzte sich kaltes Wasser ins Gesicht und versuchte die Tränen aufzuhalten. Dann trat sie einen Schritt zurück und atmete tief ein. Ihre Schwägerin hatte in der Schwangerschaft mit Gregor auch leichte Blutungen gehabt, und alles war okay mit ihm. Nicht jede Schwangerschaft verlief lehrbuchartig. Es gab kleine Zwischenfälle, und letztlich ging es den meisten Babys gut.

Dir wird es auch gut gehen, mein Baby. Sachte rieb sie sich den Bauch.

Doch ihre Augen füllten sich erneut mit Tränen. Sie stolperte in ihr Büro zurück, um sich Tasche und Schlüssel zu holen. Der Flur kam ihr verschwommen vor.

Sie hatte beschlossen, keinen Termin zu vereinbaren. Sie glaubte nicht, dass ihr Mund die Worte formen oder sie am Telefon mit ruhiger Stimme sprechen könnte. Lieber wollte sie direkt mit Dr. Selleck reden und sich von ihm die schlimmsten Befürchtungen nehmen lassen. Sie würde ins Behandlungszimmer gehen und darauf warten, dass er alles ins Lot brachte – bis zu ihrem nächsten Termin.

๑ ๑ ๑

Es war nicht viel Verkehr, und Gaby schaffte es in weniger als zehn Minuten zum Gynäkologen. Die Arzthelferinnen begrüßten sie mit einem hoffnungsfrohen Lächeln. Sie kannten die Ereignisse aus Gabys Vergangenheit gut und versprachen, dass jeden Augenblick ein Untersuchungsraum frei sein würde.

Gaby war zu geistesabwesend, zu verängstigt, um sich wie die anderen Frauen im Wartezimmer eine Zeitschrift zu nehmen und sie durchzublättern. Stattdessen hielt sie den Blick fest auf ihre Hände gerichtet, die sie nervös in ihrem Schoß zusammendrückte, so fest, dass die Knöchel weiß wurden.

Es ging Gaby mehrmals durch den Sinn, dass es vielleicht danach aussah, als würde sie beten. Doch das tat sie definitiv nicht. Sie hatte dasselbe Gebet – oder eine Variante davon – schon so oft formuliert. Hörte Gott überhaupt zu?

Das Einzige, wofür sie im Moment dankbar sein konnte, war, dass Tom nicht in der Stadt war. Sie würde das Kind ganz allein retten und bewahren. Niemand sonst würde sich sorgen oder es erfahren müssen.

Als eine Arzthelferin sie aufrief, blickte Gaby in Sallys vertrautes Gesicht. Egal wer in der Praxis gerade Dienst hatte – sie kam so oft hierher, dass sie viele Mitarbeiterinnen beim Vornamen kannte.

Beim Aufstehen bemühte sie sich um ein herzliches Lächeln, schaffte es aber nicht. Mit vier zittrigen Schritten war sie bei Sally, die sie fröhlich begrüßte und nicht merkte – oder nicht wahrnehmen wollte –, dass Gabys Leben vielleicht kurz davor war, sich zu ändern … für immer.

„Immer noch viel zu tun?", fragte Sally, und Gaby wusste, dass sie die Kirche meinte.

„Ja. Und bei Ihnen?", erwiderte sie rasch, um von sich abzulenken.

„Dasselbe", erwiderte Sally und ging vor Gaby her durch eine Tür und einen Irrgarten violetter Gänge entlang. „Kaum mal eine ruhige Minute. Und wenn, dann genießen wir sie." Sie lachte unbeschwert, ungezwungen, was Gaby gefiel, auch wenn ihr Herz gerade so schwer war.

Zwanzig Minuten lang lag Gaby in einem Untersuchungszimmer, wo Sally eine Ultraschalluntersuchung durchführte. Sie versuchte erst gar nicht, Fragen zu stellen, denn Sally würde sowieso auf Dr. Selleck verweisen.

Weitere zwanzig Minuten später wurde Sally vom Arzt abgelöst – der sich hoffentlich, hoffentlich in einen Wunderheiler verwandelt hatte. Er nahm Gabys Hand. „Es tut mir leid, Ihnen das sagen zu müssen", sagte er und neigte den Kopf. „Der Fötus ist wohl mehrere Wochen nicht gewachsen."

Das Zimmer drehte sich. Gaby schwankte und wäre fast in Ohnmacht gefallen. Dr. Selleck hielt sie an den Schultern fest.

„Nicht gewachsen?"

„Er hat vor wenigen Wochen aufgehört zu leben", erläuterte er. „Möglicherweise gleich nach dem letzten Ultraschall."

„Die letzten Wochen waren also …?" Sie nahm sich ein Kosmetiktuch vom Untersuchungstisch und knüllte es zusammen. Hatte deshalb die morgendliche Übelkeit fast schlagartig aufgehört? Waren ihren Brüste daher nicht mehr so empfindlich? Die letzten drei, fast vier Wochen waren eine bloße Vorspiegelung falscher Tatsachen gewesen? Alles umsonst? Bittere Galle stieg ihr in den Hals.

„Ich verstehe es nicht. Ich dachte, die Blutung wäre vielleicht von gestern Abend gekommen. Wir haben uns geliebt, obwohl Sie gesagt haben, wir sollten die ersten drei Monate abwarten. Aber wir waren uns so nah und …"

„Glauben Sie mir, Gaby, es hat nichts damit zu tun, was Sie getan haben. Oder nicht getan haben. Es ist einfach so."

„Das kann doch nicht sein. Es kann nicht sein." Gaby unterdrückte einen Schluchzer. „Bitte, Dr. Selleck, Sie müssen etwas unternehmen."

Dr. Selleck nahm ihre kalten, blutleeren Hände und wärmte sie. „Ich wünschte, ich hätte andere Neuigkeiten für Sie." Seine Augen waren voller Mitgefühl, in den Augenwinkeln knitterten sich Sorgenfalten. „Wirklich. Ich weiß, wie lange Sie und Tom es schon probieren." Er drückte ihre Hände. Seine Stimme klang so bleiern, wie ihr Herz sich anfühlte, als er sagte: „Sie wollen jetzt bestimmt ein paar Minuten allein sein."

Vom Schmerz überwältigt, brachte sie bloß ein halbherziges „Danke schön" hervor.

Die Tränen begannen zu strömen, kaum dass Dr. Selleck den Raum verlassen hatte, und sie wusste, sie würden noch eine ganze Weile weiterfließen. Sie stützte die Ellbogen auf die Knie, barg den Mund in ihrem Unterarm und dämpfte das Schluchzen, das ihr die Brust sprengte. Die ganze Zeit hatte sie gemeint, Leben in sich zu spüren, eine werdende Mutter zu sein, einen Platz in der Welt zu haben, in der es für sie einen Sinn und Grund zum Leben gab. Und jetzt …

Gaby hasste sich selbst. Ihren Körper. Ihr Leben. Sie hasste das alles.

Ach Tom, es tut mir leid. So leid. Warum hast du mich überhaupt geheiratet?

Sie barg ihren Kopf in den Händen und weinte um Tom. Um sich selbst. Um das Kind, das sie nie kennenlernen würden.

Nur … irgendwie kannte sie das Baby ja doch. Plötzlich stiegen Bilder ihres Traums von letzter Nacht auf, lebendiger als je zuvor. Winzige rosige Lippen. Rotblonde Haarsträhnen, die in der Sonne leuchteten. Pummelige Händchen, die aufgeregt wedelten. Es war ein Mädchen. Definitiv ein kleines Mädchen. Ihre Madeleine. Wie oft hatte sie nachts wach gelegen und von einem kleinen Mädchen namens Madeleine geträumt.

Voller Ehrfurcht vor diesem Traumbild versuchte Gaby, sich an alles zu erinnern, das Aussehen ihres Kindes fest in Kopf und Herz zu prägen. Nie mehr wollte sie die Augen öffnen und Madeleine erneut verlieren, doch ein leises Klopfen schreckte sie auf.

Augenblicklich löste sich das Bild auf, als Sally den Raum betrat. „Dr. Selleck wollte sich vergewissern, dass Sie jemanden haben, der Sie nach Hause bringt."

„Ja, habe ich", flunkerte Gaby. Sie wollte mit niemandem reden. Außerdem hatte sie sich selbst – ihr trostloses, trauerndes Selbst –, und so sollte es auch bleiben.

Die Krämpfe hatten in dem Augenblick eingesetzt, als Dr. Selleck mit ihr geredet hatte. Der Schmerz wurde während der Heimfahrt nur noch stärker. Über das Lenkrad gekrümmt, hegte sie die scheußliche Hoffnung, sie würde es nicht bis zu ihrem Haus im Canterbury Court Nr. 488 schaffen, sie werde mit dem Baby sterben.

Ich bin nicht schwanger. Wirklich nicht schwanger. Als sie sich die Stelle rieb, wo das Baby gewesen war, wurde Gaby von Traurigkeit überwältigt. Obwohl das eigentlich kein solcher Schock sein durfte. Ihr Körper … ihr Gott … hatten sie verlassen. Wieder einmal. Das war doch nichts Neues!

Als Gaby in die Einfahrt bog, brannte der Zorn wie ein alles verzehrendes Feuer in ihr. Sie knallte die Autotür zu und stakte durch das Haus, für das sie und Tom so lange gespart hatten. Das ein Zuhause für ihre Familie hatte werden sollen. Tief betrübt entlud sich ihre Trauer in einem Ächzen, einem knurrenden Urlaut aus den Tiefen ihrer Seele.

Als wäre sie durchgedreht, riss sie die Eichentüren der Küchenmöbel auf und wischte mit einer kräftigen Bewegung die Fruchtbarkeitspillen, Schmerzmittel und Vitamine fürs Ungeborene heraus. Sie knallte die Packungen an die Wand, schrie, fluchte und warf ihre Arme in die Luft, nicht im Gebet, sondern in bitterem Unmut und ungläubigem Staunen, dass Gott sie so enttäuschen konnte.

Sie hatte mit so vielen Kindern gearbeitet und ihm auf so vielfältige Weise gedient, doch er konnte ihr und Tom nicht dieses eine Geschenk machen. Das, was fast jeder Mensch dieses Universums hatte. Ein eigenes Kind.

Das schnurlose Telefon klingelte. Gaby riss es von der Station und knallte es ebenfalls an die Wand. Sie wollte mit niemandem reden. Nicht mit Tom. Nicht mit ihrer Mutter. Noch mit ihren Brüdern oder Schwägerinnen. Oder irgendeiner Freundin. Sie war zu erschöpft. Zu abgekämpft, um die schlechte Nachricht zu erzählen und alle zu enttäuschen. Sie hatte es satt, die Binsenweisheiten und das mitleidige Seufzen der anderen zu hören. Sie war es leid, dass ihr jemand die Hand tätschelte und versicherte: *Ach, es wird schon wieder.*

Es wurde nicht wieder. Nichts wurde schon wieder.

Bevor sie zusammenbrechen konnte, riss sie die Decke von ihrem Bett, ließ sich kopfüber hineinfallen und weinte hemmungslos in ihr Kissen. Die Liebe und Freude der vergangenen Nacht hier in diesem Bett kamen ihr vor wie eine entfernte Erinnerung. Sie würden nie wieder glücklich werden. Niemals.

Er schob seine Arme um ihre Hüfte und kuschelte sich im Bett an sie. Selbst in der Düsterkeit des Zimmers, selbst in ihrem erschöpften Zustand wusste Gaby, dass es ihr Mann war. Sie wollte sich umdrehen, ihm einen Begrüßungskuss geben, aber dann …

Die Erinnerung an das, was heute geschehen war, schlug ihr in die Magengrube. Um dem Schmerz auszuweichen, rollte sie sich ganz fest zusammen.

„Gaby?" Die Sorge in Toms Stimme war nicht zu überhören. Wusste er es? Irgendwie machte es den Anschein. Sie spannte sich noch mehr an. „Was ist passiert? Ich bin fast durchgedreht. Ich habe dich tausendmal versucht anzurufen."

Warum? Was wusste er?

„Du hast deine Geldbörse beim Arzt liegen gelassen. Seine Sprechstundenhilfe hat mir auf die Mailbox gesprochen. Offenbar konnte sie dich nicht erreichen – und ich auch nicht. Du hattest heute keinen festen Termin, oder?" Tom legte ihr seine Hand auf den Bauch.

Der Schmerz, der ihr durchs Herz schoss, fühlte sich intensiver an als alle Beschwerden dieses Tages. „Das Baby ist weg."

„Weg?" Tom schnappte nach Luft und stieß ein tiefes Seufzen aus.

Gaby hielt den Atem an und wartete ab. Worauf, wusste sie nicht. Einen Angriff? Eine Entschuldigung?

Stattdessen lockerte er seinen Griff und drehte sich auf den Rücken. „Du … wir haben das Baby verloren? Wie denn?"

Vor lauter Tränen im Hals konnte sie kaum reden. „Ich weiß nicht, wie."

Ein Schimpfwort entschlüpfte ihm und prallte an der Decke ab. „Gaby, Schatz, bitte! Rede mit mir." Seine Stimme wurde lauter. „Sag mir irgendetwas. Ich muss wissen, warum."

Er hatte recht. Es war nur fair ihm gegenüber, wenn er alles wusste. Nur fair, wenn er genauso litt wie sie.

Sie schoss hoch, fand plötzlich ihre Stimme wieder und tobte hysterisch. „Das Baby ist gestorben. In mir drin. In meinem Körper. Ich dachte, ich wäre schwanger. Ich dachte es jede Sekunde jeden Tages, und ich wusste, diesmal geht es gut aus. Aber nein. Es war eine dicke, fette Farce. Wieder einmal. Ich war wochenlang nicht schwanger. Warum? Ich weiß es nicht. Weil Gott uns hasst? Weil mein Körper beschissen ist? Weil das gesamte Universum gegen uns ist? Such dir etwas heraus. Ich kenne die Antwort nicht." Ihre Wehklage kam so heftig, so laut wie zuvor ihr Schreien.

Tom rückte näher zu ihr, zog sie in seine Arme und versuchte sie zu besänftigen. Genau so hatte sie sich immer vorgestellt, ihr Kind zu trösten, wenn es nicht schlafen konnte, sich den Kopf angeschlagen hatte oder von einer Freundin beleidigt worden war.

„Tut mir leid. Tut mir leid, dass ich laut geworden bin. Ist ja schon gut." Er küsste sie auf die Stirn. „Wir sind zusammen. Alles ist in Ordnung. Wir haben so etwas doch schon durchgemacht. Wir schaffen das schon."

Sie schob seine Schultern von sich und befreite sich aus seiner Liebkosung. „Wir schaffen das? Soll das dein Ernst sein? Es gibt kein ‚Wir schaffen das schon' mehr. Hast du vergessen? Das war unsere letzte Chance. Es ist vorbei."

Obwohl sie ihn wegschob, während sie das sagte, hielt er sie fest.

Na schön. Tom konnte sie umarmen und versuchen, sie zu trösten, wie er wollte. Doch seine Arme würden nicht weit genug, seine Liebe nicht tief genug reichen. Nichts, was er je tun konnte, würde den Schmerz aus ihrem Herzen vertreiben.

13

Gaby wusste nicht genau, was Tom empfand. In der letzten Woche hatte sie kaum Zeit mit ihm verbracht. Mehrmals hatte sie vorgegeben zu schlafen, als er abends nach Hause kam oder morgens das Haus verließ. Selbst an seinem freien Tag war sie ihm so gut es ging aus dem Weg gegangen, war in ihrem kleinen Haus von einem Zimmer ins andere geschlichen. Sie wusste nicht einmal genau, weshalb sie das getan hatte. Sie war einfach so wütend. Auf sich. Auf Gott. Auf ihren Mann.

An der Haustür schlüpfte sie aus ihren Turnschuhen und versuchte sich auf Socken leise in die Küche zu stehlen.

Tom sah von seinem Computer auf und begrüßte sie mit einem zögerlichen Lächeln. „Wie war's heute Nachmittag?"

„Gut." Gaby zuckte die Achseln.

„Ihr Mädels braucht wohl im Moment viel Zeit zum Spazierengehen und Quatschen, was?"

„Spazierengehen … ja", erwiderte sie und machte sich nicht die Mühe hinzuzufügen, dass sie ihre Schwägerin nicht angerufen hatte, um sich mit ihr im Park zu treffen. Und dass sie den kurzen Weg um den Park herum nur einmal zu Fuß zurückgelegt hatte. Dass sie dort so viele Mamas und Papas mit ihren Kindern gesehen hatte, dass es ihr zu viel geworden war. Sie war weggelaufen, hatte sich auf dem Parkplatz in ihr Auto gesetzt, die Augen geschlossen und war ein paar Stunden so sitzen geblieben, bis die Sonne allmählich vom Himmel verschwand.

„Was machst du denn da?" Neugierig trat Gaby ein paar Schritte näher. Für alles, was mit der Arbeit zu tun hatte, benutzte er normalerweise seinen Laptop. Alles andere machte er am PC.

„Nichts." Tom schaltete den Bildschirm aus.

Doch sie hatte bereits einen Blick erhascht. „Informationen über Adoptionen?"

„Ich hatte ein paar Minuten Zeit …"

„Jeder glaubt, er hätte eine Antwort parat. Selbst du." Für Gaby war der Gedanke schrecklich, dass den anderen eine Adoption wie ein Allheilmittel vorkam. Sie wünschte, dass es ihr genauso ginge. Doch ein Kind zu adoptieren, machte ihr Angst – aus Gründen, die zu peinlich waren, um sie jemandem mitzuteilen, selbst ihrem Mann.

Als sie sah, dass sich sein Gesicht verdüsterte, wusste sie, dass der Stich gesessen hatte. Dennoch stand Tom auf, um sie in den Arm zu nehmen.

Gaby ließ ihre Arme an den Seiten herabhängen. Sie war zu taub. Sie konnte sich nicht überwinden, ihn auch zu umarmen. Stattdessen machte sie sich los und fuhr sich mit einer Hand durch den Pferdeschwanz. Schon die ganze Woche hatte sie sich weder frisiert noch geschminkt. Duschen ertrug sie auch kaum noch, denn sie hasste es, ihren nackten Körper zu sehen und zu wissen, dass das Baby, das sie unterm Herzen getragen hatte, nicht mehr darin war.

„Kapierst du denn nicht? Ich hatte das Baby in *mir. Ich* werde niemals ein Baby bekommen. Niemals einen Säugling stillen. Sollte nicht jede Frau die Chance dazu bekommen? Warum tut Gott mir das an?"

Und warum schien Tom nicht sonderlich verstört, nachdem sie gerade ihre letzte Chance auf ein eigenes Kind verloren hatten? Warum war er nicht so wütend auf Gott wie sie?

„Aber Gaby, man kann doch Gott nicht loben, wenn alles rund läuft, und dann aufhören, ihn zu lieben, wenn etwas schiefgeht."

„Schiefgeht? Es ist nicht *schief*gegangen. Es ist verheerend. Es ist verkehrt. Es ist abscheulich von Gott."

„Er hat einen Plan. Du bist doch Kindergottesdienstleiterin. Du bist jeden Tag in der Gemeinde. Glaubst du nicht daran?"

Wurde ihm denn nicht klar, was für eine Qual es war, mit Kindern zu arbeiten und zu wissen, dass man niemals eigene haben konnte? Und sie hatte versucht zu glauben. Acht Jahre lang hatte sie versucht, in diese Richtung zu denken. Zu wissen und von ganzem Herzen zu glauben, dass Gott einen Plan für sie hatte, wenn sie nur geduldig waren. Einfach durchzuhalten und zu *glauben*. Ja, es hatte sich herausgestellt, dass er einen Plan hatte. Sein Plan für sie war, dass sie niemals eigene Kinder haben sollten. Dass ihr Leben trist und ohne eigene Familie verlaufen würde.

Aber so sah Tom es nicht. Wie immer versuchte er sie zu trösten. „Deine Mutter hat uns Hühnersuppe mit Nudeln gebracht. Soll ich etwas zum Abendessen aufwärmen?"

„Ich habe keinen Hunger."

„Sicher? Wie wäre es mit einem getoasteten Käsesandwich?"

„Nein, danke."

„Willst du dich auf die Couch setzen? Mit mir fernsehen? Ich kann dir eine Decke holen."

Gaby schüttelte den Kopf. „Ich bin irgendwie müde. Ich glaube, ich lege mich einfach ins Bett."

„Es ist erst halb sieben. Bist du dir sicher?"

„Ich brauche meine Kräfte ... na ja, die Arbeit."

„Okay." Tom nickte, als versuche er zu verstehen. Doch sein angespannter Kiefer und seine traurigen Augen verrieten, wie enttäuscht er war.

Als sie das Zimmer verließ und den Flur entlang zu ihrem Schlafzimmer ging, spürte sie seinen Blick in ihrem Rücken. Ohne ihre Sachen auszuziehen, schlüpfte sie unter die seidige Decke und kniff die Augen fest zu. Das Gemurmel aus dem Fernseher vermischte sich in ihrem Kopf mit ihrer eigenen Stimme, die wieder und wieder fragte: *Warum, warum, warum?*

Das Nächste, was Gaby hörte, war die Schlafzimmertür, die beim Öffnen über den Teppich schabte.

„Immerhin war es auch mein Kind, weißt du?", sagte Tom düster. Dann schloss er die Tür und ließ sie im Dunkeln allein.

Zum ersten Mal seit einer Ewigkeit konnte sie keine Träne vergießen.

14

Cassandra trat auf die Bremse, bevor sie ihren Jaguar langsam um eine Rechtskurve und weiter auf die Schnellstraße lenkte. Doch selbst der rasch fließende Verkehr konnte sie nicht von dem Termin ablenken, zu dem sie unterwegs war – einem Kennenlerntreffen in der Graceview-Gemeinde. Was für eine Zeitverschwendung!

Musste sie sich wirklich mit den anderen Leuten treffen, die auch mit nach Südafrika reisten? Mit den anderen Frauen sprechen? Sie näher kennenlernen?

Nach ihrem Geschmack war das nicht notwendig. Sie hatte sich nicht zu dem Frauen-helfen-Frauen-Projekt angemeldet, um neue Freundinnen zu finden oder eine Lücke in ihrem Leben zu füllen. Wenn sie nicht daran glauben würde, dass dieses Miteinander von Frauen und Kindern, für das die Zielgruppe ihres Senders ein Herz hatte, bestes Potenzial für eine Story hätte, hätte sie sich definitiv für etwas mehr Männerorientiertes entschieden. Sie fand den Umgang mit Männern so viel einfacher, solange man sich nicht allzu sehr mit einem einließ. Hier herrschten nicht bloß Gefühle und Hormone wie bei der Mehrheit ihrer Geschlechtsgenossinnen.

Doch ob es ihr gefiel oder nicht, sie musste heute Abend an diesem Treffen teilnehmen. Laut Reiseplan war er Pflicht. Sie würde hingehen und versuchen, gesprächig und herzlich gegenüber den anderen weiblichen Wesen aus der Gruppe zu sein – auch wenn es das Letzte war, wozu sie Lust hatte.

Nein, korrigierte Cassandra sich selbst. *Nicht das Letzte.*

Am untersten Ende der Aufzählung stand ganz eindeutig das Beten. Und es sah so aus, als könnte es eine ganze Menge „Gebetsgelegenheiten“ geben. Zumindest hatte das der Pastor erwähnt, als sie die Graceview-Gemeinde erstmals besucht und mit ihm über die Filmreise gesprochen hatte. Der Mann – ein vollkommen Fremder – hatte dann auch noch gesagt, er würde für sie beten.

Für sie – Cassandra Albright – beten? Klar, beten gehörte wohl wesentlich zu seinen Aufgaben. Aber im Ernst – sah sie aus wie jemand, der Gebete nötig hatte? So wie sie an dem Tag aufgetreten war, mit ihrem cremefarbenen Designerkostüm, den teuren Schuhen und einer brillantbesetzten Tiffany-Uhr?

„Sie werden für mich beten?“ Mit zusammengekniffenen Augen blickte sie dem Pastor in sein rundes Gesicht.

„Ja, und für die gesamte Missionsgruppe. Es gibt auch Gebetsgruppen, an denen Sie vor Ihrer Abreise teilnehmen können. Dort beten wir um Bewahrung, um Gottes Hilfe, dass Sie auf der Reise Ihre – und Seine – Ziele erreichen können.“

Na ja, was die Sicherheit betraf, konnte sie sich nicht vorstellen, dass das ein Thema war. Meine Güte, immerhin reisten sie ja nicht nach Darfur. Und was die Ziele ihrer Reise anging – dafür musste sie selbst sorgen. Gott würde wohl nicht vom Himmel herabsteigen und ihr helfen, ihre Videokamera aufzubauen.

Cassandra lenkte ihren Wagen auf die Ausfahrt und bog dann nach rechts auf den Bridgestome Boulevard ab. Erneut wurde ihr übel. Woher kam das? Von den beiden Aspirin auf leeren Magen? Oder weil sie nur noch wenige Kilometer von der Gemeinde entfernt war?

Vermutlich beides.

Die Reise würde unangenehmer werden, als sie sich erst vorgestellt hatte, als sie und McFadden in seinem Büro ihrer beider Karriereschub ausgeheckt hatten. Wie sollte sie das alles ertragen? Gespräche über Gott. Die ganze Beterei. So zu tun, als wäre sie „eine von ihnen“.

Kirche hatte nie zu ihrem Leben gehört, was für die Bewohner von Plaines, Indiana, wahrscheinlich ein Glück war. Wenn ihr Pflegevater je einen Fuß in eine Kirche gesetzt hätte, wäre er vermutlich vom Blitz getroffen und versengt worden.

In dem Haus, das ihre Pflegeeltern angemietet hatten, existierte Gott nicht. Niemand redete über ihn oder erwähnte auch nur seinen Namen, es sei denn in einem Fluch.

Doch ob es ihr behagte oder nicht, sie musste sich auf diesen Missionstrip begeben. Cassandra musste für sich selbst sorgen, für ihre Interessen, für ihren Platz in der Welt. Wer sollte es denn sonst tun?

Kopfschüttelnd vertrieb sie die schweren Gedanken und sah auf die Uhr auf ihrem holzgemaserten Armaturenbrett. Es war 19:20 Uhr.

Als sie auf den Parkplatz der Gemeinde fuhr, bemerkte sie, dass sie nicht die Einzige war, die gerne zeitig kam – selbst zu so grässlichen Terminen wie dem bevorstehenden. Hier stand schon mindestens ein Dutzend Autos.

Als sie den Wagen abschloss und in ihren Designer-Blazer schlüpfte, erspähte sie eine Frau, die quer über den Parkplatz zum Eingang lief.

Ui! Da war aber jemand, für den dringend gebetet werden musste …

Cassandra ließ ihren Schlüssel in ihre teure Handtasche gleiten und beäugte die Frau durch die Gläser der goldumrandeten Sonnenbrille.

Die Dame war zwar mindestens zehn Jahre jünger als sie, doch sie sah ungeheuer erschöpft aus. Vollkommen ausgelaugt. Vielleicht waren ihre Haare ja von Natur aus rötlich; doch offenbar hatte sie sich auch Strähnchen machen lassen, da ein Ansatz zu sehen war, obwohl sie die Haare zu einem Pferdeschwanz zurückgebunden hatte. Ihr hüftlanges graues Jackett sah etwas altbacken aus, ihre Jeans hatte auch schon bessere Tage gesehen, wahrscheinlich um die Jahrtausendwende herum. Die junge Frau wirkte, als brauchte sie mehr, als dass ein bisschen religiöser Kauderwelsch für sie gesprochen wurde. Sie brauchte eine Runderneuerung. Ja, und ein Urlaub würde sicherlich auch nicht schaden.

15

Gaby lehnte an der gestrichenen Betonwand des Besprechungsraums und ließ den Blick über die Tische und künftigen Missionsreisenden schweifen. Manche waren offenbar schon ganz aufgeregt und zappelten auf ihren Metallstühlen herum. Sie machte ihnen keinen Vorwurf daraus. Der Leiter der Missionsarbeit konnte endlose Vorträge halten, wenn er das Wort ergriff.

„Noch einmal, Leute“, sagte er bestimmt schon zum dritten Mal, „unsere Sommer-Missionsreisen nach Mamelodi könnten größer sein. In den letzten Jahren hatten wir jeden Sommer dreihundert Freiwillige, da wir eine Partnerschaft mit Pastor Shadrachs Gemeinde haben. Doch die Frühjahrsreise ist sowas von einzigartig, dass Sie staunen werden. Sie sind etwa dreißig Personen, die in ein halbes Dutzend Teams aufgeteilt werden – mit je einer eigenen Initiative. Ihre Teams werden nicht zusammenwirken, sondern eng mit den Südafrikanern vor Ort zusammenarbeiten und die Vorarbeiten für die Sommerprojekte und Freiwilligen leisten …“

Gaby hörte seiner langatmigen Rede nur halb zu. Davon war doch sowieso nichts von Belang. Im Moment brauchte sie keinen Lebensinhalt. Sie brauchte Abstand. Wenn eine Reise zum Mond anberaumt worden wäre, wäre auch das noch nicht weit genug weg für sie.

Nie zuvor hatte sie selbst daran gedacht, auf eine Missionsreise zu gehen. Sie hatte entweder zu viel mit der Kinderarbeit zu tun oder war zu sehr mit dem Versuch beschäftigt gewesen, ein Kind zu bekommen. Aber als eine Gruppenleiterin durch einen Notfall in der Familie verhindert wurde, hatte Gaby die Gelegenheit ergriffen, sie zu ersetzen.

Nicht da zu sein, war für sie die einzige Möglichkeit, den Ostersonntag zu überstehen.

Noch ein Ostersonntag ohne ein eigenes Kind.

Wie hatte ihr jedes Jahr das Herz geblutet, wenn sie in der Kirche die kleinen Mädchen gesehen hatte mit ihren pastellfarbenen süßen Kleidchen, den klackenden weißen Lackschuhen, ihren modischen Haarbändern und den Samtreifen oder Mützen auf ihre süßen Köpfchen. Oder die Jungs, die wie kleine Gentlemen aussahen mit ihren Westen und Krawatten oder Sakkos, an denen sie ständig herumfummelten, weil sie sie einengten.

Wie schwer fiel es ihr, ihren kichernden Nichten und Neffen zuzuschauen, die im Garten ihrer Mutter herumrannten und Ostereier suchten, die mit Bonbons oder Münzen gefüllt waren, während ihre Brüder und Schwägerinnen sie mit vor Stolz glänzenden Augen im Blick behielten.

Zu wissen, dass sie an diesem Feiertag weit, weit weg war … und dass sie schon bald abreisen würde, wenn auch nur für zwei Wochen, hatte ihr ein Fünkchen Hoffnung geschenkt.

Das einzige Problem war Tom.

Sie hatte es ihm noch nicht erzählt. Nicht dass sie versuchte, es vor ihm geheim zu halten – sie hatten in letzter Zeit kaum richtig miteinander gesprochen. Erst hatte er es noch versucht, aber sie ertrug das Plaudern nicht, die Vorspiegelung eines normalen Lebens. Die Abende vergingen, ohne dass sie sich richtig miteinander unterhielten. Fast war es, als hätten sie vergessen, wie das geht. Sie waren bloß noch zwei Menschen, die unter demselben Dach lebten. Trotzdem konnte sie nicht ohne ein Wort nach Afrika reisen. Sie musste es ihm heute Abend erzählen.

„Wir machen jetzt eine kurze Pause." Der Leiter der Missionsarbeit hatte seine Einleitung wohl zu Ende gebracht. „Danach suchen Sie bitte Ihre Gruppenleiter. Sie sitzen jeweils an einem der sechs Tische. So haben Sie Gelegenheit, die anderen Teilnehmer Ihrer Gruppe kennenzulernen." Er hielt inne. „Doch bevor wir loslegen, lassen Sie uns noch kurz beten."

Als er den Kopf neigte, taten die anderen es ihm nach. Gaby zögerte, neigte dann jedoch auch ihren Kopf und konzentrierte sich halbherzig auf die Worte, die er zu einem Gebet reihte …

„Gaby?"

Cassandra Albright hatte das Namensschild an ihrem T-Shirt entdeckt. Da sie bereits wusste, dass die Frau zu ihrem Frauen-helfen-Frauen-Team gehörte, hatte sie sich schon darauf eingestellt, einen der bekanntesten Medien-VIPs der Stadt kennenzulernen.

„Miss Albright, sehr erfreut, Sie kennenzulernen." Gaby erhob sich und schüttelte der Nachrichtensprecherin die weiche, zarte Hand, was die außergewöhnlichen Glücksbringer am Goldarmband der Frau zum Klimpern brachte.

„Nennen Sie mich doch bitte Cassandra." Sie ließ Gabys Hand los und setzte sich anmutig auf einen Stuhl. „Schließlich reisen wir miteinander um die Welt."

Alles an dieser Frau – von der weißen Seidenbluse unter ihrem marineblauen Jackett bis zu den beigen Schuhen, die zur teuren Ledertasche passten – sah perfekt aus. Gaby nahm an, dass Cassandras Leben bestimmt genauso im Gleichgewicht war wie ihr Äußeres.

„Wie viele gehören noch zu unserer Gruppe?", fragte sie.

„Nur noch zwei." Gaby kramte in den Unterlagen und suchte die Teamliste. „Ich weiß, dass noch eine Katie Martin dabei ist, und ihre Mutter heißt …" Sie überflog die Seite.

„Hi, ich bin Heidi Martin."

Gaby sah von ihren Papieren auf. Vor ihr stand eine hübsche Frau mit einem herzförmigen Gesicht und kinnlangem Haar. Sie schätzte sie auf Ende Dreißig, aber nur, weil ein Teenager neben ihr stand. In Wirklichkeit sah Heidi Martin in ihrer Jeans und ihrem kurzen Blaser mindestens fünf Jahre jünger aus, eher so in Gabys Alter.

„Und das ist Katie." Heidi stellte ihre Tochter vor und berührte sie sachte am Arm.

Mit ihren schwarz gefärbten Haaren sah Katie wie das Gegenteil ihrer Mutter aus. Außer dass sie auch sehr hübsch war – was selbst das kastenförmige T-Shirt mit einem Band-Logo und die ausgefranste Jeans nicht verbergen konnten. Außerdem hatte ihr zaghaftes Lächeln etwas Süßes.

„Herzlich willkommen. Ich bin Gaby Phillips, und das ist …" Sie deutete auf Cassandra, die lächelte, als seien Kameras in der Nähe.

„Oh! Cassandra Albright. Wie schön, Sie kennenzulernen“, sagte Heidi aufgeregt. „Ich sehe Sie immer in den Nachrichten.“

Cassandra streckte ihr die Hand entgegen – Präzision in Hochglanz. Beim Händeschütteln klimperten wieder die Anhänger ihres Armbands. „Danke. Wir freuen uns über jeden Zuschauer.“ Ihre Zähne blitzten auf.

„Cassandra ist mit in unserem Team und dreht einen Bericht über die Frauen in Mamelodi“, sagte Gaby zu Heidi und Katie, und an Cassandra gewandt: „Das wird wohl ein Sonderbericht für Ihren Sender WON?“

„Sogar die erste internationale Sendung dieser Art.“ Cassandra schien begierig, ihnen das mitzuteilen.

„Wissen Sie schon, worum es genau gehen soll?“, meldete sich Katie zu Wort. Gaby staunte, war aber auch froh, dass das Mädchen dazu das Herz hatte.

„Ich plane vor allen Dingen, die Misere der südafrikanischen Frauen aufzuzeigen. Und natürlich anschaulich darzustellen, wie die Frauen in ihrem Leben etwas bewegen.“

„Das klingt ja nach einem recht großen Unterfangen. Ich hoffe, wir werden Ihren Erwartungen gerecht.“ Heidi lächelte Cassandra an und wandte sich dann an Gaby. „Wissen wir schon, mit wem wir vor Ort zusammenarbeiten?“

„So einigermaßen“, erwiderte Gaby und dachte an die E-Mails der vergangenen Woche zurück. „Ich habe Kontakt zu Mama Penny in Mamelodi. Sie hat mir aus dem Hospiz eine E-Mail geschickt. Nach dem, was sie sagte, hat sie schon ein Team zusammen, das mit uns arbeiten wird. Sieht so aus, als hätte eine dieser Frauen eine besondere Idee, wie wir dazu beitragen können, dass die Südafrikanerinnen mehr Geld für ihre Familien verdienen.“

„Klingt interessant“, sagte Heidi.

„Jemand hat mir erzählt, dass er während einer Missionsreise in einem grässlichen alten Hotel gewohnt hat“, wechselte Katie das Thema. „Werden wir dort auch wohnen?“

„Soweit ich weiß, kommen dort die meisten anderen Gruppen unter, doch wir wohnen auf dem Gelände der Pfarrei.“

„Gibt es irgendwelche Details zur Unterkunft?“, hakte Cassandra nach.

„Ich wünschte selbst, ich hätte welche.“ Gaby sah von Cassandra zu dem Mutter-Tochter-Gespann. „Haben Sie noch weitere Fragen?“

„Arbeiten Sie vollzeitlich in der Gemeinde?“, fragte Heidi.

Gaby nickte. „In manchen Wochen mehr als Vollzeit. Ich leite die Kinderarbeit.“

„Sie kamen mir auch irgendwie bekannt vor. Wie schön!“, erwiderte Heidi. „Ich arbeite sehr gerne mit kleinen Kindern. Ich bin Grundschullehrerin.“

„Ach du liebe Zeit! Werden Sie bald heiliggesprochen?“, gluckste Cassandra. „Ich weiß noch, dass ich einmal einen Nachrichtenbeitrag über Grundschulkinder gedreht habe. Und zwar in der Cafeteria. War das ein Durcheinander. Ein Kind hat mir Senf auf meine weiße Seidenhose geschmiert. Den Fleck habe ich nie wieder herausbekommen.“

„Tja, die Arbeit mit Kindern birgt Berufsrisiken“, stimmte Heidi ein. „Senf. Bazillen. Klebrige Hände. Unechte Wüstenrennmäuse, die durch das Klassenzimmer sausen.“

Alle sahen zu Gaby, weil sie von ihr wohl auch eine Anekdote zum Thema Kinder erwarteten. Doch dieses Thema war das Letzte, worüber sie jetzt reden wollte.

Stattdessen nahm Gaby die Unterlagen und verteilte sie. „Ich wurde gebeten, Ihnen eine Liste mit all den Sachen zu geben, die Sie nicht mit auf die Reise nehmen sollten. Sie können sie sich durchlesen. Doch vor allen Dingen sollten Sie nicht Ihre beste Kleidung einpacken, und wahrscheinlich werden Sie auch nicht das Risiko eingehen wollen, Wertsachen mitzunehmen. Modeschmuck ist in Ordnung, und wenn Sie einen einfachen Ehering tragen möchten, ist das auch okay.“

Sie sah den anderen Frauen auf die Hände, erblickte aber keinen Ehering. Umgekehrt spürte auch sie die forschenden Blicke der anderen auf ihrer linken Hand und wurde verlegen. „Ach ja, und noch etwas. Gegen Ende der Reise gehen wir auf eine Safari. Sie ist im Reisepreis enthalten und schon so eine Art Tradition. Die Südafrikaner sind äußerst stolz auf die Schönheit ihres Landes und empfinden sie als unglaublichen Segen

Gottes. Sie bitten ihre Gäste ausdrücklich, ihr Land und seine Lebewesen hautnah zu erleben. Wir kommen ihren Wünschen nach und haben entsprechende Vorkehrungen getroffen."

„Das ist ja cool!", rief Katie. Über so viel Überschwang musste Gaby etwas lächeln.

„Und denken Sie daran", fuhr sie fort, „es ist das Ende des Sommers. In den Nächten kühlt es ab, doch die Tage werden heiß. Packen Sie also die passenden Sachen ein." Sie hielt inne. „Noch weitere Fragen?"

„Was ist mit Internet?", wollte Katie wissen.

„Du wirst nicht die ganze Zeit bei deinen Freunden auf Facebook sein können." Heidi sah ihre Tochter an, als sei sie völlig übergeschnappt.

„Glaubst du im Ernst, das weiß ich nicht?"

Gaby unterbrach sie. „Es wäre nicht ratsam, einen Laptop mitzunehmen. Der ist zu wertvoll. Im Hospiz haben wir minimalen Internetzugang. Die E-Mail-Adresse des Hospizes steht auf den Blättern, die ich Ihnen ausgeteilt habe. Sie können sie Freunden oder Verwandten geben, damit sie sich im Notfall bei Ihnen melden können."

„Was meinen Sie mit *minimal*?", wollte Cassandra wissen.

„Soweit ich weiß, ist es ein kleines Wunder, dass das Dorf überhaupt einen Computer hat. Im Moment gibt es eine Internetverbindung zum Hospiz und wenigen anderen Häusern. Auf jeden Fall ist es ein Luxus, nicht so eine Selbstverständlichkeit wie bei uns", erläuterte Gaby. „Abgesehen von den Kosten kommt offenbar kein Kundendienst ins Dorf, und niemand dort ist entsprechend ausgebildet, die Computer zu reparieren, wenn sie abstürzen. Und nach allem, was ich so höre, passiert das recht häufig – manchmal fallen sie für ganze Tage aus. Wenn wir den Computer im Hospiz benutzen, wüssten sie es zu schätzen, wenn wir ihren Account verwenden." Sie hielt inne und fragte erneut: „Noch irgendetwas?"

Die drei Frauen schüttelten den Kopf, und Gaby war dankbar dafür. Sie musste noch Büroarbeit machen. Sie hatte so viel zu erledigen, bevor sie das Land für zwei Wochen verließ. Tom stand ebenfalls auf der Liste.

„So." Sie verschränkte ihre Hände. „Dann sehen wir uns wie verabredet am Flughafen wieder."

Als sie sich gerade erheben wollten, nahm Gaby wahr, wie die Teammitglieder an einem anderen Tisch ihre Köpfe zum Gebet neigten. *Stimmt ja!* „Bevor wir gehen, sollten wir noch beten." Sie streckte ihre Hände auf der Tischplatte aus.

Heidi legte ihren Schlüssel weg und ergriff Gabys linke Hand. Hörte sie ein Seufzen von Cassandra, die schließlich ihre Tasche in ihren Schoß legte und ihre rechte Hand nahm? Katie vervollständigte den Kreis.

„Wenn ich fertig bin und Sie etwas hinzufügen wollen, stimmen Sie bitte ein." Gaby atmete tief ein. „Himmlischer Vater, wir preisen dich und danken dir, dass du uns zusammengeführt hast. Danke, dass wir dein Werk tun dürfen und …"

Ihre Worte klangen gut. Sie hatte schon immer bestens in der Öffentlichkeit beten können. Aber seit Wochen war ihr nicht nach beten zumute. Eigentlich hatte sie auf gar nichts so richtig Lust gehabt. Warum sollte sie beten, wenn sie kaum noch an die Worte glaubte, nach denen sie sich so lang gerichtet hatte? Warum beten, wenn sie den Sinn der Worte nicht mehr spüren konnte?

Mehr als alles andere spürte Gaby Cassandras leichte Berührung und den Widerstand, den sie ausstrahlte. Auch Heidi hatte unbeschwert und umgänglich gewirkt, doch etwas an der Art, wie sie Gabys Hand festhielt, fühlte sich ernst und hilfsbedürftig an, als ginge es um ihr Leben. Gaby meinte, dieses Gefühl zu erkennen, und drückte ebenfalls die Hand.

Als sie fertig gebetet hatte, schwieg sie und wartete, ob eine der anderen auch noch ein Gebet hinzufügen wollte. Das war nicht der Fall, also schloss sie mit einem „Amen".

๑ ๑ ๑

Nach dem Treffen blieb Gaby noch bis fast elf Uhr in der Gemeinde und erledigte Papierkram. Auf dem Heimweg hoffte sie, Tom würde schon schlafen, wenn sie ankam. Gaby wusste zwar, dass sie es nicht länger aufschieben konnte, ihm davon zu erzählen, doch heute Abend war wohl nicht der richtige Augenblick. Sie war so unendlich müde. Sonntag wäre besser. Nach der Kirche. Vielleicht könnten sie spät frühstücken gehen – was sie schon eine ganze Weile nicht mehr getan hatten.

Erleichterung überkam sie, als sie die Haustür öffnete. Offenbar war ihr Wunsch in Erfüllung gegangen. Im Hintergrund brummte der Fernseher, Tom war auf der Couch eingeschlafen. In letzter Zeit passierte ihm das immer öfter. Oftmals schlief er dort die ganze Nacht, anstatt ins Bett zu kommen.

Gaby schlüpfte aus den Schuhen und schlich sich auf Zehenspitzen durchs Haus, um ihn nicht aufzuwecken. Sie schaltete die Lampen aus, sah nach, ob die Haustür zugeschlossen war. Als sie auf ihr Schlafzimmer zuging, richtete Tom sich auf der Couch auf. Gaby erschrak. Offenbar hatte er noch nicht so fest geschlafen.

„Ich habe Matt Wilson heute in der Stadt getroffen."

Während sie ihn im Halbdunkel betrachtete, fing ihr Herz an zu rasen. „Ja?"

Matt und Kelly Wilson waren vor Jahren in derselben Kleingruppe gewesen wie sie. Sie hatte die beiden in letzter Zeit nicht oft gesehen, bis sie Kelly heute Abend beim Missionstreffen über den Weg gelaufen war.

„Wir beide sind wohl ein paar Wochen Strohwitwer, während ihr Damen in Südafrika seid."

Gaby merkte, dass er wie beiläufig klingen wollte. Doch Schmerz und Groll sickerten aus jedem Wort.

„Ehrlich, Tom … ich wollte es dir sagen."

„Oh ja, da bin ich mir sicher. Irgendwann, stimmt's?"

Die Stimmen aus dem Fernseher hingen einen Augenblick zwischen ihnen.

„Ich bin Teamleiterin. Die Kirche bezahlt meine Reise."

„Habe ich etwas von Geld gesagt?"

„Nein, aber …"

„Ich kapiere nicht, was los ist."

„I-ich weiß."

„Wenn wir früher mal einen Tag nicht miteinander geredet haben, fanden wir das nicht richtig. Aber jetzt …"

Eine vage Erinnerung an dieses Gefühl griff nach ihrem Herzen. Tom war immer für sie da gewesen. Immer. Einen Augenblick lang legte sich eine Schwere um ihre Kehle; dann lockerte sie ihren Griff und war verschwunden. Zurück blieb nichts. Kein Aufschrei, keine Tränen. Bloß ein Gefühl der Leere. So tot. So taub.

„Du schiebst mich weg."

Gaby versuchte, eine Erklärung zu finden. Es abzustreiten. Aber es stimmte. „Ich weiß."

Er machte einen empörten Eindruck und ließ den Kopf hängen. Ein gebrochener Mann. Sie konnte es kaum aushalten, ihn so zu sehen. Doch jeder Teil ihres Selbst kam ihr vor wie aus Stein. Irgendwie konnte sie ihre Beine nicht dazu bringen, sich zu bewegen, auch wenn sie es versuchte. Auch ihren Verstand brachte sie nicht dazu, zu ihm zu gehen.

Ausnahmsweise machte auch er keinen Schritt auf sie zu.

„So kann es mit uns nicht weitergehen." Tom schüttelte langsam den Kopf. „Vielleicht sollten wir uns trennen. Vielleicht ist das das Richtige."

Fragte er sie? Oder teilte er es ihr mit? „Glaubst du … Wirst du hier sein, wenn ich wiederkomme?"

Sein Gesicht, das vom Fernseher angestrahlt wurde, sah vor Verwirrung verzerrt aus. „Ich weiß nicht. Ich weiß es einfach nicht."

Doch sie hatte das Gefühl, dass sie es wusste.

16

Hinter der Tür des Flughafenterminals und dem letzten Schwall klimatisierter Luft blieb Gaby auf dem Gehweg stehen und blinzelte in die Sonne. Prächtig wie eine Riesenmandarine schwebte sie über Johannesburg.

Gaby hatte den Großteil des achtzehnstündigen Flugs geschlafen und sich nur ein paarmal aufgerichtet. Einmal zum Essen. Ein anderes Mal, als das Schreien eines Kleinkinds die Stille im abgedunkelten Passagierraum zerrissen hatte. Ansonsten hatte sie all ihren Willen aufgebracht, um weiterzuschlafen und nur hin und wieder mit einem einzigen Wunschgedanken aufzuwachen: Der Flieger werde niemals landen und immerzu um die Erde kreisen, bis in alle Ewigkeit.

Doch irgendwann waren die Landeklappen ausgefahren worden. Das Flugzeug war ein paarmal gehoppelt, hatte sich wieder stabilisiert und war dann langsam über das zugewiesene Terminal gerollt. Als sie sich zwang, die Augen zu öffnen, befiel sie ein flatteriges Gefühl. Sie konnte sich nicht mehr verstecken, keinen Winterschlaf mehr halten.

Vielleicht ist es hier gar nicht so schrecklich, dachte Gaby. Auf ihrer blassen Haut fühlten sich die Sonnenstrahlen intensiv und kraftvoll an. Sie erinnerten sie daran, wie weit sie hier, in dieser fremden Umgebung, von zu Hause weg war, eine halbe Weltreise von ihrem Kummer entfernt.

Vielleicht würde sich ihre Seele hier wieder erwärmen. Vielleicht konnte die laserartige Hitze die eiskalten Schichten um ihr Herz wegbrennen. Doch das war für Gaby nur schwer vorstellbar. Sollte das überhaupt je möglich sein? Mit in den Himmel gerichtetem Blick forderte sie Gott heraus.

„Fühlt sich das nicht wunderbar an?" Heidi zog ihr Gepäck neben Gabys.

„Besser als Ohio." Vielleicht konnte sie sogar eine berufliche Karriere daraus machen, in fremde Länder zu fliegen und ihren Lieben entfremdet zu werden.

„Vor allem nach dem überraschenden Eissturm letzte Woche." Heidi schirmte ihre Augen mit der Hand ab.

„Der Eissturm kam nicht wirklich *überraschend*." Cassandra kam mit ihrem farblich aufeinander abstimmten Gepäck heran. „Wenn Sie die Nachrichten verfolgen, widerfährt uns das fast jedes Jahr um diese Zeit."

„Mama, schau mal! Sehen die nicht schön aus?" Katie deutete mit dem Kinn auf zwei Frauen in afrikanischer Kleidung, die auf sie zukamen. Ihre bunten, bodenlangen Wickelröcke und die passenden Tunikaoberteile sahen im Licht dieses Tages atemberaubend aus. Hellorange und rote

Kreise auf olivgrünem Grund umhüllten die eine Dame, wobei die dreiviertellangen Puffärmel den kühnen, auffälligen Farben etwas Feminines verliehen. Ihre Begleiterin in bauschig flatternden Blautönen auf Weiß trug eine passende Kopfbedeckung, die mystisch und attraktiv zugleich aussah.

Gaby war sich sicher, dass die Frauen mitbekamen, wie die vier sie anstarrten. Sie lächelten in ihre Richtung und neigten in einer sittsamen Pose den Kopf. Instinktiv neigte Gaby ebenfalls den Kopf. Hier herrschte so eine andere Atmosphäre.

Cassandra machte sich gleich an die Arbeit. Anscheinend hatte sie keine Hemmungen, sich ihre beeindruckende Kamera mit ihrer fast dreißig Zentimeter langen schwarzen Linse zu schnappen und ein paar Aufnahmen von den Frauen zu machen.

Als sie schon mal dabei war, schoss sie noch ein paar Fotos vom Xylophon-Trio in der Nähe. Oder zumindest ähnelten seine Instrumente Xylophonen: Unterschiedlich breite hölzerne Dreiecke waren mit Schnüren an einem A-förmigen Rahmen befestigt. Die Musiker wirkten so urtümlich wie die Instrumente, die sie spielten – sie trugen Tierfellwesten, Beinkleider aus Pelz und jeder eine Art Stammesstirnband.

Katie musterte die Musiker und wandte sich lachend an ihre Mutter. „Was meinst du? Ist das ein neuer Look für mich?"

„Na, daran wollen wir gar nicht erst denken." Heidi winkte lächelnd ab.

„Nach wem suchen wir noch mal?", fragte Cassandra, als sie die Kamera wieder im Kameraetui und dieses wiederum in der Umhängetasche verstaut hatte.

„Wir sollen hier eine Frau treffen", erwiderte Gaby. „Mama Penny."

„Mama Penny?" Cassandra hob eine gewachste Augenbraue.

„Die Dame, die Sie bei unserem Treffen erwähnt haben", erläuterte Heidi.

„Genau", nickte Gaby. „So wie ich es verstehe, ist sie wohl für alles Mögliche zuständig."

„Wie diese Frauen des Jahres, die in der Zeitung abgebildet werden?

Immer in mindestens zwanzig Gruppen engagiert? Und das mit einem Mann und Kindern, für die sie sorgen müssen." Heidi rückte die Tasche zurecht, die ihr von der Schulter rutschen wollte. „Kann ein einzelner Mensch wirklich so viel auf die Reihe bekommen?"

Niemand schien eine Antwort zu haben, doch Gaby merkte, dass Heidi auch gar keine erwartete. „Mama Penny steht irgendwie über allen, wie eine Bürgermeisterin oder eine Matriarchin oder ... ich weiß nicht so recht. Sie ist gebildeter als viele andere in Mamelodi."

„Wirklich?", sagte Heidi. „Wie eine Krankenschwester oder Lehrerin?"

„Ich weiß nicht genau; wir werden es herausfinden." Gaby zuckte die Achseln. „Ich bin nur ganz grob informiert worden. Hört sich so an, als wäre Mama Penny Seelsorgerin im Hospiz. Und dass sie Geld und Spenden von Unternehmen für verschiedene Dinge sammelt. Und sie ist eine Art Kontaktperson für die Gemeinschaft, ein Tausendsassa eben. Ich habe den Eindruck, viele Menschen sind auf ihre Hilfe angewiesen."

„Woran erkennen wir sie denn? Wissen Sie, wie sie aussieht?" Cassandra zupfte an ihrer Leinenbluse und ließ sie an ihrer Brust flattern. „Es ist ausgesprochen heiß. Und ich würde gerne meine Sachen auspacken." Sie zeigte über die Schulter auf ihr Gepäck.

Oje, zwei Wochen mit Cassandra Albright. Nein, nur noch zwölfeinhalb Tage. Anderthalb Reisetage haben wir ja schon hinter uns. Das würde auf jeden Fall eine Herausforderung. Gaby hatte am Columbus Airport erlebt, wie Cassandra sich allen Vorübergehenden gegenüber sehr hochnäsig aufgeführt hatte, als kandidiere sie fürs Präsidentenamt oder für den Titel der Miss Charme. Gaby hätte am liebsten laut gestöhnt. „Keine Ahnung", gab sie zu.

Am Straßenrand herrschte reger Betrieb, was nachvollziehbar war, denn der Flughafen war – wie jemand an der Gepäckausgabe erwähnt hatte – der größte des gesamten Kontinents.

Gaby blickte den Gehweg auf und ab. Ihr fiel eine gedrungene Frau ins Auge, die neben einem jungen Mädchen und einem etwa zehn Meter entfernt geparkten weißen Kleinbus stand. Die korallenrote Bluse der

Frau platzte fast aus den Nähten, genau wie ihr ausgestellter, bunt gemusterter Rock, beides in einem hübschen Kontrast zu ihrer dunklen Haut.

Doch auffälliger als die Kleidung fand Gaby die Art, wie die Frau fest, unbeirrt, stoisch dastand, während um sie herum das Chaos tobte. Ihre eckigen, breiten Schultern wirkten üppig genug, um die Last der Welt darauf zu tragen.

Das gäbe bestimmt einen guten Schnappschuss.

Gaby drehte sich zu den anderen um. „Kommen Sie bitte mit."

Sie führte ihre Gruppe, die die Koffer hinter sich herzog, zu der Frau. Doch das Geheimnis war gelüftet, noch bevor sie den Kleinbus erreichten, denn der Fahrer, ein junger Mann mit schwarzbrauner Haut, sprang heraus und hielt ein Pappschild hoch. In hellblauen Buchstaben stand *Gabriele – Graceview Gemeinde* darauf.

Was für ein untypisches Begrüßungskomitee. Eine Frau um die fünfzig oder sechzig. Ein Fahrer, der wie Anfang zwanzig aussah. Und ein etwa neunjähriges Mädchen.

Vielleicht wirken wir auf sie genauso seltsam, dachte Gaby. Vier Frauen vom anderen Ende der Erde – um was zu machen? Sie zu retten? Südafrika zu retten?

Wenn sie wüssten. Gaby runzelte die Stirn. Sie konnte nicht für den Rest ihrer Gruppe sprechen. Aber brauchte sie nicht genauso dringend jemanden, der sie vor sich selbst rettete?

Sie versuchte, diese grässlichen Gedanken abzuschütteln, und zerrte ihren Koffer zu der Frau. „Penny?"

„Mama Penny."

„Mama Penny, ich bin Gabriele Phillips."

Sie streckte die Hand aus, und die Frau ergriff sie kurz. Noch bevor Gaby wusste, wie ihr geschah, zog Mama Penny sie an ihre Brust und wickelte sie in einer herzlichen Umarmung ein.

„Willkommen, willkommen, Gabriele." Mama Penny klopfte ihr freundlich auf den Rücken. Dann ließ sie Gaby los und sagte zu den anderen: „Wir sind so froh, dass Sie mit Gabriele gekommen sind. Sie alle." Sie wandte sich an Gaby. „Wie heißen sie?"

Gaby musste einfach lächeln, und zwar sowohl über Mama Pennys offenherzige Freundlichkeit, als auch vor Erleichterung, dass sie die Frau tatsächlich verstehen konnte. Sie hatte sich Sorgen über die Verständigung gemacht, aber die gesellige Mama Penny sprach recht gut Englisch. Manchmal ging die Betonung einzelner Silben etwas daneben, und ihr Akzent war sehr kräftig. Doch Gaby konnte das meiste, was sie sagte, verstehen.

„Das ist Cassandra." Gaby deutete auf die Nachrichtensprecherin.

Cassandra nickte Mama Penny zu, während die Matriarchin sie musterte. „Bemerkenswert", kommentierte Mama Penny, als die beiden sich die Hände schüttelten. „Willkommen, Cassandra. Danke, dass Sie so weit gereist sind."

„Und das sind Heidi und ihre Tochter Katie."

„Freut mich, Sie kennenzulernen." Heidi streckte ihr eine Hand entgegen.

„Mich auch, Mama Heidi." Penny zwinkerte. Sie ergriff Heidis Hand, drehte sich dann zu Katie um und umarmte sie herzlich. „Sag mal, was bedeutet Katie?"

„Was es bedeutet?" Katie sah ihre Mutter Hilfe suchend an, doch Heidi konnte bloß die Schultern zucken, was Katie dann auch tat.

„In Afrika", erläuterte Mama Penny, „bedeuten die Namen, die wir unseren Kindern geben, oft etwas. Mein Enkel zum Beispiel heißt Rapala. Das bedeutet ‚beten'."

Katie war noch immer verblüfft. „Na ja, ich weiß nur, dass mein eigentlicher Name Katherina ist. Katie ist die Kurzform."

„Katherina, sagst du?" Mama Penny zog die Augenbrauen zusammen. „Lass mich dir noch einen Namen sagen. Das ist Sipho." Sie legte dem Fahrer eine Hand auf die Schulter. Er war mindestens zehn Zentimeter größer als sie. Gaby schätzte ihn auf fast einen Meter fünfundachtzig.

„*Sie* – was?", fragte Gaby den jungen Mann.

Als er lächelte, bildeten seine weißen Zähne einen Kontrast zu seinem glatten, dunklen Gesicht. Doch selbst mit diesem breiten Grinsen wirkte er schüchtern, dachte Gaby, und hielt den Blick nach unten gesenkt. „*Siepo*", antwortete er.

Nach einer weiteren Runde Händeschütteln und Umarmungen erläuterte Mama Penny: „Sipho fährt schon seit vielen Jahren für Pastor Shadrach. Da Sie auf dem Gelände des Pfarrhauses wohnen, fährt er Sie überall hin, wohin Sie müssen. Er ist ein guter Fahrer. Aber manchmal müssen Sie sagen: ‚Etwas langsamer, Sipho. Etwas langsamer.' Sogar ich sage manchmal zu ihm: ‚Du fährst, als sollten wir Jesus schon sehr bald begegnen!'"

Alle lachten.

„Manchmal stimmt das", kicherte Sipho. „Aber ich fahre vorsichtig mit Ihnen, versprochen."

„Danke." Gaby lächelte und fügte neckend hinzu: „Wir wissen das zu schätzen."

„Und wer ist das?" Heidi ging vor dem dünnen Mädchen neben Mama Penny in die Hocke.

Gaby war aufgefallen, wie geduldig das Kind gewartet hatte, bis die Erwachsenen sich vorgestellt hatten.

„Die Süße heißt Nomvula." Mama Penny legte dem Mädchen einen Arm um die Schultern.

Nomvulas dunkle Augen waren groß und rund, und sie hatte das hübscheste pekannussfarbene Gesicht, das Gaby je gesehen hatte. Jemand hatte sich viel Zeit genommen, ihr eine Flechtfrisur zu machen, was elegant aussah, im Gegensatz zu ihrem verblichenen blauen Rock und dem rosa T-Shirt mit dem Schriftzug der Baseballmannschaft *Dugan Dodgers*. Ohne Zweifel war das T-Shirt in einer Kleiderspende der Graceview-Gemeinde gewesen und hatte zum Trikot eines anderen Kindes gehört. Hatte Nomvula es ihnen zu Ehren angezogen?

Oder weil sie nichts anderes anzuziehen hatte?

Doch was auch immer das Kind nicht hatte, Mama Penny schien es wettzumachen. Als die gedrungene Frau das Kind anblickte, konnte Gaby erkennen, wie Mama Penny das Mädchen mit ihren Augen liebkoste.

Gaby verlagerte ihr Gewicht von einem Fuß auf den anderen. Ein Gefühl der Unzulänglichkeit überschwemmte sie. Es war wohl schon eine ganze Weile her, seit sie zuletzt ein Kind in der Gemeinde so angeschaut hatte.

Mama Pennys Liebesbezeugung war nicht verschwendet. Offenbar entzündete sie in Nomvula einen Funken Vertrauen, der ein Lächeln erstrahlen ließ, das auch die anderen ansteckte.

„Wenn es für Sie in Ordnung ist", verkündete Mama Penny, „wollen wir Ihr Gepäck beim Pastor abladen; dann nehmen wir Sie mit zu Nomvulas Mutter Jaleela. Sie gehört zu den Frauen, mit denen Sie arbeiten werden. Heute geht es ihr besser. Sie hätte gerne, dass Sie sie heute besuchen und mit ihr Pap essen."

„Pap?", fragte Katie. „Was ist denn *Pap*?"

„Ach, das siehst du dann schon, Katie mit den blauen Augen." Mama Penny legte sich eine Hand auf die Brust, und ihre Augen weiteten sich, als habe sie gerade eine Offenbarung erhalten. „Ich glaube, *das* bedeutet dein Name. So werde ich dich nennen – blaue Augen!" Sie lachte ungezwungen, und es schien ihr nichts auszumachen, dass sie sich vielleicht nur alleine amüsierte.

Doch dem war nicht so. Alle stimmten mit ein, und Gaby hatte den Eindruck, dass Katie besonders fröhlich aussah.

„Na dann – gehen wir?", fragte Mama Penny.

Nomvula zupfte an Mama Pennys langem Rock.

„Was ist denn, mein Kind?"

Das Mädchen hielt eine Plastiktüte hoch.

„Ach so, stimmt ja. Nomvula und ihre Mutter haben Begrüßungsgeschenke für Sie gemacht." Mama Penny tätschelte Nomvulas Rücken. „Na los. Du kannst sie ihnen jetzt geben."

Nomvula öffnete die Tüte und zog vier Puppen heraus, die jeweils kaum größer als sieben Zentimeter waren. Gaby konnte kaum glauben, wie aufwendig sie hergestellt waren. Bei allen wurde erst einmal ein Korken in bunte Baumwolle gewickelt. Das war der Körper, wie Mama Penny erläuterte, und die Köpfe waren aus einer Kugel Folie in schwarzem Stoff. Der Halsbereich, wo die beiden Stoffe aufeinander trafen, war geschmückt mit aneinander befestigten Reihen winziger Getreidekornperlen, die einem Halsband ähnelten. Ebenfalls aus Perlen waren die Augen, aus schwarzem Garn die geflochtenen Haare.

„Willkommen …“, begann Nomvula feierlich, stockte aber sogleich und sah zu Mama Penny hinüber.

„Cassandra“, sagte Mama Penny.

„Cassandra.“ Das Mädchen streckte ihr eine Puppe entgegen.

Cassandra nahm sie anmutig an. „Danke schön, Nom…“ Auch sie sah zu Mama Penny hinüber.

„Nomvula“, antwortete Mama Penny.

Cassandra nickte und wiederholte den Namen.

Nomvula ging die Reihe entlang. „Willkommen, Mama Heidi. Willkommen, Katie mit den blauen Augen.“ Sie gab Heidi eine orange Puppe und Katie eine smaragdgrüne. Beide bückten sich und umarmten sie.

Nomvula zögerte kurz, bevor sie zu Gaby ging, wobei Gaby nicht wusste warum. „Gabriele?“, flüsterte sie fast ehrerbietig und hielt ihr eine leuchtend hellgrüne Puppe hin.

„Ganz herzlichen Dank.“ Gaby beugte sich zu Nomvula hinunter und umarmte sie.

„Heißt du wirklich Gabriele?“

„Ja.“

„Bist du wie der Engel? Der zu Maria kam und sie segnete?“

„Hm, na ja, es ist eine Form davon …“

Doch bevor Gaby ihre Antwort ausformulieren konnte, nahm Nomvula ihre Hand und ließ sie nicht wieder los. „Du lernst heute meine Mama kennen.“

17

Sipho klang fast entschuldigend, als er den Motor des überlangen Minibusses anließ und ihnen eröffnete, dass die Fahrt vom Flughafen nach Mamelodi fünfundvierzig Minuten dauern würde. Doch Gaby machte das überhaupt nichts aus. Die warme Brise, die in den Kleinbus hereinwehte, streichelte ihr Gesicht, fast so wie ein geliebter Mensch. Nur besser, ohne Komplikationen oder Gespräche und ohne eigene Beteiligung.

Gaby schloss einen Moment die Augen, sog das beruhigende Gefühl ein und wünschte sich, sie könnte ihr ganzes Sein in das sanfte Flattern des Windes einpassen, sie könnte wieder in die Traumwelt des Schlafs abtauchen wie im Flieger. Doch sie hatte wohl keine Wahl. Sie war Leiterin dieser Gruppe – der Preis, den sie für die Flucht ans andere Ende der Welt zu bezahlen hatte – und musste auch Verantwortung übernehmen. In diesem Moment, als sie sich mit einem Ohr auf das Geplauder um sie herum einstellte, schien es jedoch, als ob die Frauen auch ohne ihre Leitung bestens zurechtkamen.

Gaby sank noch tiefer in ihren Sitz. Sie hatte kein Interesse an Zugehörigkeit zu irgendetwas. Nicht zu diesen Frauen. Nicht zu diesem Tag. Oder zum morgigen Tag. Schon beim Gedanken daran fühlte sie sich wie beschwert. Und emotional ausgelaugter, als sie ohnehin schon war.

Sich mit ihrem Verlust abzufinden, war eine Sache; aber sie war zu benommen gewesen, um sich auch noch mit Tom zu befassen. Er hatte ihr nicht einmal angeboten, sie zum Flughafen zu bringen. Nicht dass er es hätte machen müssen. Vielmehr war er an diesem Morgen zur Arbeit aufgebrochen, als wäre es ein Tag wie jeder andere, nur dass er früher gegangen war, ohne sich auch nur murmelnd von ihr zu verabschieden.

Es war so seltsam gewesen, als das Taxi kam und sie mit dem Schlüssel in der Hand vor der Tür gestanden hatte, bereit, ihn ins Schloss zu stecken. Wie gelähmt verweilte sie einen Augenblick und hatte das Gefühl, sie werde ihr Leben niemals wiedererkennen, wenn sie jetzt so abfahren würde.

Aber was sollte sie denn machen? Tom einen langen Brief dalassen? Um *was* zu erklären? Ihn auf dem Handy anrufen? Um *was* zu sagen?

Vor Wochen hätte sich ihr Herz sogleich im Gebet an ihren himmlischen Vater gewandt und ihn um Hilfe und Eingreifen angefleht. Doch das war vor Wochen. Stattdessen hatte sie, nach kurzem Innehalten, den Schlüssel schließlich herumgedreht und die Tür hinter sich verschlossen.

Gaby seufzte lange und mitleiderregend, was sie aber erst merkte, als etwas ihre Aufmerksamkeit auf sich zog und sie sich unwillkürlich nach rechts drehte. Es waren Nomvulas Augen. Gaby hatte gespürt, wie das Mädchen sie quer durch den Kleinbus fixiert und ihr fester Blick sie wie ein Magnet angezogen hatte.

Seit Nomvula und Gaby einander vorgestellt worden waren, starrte das Kind sie an, als sei Gaby eine Gefangene oder ein Phantom, das entfliehen könne, wenn sie nicht aufpasste. Doch in diesem Moment war Nomvulas Blick vollkommen anders.

Wie konnten junge Augen so alt aussehen? Wie schaffte es dieses Kind, dass Gaby sich so vollständig fühlte? Sie wandte sich zu ihr und versuchte, mit Nomvula zu plaudern. „Ganz schön lange Fahrt vom Flughafen aus."

„Geht schon. Macht mir nichts aus."

Das Lächeln, das Nomvula ihr schenkte, war so bedingungslos nachsichtig, dass Gaby sich genötigt sah, etwas aufrechter zu sitzen.

Es musste doch noch mehr geben, was sie dem Mädchen sagen konnte. Fiel ihr denn gar nichts ein? Aber was sagt man zu einer Neunjährigen, die so weise und selbstbeherrscht aussah wie die eigene grauhaarige Großmutter?

Da ihr nichts einfiel, stellte Gaby sich auf das Gespräch um sie herum ein.

„Irgendwie erinnert mich das hier an Dallas", sagte Katie, die ihr Gesicht ans Fenster direkt vor Gaby gedrückt hatte. „Also, wenn man aus der Innenstadt rausfährt."

Katies Bemerkung ließ Gaby ebenfalls aus dem Fenster schauen, und zum ersten Mal nahm sie die vorüberziehende Umgebung wahr. Der weiche, wellige Boden mit dem goldenen, sonnenverbrannten Gras wirkte auf sie, als könnten sie überall sein. Als würden sie über eine Landstraße irgendwo in einem ländlichen Teil Amerikas fahren.

Sie hatten Joburg – den freundlichen Spitznamen von Johannesburg hatte sie rasch übernommen – mit den glänzenden modernen Wolkenkratzern, den Unmengen an Einkaufsgelegenheiten und dem ernüchternden Apartheid-Museum hinter sich gelassen. Da es die größte Stadt des Landes war, konnte sie damit etwas anfangen.

Wer wusste jedoch, was sie in Mamelodi erwartete? Würde dort etwas vertraut aussehen? Sie hatte schon einiges darüber erfahren, dass dieser Straßenabschnitt, auf dem sie unterwegs waren, nicht das einzig Trennende war zwischen Dorf und Stadt, den beiden Kulturen, den beiden Welten.

„Ja, irgendwie schon", antwortete Heidi von der anderen Seite des Kleinbusses und unterbrach Gabys Gedanken.

„Weißt du noch, als wir mit Papa dort Ferien gemacht haben?", fragte Katie wehmütig und ohne ihre Mama anzusehen.

„Oh ja. Du bist mit deinen Cousins und Cousinen in den Freizeitpark gegangen. Schon ziemlich lange her, was?"

In Heidis Stimme schien derselbe nachdenkliche Ton mitzuschwingen. Gaby fragte sich erneut, was mit Katies Vater war. Dem Tonfall nach und der Tatsache, dass Heidi keinen Ehering trug, schloss sie, dass er nicht mehr in ihrem Leben war. Doch warum, das wusste sie nicht.

„Dallas?" Mama Penny drehte sich auf ihrem Beifahrersitz um.

„Dallas, Texas", erläuterte Katie.

„Ich habe davon gehört. Von Missionaren." Mama Penny lächelte. „Da gibt es doch diese Leute. Die Cowboys. Wir haben hier keine Cowboys."

„In Texas gibt es Leute, die in der Ölindustrie arbeiten. Und die sehr reich sind. Ich hatte das Vergnügen, vor ein paar Jahren einige auf einer Rundfunkkonferenz kennenzulernen." Cassandra berührte beim Sprechen ihre Fingerspitzen, als wolle sie sehen, ob ihr Nagellack die Reise unbeschadet überstanden hatte. „Zwischen Dallas und Houston steht das bemerkenswerteste Einkaufszentrum, das ich je gesehen habe – einfach sagenhaft. Die Malls in Ohio verblassen dagegen. Waren Sie damals auch mal in der Galleria?", fragte sie Heidi über die Schulter.

„Nein. Wir haben überwiegend Verwandte besucht."

„Ach je, wie schade." Cassandra warf eine Hand in die Luft. „Sie haben eine der tollsten Einkaufsmöglichkeiten Ihres Lebens verpasst."

Gaby konnte nicht fassen, dass Cassandra über ultimative Einkaufserlebnisse redete. Hatte die Frau denn gar keinen Zensor im Hirn? Merkte sie denn nicht, wo sie hier war und bei wem? Zum Glück wirkte Mama Penny unbeeindruckt von Cassandras Lebenswirklichkeit, die ohne Zweifel nichts mit ihrer eigenen zu tun hatte.

Doch Gaby hatte genügend eigene Probleme. Sie hatte weder die Energie noch den Hang, Cassandra soziale Kompetenzen zu vermitteln, zum Donnerwetter!

„Und was ist mit Ihnen?", fragte Mama Penny Gaby. „Waren Sie schon mal in Dallas?"

Sie hatte zwar zugehört, aber wirklich keine Lust, sich in das Gespräch hineinziehen zu lassen. „Nein. Der einzige Bundesstaat westlich von uns, in dem wir je waren, ist Colorado. In einem Sommer sind wir in den Rocky Mountains gewandert."

„Wir? Haben Sie Familie?"

„Hm, na ja, mein Mann und ich."

Mama Penny bekam einen wissenden Blick. „Ah. Reisen Sie beide viel?"

„Nicht besonders." Obwohl sie es gerne wollten. In den ersten Jahren ihrer Ehe hatten sie sich im Januar immer einen Kalender mit Farbfotos von Gottes schönsten Gegenden der USA gekauft und Pläne geschmiedet, welche sie am liebsten bereisen würden. Doch mit der Zeit hatten sie diese Träume gegen den Traum von einer Familie eingetauscht. Dahin flossen all ihr Geld, ihre Zeit und ihre Konzentration. Doch wohin hatte sie das schließlich gebracht? Nicht sehr weit. „Zumindest nicht in letzter Zeit."

„Wie heißt denn Ihr Mann?"

„Mein Mann?"

„Er hat Sie doch ohne sich um die halbe Welt reisen lassen, oder?" Mama Penny lächelte sie sonderbar an. „Ich will Gott für ihn danken."

Gaby spürte erneut Nomvulas Blick. Die anderen Frauen hatten sich umgedreht und sahen sie ebenfalls an. „Er heißt Tom." Sie fühlte sich beinahe schuldig, ihn zu erwähnen. Hatte sie überhaupt noch Anrecht auf ihn?

„Freut er sich über Ihre Reise?"

Es war ja gut und schön, dass Mama Penny so freundlich war, aber jetzt wurde sie etwas zu persönlich. Außerdem waren das keine Fragen mit einfachen Antworten. Zumindest nicht in letzter Zeit. „Mein Entschluss kam ziemlich kurzfristig, sodass …"

„Hatten Sie Zeit genug, ein Foto von Ihrem Tom einzupacken?"

Oh ja, die Frau fragte entschieden zu persönliche Sachen. „I-ich habe die Brieftasche nicht mit, die ich sonst immer dabeihabe." Gaby zog ihren Rucksack näher zu sich heran und fühlte sich plötzlich wie auf dem Präsentierteller. Als könnte jeder in ihre Tasche sehen. Und in ihr Herz.

Als sie aus dem Flieger gestiegen war, hatte sie gehofft, einen Ort zu finden, an dem sie sich vor der Vergangenheit verbergen konnte. Wo die Leere mit etwas Neuem gefüllt wurde. Doch jetzt, nach nur wenigen Fragen, nur wenigen Erinnerungen, war die Hoffnung zerronnen. Ihr Magen war ein einziges großes Loch. Das Gefühl war schlimmer als je zuvor.

„Ich wette, er sieht aus wie David Beckham." Katie hatte sich aufgerichtet und lächelte Gaby über ihre Rückenlehne hinweg an.

„David Beckham?", sinnierte Heidi. „Wie kommst du denn auf den?"

Gaby war sich sicher, dass Katie einen Zugang zu ihr finden wollte. Sie war zwar doppelt so alt, doch immer noch am nächsten an Katies siebzehn Jahren. Diejenige, die sich am ehesten erinnern konnte, wie es war, so jung zu sein. Einen Augenblick lang wünschte sie sich, sie könnte noch einmal in das Alter zurückkehren, in dem Katie jetzt war. Zumindest so, damit sie und Tom eine neue Chance hätten und von vorne beginnen könnten.

„Und?“, hakte Katie nach. „Wie sieht er aus?“

Alle starrten Gaby an. Mit einem neugierigen Lächeln und einem Blick, der ihr halb hoffnungsvoll, halb neidisch vorkam, drehten sie sich in ihren Sitzen zu ihr um. Als hätte sie alles. Als wäre sie die Glückliche. Ach, wenn sie wüssten … „Ich weiß nicht. Er sieht einfach aus wie Tom, schätze ich mal.“

Ihre enttäuschende Antwort brachte alle dazu, sich wieder umzudrehen und aus dem Fenster zu schauen. Cassandra holte eine kleine Kamera aus der schwarzen Tasche, die neben ihr stand. Vielleicht eine Videokamera?

Jetzt, da sie nicht mehr auf der Hauptstraße waren und sich dem Dorf näherten, nahm Cassandra alles auf, was sie sehen konnten, als der Kleinbus an einer Ampel halten musste. Und nein, Gaby war sich ziemlich sicher, dass die Umgebung hier keine Ähnlichkeit mehr mit der Landschaft um Dallas hatte. Die fünfundvierzig Minuten Fahrt, die Johannesburg – oder Egoli, „Ort des Goldes“, ein anderer Spitzname der Stadt – vom Dorf Mamelodi trennten, waren in der Tat ein erheblicher Abstand.

Mamelodi sah wie das genaue Gegenteil von Joburg aus, dachte Gaby, als sie durch ein Gebiet mit aneinandergedrängten Hütten fuhren, auch Squatter Camp – Hüttenviertel – genannt, wie Mama Penny erläuterte. In weiter Ferne sah man die in der Sonne golden und silbern glänzenden Hochhäuser. Hier dagegen waren die Dächer aus Blechstreifen, die von Ziegelbrocken oder einem ausrangierten Autoreifen befestigt wurden. Unrat und Müll stapelten sich am Straßenrand. Schilder an zerfallenen Gebilden von der Größe eines durchschnittlichen Schlafzimmerschranks machten Werbung für einen Friseursalon oder eine Unfallstation.

Gaby konnte es nicht glauben. Die Kinder ihrer Brüder hatten Spielhäuser im Garten, die solider gebaut und einladender waren als diese Hütten. Wo spielten die Kinder hier, fragte sie sich. Vielleicht taten sie es gar nicht, ging ihr auf, als sie kleine Jungen sah, die kaum alt genug wirkten, um nicht mehr von ihren Müttern beaufsichtigt zu werden, und die scheinbar ziellos durch die Straßen streunten. Und kleine Mädchen, die noch jüngere Kinder an der Hand hielten und sie hinter sich herzogen. Gelegentlich ging eine Frau in einem afrikanischen Kleid und einem um den Kopf gewickelten Tuch entschlossenen Schrittes die Straße entlang. Vielleicht auf der Suche nach einem Job? Oder nach etwas zu essen für ihre Kinder?

Gaby schaute weg, denn sie wollte nicht mehr sehen.

Nach weiteren zehn Minuten drehte Mama Penny sich schließlich um. „Wir sind da. Hier ist das Grundstück von Pastor Shadrach."

Sipho steuerte den Kleinbus nach links in ein alles umhüllendes sattes Grün, wo auf den ersten Blick kein Gebäude zu sehen war, sondern nur hohe, palmenartige Bäume und belaubte Büsche auf kurzem grünen Gras, das ganz im Gegensatz zu dem verbrannten Gras am Straßenrand stand. Ohne den Zaun, der das gesamte Gelände umspannte, hätte es wie ein Miniatur-Eden wirken können. Und selbst die undurchdringlich aussehende Metalleinzäunung hätte als nette, dekorative Beigabe zum Anwesen durchgehen können, wären da nicht die großen, bedrohlichen Stacheldrahtrollen gewesen, die vor einem Elektrozaun warnten.

Gaby sog die Luft ein und vernahm im ganzen Kleinbus schockierte Reaktionen, als auch den anderen das Wirrwarr aus Draht auffiel.

„Ist das ein elektrischer Zaun?" Katie konnte ihr ungläubiges Staunen nicht verbergen.

Mama Penny sah das Mädchen mit festem Blick an. „Ja."

„Aber warum denn?", fragte Katie stellvertretend für die anderen.

„Die Kriminalität ist sehr hoch in Südafrika, Kind. Es gibt Banden. Viele verlorene Seelen. Dir würde das Ausgehverbot hier bestimmt nicht gefallen. Meine Enkelin Mpumi ist neunzehn. Sie muss zum Abendessen zu Hause sein. Das ist um sechs Uhr, wenn es allmählich dunkel wird."

Katies Augen weiteten sich. „Ohne Witz?"

„Ohne Witz", entgegnete Mama Penny sachlich. „Wir müssen uns davor schützen, dass andere uns etwas zuleide tun. Darum wirst du an allen Häusern hier auch Tore und Zäune sehen. Das ist unsere Art, wie wir uns abschotten." Sie hielt inne und fügte hinzu: „Aber wir haben alle eine Methode, uns abzuschotten, nicht wahr?"

Mama Penny hatte zwar Katie angesprochen, doch Gaby hatte den Eindruck, dass sie sie über den Kopf des Teenagers hinweg anschaute.

18

Das Gepäck war mindestens einen Meter zwanzig hoch im Kofferraum des Kleinbusses gestapelt. Heidi und Sipho stießen mit ihren Ellbogen gegeneinander, als die beiden hinter dem Fahrzeug standen und gleichzeitig nach demselben Koffer griffen.

„Ma'am." Beim Lächeln entblößte er seine Zähne. „Ihr Koffer, der ist fast so groß wie Sie. Ich würde ihn gerne herunterheben."

„Ja, lassen Sie Sipho das machen", fiel Mama Penny ein. „Er soll seine Muskeln gebrauchen, sonst wird er noch ganz schlapp, wenn er den ganzen Tag den Kleinbus fährt." Sie watschelte etwas näher zu ihnen. „Deine Freundin mag doch kräftige Muskeln, was, Sipho?"

Als seine Freundin erwähnt wurde, hellten sich Siphos Augen auf. Doch aus Respekt gegenüber Mama Penny, wie es Heidi schien, erwiderte er nichts. Er lachte lediglich still in sich hinein und lud weiter das Gepäck aus.

Jeder einzelnen Frau stellte Sipho das Gepäck direkt vor die Füße, mit dem Griff zu ihnen, was sie dankbar begrüßten. Heidi beobachtete, wie der junge Mann mit Leichtigkeit und Anmut seine Aufgabe erledigte, und musste daran denken, wie schwer sie sich am Vortag mit ihren und Katies Koffern getan hatte.

Nur dass es nicht bloß das Gewicht der Koffer gewesen war, womit sie zu kämpfen gehabt hatte. Die Erinnerungen an Jeff – sie waren immer da, lauerten unter der Oberfläche, doch gestern hatten sie sie förmlich überschwemmt. Die Gedanken an ihn hatten sie überrascht und ihr den Atem geraubt. Sie hatte sich kurz am Kofferraum abgestützt, doch es war keine

Stütze im physikalischen Sinn, die sie begehrte. Nein, in diesem Augenblick hätte sie alles für emotionale Unterstützung gegeben. Jemand, der ihr bestätigte, dass es richtig war, ihre Tochter – ihre schwangere Tochter – auf eine Reise um den ganzen Globus herum mitzunehmen.

„Katie wird schon klarkommen." Plötzlich fielen ihr wieder Kevins tröstliche Worte ein. Die Erinnerung an seine beruhigende Stimme, seine Besorgnis – selbst seine Einladung – ließen sie erröten. Sie hoffte, dass jemand, der das zufällig mitbekam, es der Hitze zuschreiben würde.

Doch niemand schien sie zu beobachten. Alle konzentrierten sich auf Mama Penny, die auf das einzige Haus auf dem Grundstück deutete. Es war ein bescheidener Backsteinbau, der sich in eine Wiege aus Palmen schmiegte.

„Das ist Pastor Shadrachs Haus", sagte sie, als die Koffer, die sie hinter sich herzogen, auf einem Weg aus Erde und Kies zum Stehen kamen.

Das Pfarrhaus sah so aus, als sei es teilweise noch eine Baustelle. Ein Schubkarren stand vor dem Vorgarten und überall waren Leitern und Werkzeug verstreut. Doch jemand hatte damit begonnen, entlang des Gehwegs ein Blumenbeet anzulegen, und eine Wasserschale aus Zement auf die Terrasse gestellt, wo sich die Vögel versammelten. Beides strahlte Wärme aus und bot einen Zufluchtsort für beladene Seelen und müde Reisende, auch für die Gefiederten.

„Der Pastor und seine Familie sind viel unterwegs, aber diese Woche können sie gar nicht hier sein. Er hat mich gebeten, sein Bedauern darüber auszudrücken. Ein befreundeter Pastor hat letzte Woche seine Kirche in Nigeria verloren. Sie wurde bis auf die Grundmauern niedergebrannt", berichtete Mama Penny ernst. „Pastor Shadrachs Familie ist dorthingefahren, um zu helfen und um mit dem Pastor und seiner Frau zu beten."

„Heißt das, jemand hat ein Feuer gelegt?", stieß Katie hervor.

Mama Penny nickte. „Das vermutet man."

„Aber wer macht denn …?"

Noch bevor Heidi die Frage aussprechen konnte, antwortete Mama Penny: „Es gab Unruhen mit Jugendlichen anderen Glaubens." Sie zeigte geradeaus auf eine Reihe identischer einstöckiger Ziegelbauten. Sie wirkten recht schlicht, wie kleine Schlafsäle, und nur die strohgedeckten Dächer verliehen ihnen ein klein wenig tropisches Flair. „Dort werden Sie wohnen. Kommen Sie."

Die Rollen ihrer Koffer wirbelten Staub auf, als sie wortlos die Auffahrt zu den Gebäuden hinaufgingen. Das einzige Geräusch, das die Stille durchbrach, war der laute, durchdringende Schrei eines Vogels, der seine lärmende Botschaft wieder und wieder von sich gab. Heidi erschreckte dieser durchdringende Schrei, und sie hatte das Gefühl, jeden Moment käme ein riesiger Flugsaurier auf sie herabgeschossen.

Mama Penny, die das bemerkte, lächelte sanft. „Das ist der Geh-weg-Vogel."

„Geh-weg-Vogel?"

„Ein Graulärmvogel. Er ruft ganz laut *gaa-weyrr, gaa-weyrr* und warnt die anderen Tiere, wenn ein Jäger das Territorium betritt."

„Oh." Heidis Schultern entspannten sich etwas, als sie ihren Blick über die umstehenden Bäume schweifen ließ und versuchte, den stimmgewaltigen Waldsänger zu entdecken. Beinahe hätte sie Katie umgerannt, die plötzlich stehen blieb.

„Ach, wie süß", gurrte Katie. Sie ließ ihren Koffer los und lief schlafwandlerisch auf einen Hund zu, der faul unter einem Busch lag. „Ist der nicht superniedlich?"

Das graue Wesen mit dem kurzen Fell sah alles andere als niedlich aus, fand Heidi. Andererseits war sie, im Gegensatz zu Katie, nur in ganz bestimmen Fällen eine Hundeliebhaberin, denn normalerweise wurde sie von Allergien heimgesucht. Sie war nur dann bereit, eine Niesattacke auf sich zu nehmen, wenn ihr ein außerordentlich unwiderstehlicher flauschiger Welpe über den Weg lief.

Katie jedoch wurde schon immer von jeglichen Vierbeinern angezogen, selbst von einem so räudigen Wesen wie diesem, dem Heidi während ihres Aufenthalts nicht näher als drei Meter zu kommen hoffte.

Kaum näherte sich Katie dem Hund, zeigte er sich jedoch von seiner nicht so niedlichen Seite. Der Köter sprang auf alle viere und zeigte seine

Reißzähne. Sekunden später schwoll sein tiefes, brummendes Knurren zu einem wilden, hohen Gebell an.

Heidi entdeckte zwar die Leine um seinen Hals und wusste, er konnte Katie nicht angreifen, doch ihr Herz pochte heftig, und sie trat unwillkürlich ein paar Schritte zurück. Auch Gaby und Cassandra erschraken, wobei Cassandra einen ganz undamenhaften Fluch von sich gab.

Doch Katie blieb, wo sie war. Sie stand dem Vieh direkt gegenüber und flüsterte ihm etwas zu. Als das Tier erneut knurrte, sah es so aus, als würde Katie gerade die Hand nach ihm ausstrecken wollen.

Was, wenn er sie beißen würde? Wenn er sie verletzte, das Baby verletzte? „Katie!“, rief Heidi.

„Alles in Ordnung, Mama.“

„Noch“, schaltete sich Sipho hinter ihr ein. „Ich würde ihm nicht zu nahe kommen.“

Katie ließ die Hand sinken. „Ach, er wird sich schon beruhigen.“

„Halte dich lieber fern“, warnte Sipho erneut, jetzt schon mit etwas erhobener Stimme, da der Hund lauter knurrte. „Der Hund ist nicht besonders klug.“

Katie drehte sich zu Sipho um. „Nicht?“

„Nein. Er bellt immer Weiße an. Wahrscheinlich hat er noch nicht verstanden, dass die Apartheid vorüber ist“, antwortete Sipho.

Er macht wohl Scherze, dachte Heidi. Allerdings schien sich das Tier zu beruhigen, als Nomvula sich ihm näherte. Das lag sicher daran, dass er das Mädchen kannte; er würde doch wohl kaum Hautfarben unterscheiden können!

„Wie heißt er?“, fragte Katie.

„Hazard.“ Nomvula kraulte den Hund unterm Kinn und beschwichtigte ihn.

„Na, Hazard, wir werden uns schon noch anfreunden, oder?“

Nach dieser Zusicherung setzten die Frauen ihre Prozession fort, und Sipho bildete das Schlusslicht. Heidi beobachtete, dass Nomvula und Katie neben Gaby hergingen. Sie hatten offenbar Gefallen an der Gemeindemitarbeiterin gefunden, doch im Moment schien Gaby das Interesse nicht zu erwidern. Sie war reservierter als bei ihrem ersten Treffen in der Kirche. Weniger gesprächsbereit. Aber vielleicht war sie auch bloß müde von der Reise. Heidi war erleichtert, dass Katie Gaby mochte. Sie war ein Frauentyp, den alle bewunderten, und für Katie würde sich das vielleicht positiv auswirken, denn sie konnte im Moment eine Freundin gebrauchen. Gewiss war sie es leid, in den letzten Wochen immer als Mutter-Tochter-Gespann aufzutreten. Heidi genoss ihre Zeit miteinander, oder zumindest, dass Katie öfter zu Hause war, doch sie wusste, dass ihre Tochter das nervte. Das junge Mädchen war so daran gewöhnt, viel mit Freunden unterwegs zu sein, dass der Mangel an Aktivitäten bestimmt eine schwere Umstellung war.

Doch seit ihre Schwangerschaft bekannt geworden war, hatte ihr Handy nicht sehr oft geklingelt. Mark war so ziemlich der Einzige, mit dem Katie noch redete. Doch was auch immer in den SMS stand, die sie sich am Columbus Airport zugeschickt hatten, es hatte Katie offenbar nicht aufgeheitert.

Zumindest bekommt sie eine Pause von dem Drama zu Hause. Vielleicht sogar wir beide.

Sie hatten es beide bitter nötig, dachte Heidi und beobachtete, wie Katie eine tiefrosa Blüte von einer Kletterpflanze pflückte, die sich um einen Baum herumwand. Hoffentlich würden die Erinnerungen an diese Reise sie noch lange nach ihrer Rückkehr trösten.

„Na, das sieht ja besser aus, als ich dachte“, sagte Cassandra leise zu Heidi, als sie die Schwelle ihres Schlafdomizils erreichten. „Sie glauben nicht, was ich mir ausgemalt hatte. Barbarische Zustände, Schmutz.“ Sie lachte. „Mäuse.“

Doch als sie das Haus betraten, schlug ihnen der abgestandene Geruch von Fäulnis und Moder entgegen.

„Puh.“ Cassandra hustete. „Das nehme ich zurück. Genau so habe ich mir die Unterkunft vorgestellt. Ich hoffe, mein Desinfektionsmittel hat die Reise gut überstanden.“

Heidi wünschte, dass ihr etwas Schmeichelhaftes einfallen würde, das sie Mama Penny und Sipho im Ausgleich für Cassandras deutliche Worte hätte sagen können, und in Gabys Blick erkannte sie denselben Wunsch; doch ihr fiel nichts ein. Wie auch? Ihr Kopf war voll von dem, was sich ihr darbot: eine zusammengekrachte, fleckige Couch, unfertige Wände und Kabel, die von der Decke hingen. Offenbar war das Geld ausgegangen und die Arbeitskraft ebenso, genau wie beim Pfarrhaus.

Was hatte sie erwartet? Sie wusste doch, dass sie nicht in einem Hotel übernachteten wie die meisten anderen Gruppen von Graceview. Und das war in Ordnung. Sie würden sich alles genau anschauen und die Unterkunft gemütlicher herrichten.

Zum Glück hatte Heidi den größeren Teil ihres zweiten Koffers mit einigen Annehmlichkeiten von zu Hause sowie Süßigkeiten bestückt. Sie hatte ein paar Geschirrtücher eingepackt, Plastikdosen mit Knabbereien für alle sowie Kinderspielzeug und ein paar Duftkerzen, die im Moment sehr gute Dienste leisten würden. Im Ernst – woher kam nur dieser grässliche Geruch?

„Was in aller Welt …?“ Cassandra sprach Heidis Gedanken laut aus. „Riecht ja wie eine tote Ratte oder so etwas.“ Sie legte sich eine Hand vor den Mund, als würde ihr jeden Moment übel werden. „Das ist kein Scherz – entweder der Gestank ist bald weg oder ich.“

Nach einigem Suchen entdeckten sie in einer Ecke der Küche eine überquellende Mülltüte, die auch schon Insekten aller Art für sich aufgespürt hatten.

Mama Penny stöhnte. „Ich muss mich für Dominic entschuldigen. Er ist ein paar Tage unterwegs, um seiner Mutter zu helfen. Normalerweise ist es seine Aufgabe, hier sauber zu machen, wenn Gäste abreisen, aber vielleicht war er in Eile.“ Sie wandte sich an Sipho. „Ist sein Vater gestorben?“

„Ich glaube ja.“

„Ach Gott des Trostes …“ Mama Penny schloss die Augen und hob die Arme gen Himmel. „Bitte schenke Dominic und seiner Familie die Kraft, die sie brauchen. Die Art von Stärke, die du nur den Deinen gibst.“

Sipho flüsterte „Amen“, öffnete dann ein paar Fenster und entfernte den Müll.

Mama Penny verzog das Gesicht. „Katie mit den blauen Augen, du siehst plötzlich nicht mehr so gut aus. Ich hoffe, der grässliche Geruch hat dich nicht krank gemacht.“

Heidis Blick schoss zu ihrer Tochter, und ihr Puls beschleunigte sich. Es stimmte. Katie mochte sich zwar vor wenigen Minuten Hazard genähert haben und die Auffahrt praktisch hinaufgehüpft sein, um unterwegs die eine oder andere Blüte zu pflücken, aber jetzt sah sie kränklich aus. Ihre Lippen waren gekräuselt, ihr Gesicht verzerrt.

Diesen Anblick kannte Heidi nur allzu gut von Katies morgendlicher Übelkeit. Sie schien vor ein paar Wochen verschwunden zu sein, worüber sie beide dankbar gewesen waren. War sie jetzt wiedergekehrt? Würde es sie auch hier Mühe kosten, ihr Geheimnis zu bewahren?

„Ach, wird schon wieder“, sagte Katie schwach.

„Wie wär's mit einem Keks?“ Heidi öffnete den Reißverschluss ihres kleineren Koffers. „Oder einem Müsliriegel?“

Katie wirkte, als hätte sie kaum die Energie, den Kopf zu schütteln. „Nein, danke.“

„Ich glaube, wir lassen Sie jetzt etwas in Ruhe, meine Damen. Dann können Sie Ihre Sachen wegräumen“, sagte Mama Penny und streckte ihre Hand nach Nomvula aus, die neben Gaby stand. „Komm, Süße.“

Nomvula blieb stehen.

„Vula“, wiederholte Mama Penny.

Das Mädchen sah Gaby noch einmal an, bevor sie Mama Pennys ausgestreckte Hand nahm.

„Wir kommen bald wieder, Kind. Mach nicht so ein trauriges Gesicht. Das ist ein guter Tag für dich. Für uns alle. Wir haben Engel um uns, die wir nicht sehen können. Und auch Engel, die aus Amerika hierhergekommen sind.“

„Dieses Haus würde niemals von der Bauaufsicht abgenommen“, sagte Cassandra, die ihre gewaltigen schwarzen Koffer die unebenen Betonstufen hochhievte, und hielt inne. Das bedeutete, dass auch die anderen, die hinter ihr die Treppe nach oben wollten, eine Pause einlegen und versuchen mussten, ihre Koffer zu balancieren. Heidi wünschte, Cassandra würde einfach weitergehen. Ihre Beine waren vom Flug noch zu wackelig, um auf den heiklen Stufen das Gleichgewicht zu halten, geschweige denn die beiden schwerbeladenen Koffer hinter sich nicht loszulassen. Beinahe hätte sie den Kampf gegen die Schwerkraft verloren. Und dann war da noch Katie.

„Geht es dir schon etwas besser?“, flüsterte sie Katie zu, die hinter ihr stand.

Dass Katie die Zähne zusammenbiss, war Antwort genug. Genau wie ihr aschfahles Gesicht.

Hier würde es bald noch viel schlimmer aussehen, wenn die großspurige Nachrichtensprecherin sich nicht bewegte und Katie es nicht noch in diesem Jahrhundert ins Bad schaffte.

„Vielleicht gibt es hier nicht solche Bauvorschriften wie bei uns“, meinte Heidi und versuchte, nicht nach unten zu schauen, sondern gab sich alle Mühe, ihren Blick auf Cassandra zu richten.

„Das ist ja wohl offenkundig. Wir haben mal einen Bericht über einen Bauunternehmer gedreht, der Geld sparte, indem er …“

Ein Luftzug huschte an Heidis verschwitztem Gesicht vorüber, als Katie plötzlich an ihr vorbei die Stufen hinaufraste. Sie hätte sie beinahe umgerannt und stieß gegen Cassandras Koffer, woraufhin diese ins Taumeln geriet.

Sie hörten, wie sich oben eine Tür schloss.

„Was ist denn mit ihr los?“ Cassandras verkniffener Gesichtsausdruck ließ ihre Verärgerung erkennen. Sie warf Heidi einen missbilligenden Blick zu, als sei sie eine Mutter, die ihr Kind nicht im Griff hatte.

„Sie fühlt sich nicht gut“, brachte Heidi mühsam hervor und wusste nicht, wie lange sie sich noch würde beherrschen können.

„Ihr Magen?“, fragte Gaby von unten.

Heidi nickte.

„Na ja, wem geht es schon gut?“, warf Cassandra ein. „Der Flug war unfassbar. Achtzehn Stunden. Und warum durften wir nicht aussteigen, als wir Zwischenstopp zum Auftanken gemacht haben? Meine Jeans von Armani werden nie mehr dieselben sein. Ich hätte wirklich etwas …“

„Ganz ehrlich", unterbrach Heidi, „damit kann ich im Moment gar nichts anfangen."

Genau wie Katie ließ sie ihre Koffer auf der Treppe stehen und sprang die engen, tückischen Stufen ohne Geländer hoch. Als sie oben ankam, war sie ganz benommen. Ein Treppenabsatz von nur knapp zwei Quadratmetern Fläche und ebenfalls ohne Geländer verzweigte sich zu drei Zimmern und einer geschlossenen Badezimmertür. Drei bis viereinhalb Meter über ihr war ein Strohdach; ansonsten hatten die Zimmer keine Decke. Keine Privatsphäre. Katies Würgegeräusche waren durch die geschlossene Tür gut zu vernehmen. Heidi erwog es anzuklopfen – aber wozu? Sie würde wohl ins Bad gehen, ob Katie ihr sagte, dass sie sie brauchte, oder nicht.

Als Heidi sich in dem winzigen, zugestellten Raum umsah, wäre ihr auch fast übel geworden. Katie saß auf dem sandigen, schmutzigen Fußboden und umfasste die Toilette, die dauerhafte Flecken von was auch immer aufwies.

Ach, warum hatte Katie so gedrängt, hierherzukommen? Heidi war bereit gewesen, die Reise kurzfristig abzublasen. Warum hatte Katie in ihrem Zustand ihre Meinung geändert und unbedingt reisen wollen? Im Moment sah sie jedenfalls nicht sonderlich glücklich darüber aus, hier zu sein. Sie saß zusammengesackt auf dem Boden, wischte sich den Mund mit dem Handrücken ab und starrte Heidi an. Aus ihrem hohlen Blick sprach nichts als Enttäuschung.

Heidis Augen begannen sich zu trüben. Katies Anblick zerriss Heidi das Herz. Sie sah sich im Bad nach einem Waschlappen, nach irgendetwas um, womit sie Katie die Stirn kühlen konnte.

Gaby hatte gesagt, sie würden Wäsche gestellt bekommen. Heidi nahm an, dass der Stapel aus vier Handtüchern auf einem verdreckten Plastikstuhl, der eher auf die Terrasse zu gehören schien, für sie bestimmt war. Sie nahm sich das Oberste vom Stapel und hielt das blassgrüne Ding wie einen Putzlappen in der Hand. Für eine kurze Sekunde musste Heidi an ihren Wäscheschrank zu Hause denken und an die beiden weißen, flauschigen Waschlappen, die sie für die Reise eingepackt hatte. Doch jetzt war nicht die Zeit, ihren Koffer danach zu durchwühlen.

Heidi drehte den antiquierten Wasserhahn auf. Er spuckte und spie, bis ein Rinnsal herausfloss, sodass sie den Zipfel des Handtuchs mit kaltem Wasser befeuchten konnte. Sie kniete sich hin und hielt Katie das Tuch an die Stirn.

„Alles klar da drinnen?" Vorsichtig klopfte Cassandra an die Tür.

Katie sah so einsam und verlassen aus, dass es Heidi ganz schwer ums Herz war. „Alles klar", antwortete sie und erkannte an Katies Blick, dass sie dasselbe dachten.

Würden sie jemals frei davon sein? So weit weg von ihrer Heimat und von den forschenden Blicken, könnten sie doch hier entspannen und sich keine Sorgen darüber machen, ob die anderen etwas herausbekamen. Und was sie sich denken, wie sie über sie urteilen würden.

„Wir stellen Ihnen die Koffer ins Zimmer", rief Gaby durch die geschlossene Tür.

„Ach, das ist doch nicht nötig."

„Kein Problem."

„Sie übergibt sich", sagte Cassandra mit gedämpfter Stimme zu Gaby. „Und da habe ich mir Gedanken über die Krankheitskeime der anderen Flugpassagiere gemacht. Zum Glück habe ich mein Echinacea eingepackt."

Heidi drückte Katie das feuchte Tuch an die Schläfe.

„Es tut mir so leid", flüsterte Katie zittrig.

„Ach Katie …" Sie umarmte ihr Kind, das so am Boden zerstört aussah. Was hätte sie sagen können? Ihr tat es doch ebenso leid.

19

Cassandra wedelte die Mücken fort, die sich offenbar an ihrem Unterarm gütlich taten.

Wie konnte dieses Ding es wagen! Jetzt schon nervtötend, und dabei hatte sie sich noch nicht einmal eingerichtet. Allerdings – was hieß hier eingerichtet? Ihre schicken Koffer von Louis Vuitton standen zusammen mit der Kameratasche und der silbernen Handtasche mitten in dem schrankgroßen Zimmer. Umgeben von hin und her wuselnden Ameisenkarawanen, die über den staubbedeckten Holzboden liefen, sah das Gepäck aus wie zwei Wachposten, die auf den einzigen weiteren Gegenstand im Zimmer achtgaben: ein Doppelbett ohne Kopfteil.

Karg war gar kein Ausdruck! Cassandra hatte schon in einfachen Motels übernachtet, die besser ausgestattet und auch wesentlich sauberer waren. Allerdings würde sie das niemandem gegenüber zugeben – das mit den einfachen Motels. Aber auch sie hatte früher kleine Brötchen gebacken und für verschiedene, kleine Lokalsender gearbeitet, bevor sie zu WON gekommen war. Diese Sender hatten kein großes Budget für ihre eifrigen neuen Reporter. Als junge ehrgeizige Journalistin war sie fleißiger als alle anderen gewesen – und hatte jedes Quartier bezogen, wenn das bedeutete, den Job zu behalten. Selbst wenn es manchmal unbequem war und sie mit einem Auge die Metalltür bewachen oder Handtücher auf das Bett legen musste, um mit der Haut nicht das Laken zu berühren.

Doch das war egal. Sie hatte damals fast alles getan, um ihre Karriere voranzutreiben. Und sie hatte es geschafft. Inzwischen tat sie fast alles, um ihren Posten zu behalten.

Allerdings war die zweite Runde deutlich schwieriger, dachte Cassandra und hievte den kleineren ihrer hochpreisigen Koffer aufs Bett. Sie war verwöhnt von den Früchten ihrer Arbeit und dem gehobenen Lebensstil, den sie – und nur sie – sich erarbeitet hatte. Wenn einen die Leute erst einmal für reich und erfolgreich hielten, war es schwierig, sich niedriger einstufen zu lassen.

Und es war ebenso schwierig, sich selbst mit weniger zufriedenzugeben.

Mit einem ungewöhnlich energischen *Ratsch* durchschnitt der Reißverschluss die Stille in dem fast kahlen Raum, als Cassandra das vordere Kofferfach öffnete und eine batteriebetriebene Uhr sowie ihren unentbehrlichen beleuchteten Reisespiegel hervorholte. Dann sah sie sich um und fragte sich, worauf sie die beiden Dinge stellen sollte. Sie fühlte sich wie ein Kind bei der Bescherung, als sie in einer Zimmerecke einen Karton entdeckte. Sie legte den Spiegel auf den fleckigen Bettbezug, holte den Karton hervor, drehte ihn um und stellte ihn neben ihr Bett. *Voilà!* Jetzt hatte ihr Zimmer einen Nachttisch. Etwas niedrig, aber er musste reichen.

Wenn es nur etwas gäbe, um das Bett einladender zu gestalten und zumindest das Schlafen darin weniger Furcht einflößend erscheinen zu lassen! Sie malte sich nur ungern aus, wie die Laken aussahen, denn die Tagesdecke wirkte nicht gerade ansprechend oder sauber. Der ramponierte Stoff mit Spitzenborte hatte braune, streifige Flecken. Er sah schlimmer aus als die Zähne von Jack McFadden, und das besagte schon einiges.

Jack. Er hatte ihre Abreise kaum erwarten können, damit sie bald mit einer Geschichte heimkehrte, die seiner stagnierenden Karriere neues Leben einhauchte. Ja, der gute alte auf seinen eigenen Vorteil bedachte Jack; er war doch genau wie alle Männer. Wahrscheinlich war er gerade im Golfclub und beendete eine Runde oder genoss einen eisgekühlten Wodka Tonic und Zuchtchampignons als Vorspeise – während sie hier an diesem gottverlassenen Ort weilte.

Durch eine eifrig saugende Mücke an ihrem Hals wurde Cassandra aus ihren Gedanken gerissen; sie schlug danach. Schweiß tropfte ihr die Brust hinab bis auf den Bauchnabel.

Hier oben waren es bestimmt zweiunddreißig Grad. Was gäbe sie jetzt für einen Deckenventilator. Dazu müsste jedoch erst einmal eine Decke da sein, erinnerte sie sich und reckte den Hals, um die Neigung des Strohdaches zu betrachten.

Wie viele Insektenarten beherbergte das Ding wohl? Sie schauderte bei dem Gedanken.

Ja, sie hätte jetzt auch einen Wodka Tonic gebrauchen können, hätte sogar ihre Seele für einen verkauft. Kalt, mild und betäubend. Klang nach dem perfekten Abschluss ihres langen Reisetages. Doch dazu würde es nicht kommen, wie sie wusste, denn hier in Südafrika würde es keinen Alkohol geben. Trinken war gegenüber den Einheimischen unhöflich oder irgendsoetwas.

Cassandra seufzte. Die Kirche und Gott kannten sich mit dem Aufstellen von Regeln bestens aus. Normalerweise wusste sie, wie sie sich umgehen ließen, aber auf dem Grundstück eines Pastors in einem kleinen Dorf in Südafrika einen Cocktail aufzuspüren, das war wohl auch für ihren Einfallsreichtum eine Nummer zu groß.

„Geht es Katie besser?", hörte sie Gaby Heidi fragen.

Sie reckte ihr Ohr zu der dünnen Holztür, um Heidis Antwort mitzubekommen.

Ach, es würde wohl genauso laufen wie immer. Gegen Ende der Reise wären Gaby und Heidi dick befreundet, und sie würde wieder außen vor stehen …

Den Großteil ihrer Teeniezeit und selbst als Twen hatte sie alles von außen beobachtet und gelernt, dass nicht viele Menschen bereit sind, Außenseiter einzubeziehen. Wenn man erst mal draußen stand, merkten die Leute das irgendwie. Sie wählen dich nicht aus. Sie wollen nicht mit dir befreundet sein.

Aber wer hatte schon Zeit für so etwas Leichtsinniges wie Freunde? Cassandra auf jeden Fall nicht. In ihrer Zeit am College kam sie gerade so über die Runden und nahm alle möglichen Jobs an, während die einzige Aufgabe, die die anderen Mädchen zu haben schienen, Partys waren.

Und als sie die erste Anstellung bei einem Fernsehsender bekommen hatte, hatte sie viele lange Stunden daran gearbeitet, sich selbst etwas zu beweisen und voranzukommen. Sie gewöhnte sich daran, auf sich selbst gestellt zu sein. In ihrem Arbeitsbereich war das sowieso besser. Schließlich war eine zu starke Präsenz der Niedergang so mancher Berühmtheit.

Man brauchte genau die richtige Menge. Wie eine attraktive Frau, die am Sonntagmorgen in der Bäckerei auftaucht und nach deren Anblick sich die anderen Leute vorkommen, als hätten sie eine Erscheinung gehabt. Kommt das jedoch jeden Tag vor, bleibt nichts Geheimnisvolles zurück.

Sie nahm den Taschenspiegel und untersuchte ihre Zähne. Alles gut. Sie lockerte sich die Haare mit den Händen.

Cassandra wollte sowieso nicht in dieses Zweiergespann eingebunden werden. Diese Heidi war eine richtige Mutti, so praktisch veranlagt. Sie konnte einem nach einer Weile wirklich auf die Nerven gehen. Kein Wunder, dass ihre Tochter andauernd die Augen verdrehte. Cassandra konnte das nachvollziehen. Und dann Gaby, Miss Oberheilig, Leiterin der Kinderarbeit. Was war denn mit ihr los? Guter Job, angeblich ein netter Ehemann, tolles Verhältnis zu ihrem Erlöser? Dafür sah die Frau aber die meiste Zeit ganz schön mitgenommen aus.

Na ja. Nicht mein Problem. Cassandra wischte sich etwas Wimperntusche unter dem linken Auge weg.

„Darf ich hereinkommen?"

Als sie Heidis Stimme und das leichte Klopfen an der dünnen Holztür hörte, richtete Cassandra sich auf.

„Klar", antwortete sie und legte den Spiegel beiseite. „Hoffentlich klappt die Tür nicht zusammen. Sie hängt nicht mehr in der oberen Angel." So ein Pech, dass sie keinen kleinen Satz Werkzeug mitgenommen hatte.

Langsam öffnete Heidi die Tür und lugte herein. „Sieht so ziemlich aus wie unser Zimmer. Nur dass wir zwei Betten haben."

„Wirklich? Und ich dachte schon, das hier wäre die Luxussuite. Ich wette, Sie haben nicht so einen Nachttisch wie den hier." Sie deutete auf den umgedrehten Karton.

Heidi verzog das Gesicht zu einem Lächeln und überraschte Cassandra damit, dass sie nicht versuchte, sie für ihre Bemerkung zu tadeln. „Im Bad lagen vier Handtücher. Ich habe Ihnen eins mitgebracht. Ihr *Leinen*, Ma'am." Sie reichte ihr das Handtuch.

Aha, auch sie lässt wohl manchmal die Zügel locker, was? Cassandra nahm das fadenscheinige Stück Stoff entgegen und bemerkte, dass es genauso fleckig und ausgefranst war wie die Tagesdecke. „Und auch noch Zimmerservice. Ähm, danke schön."

Heidi wippte auf den Fersen. „Ich weiß, was Sie denken."

„Ich denke überhaupt nichts." Okay, doch. Sie fragte sich, warum Heidi so nett zu ihr war.

„Doch, das tun Sie. Und das ist auch in Ordnung. Ich habe Sie nicht übervorteilt. Eigentlich eher im Gegenteil."

Cassandra legte den Kopf schräg.

„Ich habe Ihnen und Katie die Besten herausgesucht."

„Für Katie und mich?"

„Ich bin an Verschmutzungen gewöhnt. Gaby vermutlich auch. Wir haben es immer mit kleinen Kindern zu tun."

„Tja, ich … danke noch mal."

„Keine Ursache." Heidi schob die Hände in die Taschen ihrer kakifarbenen Caprihose und wandte sich zum Gehen.

Nein, es ergab keinen Sinn, dass Heidi nett zu ihr war. Aber sie würde alles annehmen, was ihr den Aufenthalt erleichterte. Schließlich ging es auf dieser Welt ums Geben und Nehmen, und es gab kein Vertun, zu welchem Lager sie gehörte – und zu welchem Heidi anscheinend passte. Vielleicht gehörte sie zu den Müttern, die Cassandra nur aus dem Fernsehen kannte, die sich immer verpflichtet fühlten, die Wogen zu glätten und es allen behaglich zu machen. Davon konnte einem schon übel werden; doch dann wiederum …

„Ich habe Echinacea dabei", hörte sie sich selbst herausplatzen. „Eine ganze Flasche." Sie beugte sich hinüber und zog einen Behälter aus ihrem kleineren Koffer. „Falls Ihre Tochter merkt, dass ihr wieder schlecht wird."

Heidi blieb stehen und sah Cassandra an. „Sie kommt schon klar. Ihr Magen war nur etwas aufgewühlt. Aber danke. Vielleicht versuche ich es später."

„Was versuchen?" Gaby steckte ihren Kopf ins Zimmer.

„Wir unterhalten uns gerade über Kräuter", sagte Heidi.

Gaby nickte. „Sipho kam gerade vorbei. Die Pläne haben sich geändert. Wir besuchen Jaleela erst morgen früh. Offenbar geht es ihr nicht so gut."

„Ich dachte, Mama Penny hätte gesagt, sie hat einen guten Tag." Heidi sah verwirrt drein.

„Kommt das vom Aids?", fragte Cassandra. Zugegebenermaßen wand sie sich innerlich bei dem Gedanken daran.

Gaby zuckte die Achseln. „Ich denke ja."

„Na ja, ist wohl am besten. Wird sowieso bald dunkel", antwortete Heidi und klang ganz nach vernünftiger Mutter. „Sie kann sich ausruhen, und wir können uns einrichten."

Als sich Heidi und Gaby aus dem Zimmer zurückzogen, merkte Cassandra, wie ihre Schultern absackten und sich ihr Mund vor Widerwillen verzog. Hier sah es ganz und gar nicht aus wie an einem Ort, an dem sie ihren Schönheitsschlaf genießen könnte.

20

Gaby öffnete ihre Augen, auf die sogleich helles Tageslicht fiel. Stocksteif lag sie im Bett und lauschte.

Schreie. Sie hörte Schreie.

Warum unternahm Tom nichts dagegen? Warum machte er …?

Ihr Kopf lag noch auf dem federlos flachen Kissen und sah blinzelnd zu der kahlen, ungestrichenen Rigipswand neben ihrem Bett.

Was in aller Welt …? *Wo* in aller Welt …?

Ach ja! Südafrika …

Blitzschnell war sie aus dem Bett.

Doch sie musste nicht weit gehen. Drei Schritte über den Flur, und schon war sie an der Badezimmertür. Von dort war das Schreien gekommen.

Auch Heidi und Katie kamen aus ihrem Zimmer gerannt. Katie in einem Tank Top und Boxershorts und mit einem hochgebundenen, verwuschelten Pferdeschwanz, Heidi in einem lockeren, ärmellosen Baumwollnachthemd. Gaby hätte schwören können, sie sahen genauso angespannt aus, wie sie sich fühlte. Zu verängstigt, um sich zu rühren; ohne zu wissen, was sie erwartete, wenn sie die Tür öffneten. Ein Einbrecher vielleicht? Oder eine riesige Python?

Heidi stand der Tür am nächsten und sah in Gabys Richtung. Die sog die Luft ein und nickte. Heidi drückte die Klinke hinunter, dann flog die Tür weit auf.

„Ich darf doch bitten!" Cassandras Stimme schrillte ihrer Rettungsmannschaft entgegen. „Ich darf doch bitten!"

Die Journalistin stand nackt und ohne den Luxus eines Duschvorhangs, der ihre Privatsphäre gewahrt hätte, in einer altmodischen Löwenfußbadewanne. Der Duschkopf war zwar abgestellt, aber von ihrem ganzen Körper und den Spitzen ihrer kurzen, gestylten Haare tropfte Wasser. Rasch bedeckte sie mit einer Hand die Brust und mit der anderen ihren Unterleib.

„Alles in Ordnung?" Gaby versuchte ihren Blick abzuwenden und überall hinzuschauen außer zu Cassandra.

„Natürlich." Cassandra klang ernstlich empört.

Heidi, die barfuß gelaufen war, verlagerte ihr Gewicht. „Also, Sie … wir sind hierhergekommen, weil Sie geschrien haben."

„Aber natürlich habe ich geschrien!", brauste Cassandra auf. „Das hätten Sie auch, wenn Sie mit eiskaltem Wasser berieselt worden wären." Sie schlang die Arme enger um sich und deutete mit dem Kopf auf das Handtuch auf dem heruntergeklappten Toilettendeckel. „Könnte mir jemand freundlicherweise das da reichen?"

„Ihr Leinen?", grinste Heidi und reichte Cassandra das Handtuch.

„Sehr wohl, mein Leinen. Und Sie sind meine Kammerzofen, was?" Mit zusammengekniffenen Augen blickte sie die drei von oben herab an. Selbst in dieser misslichen Lage gelang es ihr noch, gebieterisch zu wirken.

Höflich wandten sie sich zum Gehen und waren schon fast aus der Tür, als sie rief: „Ach so, und behaupten Sie jetzt nicht, ich hätte das gesamte warme Wasser aufgebraucht. Nur zur Information: Das konnte ich gar nicht, weil es keins gibt. Nichts. Nada. Oder wie immer das auf Zulu heißt."

Gleichzeitig drehte sich das Trio wieder zu Cassandra um.

Sie war bereits abgetrocknet und in einen honigfarbenen Morgenmantel aus Seide gewickelt. „Das stimmt." Sie zog den Gürtel um ihre Taille fest. „Zuerst war das Wasser lauwarm. Na ja, für eine Millisekunde oder … Was ist noch kürzer?"

„Eine Mikrosekunde?", ließ sich Katie vernehmen. „Eine Nanosekunde?"

Alle sahen sie an.

„Sie hat doch gefragt."

Heidi zupfte am Pferdeschwanz ihrer Tochter. „Ich glaube, das war rhetorisch."

Katie verzog das Gesicht. „Bei euch Erwachsenen ist immer alles rhetorisch."

„Wenn wir schon dabei sind …", fing Cassandra an, während sie ihr dunkelviolettes Stirnband abzog. Gaby staunte, wie wunderschön sie ohne die übliche Menge sorgfältig aufgetragenen Make-ups aussah. Klar, das Alter hatte feine Linien um Augen und Lippen gemalt, und über ihre unbedeckte Stirn verliefen kaum erkennbare Falten. Dennoch: Wie viele Frauen welchen Alters auch immer konnten ohne die Vorzüge von etwas Grundierung, Abdeckstift und Lippenstift so attraktiv aussehen?

„Hat schon mal jemand an Frühstück gedacht?", fragte Cassandra und lockerte ihr noch leicht feuchtes Haar mit den Fingerspitzen auf.

Gaby schüttelte den Kopf, Heidi legte ihren schräg. „Ach, wäre ein ausgiebiges Frühstück jetzt nicht herrlich?" Sie bekam einen verträumten Blick. „Spiegelei mit weichem Dotter. Kanadischer Frühstücksspeck. Waffeln."

„Mit Schlagsahne und Erdbeeren", fügte Katie hinzu.

„Das fände ich toll", gluckste Cassandra und gab Zahnpasta auf ihre Zahnbürste.

„Das fänden wir alle toll!“, nickte Gaby.

„Oh je. Kein Kaffee. Und allein der Gedanke, nicht warm duschen zu können …“, murmelte Cassandra, als sie den Wasserhahn aufdrehte, der sie anzischte. „Nicht zu fassen. Einfach grässlich. Wie viele Tage müssen wir noch durchhalten, bis wir wieder zu Hause sind?“

„Zwölf“, platzte Katie heraus und lenkte alle Blicke auf sich. „Ach so, ich habe kapiert. Wieder rhetorisch, stimmt's?“ Sie schlug sich mit der Handfläche gegen die Stirn und brach in Gelächter aus.

Katies Spontaneität war ansteckend. Alle Damen stimmten ein, auch Gaby. Sie war froh, dass sich etwas von der Spannung zwischen ihnen auflöste.

Als die drei wieder auf dem Flur waren, die Badezimmertür hinter sich schlossen und Cassandra etwas Privatsphäre gewährten, hatte Gaby das Gefühl, dass auch ein Teil ihres Schmerzes abbröckelte.

Nachdem sie ihr Kind verloren hatte – und damit die letzte Chance auf eine Familie –, hätte sie nie gedacht und sich beinah auch nicht gewünscht, dass sie je wieder lachen würde. Doch es hüpfte aus ihr heraus, ob sie an ihrer Trostlosigkeit festhalten wollte oder nicht. Es kam aus dem Nirgendwo. Ungebeten. Grundlos. Der erste Anflug eines Lachens nach ihrem Verlust. Kaum vorhanden, aber es war der erste Schritt über eine Linie, die es zu überwinden galt.

Ohne darüber nachzudenken, umarmte sie Katie. Sie war dankbar und plötzlich auch voller Ehrfurcht, dass der Teenager mitgekommen war. In Katies Alter hätte sie sich nicht vorstellen können, mit ein paar Frauen und ihrer Mutter zu verreisen, ohne andere Jugendliche um sich zu haben. Auch wenn ihr am Vortag übel gewesen war, schien Katie das Beste aus allem zu machen.

„Du hast gestern gesagt, dass dir meine Frisur gefallen hat“, sagte Gaby zu ihr. „Soll ich dir deine Haare heute auch mal so flechten?“

„Im Ernst?“ Katie öffnete ihren Pferdeschwanz und schüttelte ihr dunkles Haar. „Supergern.“

Heidi nickte ihrer Tochter zu. „Das steht dir bestimmt gut, Katie. Dein Haar hat genau die richtige Länge.“

Cassandra tauchte mit ihrer Kosmetiktasche aus dem Bad auf. „Das Bad steht den nächsten Opfern zur Verfügung", teilte sie ihnen mit.

Und wieder mussten alle lachen.

ᘓ ᘓ ᘓ

Während ihres Urlaubs in Colorado hatten Gaby und Tom sich alles gegönnt, was sie sich leisten konnten. Darunter auch einen zweistündigen Ausflug mit dem Jeep, damit sie auch die selteneren Ausblicke erkunden konnten, die von der Straße aus nicht zu sehen waren. Gaby wusste noch, wie sie gelacht hatte, als der Jeep über die unebenen Erdhügel geholpert war. Auch wenn sie sich am Griff festgehalten hatte, war sie auf der Rückbank hochgehüpft. Ihr Körper hatte sich unkontrolliert hin und her bewegt. Doch Tom war immer da gewesen, um sie aufzufangen, um ihre Hand zu halten, um sie an sich zu ziehen, in ihre lachenden Augen zu lächeln.

Einen Augenblick wünschte sich Gaby, sie und ihre Gruppe wären auch auf einer unbekümmerten Abenteuerreise.

Aber nein. Sipho saß wieder am Steuer des staubigen, unauffälligen Kleinbusses. Sie hatten dieselben Plätze eingenommen wie am Vortag. Doch anstatt ungehindert die Straße vom Flughafen entlangzufahren, mit ländlichen, sanft geschwungenen Erdhügeln um sie herum und hohem goldenen Gras, das in der Sonne gedieh, bog der Kleinbus heute jenseits der Straßen zum Squatter Camp, dem Elendsquartier, ab.

Die Sonne brannte auf die rote Erde, auf die das Squatter Camp gebaut war, und weckte in Gaby eine flüchtige Erinnerung an etwas, das sie auf einer anderen Reise zu einer anderen Zeit gesehen hatte. Der Kleinbus holperte und zuckelte rumpelnd über die gnadenlosen ziegelfarbenen Bodenwellen. Sipho mühte sich mit dem Lenkrad ab und setzte in manchen tiefen Schlaglöchern fast auf. Der Kleinbus hatte nichts von der Beweglichkeit eines Jeeps. Aber auch die düstere Szenerie draußen hatte keine Ähnlichkeit mit dem, was man an Atemberaubendem, Pulsierendem in Colorado sehen konnte. Nur hier und da lugte etwas Grün hervor, Unkrautbüschel, die ungesund und traurig verkümmert aussahen, als hätte es sie alle verfügbare Kraft gekostet, durch den fast steinharten Boden hervorzusprießen. Auch war immer wieder ein einzelner Baum zu sehen, der sich eher abmühte als erblühte, dicht am Boden und so gedrungen, als sei er zu deprimiert, um die belaubten Arme über die umgebenden Hütten zu breiten.

Erbaut waren die Hütten aus allerlei Fundstücken – Holz, Verkleidung und Blech – in dumpfen, leblosen Grautönen, schmutzigem Gelb, zu grellem Blau und kränklichem Rosa, das den Farbton von Abführmitteln hatte. Ein Flickwerk aus Altstoffen zum Beherbergen ihres Flickwerks aus Leben und Familien. Familien, die zerstückelt worden waren durch HIV, Aids, Nahrungsmangel, Mangel an Arbeit …

Und Mangel an Hoffnung?

Während sich die Reifen des Kleinbusses über die holprige, unebene Strecke kämpften, erzählte Mama Penny ihnen die Geschichte einer Frau, deren Mann Hexerei und Voodoo-Zauber betrieb, sie nachts in den Wald schleifte und seltsame Sachen mit ihr machte, um den Virus aus ihrem Körper zu vertreiben – den Virus, den *er* ihr angehängt hatte und der auch seinen Körper plagte. Die Geschichte von Mighty, einem Mädchen etwa in Katies Alter, die sich ihre ganze Kindheit hindurch um ihre jüngeren Brüder und Schwestern kümmern musste, nachdem ihre Eltern gestorben waren, und die jetzt ganz allein war, weil sie auch ihre Geschwister an Aids verloren hatte. Zwischendurch streckte Mama Penny den Kopf zum Fenster hinaus und winkte einer Frau zu, die aussah wie Ende vierzig. Sie saß vor einer Hütte aus Holzstücken, die kreuz und quer aneinandergenagelt waren. „Hallo Rebecca. Geht's gut?"

Als die hagere Frau Mama Pennys Stimme hörte, strahlte sie übers ganze Gesicht und nickte. „Die Sonne scheint", lautete ihre simple Erklärung.

Mama Penny lachte und winkte wieder, während der Kleinbus seinen Weg fortsetzte. „Ich weiß selbst nicht, warum ich ihr zuwinke", wandte sie sich wieder an die anderen. „Rebecca ist blind. Sie ist Großmutter. Ich habe versucht, ihre Tochter Grace vor Aids zu retten, aber sie hat zu lange gewartet, bis sie ihre Erkrankung zugegeben hat. Es ist eine Schande.

Blessing, ihr Sohn, ist so ein tolles Kerlchen, erst drei Jahre alt, und jetzt muss Rebecca ihn großziehen. So ergeht es den Großeltern jetzt oft – wenn sie das Glück haben, über vierzig, fünfzig zu werden. Es gibt die kleinen Enkelchen und die Großeltern. Die Generation dazwischen wird immer weniger."

„Wie kann sie ihn denn großziehen, wenn sie blind ist?", wollte Heidi wissen.

„Wie denn nicht?", gab Mama Penny zurück, fügte jedoch etwas sanfter hinzu: „Ich weiß nicht, wie sie es schafft. Ich kann Ihnen nur sagen: Wenn Sie ihr Haus von innen sehen würden: Es ist makellos. Ich habe zwei Augen, die sehen, und kann das von meinem Haus nicht behaupten."

Aus Mama Penny sprudelten weitere Geschichten. Über junge Nichten, die kranke Tanten versorgten, und Entfremdete, die sich um Fremde kümmerten. Außerdem sprach sie darüber, dass die Krankheit immer noch als peinlich galt und Menschen von anderen isolierte.

Gaby hatte das Gefühl, nicht noch mehr solcher Geschichten hören zu können. All das Abmühen in den trostlosen, kleinen, eckigen Blechbüchsen, während draußen der Müll – ausrangierte Blechstücke, Pappe, verrostete Autos und Abfälle – wuchs und gedieh. Sie stellte sich vor, dass die weißen Müllhaufen von oben betrachtet wie ein gepunktetes Muster aussehen mussten.

Sie wandte ihren Blick ab und konzentrierte sich auf die Frauen aus ihrer Gruppe. Der Vormittag war so vergnüglich gewesen. Cassandras hysterischer Anfall war für alle vier der Auslöser für großes Gelächter und Geschichtenerzählen gewesen. Gaby hatte ein solches Zugehörigkeitsgefühl lange nicht mehr gespürt. Doch diese Empfindung hatte sich wieder aufgelöst. Jetzt hing eine düstere Stimmung über der Gruppe, die für Gaby deutlich spürbar, aber zugleich auch sichtbar war. Katie starrte aus dem Fenster und kaute an ihrem Daumennagel. Heidi hatte ihre Stirn verzogen und den Blick zu Boden gerichtet. Und auch Cassandra saß ruhig da, die Kamera neben sich, schaute hinaus und behielt zur Abwechslung ihre Gedanken für sich.

Nur Mama Penny schien trotz allem, was um sie herum vorging, auf ihrem Beifahrersitz jegliche positive Körpersprache zum Ausdruck kommen zu lassen. Ihr Blick wandte sich nicht ab von all dem Elend, das zu sehen war. Ihre Lippen blieben gerade, fest, zogen sich nicht nach unten. Ihre Augen blickten nachdenklich, aber entschlossen drein. Doch vor allem fiel Gaby auf, wie sie den Kopf hielt – hoch, ganz hoch –, als werde auch dies überstanden werden, als würde auch dies vergehen. Eines Tages.

Kein Wunder, dass diese Frau es allen Widrigkeiten zum Trotz geschafft hatte, eine Ausbildung erhalten hatte und andere unterrichten konnte. Kein Wunder, dass sie zur Frau des Jahres ernannt worden war.

Gaby hob ihr Kinn und versuchte die ältere Frau zu imitieren. Da sah sie draußen in der Hitze zerrissene Kleider an einer schlaffen Wäscheleine hängen. Woanders hätte es so ausgesehen, als habe eine Mutter versucht, ihre Hausarbeiten zu erledigen, ihre Familie gut zu versorgen. Doch hier wirkte dieser Versuch so vergebens, dass Gaby den Kopf hängen ließ. Wie sauber konnten die Sachen hier werden? Wie sollten sie von der roten Erde keine Flecken bekommen? Schwitzten die Kinder in ihren Hemdchen nicht, kaum dass sie sie angezogen hatten? Vor allem, wenn sie in den Blechhütten waren?

Gaby wünschte, sie wüsste mehr darüber, wie alles funktionierte. Zum Beispiel, ob das Blechdach die Sonne reflektierte. Oder wie heiß es drinnen werden konnte. Und wie kalt im Winter. Waren die Familien praktisch obdachlos, wenn kühler Wind blies? Ohne Zuflucht? Tom wüsste bestimmt, wie Blech die Hitze leitete oder Luft ins Innere ließ. Er wusste immer solche Sachen.

Tom … Wenn er doch hier wäre … „Wie kalt wird es hier, Mama Penny?“ Noch bevor sie darüber nachdenken konnte, war Gaby diese Frage entschlüpft. Und nach dem, wie die anderen ihre Köpfe drehten und sie ansahen, schien ihre Stimme eine willkommene Abwechslung zum Anblick draußen zu sein.

Mama Penny drehte sich schwungvoll um und sagte über ihre breite Schulter hinweg: „Der Juni ist der kälteste Monat. Manchmal haben wir nur ein Grad.“

„Aber Celsius, nicht Fahrenheit, oder?“, fragte Heidi.

„Celsius?“, wiederholte Gaby. „Ich vergesse immer, wie man das umrechnet.“

„Ja, ich auch“, nickte Heidi.

„Ein Grad ist knapp über dem Gefrierpunkt“, sagte Katie und schlug ein Bein über das andere.

Heidi sah ihre Tochter verwirrt an.

„Was denn?“ Katie verzog die Stirn. „War das schon wieder rhetorisch?“

„Nein. Ich wundere mich bloß, woher du das alles weißt.“

„Ich weiß es eben.“ Katie fuhr mit der Hand über einen ihrer Zöpfe.

„Zum Glück haben wir wenigstens eine dabei, die noch denkfähig ist“, murmelte Cassandra. Sie nahm ihre Videokamera und richtete sie durch das offene Fenster nach draußen.

Gaby sah ihr zu und fragte sich, ob die Kamera die Ödnis überhaupt aufnehmen konnte. Sie war so in Gedanken versunken, dass sie gar nicht bemerkt hatte, wie der Kleinbus langsamer geworden war und nun anhielt.

„Ich muss nach ein paar Kindern sehen.“ Mama Penny öffnete die Beifahrertür. „Herzlichen Dank für Ihre Geduld.“ Mühsam schob sie sich von ihrem hohen Sitz.

Beim Blick aus dem Fenster sah Gaby die drei Kinder, die Mama Penny gemeint hatte. Ein kleiner Junge stand zwischen zwei Mädchen, wie die Orgelpfeifen aufgereiht, vor der armseligen Hütte, die ihr Zuhause war. Gaby schätzte ihr Alter zwischen sieben und elf. Die Älteste hatte ihre Hand schützend auf die Schulter ihres Bruders gelegt, der wiederum die Kleinste an der Hand hielt.

Beim Anblick von Mama Penny schien sich ihr Blick etwas aufzuhellen, doch ansonsten blieb ihr Gesicht reglos. Nur der Hauch eines Lächelns umspielte den Mund der Ältesten, als Mama Penny Obst und Brot aus ihrem Leinenbeutel holte. Die Kinder rührten sich auch nicht, als Mama Penny etwas Geld aus ihrer Rocktasche nahm und es dem Mädchen in die Hand drückte.

Etwas jedoch veränderte ihre Miene – Mama Pennys Umarmung. Offenbar war sie das beste Geschenk, was sie zu bieten hatte, und genau das, wonach die Kinder mehr hungerten als nach Brot. Keines entzog sich Mama Pennys Liebesbezeugung. Jedes wollte ihre Umarmung auskosten. Und als sie sich daraus lösten, sahen sie beinahe so aus, als wären sie aufgewacht. Wieder lebendig. Als könnten sie jetzt einen weiteren Tag überstehen.

Beim Anblick dieser Verwandlung kribbelten Gabys Wangen. Ihr war nicht klar, was sie da mitangesehen hatte, bis sich Mama Penny wieder in den Kleinbus hievte.

„Das ist eine Kinderfamilie", erläuterte sie, als wüssten sie alle, wovon sie sprach.

Bei diesem kryptischen Happen an Information richtete Cassandra die Kamera auf Mama Penny.

„Was bedeutet das genau?", traute sich Katie zu fragen.

„Tut mir leid. Ich habe vergessen, dass Sie sich nicht damit auskennen", sagte Mama Penny, während der Kleinbus weiterzuckelte. „Die Eltern der Kinder sind an Aids gestorben. Sie haben keine Mutter. Keinen Vater. Sie müssen alleine aufwachsen. Das Oberhaupt der Familie ist ein Kind."

„Oh nein." Katie verzog die Augenbrauen. „Kommt das häufig vor?"

„Ja, leider. Allein in Südafrika gibt es über eine Million Waisenkinder. Das ist hier oft so. Zu oft. Daher werden diese Kinder heutzutage auch die ‚verlorene Generation' genannt."

„Aber wie überleben sie denn?", wollte Heidi wissen. „Was essen sie?"

„Was immer sie können." Mama Penny zuckte die Achseln und fügte mit einem Seufzen hinzu: „Sie müssen sich aufeinander verlassen und auf die Freundlichkeit anderer Menschen. Ihr Leben ist schwierig und leider auch voller Angst. Vor dem Virus, der ihrer Mutter und ihrem Vater das Leben nahm. Was ihnen fehlt, ist nicht nur Nahrung."

Das hatte Gaby während Mama Pennys Zusammensein mit den Kindern mitbekommen. „Habe ich richtig gehört, dass eine von drei Schwangeren mit HIV die Krankheit auf ihre Kinder überträgt? Haben viele dieser Kinder auch HIV?"

Cassandra hatte ihre Kamera auf Gaby geschwenkt, die nur allzu froh war, als die Journalistin sie wieder auf Mama Penny richtete.

„Ja. Ich kann Ihnen keine genauen Zahlen nennen. Sie ändern sich ständig. Ich kann nur sagen, dass ich von dem Tag träume, an dem die Mittel bereitstehen, um alle kleinen Kinder auf diese Krankheit zu testen. Aber Familien werden auseinandergerissen und zerstreut. Es gibt zu viele Schwangere. Zu viele, denen es noch zu peinlich ist, ihre Krankheit zuzugeben. Natürlich sind dann die Kinder die Leidtragenden, in mehrfacher Hinsicht."

„In meiner Klasse muss ich ein Kind manchmal bloß ansehen und weiß, zu Hause gibt es Probleme. Das bricht mir das Herz", sagte Heidi. „Wenn Sie ein Kind ansehen, Mama Penny, wissen Sie dann auch Bescheid?"

Die Reifen wühlten sich durch den roten Lehmboden. Mama Penny nickte. „Kürzlich hat uns jemand einen vier Monate alten Säugling gebracht. Die Mutter war gerade an Aids gestorben, und das Baby wog knapp zehn Pfund. Zehn Pfund mit vier Monaten! Es war ganz offensichtlich. Ich wünschte, ich hätte nicht recht gehabt, aber es stimmte. Manchmal haben kleinere Kinder einen Orangestich im Haar. Das Haar kann auch flusiger, dünner werden. Ich habe schon oftmals gemerkt, dass das ein Anzeichen ist."

Gaby wurde sich ihrer roten Haare bewusst und strich sich eine Strähne aus dem Gesicht.

„Ich muss mich bloß um zweiundzwanzig Kinder in meiner Klasse kümmern." Heidi schüttelte den Kopf. „Und alle haben Erziehungsberechtigte. Ich kann mir nicht ausmalen, wie erdrückend das manchmal für Sie sein muss."

„Die gute Nachricht ist, es gibt einen Vater im Himmel." Mama Penny blickte direkt in Cassandras Kamera. „Ich bin nicht allein. Gelegentlich bin ich zwar sehr müde, aber er ist bei mir. Und ich gebe nicht auf."

Gaby hörte die Entschlossenheit in Mama Pennys Stimme, sah ihr trotzig vorgerecktes Kinn und war sich sicher, dass die Frau alle Waisenkinder des Kontinents retten könnte. Zumindest besaß sie das Herz und den Mut dazu.

Wenige Minuten später bog Sipho aus einer weiteren roten Schlammrinne auf einen recht ebenen Streifen vor einem düsteren, farblosen Blechschuppen ein. Dann stellte er den Kleinbus ab.

Stille hüllte den Wagen ein, innen wie außen, während alle den Zustand der Hütte aufnahmen. Hier war Jaleela also zu Hause? Gaby hatte zwar schon Bilder von solchen Orten in Zeitschriften oder Briefsendungen der Welthungerhilfe gesehen. Doch auch wenn sie jetzt tatsächlich hier war, war es doch alles schwer zu fassen. Und daran zu denken, dass sie in wenigen Sekunden hineingehen würde … War es wirklich möglich, dass die Frau hier mit ihren Kindern lebte? Auf der Fläche, die die Größe von Gabys Esszimmer hatte, nur nicht im Geringsten so einladend war?

Schließlich brach Mama Penny das Schweigen. „Die Leute hier – sie haben noch nicht so viele Weiße gesehen. Auf jeden Fall war noch nie ein Weißer bei ihnen zu Hause. Sie sind die Ersten. Jaleela freut sich auf Ihr Kommen. Wollen wir jetzt zu ihr hineingehen?“, sagte sie, und ihre Aussage klang wie eine Feststellung und Frage zugleich.

Gaby wusste nicht, wie es den anderen ging, aber als sie aus dem Kleinbus ausstieg, fühlten sich ihre Beine seltsam an. Schlimmer noch als nach ihrem langen Transatlantikflug. Konnten ihre Beine gleichzeitig bleiern und hohl sein?

Sie war froh, dass sie hinten saß und erst als Letzte aussteigen konnte, und hoffte, ihre Behutsamkeit und sich selbst hinter allen anderen verstecken zu können. In diesem Augenblick wollte sie gar nicht hier sein. Nicht, solange sie sich selbst so zerbrechlich, so zerbrochen fühlte.

Doch als sie die Hütte in Augenschein nahm und ihr Mut noch weiter sank, stob Nomvula zur Tür hinaus. Sie trug dasselbe rosa T-Shirt aus Ohio wie am Vortag und winkte. Sie lächelte. Sie lachte. Sie sprang so aufgeregt um sie herum, dass Gaby merkte, wie sich die Schwere so rasch auflöste wie ein Feuerwerk am Feiertagshimmel.

„*… und er trennte das Licht von der Finsternis.*“ Diese Zeile aus der Bibel huschte Gaby durch den Kopf. *Von woher?* Es kam ihr so vor, als habe sie seit ewigen Zeiten nicht mehr in der Bibel gelesen oder an solche Sachen gedacht.

Doch Nomvula sah aus wie Sonnenschein und Licht und alles Helle, das aus ihrer dunklen, schäbigen Blechbehausung strömte.

Ein kleinerer, etwa sechsjähriger Junge stand lächelnd hinter ihr und sah zu, wie sie Mama Penny und Sipho die Arme um die Taille schlang und dann ihre neuen amerikanischen Freunde genauso herzlich begrüßte. Der Kleine wusste vermutlich nicht einmal, weshalb er lächelte; die Überschwänglichkeit seiner Schwester war ihm wohl Grund genug.

„Das ist Tumi, mein Bruder." Nomvula zog ihn neben sich und legte ihm einen Arm um die schmalen Schultern. „Tumi, das ist Cassandra." Sie deutete mit der freien Hand auf die Journalistin. „Und Katie mit den blauen Augen. Mama Heidi und …", sie hielt inne, um Gaby anzulächeln, „… Gabriele."

Tumi schenkte Gaby ein halbwegs zurückhaltendes Lächeln. Er war vielleicht nicht so offenherzig wie seine Schwester, doch er war unbestreitbar hinreißend, selbst mit seinen dünnen Ärmchen und den wenigen Muskeln in den Beinen. Gaby fand, er und Nomvula hatten die schönste goldbraune Haut, die sie je gesehen hatte, und wundervolle Augen, intensiv dunkel und rund wie Kastanien.

Als der Siebenjährige seinen Kopf auf bezaubernd schüchterne Art neigte, entdeckte sie überrascht eine kleine orangefarbene Stelle in seinem Haar. Doch offenbar war das nicht dasselbe Orange, das Mama Penny gemeint hatte, denn sie hatte nichts von Tumis schlechtem Gesundheitszustand erzählt. Außerdem wirkte das Kind mehr als gesund und auf gewisse Weise auch lebenslustig. Während Nomvulas steter Blick sie älter wirken ließ, als sie war, glitzerten Tumis Augen noch jungenhaft. Irgendetwas in seinem Blick erinnerte Gaby an Mama Penny. Etwas Glänzendes, Sprühendes, das sich den Nöten widersetzte und allem die Stirn bot, wodurch er zu schnell altern und was ihm seine Kindheit stehlen konnte.

„Sie sind da!", rief Nomvula ihrer Mutter zu, die in dem dunklen Raum noch immer nicht zu sehen war. „Mama!" Ihre Stimme überschlug sich vor unbändiger Freude, was Gaby sehr berührte. „Sie sind da!"

Nomvulas Mutter Jaleela kam zum Eingang und glättete die ausgeblichenen Falten ihres hellgelben Baumwollrocks. Auch sie wirkte dünn und mit ihren eins siebzig größer, als Gaby sich vorgestellt hätte.

Jaleela wollte gerade etwas sagen, doch dann schien ihr der Atem zu stocken. Stattdessen reckte sie die Arme himmelwärts. Über ihre Wangen regnete es Tränen.

21

„Sie sind gekommen. Wahrhaftig, wahrhaftig, Sie sind gekommen."

Jaleelas Tränen dämpften ihre Begrüßungsworte, doch Gaby konnte alles verstehen, was sie sagte. Mehr noch – Gaby fühlte sich von ihren Worten bewegt. Oder war es die Frau selbst? Die Luft war zwar schon sehr warm, doch Jaleelas Lächeln schien noch wärmer. Die Berührung ihrer dunklen Hand war zwar schon zart, noch berührender jedoch war das offene Vertrauen in ihrer Umarmung. Sie erreichte einen Ort tief in Gabys Innern – einen Ort, der unbedingt neu zum Leben erweckt werden musste. Das alles in einem Augenblick. Ausgehend von einer Fremden. Konnte das wirklich wahr sein?

Verblüfft betrachtete Gaby die Frau und fragte sich, wie das möglich war.

Jaleela hatte mit ihrer Afrofrisur, die ihren Kopf wie ein Heiligenschein krönte, eine ruhige, elegante Ausstrahlung; unverzüglich erkannte Gaby, woher Nomvula diese Aura der Gelassenheit hatte. Sie fühlte sich hingezogen zu der anmutigen Haltung dieser Frau, zu der Art, wie sie inmitten dieser grässlichen, öden Bedingungen strahlte.

„Willkommen, willkommen", sagte Jaleela wieder und wieder, wobei sie jede einzeln ans Herz drückte. „Ich bete schon sehr lange dafür. So lange bete ich schon für Sie. Für diesen Tag."

Gaby bezweifelte das nicht. Als sie Jaleelas Zuhause betrat, fiel ihr ein nicht allzu symmetrisches Holzkreuz mit ein paar herumgewickelten Perlen ins Auge. Womöglich ein Rosenkranz? Doch dafür sah es nicht lang genug aus. Das Kreuz hing von einem Kantholz herab, einem von mehreren, die der Blechhütte etwas Struktur verliehen.

Es gab eigentlich keine Wände – kein Sperrholz, keinen Rigips, keine Isolierung –, sondern nur die freiliegende Unterseite des Blechgehäuses. Einige Stromkabel waren darübergespannt und hingen von der Blechdecke. Sie versorgten eine Glühbirne und einen kleinen Herd, der wie ein Spielzeug aussah, mit Strom. Die Menschen, die in solchen Hütten lebten, kochten normalerweise über offenem Feuer. Und abends spendeten ihnen nur die Sterne Licht.

Offenbar hatte Jaleela Glück gehabt. Gaby konnte es nicht fassen.

„Setzen Sie sich. Setzen Sie sich." Jaleela führte sie zu einem primitiven dicken Holztisch unmittelbar vor dem Eingang, der auf klobigen Füßen stand und von schweren Holzsitzen umringt war.

Die vier Frauen passten gerade an den Tisch, während Nomvula und Tumi an der Seite standen und Mama Penny und Sipho in der Tür stehen blieben. Offenbar war den beiden bewusst, dass sich nicht noch mehr Personen zwischen diese vier Wände quetschen konnten.

Das Haus war so winzig, dass Gaby über den Tisch hinweg das schmale Bett hätte berühren können. Eine abgenutzte Tagesdecke aus Chenille bedeckte die sorgfältig gemachte Schlafstätte, in der Mitte lag ein Kissen. Es war ein hübscher, rührender Anblick, bis Gaby sich plötzlich fragte, ob sie alle im selben Bett schliefen. An Tagen, an denen es Jaleela nicht gut ging, wo blieben dann die Kinder? Mussten sie am Tisch sitzen und dem Leiden zusehen?

„Ich habe *Pap* für Sie gekocht", sagte Jaleela. „Und etwas Eintopf."

„Oh Jaleela, Sie sollen sich doch keine Umstände machen", erklärte Heidi im Namen der Gruppe.

„Umstände? Sie sind doch den weiten Weg von Amerika hierhergekommen – sogar bis zu mir nach Hause. Es macht mir keine Umstände", antwortete Jaleela mit einem heiteren Lächeln und drehte sich zum schwarzen Topf auf dem altmodischen Fünfziger-Jahre-Herd.

Dennoch sah es so aus, als hätte Jaleela sich eine Menge zusätzlicher Arbeit gemacht. Die Hütte war erfüllt vom Aroma des köstlichen Essens und makellos sauber. Selbst die beiden Eimer an den Wänden, die wahrscheinlich eindringenden Regen auffangen sollten, machten einen reinlichen Eindruck. Ja, alles war makellos. Ein wahres Wunder, dachte Gaby. Wie schaffte Jaleela das unter den gegebenen Umständen, bei all der roten Erde draußen? Allerdings schienen Nomvula und Tumi gut erzogen. Gaby hatte mitbekommen, wie sie sich flink ihre nackten Füße auf dem rosa Lappen an der Tür abgewischt hatten. Auf dem gestrichenen Zementboden war kein Fußabdruck zu sehen.

„Nomvula", rief Jaleela.

Nomvula wandte ihren faszinierten Blick von den vier Besucherinnen ab und ging zu ihrer Mutter, die ihr ein Stück gefalteten Stoff über die Arme legte. Damit lief Nomvula wieder zu ihnen, sagte „Entschuldigung" und legte das cremefarbenes Tuch mit blütenförmigem Lochmuster auf den picknickartigen Tisch. „Es hat meiner Großmutter gehört", sagte sie stolz.

„Ist das hübsch!" Gaby strich das Baumwolltuch glatt.

„Nomvulas Großmutter hat gern Handarbeiten gemacht", sagte Mama Penny von der Tür aus. „Perl- und Näharbeiten. Daher hat Jaleela ihre Begabung."

„Sie ist fast fünfundfünfzig Jahre alt geworden", teilte Nomvula ihnen mit und setzte sich mit großen Augen neben Gaby auf die Bank.

Alle schienen innezuhalten, um diese Information sacken zu lassen. Gaby war sich sicher, dass die anderen genau wie sie daran dachten, dass Mama Penny einmal die Lebenserwartung in Südafrika erwähnt hatte – neunundvierzig Jahre für Männer und fünfzig für Frauen. Kein Wunder, dass sich fünfundfünfzig hier genauso unglaublich anhörte wie neunzig Jahre zu Hause. Jeder Tag, jeder Augenblick war wahrhaft kostbar.

Tumi half Jaleela, Teller mit Brei und Soße auf den Tisch mit dem Familienerbstück zu stellen.

„Ich habe nur drei Teller", sagte Jaleela entschuldigend. Gaby meinte, einen Hauch von Scham über das Gesicht der Frau huschen zu sehen.

„Alles in Ordnung. Wir teilen uns einen." Heidi deutete mit dem Kinn zu Katie gegenüber. „Wir gehören zu einer Familie."

Dankbarkeit wischte die vorübergehende Anspannung von Jaleelas Gesicht. Sie lächelte. „Der *Pap* ist aus Mielie-Mehl – aus Mais", erläuterte sie. „Sie können etwas abreißen und zusammenrollen. Dann tauchen Sie ihn in die Soße."

„Ach so, wie Nachos mit Dip." Selbst Cassandra schien von dem Aufwand, den die Frau getrieben hatte, ergriffen. „Klingt toll."

„Möchten Sie vorher beten?" Jaleela blickte sich in der Runde um.

„Gaby arbeitet in der Kirchengemeinde. Sie hat dort eine leitende Stelle", verkündete Mama Penny. „Vielleicht kann sie ja mit uns beten."

Jaleela führte ihre Hand an die Brust. Ihre Augen strahlten mehr als zuvor. „Sie arbeiten für die Kirche? Die Graceview-Gemeinde?"

„Ja", erwiderte Gaby zögerlich. „Ja, genau."

„Von dort kam das Armband." Jaleela zeigte auf die Perlen, die um das grobe Kreuz an der dürftigen Wand gewickelt waren. „Das ist von Ihrer Gemeinde. Aus einem Weihnachtspäckchen. Nomvula hat es mir mitgebracht."

„Das sind ja hübsche Farben", bemerkte Katie. „All diese Blautöne."

Jaleela nickte. „Es kam ein paar Tage vor dem Geburtstag von Jesus Christus an. An dem Tag, an dem ich im Sterben lag. Es kam zu mir wie Jesus. Wie die Hoffnung."

Schweigend starrten alle das Kreuz an. Plötzlich machte es Gaby traurig, dass sie beim Anblick des groben Kreuzes und des darumgewickelten Perlenarmbands nicht dasselbe empfand wie Jaleela.

„Würden Sie für uns beten, Gaby?" Jaleela brach mit ihrer Frage das Schweigen und Gabys Bekümmernis.

Gabys Puls beschleunigte sich. Früher war sie vollkommen daran gewöhnt gewesen, hatte regelrecht darin geschwelgt, eine Gebetsgemeinschaft anzuleiten. Es war eine ihrer Gaben. Gemeinsam die Herzen zu Gott zu erheben. Aber jetzt war sie so weit entfernt davon. So weit entfernt von ihm. Welche Worte sollte sie wählen?

Alle sahen sie erwartungsvoll an, besonders Nomvula, was in Gaby eine unerwartete Scheu, ein überwältigendes Gefühl des Verantwortlichseins hervorrief. Sie wollte nicht, dass dieses kleine Mädchen noch einmal von etwas – oder jemandem – enttäuscht wurde.

Schließlich hatte sie einen Geistesblitz – ein Dankgebet, das sie seit ihrer Kindheit sprach. „Segne, Vater …“, sagte sie mechanisch auf, wobei die Worte, die über ihre Zunge kamen, nach so vielen Jahren und Wiederholungen kaum noch Bedeutung für sie hatten.

Doch Jaleela wirkte zufrieden. „Jetzt sind wir eine ganze Familie“, sagte sie gerührt, als Gaby geendet hatte, zwinkerte Heidi und Mama Penny zu und erwärmte ihren Besuch mit ihrem Lächeln …

„Ach, sind die hübsch!“

Gaby konnte Jaleelas aufwendige, exzellente Perlarbeit kaum fassen.

Sie hätte nie die Geduld oder das Talent, solch einzigartige Schmuckstücke wie die Engel, Armbänder, Ohrringe und Ketten anzufertigen, die Jaleela auf dem Tisch ausbreitete, als die Teller mit dem Pap weggeräumt waren und die Köchin ein ausgiebiges Lob erhalten hatte.

Die Musterstücke aus Perlen hatten – eingeschlagen in Geschenkpapier mit aufgedruckten bunten Engeln – unter Jaleelas Bett gelegen. Sie hatte sie aufgehoben wie geheime Schätze, erklärte sie, die nur auf die Frauen aus Ohio gewartet hatten.

„Es gefällt Ihnen? Es ist also gut?“ Unsicher schaute Jaleela, die eine Hand in die Hüfte gestützt, die andere vor dem Mund, in die Runde.

Währenddessen erforschte Nomvula hoffnungsvoll Gabys Blick. Tumi hielt sich an der Tischkante fest. Beide verfolgten aufmerksam jedes Wort der Frauen.

„Besser als gut“, sagte Cassandra, was Gaby überraschte. Prüfend hielt sie ein dreireihiges Armband hoch. „Die Farben sind sehr geschmackvoll. Und mir gefällt der glänzende Schimmer auf manchen Perlen. Sehr hübsch. Meisterhaft verarbeitet.“

Jaleela seufzte, was sehr nach Erleichterung klang.

„Ich habe Ihnen doch erzählt, dass sie die künstlerischen Fähigkeiten ihrer Mutter geerbt hat.“ Mama Penny lächelte wissend und kam näher an den Tisch heran.

Katie nahm ein Paar Ohrringe in kräftigen traditionellen Farben. „Ich wünschte, bei uns gäbe es auch solche Sachen zu kaufen."

Jaleela klatschte in die Hände. „Ja? Das wünschst du dir wirklich?"

„Ja." Katie hielt sich einen Ohrring ans Ohrläppchen. „Was hältst du davon, Mama?"

„Sehr hübsch. Meine Nachbarinnen hätten bestimmt auch gerne solchen Schmuck", fügte Heidi hinzu.

„Ja?", fragte Jaleela erneut.

„Ganz gewiss", erwiderte Heidi.

Als alle einmütig nickten, zappelte Jaleela mit den Füßen und führte einen kleinen Tanz auf. Katie und die Kinder lachten. „Das ist ja wie in meinem Traum. Meinem Traum von Gott."

„Ihrem Traum von Gott?", platzte Cassandra heraus.

Gaby war aufgefallen, dass Cassandra schon den ganzen Morgen ihre Wortwahl und ihren Ton mäßigte. Doch als Jaleela erwähnte, dass Gott ihr einen Traum geschenkt hatte, verursachte das Cassandra sichtlich Unbehagen. Gaby erkannte das an ihren zusammengekniffenen Augen, an der Art, wie sie ihre Schultern kreiste, als müsse sie sich der Idee entledigen.

Offenbar konnte Cassandra mit etwas Greifbarem wie Schmuck umgehen und sogar mit nicht Greifbarem wie gutem Geschmack und Talent. Doch Gaby hatte schon vor ihrer Abreise aus Columbus geahnt, dass die Journalistin kein ausgeprägtes geistliches Leben hatte oder eine Beziehung zu Gott. Das ging überaus deutlich aus dem hervor, was sie sagte und wie sie es sagte. Wie sie unruhig wurde, wenn sie gemeinsam beteten – wenngleich das eigentlich nicht von Bedeutung war. Gaby richtete sie nicht; schließlich erging es ihr genauso. Sie hatte selbst den Kopf voller Fragen und Zweifel.

Plötzlich befiel sie Eifersucht. Sie hatte doch auch einen Traum gehabt. Einen Traum, den Gott ihr vermeintlich gegeben hatte. Aber warum hatte er nicht *ihr* Weinen gehört? *Ihrem* Herzen gelauscht? *Ihren* Traum erfüllt?

„Ich kann Ihnen sagen, ich lag da drüben im Bett …" Jaleela zeigte auf die einzige Schlafstätte in ihrem Zuhause. „Mein Atem, er kam stoßweise." Sie imitierte das Geräusch. „Es war natürlich der Virus, der schon so lange in mir wohnt. Und ja, er kann auch töten. Aber was eigentlich viel mehr tötet, ist die Verlegenheit. Zu viel Angst davor, was andere denken, um sich Hilfe und Medikamente zu beschaffen. Mama Penny kann ein Lied davon singen."

Alle sahen Mama Penny an, außer Heidi, die unruhig auf der Bank herumrutschte.

„Ich dachte, ich wäre anders als die anderen, die ich gesehen hatte. Aber auch ich lag im Sterben wie ein Narr." Jaleela schüttelte den Kopf. „Ein peinlich berührter Narr."

„Dann habe ich Mama das Armband mitgebracht", sagte Nomvula mit ihrer scheuen, angenehmen Stimme, während der liebevolle Blick ihrer Mutter auf sie fiel.

Gaby betrachtete Nomvula, die neben ihr saß, und erkannte in diesem Moment, warum der Blick in den Augen des Mädchens so viel älter wirkte, als sie an Jahren zählte. Das Mädchen hatte mehr gesehen, als so junge Augen eigentlich hätten sehen dürfen. Wie die verwaisten Kinder, die sich ganz allein um ihre Wellblechhütte und umeinander kümmern mussten. Waisenkinder, die wie streunende Tiere auf der Straße lebten. Wie sehr mussten diese Sorgen an Nomvula gezehrt haben!

Dazu die Müdigkeit. Ohne Zweifel hatten Nomvulas Hände Aufgaben verrichtet, die kein Kind verrichten sollte, indem sie ihre kranke Mutter versorgt und gleichzeitig auf ihren kleinen Bruder aufgepasst hatte.

Zu all diesen Sorgen kam die Angst, die den Verstand vernebelte und das Herz beschwerte. Jeden Tag, jede Stunde zu fürchten, dass das, was einem das Wichtigste auf der ganzen Welt war, bald nicht mehr da sein könnte.

Oh ja, dieses Gefühl kannte Gaby. Sie kannte es allzu gut. Und Nomvula gewiss auch.

„Damals kannte ich Mama Penny noch nicht so wie jetzt. Sie hat die Weihnachtspäckchen an uns Kinder verteilt. Zu mir hat sie gesagt: ‚Ich habe dir ein hübsches Päckchen ausgesucht.'" Nomvula sprach leise und lächelte die Matriarchin an der Tür dankbar an. „Das stimmte. Von außen lächelten mich Engel an." Sie deutete mit dem Kinn auf das Geschenkpapier, das jetzt säuberlich zusammengefaltet auf dem Tisch lag. „Und von innen glitzerte das Armband. Mein Herz sagte mir, dass das Armband meiner Mama helfen könnte. Mein Herz sagte mir, dass es sie stärken würde. Also … habe ich auf mein Herz gehört. Ich wollte, dass Mama wieder lacht. Ich wollte, dass sie mich an sich drückt wie früher."

Alle schienen wie hypnotisiert von Nomvulas Anmut und warteten, dass sie fortfuhr. Als sie schwieg, setzte Jaleela ihre Geschichte fort. „Es ist genau so, wie Nomvula sagt. Ich bin aufgewacht und sah sie da stehen. Mir kam der Gedanke, dass ich vielleicht zum letzten Mal aufgewacht war. Dass ich mich von meinen Kleinen verabschieden musste. Doch dann hat mir Nomvula das Armband geschenkt. Es war von der anderen Seite der Erde gekommen, sagte sie. Die Liebe eines Menschen von der anderen Seite der Erde kam hierher."

Sie schaute zu den Perlen an der Wand. „Ich habe meiner Tochter und meinem Sohn immer beigebracht, dass Gottes Liebe genau so ist. Seine Liebe erfüllt ein Herz, und dann berührt dieses Herz ein anderes und noch ein anderes. Das geschieht immer und immer wieder, bis seine Liebe und Hoffnung überall sind. Bei diesem Gedanken musste ich lächeln, selbst als ich sterbenskrank war. Gott fühlte sich so nah an, als ich das Armband in der Hand hielt und die Krankheit mir wieder die Augen schloss. Und als ich aufwachte, staunte ich, dass ich noch lebte. Ich habe das Gesicht meiner geliebten Tochter angefasst. Ich habe in die liebevollen Augen meines Sohnes geschaut." Ein kindliches Staunen ließ ihr Gesicht erstrahlen. „Ich hatte das kräftig blaue Armband. Es war …"

„Inspirierend?", flocht Heidi ein.

„Ja. Alles fühlte sich anders an. Als ich schlief, hat der allmächtige Gott mir einen Traum gegeben. Einen Traum, dass ich leben würde und auch anderen helfen könnte. Einen Traum, in dem ich gemeinsam mit anderen Armbänder herstellen und in alle Welt verkaufen würde." Sie hob Tumi hoch und drückte ihn an ihre Brust. „Dann würden unsere Kinder nicht hungern. Dann könnten wir dem Hospiz etwas spenden und anderen helfen. Wir könnten einen Kreis herstellen, genau wie das Armband. Das könnten wir."

„Sind Sie sicher, dass es Gott war?", fragte Cassandra provozierend. „Oder vielleicht sind Sie eine ausgekochtere Geschäftsfrau, als Sie sich selbst zutrauen."

Gaby befürchtete, dass Cassandras Kommentar Jaleela gekränkt hatte oder sie sogar klein beigeben lassen würde. Allein schon mit ihrer Aufmachung konnte Cassandra respekteinflößend und einschüchternd wirken, ganz zu schweigen von ihrer kräftigen Stimme, ihrer Haltung und ihrem Selbstvertrauen.

X Im Vergleich dazu schlotterte Jaleelas verblichene Kleidung an ihrem gebrechlichen Körper. Und es war eher unwahrscheinlich, dass sie jemals zur Nagelpflege oder zum Friseur gegangen war. Doch die Frau stand mit beiden Beinen fest in ihrer armseligen Hütte, lachte aus ganzem Herzen und ließ die Gesichter der anderen bei diesem fröhlichen Klang aufleuchten.

„Na!" Sie wackelte mit dem Finger vor Cassandra herum und kicherte. „Sie sind mir ja eine. Ja, das sind Sie. Doch ich muss sagen, ich glaube, dass Gott uns die Träume ins Herz gibt. Alles kommt von ihm. Daran zweifle ich nicht. Und Gott schickt auch Menschen, die helfen, die Träume umzusetzen."

„Das glauben Sie?", entgegnete Cassandra.

„Das weiß ich." Jaleelas Augen leuchteten. „Sehen Sie es denn nicht? Warum sind Sie denn alle vier hierhergekommen, wenn nicht wegen Gott?"

Eine überraschende Stille entstand, als habe ein großer Prediger gerade aufgehört zu reden. Gaby hatte keine Ahnung, was die anderen dachten. Warum *sie* hergekommen war, wusste sie jedoch, und zwar aus Gründen, die nichts mit Jaleela zu tun hatten. Während sie von Schuldgefühlen geplagt wurde, rutschte sie so weit sie konnte nach rechts, um auf der bankartigen Sitzgelegenheit Platz für Nomvula zu machen.

„Wie geht es Ihnen jetzt?", hoffte Gaby das Thema zu wechseln.

„An dem Tag, an dem ich beinahe gestorben wäre, sagte ich zu Nomvula: Geh Mama Penny holen. Mama Penny weiß bestimmt, was zu tun ist. Dann habe ich Medikamente gegen den Virus bekommen. Der Virus geht natürlich nie weg, und ja, an manchen Tagen fühle ich mich schwach. Doch ich lebe noch. Und ich habe einen Traum."

„Für morgen kommen laut Plan viele Frauen und zeigen Ihnen ihre Perlarbeiten", wandte sich Mama Penny an die Gruppe. „Sie werden sie im Hospiz treffen. Haben Sie das auf Ihrem Zeitplan gelesen?" Die Frage war an Gaby gerichtet.

„Ja, stimmt", antwortet sie. Gaby hatte etwas vom Perlhandwerk und den Frauen gehört, war aber vor der Reise nicht in der Stimmung gewesen, sich aufmerksam mit dem Zeitablauf zu befassen. Den wollte sie sich vor Ort genauer anschauen. Immerhin hatte sie am Morgen im Kleinbus einen Blick darauf geworfen.

„Moment mal." Cassandra legte die Kette wieder aus der Hand. „Jaleela, Ihre eigene Arbeit ist schon gut genug, dass wir sie in unserer Heimat verkaufen können. Wir brauchen keine weiteren Perlhandwerkerinnen. Und es war Ihre Idee. Wollen Sie wirklich in einen Wettbewerb mit den anderen Frauen treten?"

Jaleela setzte Tumi ab und hielt sich eine Hand vor den Mund, um ihr Grinsen zu verbergen. „Perlarbeit ist eine Tradition. Sie ist so alt wie unser Volk. Ich konkurriere nicht mit den anderen. Sie sind meine Schwestern. Meine Freundinnen. Wir müssen einander helfen."

Als sich Cassandra in Jaleelas Zuhause umsah, meinte Gaby zu wissen, was die Nachrichtensprecherin dachte: Wer half denn Jaleela?

„Morgen treffen wir uns also mit noch anderen Frauen und sehen uns weiteren Schmuck an?", fragte Heidi.

Katies Augen glänzten. „Werden wir dann das aussuchen, was uns am besten gefällt?"

„Ja", antwortete Mama Penny von der Tür her. „Das, was sich Ihrer Meinung nach am besten in Amerika verkaufen lässt."

„Und danach?", wollte Cassandra wissen.

„Dann geben Sie eine Bestellung auf. Viele Frauen wissen, dass Sie gekommen sind, und haben kleine Kostbarkeiten hergestellt. Andere können auch in der Zeit, während Sie hier sind, noch Stücke anfertigen. Morgen suchen Sie aus, was Ihnen gefällt", stellte Mama Penny klar, „und dann kommen die Frauen am Tag vor Ihrer Abreise wieder und bringen den Schmuck mit, den Sie bei ihnen bestellt haben."

„Aber werden die Frauen an dem Tag dann nicht auch ausbezahlt?" Gaby war sich nicht mehr sicher, wie das mit dem Thema Geld geregelt worden war. Niemand hatte ihr einen Scheck mitgegeben, irgendetwas, um die Frauen für ihre Arbeit zu bezahlen, bevor sie den Schmuck zum Verkauf nach Hause brachten.

Alle sahen Mama Penny fragend an. Sie wiederum wandte sich an Jaleela.

„Es wird schon klappen", antwortete Jaleela. „Das Geld wird schon kommen."

Cassandras Augen wurden ganz weit, doch sie schaffte es, in gemäßigtem Ton zu fragen: „Es wird einfach kommen?"

„Ich habe Ja zu Gott gesagt." Sie lächelte alle an. „Sie haben auch Ja gesagt. Ich vertraue darauf, dass er uns begleitet."

Verblüfftes Schweigen breitete sich über den Frauen aus, bis Cassandra in Gelächter ausbrach. Gaby hatte beinahe Panik davor, was sie wohl als Nächstes sagen würde.

„Sie gefallen mir." Cassandra zeigte auf Jaleela. „Sie haben Nerven wie Drahtseile. Sie sind eine richtige Geschäftsfrau. Eine Businessfrau."

„Eine … wie bitte?" Jaleela war verwirrt.

„Jemand, der einen Wirtschaftsplan aufstellt und umsetzt", erläuterte Gaby.

Jaleela lächelte. „Dafür bin ich Gott dankbar."

„Dann sehen wir uns also morgen? Im Hospiz? Um die anderen Frauen kennenzulernen?", fragte Gaby.

Doch selbst als ihre Pläne für den nächsten Tag bestätigt waren, stand niemand von der harten Holzbank auf. Sosehr sie auch von Furcht gepackt gewesen waren, als sie das Elendsviertel erstmals betreten hatten, wusste Gaby, dass niemand zum Aufbruch drängte. Wie hatte Jaleela das geschafft? Wie hatte diese arme Afrikanerin in solch einem düsteren Umfeld sie für ihren Traum begeistert?

22

„Katie, das brauchst du wirklich nicht zu machen." Gaby saß am Küchentisch, einem altmodischen Klapptisch mit Kerben und vier nicht passenden Stühlen, und hatte sich zurückgelehnt, damit Katie in ihren Haaren nesteln konnte. Die Morgensonne brach durch das verschmutzte Fenster und liebkoste mit ihrer Wärme Gabys Gesicht.

„Aber Sie haben mir doch gesagt, dass Ihnen Kate Hudsons Frisur in der Zeitschrift so gut gefällt." Katie fuhr mit gespreizten Fingern durch Gabys Haar und hob zu beiden Seiten des Kopfes Strähnen hoch. „Und gestern haben Sie mich frisiert. Zumindest versuchen kann ich es doch."

„Aber geht es dir denn gut genug? Ist dein Magen immer noch in Aufruhr?"

„Ich, ähm …" Katies Finger hielten inne. „Ich fühle mich ganz gut."

Erst eine Stunde zuvor hatte Gaby mitbekommen, wie sich Katie wieder im Bad übergeben hatte. „Vielleicht ist dir das Abendessen gestern nicht bekommen", meinte sie. Wie hatte Mama Penny es genannt? Boerewors?

„Mmm. Kann sein." Katies Stimme verlor sich, während sie sachte eine Haarsträhne um ihren Finger wickelte. „Mensch, haben Ihre Kinder mal ein Glück!"

Gaby wusste nicht, wie Katie darauf kam. Da arbeitete wohl der wunderliche Verstand eines Teenagers. Katies Worte hatten zwar etwas Verträumtes an sich, doch ihr Wahrheitsgehalt traf Gaby wie der Hieb eines Preisboxers, dessen Wucht Gabys Gefühle in alle Richtungen verspritzte; doch sie gab sich alle Mühe, das zu verbergen. „Warum sagst du das?"

„Weil, na ja, sie bekommen bestimmt Ihre Haare. Ich habe mir immer rote Haare gewünscht."

So schwer es ihr auch fiel, versuchte Gaby, ihre Gefühle im Zaum zu halten. Sie musste sich doch nicht bei einer Siebzehnjährigen ausheulen. „Echt, dir gefallen rote Haare?"

„Ja-ha."

Gaby schnaubte spöttisch.

„Was denn?"

„Ach, nichts."

„Was, nichts?", bohrte Katie nach.

„Tom, mein Mann, der behauptet immer, meine Haare sind rot. Und ich korrigiere ihn dann immer und sage, sie sind rotblond."

„Echt jetzt?" Katie nahm ein paar von Gabys Haarsträhnen auf. „Ist es überhaupt nicht. Ihr Mann hat recht. Sehen Sie doch nur die ganzen Rottöne, wenn die Sonnenstrahlen darauffallen."

„Ich weiß. Meine Brüder haben auch rote Haare. Es ist nur … na ja, weißt du, Tom und ich, wir necken uns gegenseitig damit."

Oder neckten *uns damit?* Gaby sah auf die Uhr.

Komisch, dass sie unbedingt von Ohio fortgewollt hatte, weit weg von Tom und allen anderen. Weg vom letzten Rest Erinnerung an den Schmerz, den sie durchgemacht hatten. Doch so merkwürdig es auch war, sie schaffte es nicht, ihre Uhr umzustellen, den Zeiger um sechs Stunden vor auf südafrikanische Zeit zu drehen. Und irgendwie konnte sie es nicht lassen, dauernd auf das Zifferblatt zu schauen und sich zu fragen, was Tom wohl gerade machte. Da es im Mittleren Westen der USA 4 Uhr früh war, schlief er wohl gerade. Aber wo? In ihrem Haus? In einem Hotel?

„Muss ich mich beeilen?", fragte Katie über Gabys Schulter, die mitbekommen hatte, dass Gaby schon wieder auf die Uhr gesehen hatte. „Holt Sipho uns gleich ab?"

„Ach so, nein, wir liegen gut in der Zeit. Sipho will uns um halb elf abholen und zum Hospiz bringen. Wir haben noch eine halbe Stunde." So wie Heidi und Cassandra ein Stockwerk über ihnen herumwuselten, würden sie wohl auch pünktlich fertig sein. „Ich glaube nicht, dass Jaleelas Perlenkünstlerinnen vor elf im Hospiz sind."

Katie steckte Gaby eine Haarklammer ins Haar. „Ich glaube, diese Frisur wird Ihnen gefallen. Sie sehen damit richtig heiß aus."

Heiß? Gaby musste beinahe lächeln. „Frisierst du gerne?"

„Manchmal ja, manchmal nein. Irgendwie ist das eine komische Mischung bei mir. Naturwissenschaften liegen mir, aber so kreatives Zeug mache ich auch gern."

„Färbst du dir die Haare selbst oder gehst du zum Friseur?"

„Ich mache es selbst."

„Nicht schlecht." Katies Haare waren zwar fast schwarz gefärbt, doch hier und da schimmerte Rotbraun durch, was sehr geschmackvoll wirkte.

„Echt? Na ja, Mama findet das nicht."

Gaby grinste. „Ich glaube, Mamas fällt es schwer, in ihren Töchtern etwas anderes zu sehen als ihre kleinen Mädchen. Die Umstellung dauert wahrscheinlich eine Weile. Ich weiß noch, wie meine Mutter mich immer gebeten hat, mir nichts in die Haare zu machen." Sie blickte in Gedanken zurück. „Also habe ich es natürlich erst recht gemacht."

Katie beugte sich zu Gaby hinunter. „Ja?"

Gaby nickte. „Ich habe meine roten Haare gehasst. Aber ich habe gemerkt, dass Rot noch immer besser ist als Orange."

Katie lachte, nahm die Bürste und glättete die Haare, die Gaby auf die Schultern fielen. „Meine echte Haarfarbe unterscheidet sich gar nicht so sehr von dieser hier. Natürlich ist sie etwas heller als Schwarz. Eher so ein dunkles, langweiliges Braun."

„Wirklich? Das wundert mich jetzt, denn deine Mama ist ja blond."

„Sie ist nicht meine leibliche Mutter", sagte Katie frei heraus, als hätte sie es schon tausend Mal erklärt. „Sie ist meine Stiefmama. Meine richtige Mutter hat meinen Papa und mich verlassen. Papa wollte in einem geregelten Job Karriere machen. Und sie wollte Künstlerin sein oder so."

„Oh", stammelte Gaby, von diesen neuen Informationen etwas überrumpelt. „Das hätte ich nicht gedacht. Ihr macht einen so vertrauten Eindruck, du und deine Stiefmutter."

„Ja?“ Gaby hörte heraus, dass Katie das gefiel. „Ich denke schon. Ich meine, wir streiten uns auch mal und so, aber …“

„Alle Mütter und ihre Töchter streiten. Ich glaube, das ist so normal wie ein Sonnenaufgang am Morgen. Meine Brüder und mein Vater haben sich manchmal in die Garage verzogen, einfach nur um nicht dabei sein zu müssen, wenn meine Mama und ich mal wieder aneinandergeraten waren. Auch wenn wir beide allein waren …“, Gaby schüttelte leicht den Kopf, „… konnte es im Haus laut und hormongesteuert zugehen, das kann ich dir sagen.“

Katie kicherte. „Warum ist das Streiten bloß so normal? Was ist denn mit Müttern und Töchtern, dass wir manchmal gar nicht klarkommen?“

„Weiß nicht. Es ist ja nicht so, dass ich meine Mutter nicht mag, aber manchmal …“

„Ja, das stimmt.“ Wieder gluckste Katie. „Manchmal …“

Durch die kurze Stille, die jetzt entstand, konnte Gaby die Schritte im ersten Stock hören. Fast bekam sie Schuldgefühle, als ob sie hinter Heidis Rücken schlecht geredet hätte, was sie gar nicht gewollt hatte. „Hat dein Vater dunkle Haare?“, fragte sie.

„Mein Papa? Er hatte braune Haare. Irgendwie ganz normal dunkelbraun. So ungefähr wie meine.“

Hatte? Gaby wurde das Herz schwer. Sie wünschte, sie hätte nicht gefragt. „Oh, Katie, ist er …?“

„Er ist gestorben.“

„Das tut mir sehr leid.“ Sie drehte sich um und legte ihre Hand tröstend auf Katies.

„Schon okay. Ist schon ein paar Jahre her.“

Gaby war nicht danach, tiefer zu bohren und weitere Fragen zu stellen. Sie drehte sich wieder um und überließ ihr langes Haar Katies Händen, die es so eifrig bürsteten.

Wenige Augenblicke später steckte sich Katie den Bürstenstiel in die Tasche ihrer Jeansshorts. „Es ist nur …“, sagte sie zögerlich und begann von Neuem, die Haare zu bürsten, als habe sie die Orientierung verloren, als könne ihr die geistesabwesende Wiederholung helfen, ihre Gedanken zu sortieren. „Ich weiß nicht. Für einen kurzen Augenblick, als Sie mich nach den Haaren meines Vaters gefragt haben, konnte ich mich nicht an sein Aussehen erinnern. Ich werde meinen Papa natürlich nie vergessen. Zumindest glaube ich das. Aber manchmal will mir mein Gehirn kein Bild von seinem Gesicht liefern. Das regt mich total auf. Ich will ihn niemals vergessen."

„Das ist bestimmt ganz normal, Süße. Ich bin sicher, du wirst nie vergessen, wie dein Papa aussieht." Gaby kramte im Kopf nach irgendeiner Erklärung. „Unser Gehirn ... da passieren seltsame Sachen, wenn wir verletzt oder verängstigt sind."

„Das sagt meine Mama auch." Katies Stimme war leise und ruhig, während sie eine Haarsträhne drehte und feststeckte. „Am Anfang durfte ich ganz oft bei ihr schlafen. Sie ist eine tolle Mama, und dabei ist sie noch nicht mal meine richtige Mutter! Aber ich bin nicht immer eine perfekte Tochter. Weit entfernt davon."

„Perfekt?" Gaby drehte sich wieder zu ihr um. „Niemand ist perfekt. Mit dem Erwachsenwerden hat jeder zu kämpfen. Ehrlich gesagt auch noch, wenn man meint, erwachsen zu sein." Sie lächelte matt. „Du hast ganz schön schwierige Sachen hinter dir. Aber sieh dich nur an. Du bist trotzdem freundlich und kontaktfreudig. Aufgeweckt und wissbegierig. Du bist teilnahmsvoll ... und so hübsch. Und witzig." Gabys Grinsen wurde immer breiter, als sie an den vergangenen Morgen dachte, an dem Katie sie so zum Lachen gebracht hatte.

„So bin ich aber nicht immer, wenn ich mit meiner Mutter allein zu Hause bin." Katies Kopf begann zu wackeln. „Das können Sie mir glauben."

Gaby hob die Augenbrauen und betrachtete Katie nachdenklich. „Das glaube ich dir. Das war ich nämlich auch nicht. Aber ich kann dir versichern, dass deine Mama dich auf jeden Fall liebt. Und sie liebt es, dass du ihre Tochter bist."

Gabys Worte schienen Katies Stimmung zu heben. Entschlossen steckte sie ihr weitere Klammern ins Haar. Als sie fertig war, stellte sie sich vor Gaby, um ihr Meisterwerk zu begutachten.

„Wie sieht es aus?"

„Na ja, nicht so ganz wie Kate Hudson." Katie lächelte. „Aber ziemlich gut."

Sie ging zum Beistelltisch und holte den Spiegel, den sie sich von Cassandra ausgeborgt hatten. Sie reichte ihn Gaby, lief wieder um den Stuhl herum und blieb so stehen, dass sie Gabys Gesichtsausdruck im Spiegel erkennen konnte.

Die Frisur war sehr hübsch. Aber das war es nicht, was Gaby ins Auge fiel. Sondern Katie. Das Mädchen war irgendwie einzigartig. Aus ihr sprach eine Reife, die einen begeistern konnte. Statt ihre anderen Eigenschaften zu überdecken, betonten ihre außergewöhnlich gefärbten Haare und ihr verwischter schwarzer Lidstrich nur noch die vielen anderen Dinge, die an ihr ganz besonders waren.

Wirklich besonders.

Heidi hatte Glück, dass so ein Mädchen zu ihrem Leben gehörte. Nein, kein Mädchen – eine Tochter. Eine Tochter, die Gott ihr geschenkt hatte, um sie zu lieben wie ihre eigene.

Wer würde sich nicht so eine Tochter wie Katie wünschen, die einen durchs Leben begleitete? Zu der man liebenswürdige Sachen sagen konnte? Für die man sich die Haare ausraufen würde?

Selbst ich. Selbst wenn sie nicht in meinem Leib gewachsen wäre.

Dieser Gedanke verblüffte Gaby total, sodass der Spiegel in ihrer Hand leicht zitterte.

Sie konnte nicht fassen, dass sie so etwas dachte. Sie *konnte* es nicht. Augenblicklich tauchte das Gesicht ihrer Tante vor ihrem inneren Auge auf, und sie wurde von der vertrauten Angst durchflutet, die ihr die Luft zum Atmen nahm, ihre Handflächen zum Schwitzen brachte und ihr Herz rasen ließ. Wie könnte sie je die Frau vergessen, die schluchzend mit ihrer Mutter am Küchentisch gesessen und über das Kind geweint hatte, das sie adoptiert und so sehr geliebt hatte?

„Gefällt es Ihnen nicht?" Katie verzog ihr Gesicht und nagte an ihrer Lippe.

„Was?"

„Sie sehen aus, als würde Ihnen die Frisur nicht gefallen."

„Doch. Sieht toll aus."

Katies Mund glättete sich zu einem Lächeln. „Echt?"

„Ja. Vielen Dank."

„Ich hole von meiner Mama das Haarspray. Ist doch okay, oder?"

Gaby nickte abwesend, versuchte Katies Worte zu erfassen, ihr Herz, ihren Verstand zu beruhigen. Ihre Hand bebte noch immer, als sie den Spiegel fast ehrerbietig auf den Tisch legte.

„Gut. Bin gleich wieder da!" Katie raste auf die Treppe zu, doch ein Klopfen an der Eingangstür ließ sie innehalten. Sie sah Gaby an. „Ist das Sipho – was meinen Sie?"

Noch ganz benommen hob Gaby ihren Arm und sah auf die Uhr. „Wenn, dann ist er früh dran."

Katie war mit wenigen Schritten an der Tür und öffnete sie ohne nachzudenken. Statt Sipho stand ein anderes männliches Wesen da. Nicht so groß und nicht so alt wie ihr Fahrer. Er war nur wenige Zentimeter größer als Katie und ungefähr im selben Alter. Doch ansonsten fast in jeder Hinsicht anders als sie. Dunkle Haut im Gegensatz zu ihrer Blässe, braune Augen statt ihrer blauen. Das einzig andere, was sich ähnelte, waren ihre Haare; Katies waren nur einen Hauch dunkler.

„Hallo, guten Morgen. Ich heiße Dominic. Ich bringe den Tee."

Gaby stand sofort auf, als sie hörte, dass die Stimme an der Tür nicht zu Sipho gehörte. Sie stellte sich hinter Katie und wunderte sich über den jungen Mann mit dem Tablett aus geflochtenem Stroh, auf dem ein hübsches Teeservice stand. Die Eleganz des Porzellans hob sich so stark von dem Rest ihres verwahrlosten Umfelds ab, dass man sich nur schwer vorstellen konnte, woher es kam. Womöglich ein Geschenk an die Familie des Pastors für ihre Gastfreundschaft?

Freundlich grüßte Katie ihn. „Hi Dominic. Ich bin Katie."

„Und ich heiße Gaby." Sie streckte ihre Hände aus. „Kann ich dir helfen?"

„Alles okay. Kann ich es hereinbringen und Ihnen Tee servieren?" Er neigte seinen Kopf.

„Ja, komm bitte herein“, sagte Gaby, und ihre Stimme wurde sanfter, als ihr schmerzlich bewusst wurde, dass das der junge Mann war, für den Mama Penny in ihrer Gegenwart am Tag ihrer Ankunft gebetet hatte. Dominic, der seinen Vater verloren hatte.

Doch sollte er jetzt nicht noch etwas Zeit haben, mit seiner Familie zu trauern?

Sie und Katie traten beiseite, und Dominic trug das Tablett mit kräftigen Händen über die Schwelle.

„Du kannst das Tablett auf den Tisch stellen.“ Gaby deutete Richtung Küche. „Aber du musst uns nicht bedienen.“

„Finde ich auch. Mama sagt immer: ‚Sieht nicht so aus, als wären deine Arme und Beine gebrochen‘“, schnatterte Katie gesellig, woraufhin der Junge sie befremdet ansah. „Das bedeutet, uns geht es gut und wir können uns selbst versorgen“, erklärte sie mit einem breiten Lächeln.

Dominic machte noch immer einen verwirrten Eindruck, als er das Tablett auf den Küchentisch stellte. Als die drei hörten, dass Cassandra und Heidi die Treppe hinunterkamen, drehten sie sich um.

„Ah, etwas Heißes. Mit Koffein?“ Forschen Schrittes ging Cassandra auf den Tisch zu und stellte ihre Kameratasche neben den Küchentisch. „Das könnte ja mein Glückstag werden.“

„Ach, ich liebe Tee!“ Heidi sah Dominic dankbar an. „Und der Südafrikanische soll ganz toll sein, habe ich gelesen. Gibt es hier nicht einen ganz besonderen roten Tee?“

„Rooibos“, erwiderte Dominic.

Heidis Augen glitzerten.

„Roi-boss. Stimmt. Ist das welcher?“

„Ja. Darf ich Ihnen einschenken?“

„Das brauchst du doch nicht“, begann Heidi.

„Aber wenn du unbedingt willst.“ Cassandra nickte gebieterisch und flüsterte den anderen ein „Arbeitsplatzgarantie“ zu.

„Das sind Cassandra und Heidi“, stellte Gaby vor. „Meine Damen, das ist Dominic.“

Der Junge neigte leicht den Kopf. „Freut mich sehr. Ich möchte mich entschuldigen, dass der Müll nicht entsorgt war, als Sie angekommen sind. Ich hoffe, es war nicht zu schwierig für Sie."

„Der Müll?" Gaby kniff die Augen zusammen. „Aber nein. Das war doch kein großer Umstand. Jemand hat sich schon darum gekümmert."

„Du hattest einen Trauerfall in der Familie", flocht Heidi ein. „Das hat Mama Penny uns erzählt."

Dominic ließ die Schultern sinken und sein Gesicht verdüsterte sich. „Ja", erwiderte er knapp.

Die Stille fühlte sich unbehaglich an, aber noch unbehaglicher fühlten sich wohl die Frauen, dachte Gaby. Keine rührte sich oder wusste, was sie sagen sollte.

Nur Katie. Sie ging einen Schritt auf ihn zu. Sorge und Mitgefühl schimmerten durch den Tränenschleier in ihren Augen. „Das ist hart." Sie zappelte mit den Fingern und sah so aus, als würde sie nicht wissen, wohin damit. „Es ist hart. Und es … es tut richtig, richtig weh."

„Ja", antwortete Dominic wieder ganz schlicht. Doch seine Augen sagten viel mehr, als er Katie ansah.

Gaby blickte zu Heidi hinüber, deren Lippen bebten. In ihren glänzenden Augen war der Stolz auf ihre Stieftochter zu erkennen. Heidi würde ihre Katie für nichts auf der Welt hergeben, das wusste Gaby. Auf jeden Fall waren es nicht nur Gene und Chromosomen, Stammbaum und Abstammung, was Herzen verband, oder?

Doch sie gehörten zu den Glücklichen. So lief es nicht immer. Gaby hatte es mit eigenen Augen gesehen. Adoption war ein Glücksspiel. Liebe konnte es gelegentlich auch sein.

Sie tastete an ihrem Ehering und drehte ihn langsam herum.

Wie viel war sie bereit zu riskieren?

23

Sipho kam pünktlich mit dem vertrauten weißen Kleinbus angefahren. Katie stieg, mit den Kopfhörern ihres iPod in den Ohren, als Erste ein. Heidi trödelte absichtlich und ließ erst Gaby und Cassandra einsteigen, um auf dem Beifahrersitz Sipho Gesellschaft zu leisten. Und um alle Fragen nach Katies erneuter Übelkeit am Morgen zu umschiffen.

Da sie selbst noch nie schwanger gewesen war, konnte sie nur auf das Schwangerschaftsbuch trauen, das sie gelesen hatte, und darauf, was Dr. Riggsby erzählt hatte. Dass die morgendliche Übelkeit – die bisweilen den ganzen Tag anhalten konnte – sich typischerweise auf das erste Drittel erstreckte, wobei Dr. Riggsby die entmutigende Tatsache hinzugefügt hatte, dass einige Schwangere die ganze Schwangerschaft hindurch an Übelkeit litten.

Während der Kleinbus ruhig die schmale Straße entlangfuhr, war Heidi angespannt und rechnete im Geiste zum hundertsten Mal nach, als könne sich dadurch etwas ändern. Ja, noch eine Woche, dann war Katie durch ihre ersten drei Monate. Doch bis dahin – und sogar noch darüber hinaus – konnte man nie wissen, was sie zu erwarten hatte.

Wie konnte sie bis dahin eine nicht besonders diskrete Reporterin und eine Kirchenmitarbeiterin daran hindern, es herauszubekommen? Ihr wurde ganz schlecht bei dem Gedanken, dass sie über Katie urteilen würden, dass Katie dasselbe mitmachen musste wie in der Schule. Heidi hoffte, das würde nicht eintreten, denn Cassandra und Gaby waren ja schließlich Erwachsene und kein Haufen geschwätziger Jugendlicher. Trotzdem – besser wäre es, wenn sie und Katie ihre Privatangelegenheiten privat belassen könnten.

„Ist es noch weit bis zum Hospiz?“, versuchte Heidi mit Sipho zu plaudern und ihr verängstigtes, pochendes Herz zu beruhigen, das Problem, auf das sie keinen Einfluss hatte, aus ihrem Denken zu verbannen.

„Nur noch ein paar Kilometer." Sipho stellte den Seitenspiegel ein. „Nicht mehr weit."

„Mama Penny hat gesagt, im Hospiz werden Tests durchgeführt? Auf HIV und Aids?"

„Ja", bestätigte er. „Tests und Beratung. Mama Penny macht beides."

Heidi starrte zum Fenster hinaus und wünschte sich, sie könnte einen Trupp zusammentrommeln, der den Müll von den Straßen aufsammelt. Aber das war hier wohl das geringste Problem.

„Hat sie Hilfe?", fragte Heidi, die staunte, wie Mama Penny das alles schaffte. Die Frau schien überall zu sein und von allem etwas zu machen.

„Ein paar andere Frauen, ja. Sieht so aus, als wären es die Frauen mit Ausbildung, so wie Mama Penny, die das Herz haben, das Hospiz zu leiten und anderen zu helfen."

„Ich hoffe, sie wird für all ihre Zeit und Arbeit bezahlt."

„Das Geld, das ist ein Problem", sagte Sipho frei heraus. „Die Frauen könnten woanders in der Stadt mehr Geld verdienen, das ist ganz klar. Und hier haben sie noch mehr Arbeit. Zu viel. Mehr außerhalb des Hauses als drinnen."

„Ich bin mir nicht sicher, ob ich dich recht verstehe. Um die Leute zu informieren?"

Sipho nickte. „Und um sie hierherzubringen. Die Frauen, die hier arbeiten – Mama Penny und zwei andere –, gehen in Hunderte von Häusern und Hütten … dahin, wo die Menschen leben. Sie bringen ihnen Medikamente. Sie erklären ihnen etwas über den Virus. Sie trösten Menschen bei Trauer. Es stirbt immerzu jemand, also trauert auch immerzu jemand."

Wie war es möglich, dass so wenige so viel machen konnten? „Was ist mit Krankenschwestern? Könnten die nicht mithelfen?"

„Das Geld reicht kaum. Im Moment arbeitet nur eine Schwester mit. Manchmal wenn mehr Geld da ist, sind es zwei."

„Eine Schwester?" Für das ganze Hospiz? Das klang ja unglaublich – und anstrengend. Und Heidi dachte, sie hätte Grund, müde und ausgelaugt zu sein! Sie, die immer mitten in der Nacht aufwachte und sich fragte, wie es weitergehen solle. Sollten sie und Katie das Baby behalten? Oder ein wunderschönes Zuhause für das Kind finden, ein normales Zuhause mit einem Vater und einer Mutter? Was hätte Jeff dazu gesagt? Die schlaflosen Nächte zogen sich manchmal so sehr. Mama Penny erging es wohl ebenso.

Heidi seufzte leise – ihretwegen und auch um Mama Pennys willen. „Klingt fast, als seien die Frauen Heilige."

„Oh ja." Sipho warf ihr einen Blick zu. „Oft müssen sie von ihrem eigenen Geld Benzin kaufen, um die Kranken zu besuchen oder die, die jemand an den Virus verloren haben, oder die, denen es sonstwie schlecht geht."

Als sie von der Hauptstraße in eine Seitenstraße abbogen, erspähte Heidi eine Gruppe weißer Frauen und Männer, die sie aus der Gemeinde kannte. Sie standen neben einigen Südafrikanern vor einem langen rechteckigen Gebäude, das wie ein Gerippe noch ohne Steine dastand. Noch bevor sie fragen konnte, sagte Sipho: „Das ist das Waisenhaus, das Ihre Gemeinde mit uns baut."

Nach allem, was sie bereits erfahren hatte, dachte Heidi, war keine Herberge groß genug für die Riesenmenge an Waisen in diesem Land. Doch offenbar hatte Sipho andere Denkmuster als sie. „Wir sind dankbar für die Leute von Graceview. Wenn auch nur ein einziges Kind gerettet wird … ist das eine gute Sache. Es bringt Hoffnung."

Ein paar Hundert Meter vor dem Gelände des Waisenhauses nahm Sipho kurz eine Hand vom Lenkrad, um auf ein Gebäude zu zeigen – das einzige fertige in Sichtweite. „Da ist das Hospiz."

Anstelle eines betonierten Parkplatzes bestand der Boden nur aus roter Erde. Mit Bedauern sah Heidi auf ihre Slipper herab. Der rostfarbene Rand um die Sohlen würde sich nie wieder wegschrubben lassen. Doch es war wohl besser, als Sandalen zu tragen und sich die Zehen von dem Boden färben zu lassen.

Das Gebäude aus rötlichgelben Backsteinen war nicht so farbintensiv und lebhaft wie der Boden ringsumher. Für Heidi war es interessant, die Einrichtung zu sehen, die Freiwillige aus ihrer Gemeinde gebaut hatten.

Am Vortag hatte sie zufälligerweise mitbekommen, wie sich Gaby und Mama Penny über dieses einzige Hospiz von Mamelodi unterhalten hatten, in dem jetzt im Erdgeschoss und im ersten Stock Patientenbetten standen. Doch ein Gebäudeabschnitt war noch im Rohbau. Genau wie das Pfarrhaus und das Waisenhaus, an denen noch viel zu tun war, wofür wiederum weitere Spenden notwendig waren. „Irgendwann", hatte Mama Penny in ihrer hoffnungsfrohen Art gesagt. „Irgendwann wird es fertig."

Als Sipho auf den Parkplatz fuhr, meldete sich Cassandra aus der Mitte des Kleinbusses. „Sieht nicht sehr belebt aus hier. Wo sind denn die ganzen Autos?"

Heidi fragte sich dasselbe.

„Autos?", lachte Sipho und warf Cassandra im Rückspiegel einen Blick zu. „Die Leute haben keine Autos."

Natürlich nicht. Heidi lief rot an. Sie hatten ja kaum ein Dach über dem Kopf! Was hatten sie beide sich nur gedacht?

Sipho stellte den Kleinbus direkt vor der Tür zum Hospiz ab. „An manchen Tagen ist im Hospiz mehr los als an anderen. Aber Sie müssen verstehen, dass sich viele, die den Virus haben, schämen hierherzukommen."

Heidi rutschte unruhig auf ihrem Sitz hin und her. „Sind denn nicht sehr viele Menschen am Virus erkrankt? Das kapiere ich nicht. Sie sind doch nicht die Einzigen. Warum schämen sie sich dann so?"

Doch schon während sie das aussprach, fiel ihr der Widerspruch auf. Das zweischneidige Schwert, das einen Kampf in ihr ausfocht. Es war also zu rechtfertigen, dass es ihr etwas ausmachte, was andere über sie und Katie dachten? Dass sie sich sorgte, wie andere Mütter und Lehrer und Mitarbeiter der Schule und sogar Gemeindemitglieder über einen Fehler urteilten, den Katie gemacht hatte? Doch dann sollte es nicht in Ordnung sein, dass sich Menschen gedemütigt fühlten, weil sie sich eine Krankheit wie Aids geholt hatten? Als könnten sie sich nicht schämen – ja weswegen? Weil sie nicht in einem schicken Haus oder einer gehobenen Gesellschaft lebten?

„Vielleicht fühlen sie sich einsam …" Sipho hob eine Hand, als müsste auch er versuchen, einen Sinn darin zu erkennen. „Als wären sie die Einzigen. Aber es kommen jetzt mehr hierher und lernen das Hospiz besser kennen. Sie erfahren, dass es nicht nur ein Ort zum Sterben ist. Es ist auch ein Ort für die, die leben wollen."

„Wie viele Menschen leiden an Aids, Sipho?" Heidi drehte sich zu Cassandras Stimme um. Die Journalistin hatte ihre Kamera wieder aus dem Fenster gerichtet.

Die Kiefermuskeln des Fahrers spannten sich. „Zu viele."

Glücklicherweise gab es Frauen wie Jaleela, die bereit waren, aus sich herauszugehen und für andere einzustehen. Heidi rutschte auf ihrem Sitz umher und war dankbar, dass im Moment keine Zeit für Selbstreflektion war.

„Ich muss ein paar Erledigungen für die Pastorenfamilie machen", sagte Sipho, als sie ihre Sachen aus dem Kleinbus holten. „Am späteren Nachmittag hole ich Sie wieder ab."

Heidi bedankte sich murmelnd, war aber tief im Innern gar nicht davon angetan, dass Sipho wegfuhr, und sei es auch nur für ein paar Stunden. Mit seinem überschwänglichen Lächeln und seiner unbekümmerten Art war er den Frauen rasch ans Herz gewachsen und zum Teil der Gruppe geworden. Außerdem fühlten sie sich von ihrem gut eins achtzig großen Chauffeur beschützt; in diesem fremden, weit entfernten Land stand er für Sicherheit und Vertrautheit.

Die Beifahrertür quietschte, als Heidi sie schloss. Das Geräusch klang in der Stille auffallend laut, das Echo ließ die Einöde noch abgeschiedener wirken.

Katie kletterte von der Rückbank aus dem Kleinbus, sah unbeschwert und unternehmungslustig aus und hatte die Kopfhörer in ihre Tasche gesteckt, während Cassandra sich mit einem schweren Rucksack voller Kameraausrüstung abschleppte. Gaby, die als Letzte ausstieg, schob die Seitentür des Kleinbusses zu. Sipho startete den Motor, winkte zum Abschied, fuhr rückwärts aus der Parklücke und ließ die vier Frauen in der Hitze stehen und ihre Lage einschätzen.

„Irgendwie seltsam, oder?“ Heidis Stimme kam sogar ihr selbst zu laut vor in der Stille, die sie umgab.

„Was denn, Mama?“

„Ich weiß nicht. Ich frage mich … ist das Hospiz denn so etwas wie eine Stadthalle? Ich meine, denk doch mal darüber nach. Wenn wir uns mit anderen Frauen treffen wollten, würden wir zu Starbucks gehen oder in ein Restaurant.“

„Oder in die Kirche oder zu uns nach Hause“, fügte Gaby hinzu.

„Aber hier …“ Gaby schüttelte den Kopf.

Cassandra schob sich den Riemen ihrer Kameratasche über die Schulter und lockerte ihre Haare an den Seiten auf. „Wir müssen uns wohl erst mal orientieren, wo in aller Welt wir eigentlich sind.“

Das stimmte. Ein Ort, an dem es keine Handys an jedem Ohr gab und kein elektronischer Newsletter Neuigkeiten verbreitete. Doch hoffentlich hatten Jaleela und Mama Penny den Perlenhandwerkerinnen irgendwie Bescheid gegeben.

Hoffentlich?

„Ich bin mir sicher, dass sich ein paar Künstlerinnen hier eingefunden haben.“ Wieder musste Heidi seufzen.

Katie nagte an ihrem Daumennagel; Sorgenfalten zogen sich über ihr junges Gesicht. „Ich auch. Jaleela wird bestimmt irgendwie enttäuscht sein.“

Cassandra blickte sich um und nickte. „Das hier wirkt ziemlich verlassen, oder?“

„Sie wünscht sich so sehr, dass ihr Traum in Erfüllung geht.“ Katies Worte waren fast schon ein Flüstern.

Heidi atmete tief ein und versuchte, positiv zu denken. „Na ja, zumindest sind wir für sie hier.“

„Ja, vielleicht haben sie sich nur in der Zeit vertan“, warf Gaby ein. „Oder wir sind zu früh.“

Doch an Gabys Blick und auch dem der anderen konnte Heidi erkennen, dass niemand das wirklich glaubte. Wortlos bildeten sie eine Viererkette und gingen langsam, aber entschlossen auf den Eingang zu, was

Heidi an Dorothy und ihre tapferen Begleiter erinnerte, die das Land Oz betreten hatten.

Cassandra, die ganz rechts ging, drückte die Tür auf.

Katie konnte als Erste einen Blick ins Haus werfen und schnappte nach Luft. „Das ist ja wie eine Überraschungsparty! Es sind alle da!"

Beim Hineingehen überkam Heidi eine Woge der Erleichterung. Auch auf den Gesichtern der anderen löste sich die Spannung. Katie hatte recht. Es war wie eine Überraschungsparty. Niemand hatte hinter der Tür zu einer Eingangshalle nahezu zwanzig Frauen erwartet. Oder sogar noch mehr – der fröhlichen Begrüßung nach zu urteilen, mit der sie die Frauen durch ihr warmherziges Lächeln, Winken und Hallorufen übergossen.

Oh, und die Farben! Heidi musste blinzeln, um das alles aufzunehmen. Strahlendes, kühnes Blau, Rot und Gelb; schillerndes Hellgrün, Orange und Lila, wie aus dem Füllhorn Gottes. Einige wenige Frauen trugen von Kopf bis Fuß traditionelle afrikanische Kleidung und kunstvoll bestickte Hüte, Röcke, Schuhe. Doch die meisten hatten farbenfrohe Röcke und Strickoberteile oder Seidenblusen an. Es war nicht zu übersehen, dass die südafrikanischen Frauen für das wichtige Treffen mit den Amerikanerinnen ihren Sonntagsstaat angelegt hatten.

Im Gegensatz dazu kam sich Heidi mit ihren khakifarbenen Caprishorts und dem schwarzen T-Shirt richtig trist vor. Und sie fühlte sich schäbig, weil sie nicht ebenso höflich gewesen war und sich auch so hübsch zurechtgemacht hatte. Doch man hatte ihr gesagt, sie sollte ältere Sachen mitnehmen, bei denen es nichts ausmachte, wenn sie kaputt gingen. Jetzt konnte sie bloß noch hoffen, ihr Lächeln würde ihre Kleidung wettmachen und ihre Freude widerspiegeln, die Perlenkünstlerinnen kennenzulernen.

In der Halle herrschte zwar reges Treiben, doch man hörte keinen Mucks von den Babys, die manche Frauen in Tragetüchern auf dem Rücken trugen. Auch die anderen kleinen Kinder standen ruhig und zurückhaltend neben ihren Müttern.

Heidi und ihre Begleiterinnen entdeckten ihre neuen Freunde Mama

Penny und eine strahlende Jaleela mit Nomvula und Tumi, auf die sie durch das Gewimmel hindurch zugingen.

„Jaleela!“ Heidi umarmte die Frau als Erste. „Hier sind ja so viele Frauen!“

„Ist das nicht wunderbar?“, lachte Jaleela und hielt eine Hand an die Brust. „Die Frauen sind zu Fuß aus unterschiedlichsten Gegenden hergekommen und viele Kilometer gelaufen.“

Jaleela stand lächelnd wie eine stolze Mutter da, während Mama Penny mit respekteinflößender Stimme Heidi und ihre Gruppe vorstellte. Dann positionierten sich die Südafrikanerinnen in einer langen Reihe und warteten geduldig darauf, alle einzeln zu begrüßen.

War sie jemals so wahrhaftig und wunderschön angelächelt und so aufrichtig in den Arm genommen worden? Wenn ja, konnte Heidi sich nicht mehr daran erinnern. Jede Frau von Mamelodi schien ihnen Herz und Arme zu öffnen. Wie lange arbeitete sie in der Grundschule schon mit anderen zusammen? Schon bevor sie Jeff geheiratet hatte. Wie selten begrüßten ihre Kolleginnen sie oder einander so wie diese Frauen hier!

Beim Gedanken an die Menschen zu Hause wurde Heidi das Herz schwer. Sie warf einen kurzen Blick zu Katie, doch ihrer Tochter schien es gut zu gehen. Offenbar war die morgendliche Übelkeit einstweilen ausgestanden. Katie hatte eine gesunde Hautfarbe, ihre Wangen waren rosig und ihre Augen strahlten. Überraschenderweise schien ihr die überströmende Zuneigung der Südafrikanerinnen vollkommen angenehm zu sein.

Überhaupt wirkte Katie, trotz des flauen Gefühls in ihrem Magen, seit ihrer Ankunft in Südafrika fast wie ein anderer Mensch. So viel glücklicher und aufgeschlossener. Eher wie … *ihre* Katie. Lag es an dem, was sie zurückgelassen hatte? An dem, was sie hier vorfand? Wie auch immer – die merkliche Veränderung an Katie ließ ihr jeden Penny für diese Reise wie gut angelegtes Geld erscheinen. Auch Heidis Sorge, dass Katie nach den Frühjahrsferien noch eine Schulwoche verpasste, schwand dahin.

„Ihr schenkt uns Würde“, sagte eine junge Frau zu Katie, während sie ihre Hände hielt. „Euer Kommen stellt unsere Würde wieder her.“

„Aber wir sind doch gern kommen. Wir freuen uns, dass wir hier bei Ihnen sein können", sagte Katie und klang älter, als sie war – und sah auch so aus, bemerkte Heidi, denn von Katie ging plötzlich etwas Friedvolles, Zuversichtliches aus.

Wenn sie doch bloß nie dahin zurückmüssten, wo sie hergekommen waren. Ach, wäre das schön!

Doch genau als dieser Gedanke auftauchte, trat auch ein anderer hinzu: *Oh danke, Herr. Danke!* In ihre Augen traten Tränen. *Danke für diese Zeit hier, für diesen Tag und vor allem für meine Katie. Für ihr Wachsen und Gedeihen, für diese wunderbaren Frauen, für den Genuss, den Frieden dieses Augenblicks.*

Dieses spontane Dankgebet war wie aus dem Nichts aufgetaucht, fühlte sich so richtig an, und doch überraschend und neu. Seit Jeffs Tod betete sie schon so lange immer *für* irgendetwas. Doch dieses Mal, in diesem Augenblick, überwältigte sie große Dankbarkeit. Es fühlte sich anders an, aber entschieden gut, als sie ihre Arme für die nächste Frau in der Schlange öffnete.

@ @ @

„Mir gefällt dieses Armband wirklich, Chloe", sagte Heidi zu der jungen schwarzen Mutter, die mit einem wunderschönen orangeroten Turban vor ihr saß. Auf ihrem Schoß zappelte ein Kleinkind, aber wer hätte ihm daraus einen Vorwurf machen können? Khomotso hatte ja bereits lange warten müssen.

Die letzten beiden Stunden hatten Heidi und Katie nach all den Begrüßungen nebeneinander gesessen und die Schmuckmuster begutachtet, die die Afrikanerinnen mitgebracht hatten. Cassandra, Jaleela, Gaby und Mama Penny saßen im Raum verteilt und machten dasselbe. Sie entschieden darüber, welche Schmuckstücke das Interesse amerikanischer Frauen wecken würden und welche auf irgendeine Weise verändert oder verbessert werden mussten. Offenbar beabsichtigten und hofften sie, von jeder Frau etwas zu bestellen, um jeder die Chance zu geben, etwas einzunehmen und somit ihren Lebensunterhalt zu verdienen – genau wie Jaleela es sich erträumte.

Wie viel Einfallsreichtum die Frauen aufbrachten, solch lebhafte Farbanordnungen und -muster zu erschaffen, obwohl es in ihrem Leben so wenig davon gab, erstaunte Heidi.

„Woher haben Sie denn Ihre Ideen, Chloe?"

Die Frau zuckte die Achseln. „Das ist eine Gabe. Ich schließe meine Augen und sie sind da."

Sie hielt Chloes gewundenes, schlangenförmiges Armband in der Hand und fragte Katie: „Was hältst du davon?"

„Es ist cool. Echt cool. Ich glaube, Müttern und Teenagern würde es gefallen."

„Wie wäre es mit zwei Dutzend? Könnten Sie zwei Dutzend zum Verkauf anfertigen?" Heidi gab das Armband seiner Erschafferin zurück und notierte eine Beschreibung davon auf einem Blatt Papier, das als Bestandsliste dienen sollte. „Chloe?", hakte sie nach, als die Frau nicht antwortete.

„Zwei Dutzend?" Chloe standen vor Staunen Augen und Mund offen. Khomotso zupfte an ihrer Unterlippe, doch das schien sie nicht zu bemerken.

„Hatten Sie sich mehr erhofft?"

„Aber nein. Ich … ich habe nur keinen Draht mehr. Er reicht gerade noch für das eine Muster."

„Ich habe Draht", sagte eine jüngere Frau hinter Chloe. „Du kannst ihn haben." Sie wühlte in ihrer Tasche und holte eine Drahtspule heraus.

„Kennen Sie sich?" Heidi schaute zwischen der jüngeren Frau und der jungen Mutter hin und her. „Sind Sie befreundet?"

„Jetzt ja." Das junge Mädchen mit den dunkelbraunen Augen lächelte Chloe an, die den angebotenen Draht anmutig entgegennahm.

Chloe bedankte sich überschwänglich bei ihrer neuen Freundin, einigte sich mit Heidi auf einen Preis und versprach, zum Ende der Woche weitere Armbänder fertigzuhaben.

„Das war wirklich lieb von dir", sagte Heidi zu der jungen Frau, als Chloe und Khomotso sich verabschiedet hatten.

Das Mädchen, das etwa in Katies Alter sein mochte, zuckte die Achseln. „Sie muss doch ihr Kind ernähren. Außerdem gehört das zu unserem Brauchtum. Füreinander zu sorgen, liegt den Frauen hier im Blut. Unsere Vorfahren lebten nämlich in Stämmen. Der Stammesälteste konnte womöglich fünf Frauen haben und vielleicht fünfundzwanzig Kinder. Man lebte nicht getrennt. Hielt sich nicht abseits. Alle Frauen halfen einander. Jede Frau half auch allen Kindern zu überleben. Also versuchen wir das heute auch noch."

„Du hast keine Kinder?" Heidi war neugierig auf dieses Mädchen, das so bereitwillig etwas geopfert hatte.

„Nein." Unverzüglich wurde sie ernst.

Genauso rasch wechselte Heidi das Thema. „Womit machst du deinen Schmuck, wenn du keinen Draht hast?"

„Das werde ich schon regeln. Ich arbeite hier im Hospiz. Ich sehe viele Menschen hier ein- und ausgehen. Irgendjemand wird haben, was ich brauche."

„Bist du Krankenschwester?", fragte Katie.

„Nein." Die angespannten Lippen des Mädchens teilten sich zu einem scheuen Lächeln. „Aber ich hoffe, dass ich mal eine werde. Ich hoffe, nach Amerika gehen zu können und dort zu lernen. Das ist schon eine sehr gewaltige Hoffnung, ich weiß. Und doch ist das der Plan für mein Leben. Und ich denke, es ist auch Gottes Plan. Im Moment mache ich im Hospiz Büroarbeiten. Dafür geben sie mir etwas zu essen und ein Bett zum Schlafen."

„Wie heißt du noch mal?", fragte Heidi.

„Ich bin Mighty."

Mighty. Mächtig. Mama Penny hatte ihnen von dem Mädchen erzählt, deren Name ihr junges Leben zu verkörpern schien. Als Teenager hatte sie ihre beiden Brüder und die kleine Schwester versorgt, nachdem ihre Eltern gestorben waren. Doch dann hatte der Virus ihr auch ihre Geschwister genommen. Seltsamerweise blieb sie gesund und bekam die Krankheit nicht. Doch mit ihren achtzehn Jahren war sie ganz allein.

Heidi konnte sich nicht vorstellen, in diesem Alter auf sich allein gestellt zu sein. Niemanden zu haben. Auf jeden Fall wünschte sie sich so etwas nicht für Katie. Der Gedanke machte sie traurig, aber natürlich wollte sie nicht so tun, als kenne sie Mightys ganze Geschichte.

Heidi empfand Demut und Ehrfurcht vor diesem Mädchen, das sich in jungen Jahren schon so vieler Menschen angenommen hatte. „Schön dich kennenzulernen, Mighty. Du bist sehr liebenswürdig." Sie schüttelte Mighty die Hand. „Was stellst du denn her?"

„Ich mache Armbänder und Ketten. Aber meine Spezialität sind Engel. Ich stelle Engel aus Perlen her." Mighty holte mehrere Exemplare aus ihrer Tasche.

„Wahnsinn!" Katie hielt eins hoch.

Heidi betrachtete die filigranen Gestalten mit Flügeln. „Dafür brauchst du doch bestimmt eine Million Perlen."

„Keine Million. Aber viele." Mighty lächelte schüchtern und wirkte geschmeichelt, aber verlegen. „Aber ich arbeite sehr schnell."

„Das ist gut", meinte Heidi, „denn ich glaube, vielen Menschen würden diese Engel gefallen."

„Man kann sie überall hinhängen", fügte Katie hinzu.

„Ach, da fällt mir etwas ein." Mighty bedeckte ihren Mund mit der Hand. „Du bist Katie, oder?"

Katie nickte.

„Entschuldige bitte. Da ist eine E-Mail gekommen. Die hätte ich fast vergessen."

„Eine E-Mail?" Katie neigte den Kopf. „Hier? Für mich?"

„Ja, du hast eine E-Mail aus den Vereinigten Staaten." Mighty lächelte. „Ich habe mich gefreut, dass sie von so weit her gekommen ist. Soll ich dich zum Computer begleiten?" Sie zeigte quer durch die Halle. „Du kannst sie lesen und auch beantworten, wenn du möchtest."

Heidi merkte, wie sich ihr der Magen zuschnürte. Alles war bisher so gut gelaufen. Und jetzt ... warum? Warum hatte Katie einem ihrer Freunde zu Hause die E-Mail-Adresse von hier gegeben? Oder Moment mal – welchen Freunden überhaupt? Sie hatten ihr schon Wochen vor der Abreise die kalte Schulter gezeigt. Noch etwas, das Katie zusetzte. Also musste es Mark sein. Mark! Hätte er denn nicht warten können? Könnten sie und Katie diese Zeit hier nicht für sich ganz allein haben?

Katie sprang auf und wirkte genauso aufgeregt wie Mighty wegen dieser E-Mail aus Amerika. Sie folgte dem größeren Mädchen, noch bevor Heidi etwas sagen konnte.

Die Gefühlswelt, die sie hinter sich gelassen hatten, hatte sie also binnen weniger Tage eingeholt.

Gib mir Kraft, Herr, betete sie. *Bitte gib mir Kraft.*

24

Gaby stand vor Heidis und Katies Zimmertür und war schon ein halbes Dutzend Mal nahe daran zu klopfen. Doch immer, wenn sie ihre Hand schon erhoben hatte, konnte sie sich nicht überwinden. Sollte sie sich bei den beiden einmischen oder nicht?

„Was wollte Mark denn diesmal?“ Gaby hörte Heidis fordernden Ton. „Dass du wieder den Tränen nahe bist? Wie von seinen SMS am Flughafen?“

„Wovon redest du denn da?“, blaffte Katie.

„Das war er doch, oder?“

„Du regst dich auf wegen nichts. Echt jetzt.“

„Nichts? Warum hast du ihm dann die E-Mail-Adresse von hier gegeben?“

„Mama, ich sag’s dir, du übertreibst. Du weißt ja nicht mal, was du da sagst. Es ist keine große Sache, okay?“

„Für mich schon. Können wir nicht mal hier die Zeit zusammen verbringen und uns nicht aufregen?“

„Sehe ich aufgeregt aus?“

Mutter und Tochter hatten sich seit der Rückkehr vom Hospiz in ihrem Zimmer verbarrikadiert. Erst hatte Gaby gedacht, dass sich die beiden vielleicht ausruhen würden; es war ein vollgepackter Tag gewesen, an dem sie viele Südafrikanerinnen kennengelernt und ihre Perlenkunst in Augenschein genommen hatten. Aber nein. Das Mutter-Tochter-Duo hatte gestritten, dass die Fetzen flogen, zwar leise, aber direkt, schon die ganze Zeit, in der Gaby vor der papierdünnen Tür stand.

Mittlerweile kam sie sich vor wie die größte Lauscherin aller Zeiten. Sie sollte jetzt klopfen, dem Ganzen ein Ende bereiten. So tun, als sei sie gerade die Treppe hochgekommen und habe die harschen Worte nicht gehört.

„Hallo meine Damen!" Sie klopfte sachte an. „Wollte nur kurz Bescheid sagen. In ungefähr einer halben Stunde fahren wir zu Jaleelas Freundin."

Die Tür wurde aufgezogen, und Heidi kam zum Vorschein. Gaby fiel auf, dass weder sie noch Katie Anstalten machten, den Missmut in ihrem Gesicht zu verbergen.

„Jaleelas Freundin?" Heidis Stirn verzog sich noch mehr.

„Haben Sie nicht mitbekommen, dass Jaleela ihre Freundin Lydia erwähnte?"

„Nein, ich glaube nicht. Du, Katie?"

Katie schüttelte den Kopf und blickte verdrießlich drein. Selbst ihr fransiger Pony schien finster herabzuhängen.

„Offenbar hatte ihre Freundin Lydia versprochen, heute ins Hospiz zu kommen und uns ihren Perlenschmuck zu zeigen." Gaby sprach in sanftem Ton, mit der Absicht, die Stimmung nicht noch mehr zu drücken. „Aber sie ist nicht aufgetaucht, und Jaleela macht sich Sorgen. Sie hofft, ihr Zustand hat sich nicht verschlimmert, seit sie das letzte Mal nach ihr gesehen hat."

Heidis Stirnfurchen wurden noch tiefer. „Wann war das?"

„Womöglich vor Wochen?" Gaby zuckte die Achseln. „Zumindest meinte Jaleela das. Nach dem, was sie gesagt hat, lebt ihre Freundin in einem abgelegenen Dorf. Daher kommen die Frauen vom Hospiz nicht so oft dorthin."

„Muss ich mitkommen?“, fragte Katie ihre Mutter und stemmte in einer typischen Teenagerpose die Hand in die Hüfte. „Ich habe etwas vor.“

„Etwas vor?“ Heidi hob eine Augenbraue, und Gaby konnte nicht verhindern, dass sie selbst auch eine Augenbraue hochzog.

„Tja, also, Dominic hat gesagt, er kommt nach der Arbeit vorbei. Er will mich mit Hazard vertraut machen. Ich habe ihm versprochen, dass ich hier bin.“

„Ich bitte dich! Schon wieder der Hund? Ich finde das keine gute Idee. Das Tier will sich mit niemandem anfreunden, glaub mir. Sonst würde es nicht immer seine Reißzähne blecken, wenn wir an ihm vorbeigehen.“

„Du hältst aber auch *nichts* für eine gute Idee“, schnaubte Katie und verschränkte ihre Arme vor der Brust. „Du solltest echt mal aufhören, dir so viele Sorgen zu machen. Du holst dir noch einen Herzinfarkt.“

„Nein, Katherina.“ Heidi verschränkte ebenso ihre Arme, als würde sie zum Gegenschlag ausholen. „*Deinetwegen* bekomme ich noch einen Herzinfarkt.“

„Wie auch immer.“ Katie verdrehte die Augen.

Die Situation wurde Gaby jetzt deutlich zu unangenehm. Nicht, dass sie sich nicht auch an endlose Diskussionen mit ihrer Mutter erinnern konnte, wie sie es Katie zuvor erzählt hatte. Und dennoch …

Gaby hätte erst gar nicht anklopfen sollen, selbst wenn sie nur versucht hatte, so freundlich zu sein, Heidi und Katie vorzuwarnen. Wenn sie sich doch bloß zurückziehen könnte, bevor sie es merkten. Sie versuchte sich davonzuschleichen, doch ohne Erfolg. In diesem Moment kam Nomvula die Treppe hochgehüpft und schlang Gaby die Ärmchen um die Hüfte.

„Hab’ dich. Du musst.“ Bei den Worten des kleinen Mädchens, die angesichts der herrschenden Spannung so arglos klangen, musste Gaby lächeln. „Spielst du noch mal mit mir und Tumi Fangen? Bitte, bitte!“

Gaby hatte mit den Kindern Fangen gespielt und gehofft, Jaleela könne sich etwas ausruhen, bevor sie Lydia besuchen gingen. Obwohl Jaleela protestiert und versucht hatte, ihre Mattigkeit beiseitezuwischen, bestand Gaby auf einer Pause für alle.

Erstaunlicherweise hatte sich das Spielen mit Jaleelas Kindern nicht als reine Gefälligkeit herausgestellt. Die Kleinen waren entzückend, das Tollen mit ihnen erweckte angenehme Erinnerungen: Wie sie als Lehrerin in der Pause draußen gestanden und den Schülern beim Spielen zugeschaut oder sich ihnen angeschlossen hatte.

Gaby legte Nomvula eine Hand auf den Kopf und spürte die Wärme, die die Sonne und Nomvulas Umherrennen erzeugt hatten. „Wir müssen bald los, Süße." Sie erwiderte Nomvulas Umarmung. „Vielleicht hat Katie ja Lust, mit euch weiterzuspielen."

Mit Nomvulas Erscheinen hatten Heidi und Katie ihr Gezänk offenbar eingestellt. Jetzt konnte Gaby gefahrlos fragen, ob Katie auf Nomvula und Tumi aufpassen wollte, während die anderen zu Lydia fuhren.

Heidi erlaubte es bereitwillig.

Katie wirkte erleichtert, Nomvula an die Hand zu nehmen und sich eine Pause zu gönnen. „Toll! Mal sehen, was Tumi vorhat." Das Leuchten kehrte in ihre jungen Augen zurück. „Wenn Dominic kommt, kann er mitmachen."

„Komm bloß dem Hund nicht zu nahe, bitte", rief Heidi ihnen hinterher.

Doch Katie, die mit Nomvula die Treppe hinunterging, gab keine Antwort.

Heidi schloss die Augen, und ihr entfuhr der längste Seufzer, den Gaby je gehört zu haben glaubte.

„Sie ist ein wunderbares Mädchen", sagte Gaby.

„Oh ja, ich weiß. Allen anderen gegenüber ist sie prima. Nur mir gegenüber kann sie manchmal schwierig sein." Sie schüttelte den Kopf und lächelte müde.

„Irgendwas mit einem Freund?", fragte Gaby leichthin, denn sie wollte nicht zugeben, dass sie den Streit mitangehört hatte.

„Es ist immer etwas. Mal ein Freund, mal eine Freundin. Junge Mädchen stecken andauernd in irgendwelchen Dramen. Ich wünschte nur, er hätte ihr keine E-Mail geschrieben. Oder besser, sie hätte ihm gar nicht die E-Mail-Adresse von hier gegeben. Hätten sie nicht warten können, bis wir wieder zu Hause sind?" Genervt ließ sich Heidi aufs Bett plumpsen. Gaby, die an der Wand lehnte, konnte sehen, wie sich die Matratze unter dem Lattenrost durchbog.

„Sie sind wohl nicht so mit dem Jungen einverstanden, was?"

„Na ja, das hat ... das hat mit vielen Sachen zu tun." Damit sprang Heidi auf, als ob sie etwas vergessen hätte, schnappte sich eine Packung Erdnussbutterkekse aus ihrem Gepäck und ließ sich wieder auf das Bett plumpsen. „Wollen Sie einen?", fragte sie und öffnete die Packung.

„Nein danke, bin wunschlos glücklich."

„Ich nicht." Sie biss in einen Keks. „Kinder! Ich könnte jetzt alle Packungen Kekse und M&Ms verschlingen, die ich mitgebracht habe." Doch sie lächelte zaghaft, woraus Gaby schloss, dass sie es nicht ganz ernst meinte. Ihrer beneidenswert zierlichen Figur nach zu urteilen, bekämpfte Heidi ihren Frust wohl normalerweise nicht mit Essen.

„Ich verstehe einfach nicht, was sie an diesem Jungen findet." Heidi dachte laut nach und fuchtelte dabei mit ihrem Keks herum. „Irgendwie muss er wohl nett sein. Aber ... hm, das klingt grässlich – er hat scharfe Kanten. Nicht unbedingt der Typ, den man sich für seine Tochter erhofft."

Gaby wusste nicht, ob sie etwas dazu sagen sollte oder nicht, aber Heidi sah sie erwartungsvoll an.

„Vielleicht hat sie ihn sich ja gerade deshalb herausgepickt. Katie wirkt so gut gelaunt. Als würde sie ganz auf bunte Hunde abfahren. Sogar auf räudige." Gaby grinste, schüttelte staunend den Kopf darüber, wie tapfer Katie auf Hazard zugegangen war und es sich zur persönlichen Aufgabe gemacht hatte, ihn bis zum Ende der Reise für sich zu gewinnen. „Also – Hazard als süß zu bezeichnen? Puh! Da stimme ich Ihnen zu. Ich habe einfach nur Angst vor diesem Tier. Doch offenbar erkennt Katie etwas anderes in ihm – dem Freund, meine ich. Und auch in dem Hund, nehme ich an." Sie hielt inne. „Oder womöglich denkt sie auch, sie kann ihn ändern, kann ihn zu einem Prinzen machen. Wieder den Jungen, nicht den Hund."

Heidi lächelte. „Es mag auch einen anderen Grund geben. Womöglich will sie mich nur reizen, einfach weil ich ihre Mutter bin."

„Genau." Gaby hatte schon genug mit Jugendlichen zu tun gehabt, um das für wahrscheinlich zu halten. „Jedes Kind macht das bis zu einem gewissen Grad. Ich war früher genauso."

Heidi seufzte. „Ich gebe ja zu, dass wir unsere Streitereien haben; auf jeden Fall. Aber sie hat ganz gute Noten. Sie hat nichts mit Drogen am Hut. Ich weiß, ich sollte dankbar sein. Bin ich auch. Ich glaube, ich wünsche mir einfach, dass alles wieder so ist wie früher. Bevor Jeff starb, war Katie ganz sportbegeistert – Basketball, Lacrosse, Fußball. Hat in der Schule immer allerhand ausprobiert. Als er gestorben ist, hatte sie eine ganze Zeit lang kein Interesse mehr an irgendetwas. Wir beide wahrscheinlich." Sie sah zur Seite und betrachtete den Keks in ihrer Hand, als sähe sie ihn zum ersten Mal. „Dann waren es plötzlich über Nacht nicht mehr Sport, sondern schwarze Haare und neue Freunde, deren Eltern ich nicht kannte."

„Wahrscheinlich probiert sie alles Mögliche aus", meinte Gaby.

„Mit Sicherheit."

„Ich sage es gerne noch einmal: Katie ist richtig süß. Wie viele junge Mädchen würden an einem Ort wie diesem hier verrücktspielen, muffelig und knatschig sein! Sie macht nichts dergleichen. Es ist wirklich eine Freude, dass sie dabei ist."

„Ja, bis auf unsere Kabbelei heute war es bisher richtig schön. Kann sein, dass es mir deswegen so viel ausmacht, dass er – ihr Freund – Kontakt zu ihr aufnimmt. Bisher verlief die Reise so angenehm. Na ja, abgesehen von der Unterkunft." Heidi ließ ihren Blick durch den schäbigen Raum gleiten. „Es ist nicht das Hilton, aber selbst unter diesen grässlichen Umständen habe ich Katies Anwesenheit genossen. In manchen Augenblicken kommt es mir vor, als hätte ich meine alte Katie wieder."

Beide schwiegen und lauschten auf das Lachen der Kinder, das durch das offene Fenster aus dem Hof zu ihnen heraufwehte.

„Möchten Sie wirklich keinen Keks?", bot Heidi erneut an.

„Einen vielleicht." Gaby beugte sich vor und nahm einen Keks aus der Packung.

„Nehmen Sie doch zwei", hakte Heidi nach. „Und bitte, setzen Sie sich doch. Ich weiß nicht, ob dieses Bett uns beide aushält, aber wenn nicht, krachen wir wenigstens gemeinsam ein."

„... und durch die Decke", kicherte Gaby, als sie behutsam versuchten, ihr Gewicht gleichmäßig zu verteilen, wobei Heidi sich ans Kopfende setzte und Gaby ans Fußende.

Sie knabberten an ihren Keksen. „Das hat sie von ihrem Papa", vertraute ihr Heidi an. „Ihr großes Herz."

„Er war ein toller Mann, was?" Gaby schlug die Beine übereinander und genoss Heidis Gesellschaft. „Ihre Eltern hatten bestimmt nichts dagegen, als Sie ihn ihnen vorgestellt haben, oder?"

„Leider konnten meine Eltern ihn nicht mehr kennenlernen. Sie bekamen mich, als sie schon etwas älter waren, und waren bereits gestorben, als Jeff und Katie in mein Leben traten. Ich war Ende zwanzig und arbeitete mit Vorschulkindern. Tja, und Katie war in meiner Klasse."

„Ich ahne, worauf das hinausläuft ..." Lächelnd wackelte Gaby mit den Augenbrauen.

„Ja. Als Jeff zum Elternabend kam – peng! Da war's um mich geschehen. Die beiden haben mich von den Socken gehauen." In ihrer Stimme klang ein Lachen mit. „Ich hatte keine Chance." Das fröhliche Strahlen auf Heidis Gesicht verriet, dass ihr Herz überfloss vor wertvollen Erinnerungen.

„Haben Sie noch mehr Kinder?"

Nach allem, was Gaby von ihr wusste, stand Heidi dem Muttersein äußerst positiv gegenüber. Sie bemutterte hier auf jeden Fall alle – verteilte Snacks, hatte immer ein Taschentuch zur Hand, suchte das Beste in allem, ermutigte sie. Und manchmal übertrieb sie es natürlich auch mit den Sorgen, aber nur, weil sie wie eine Mutter liebte.

„Nein", sagte Heidi ohne den Hauch eines Bedauerns in der Stimme. „Bis ich Jeff kennenlernte, war ich nie verheiratet gewesen und hatte auch noch kein Kind. Katie hat jahrelang keine Mutter gehabt, Jeff keine Frau. Wir mussten uns also erst mal alle umstellen und zusammenraufen. Aber wir waren glücklich dabei. Nur wir drei. Das war eine richtig runde Sache. Ich habe nicht einmal darüber nachgedacht, schwanger zu werden. Na ja, erst später, als Katie heranwuchs, kam mir dieser Gedanke. Doch dann begannen Jeffs gesundheitlichen Probleme. Es kam eine Erkrankung zur nächsten, bis er jahrelang mit dem Krebs kämpfte."

Gaby konnte nicht fassen, dass sie einander gefunden hatten, nur um sich wieder zu verlieren. „Ganz schön schwierig, alleinerziehende Mutter zu sein, oder?"

„Ja, aber es gibt so viele Alleinerziehende, und ich habe wirklich keinen Grund, mich zu beklagen. Wie muss es erst für jemanden wie Jaleela sein?"

„Die Frau ist bemerkenswert, was?"

„Unglaublich. Und da lamentiere ich herum, inmitten von Aids und Armut in Südafrika." Heidi schüttelte den Kopf. „Sie müssen mich für grässlich halten."

„Nein, überhaupt nicht." Gaby war auch schon das eine oder andere Mal nach Jammern zumute gewesen.

„Und was ist mit Ihrem Mann? Tom, oder? Mochten Ihre Eltern ihn auf Anhieb?"

„Auf jeden Fall. Ich hatte davor schon so viele Typen mit nach Hause gebracht, dass Tom Philipps, den ich ihnen in meinem zweiten Studienjahr vorstellte, beinahe perfekt war." Gabys Puls beschleunigte sich allein bei dem Gedanken an das Jahr, in dem sie sich kennengelernt hatten. „Außerdem hat er die Abnahme durch meine Brüder bestanden. Sie waren strenger zu meinen Freunden als meine Eltern. Doch er passte von vornherein zu beiden."

„Sie mochten ihn wohl sehr, hm?"

„Oh ja. Er war sehr clever." Ihr waren diese ersten Jahre noch klar und deutlich im Gedächtnis. „Wir hatten einen Billardtisch im Keller, und er ließ meine Brüder immer gewinnen. Zumindest bis wir verheiratet waren."

„Und damit waren die Spielchen vom Tisch?", lachte Heidi.

„Oh, der ist gut. Den muss ich mir merken."

„Klingt ja nach einer lustigen Familie. Haben Sie und Tom schon mal an eine eigene Familie gedacht?"

Hatte Gaby nicht gewusst, dass dieses Gespräch ganz natürlich zu Fragen nach ihr und Tom und einer eigenen Familie führen würde? Und doch hatte sie nichts unternommen, um Heidi von dem Thema wegzulotsen.

Gaby war sich nicht sicher, warum sie es nicht getan hatte, außer dass es auf seltsame Art tröstlich war, mit Heidi zu reden. Schließlich hatte Heidi keine Verbindung zu ihr, war keine, die Gaby enttäuschen konnte mir ihrer Unfähigkeit, ein Kind auszutragen. Nachdem sie so weit wie möglich geflüchtet war, bis ans andere Ende der Erde, um zu trauern und ihren Problemen zu entkommen, ging ihr auf, dass sie mit ihrem Verlust nicht mehr alleine sein wollte. Wenn sie nicht über das Baby redete, wäre es, als hätte es das Baby nie gegeben. Das stimmte ja nicht. Eine Zeit lang konnte das Baby in ihr wachsen und reifen.

Bevor sie antwortete, atmete sie tief ein. „Wir haben mehr getan, als bloß darüber nachzudenken. Wir haben es versucht, seit wir verheiratet sind."

„Oh je, das tut mir leid."

„Ja." Energisch schluckte Gaby die plötzlich aufkommenden Gefühle herunter. „Ich hatte eine Fehlgeburt. Unmittelbar vor der Reise hierher habe ich mein Kind verloren."

Heidi rutschte näher heran und drückte Gabys Hand. „Das tut mir so leid", wiederholte sie. „Ich kann mir das überhaupt nicht vorstellen. Es ist bestimmt ganz schrecklich!"

„Das war unser letztes Mal, unser letzter Versuch. Das haben wir die ganze Zeit gesagt. Emotional. Finanziell. Das war's." Gaby schloss die Augen und zwang die Tränen zurück, die hervorströmen und überlaufen wollten.

Im Zimmer war es einige lange Augenblicke ruhig, bis Heidi in die Stille hinein fragte: „Würden Sie …"

Gaby schaute sie an.

Heidi versuchte es erneut. „Haben Sie jemals über eine Adoption nachgedacht?"

„Wir haben im Laufe der Jahre schon darüber gesprochen." Gaby strich sich die Haare aus der Stirn. „Tom fand die Idee immer reizvoll. Wenn es nach ihm gegangen wäre, hätten wir schon vor Jahren ein Kind adoptiert. Aber ich wollte unbedingt selbst gebären. Und außerdem …“ Sie spürte, wie ihr die Hitze ins Gesicht kroch, ihr Atem sich beschleunigte. Sie war sich nicht sicher, ob sie fortfahren wollte. „Ich habe es noch nie jemandem erzählt.“

„Sie brauchen nichts zu erklären. Ist schon in Ordnung.“

„Nein. Ich will ja darüber reden.“ Oder zumindest wollte sie es endlich jemandem erzählen. Sie trug das Geheimnis schon so lange mit sich herum, hatte schon so lange allein damit zu kämpfen – viel zu lange. Warum hatte sie Tom nicht schon vor Jahren davon erzählt? Oder gar vor Wochen? Warum hatte sie zugelassen, dass ihre Angst sie auseinanderriss? „Ich hatte immer Angst, ein Kind zu adoptieren.“

„Angst? Sie meinen, wegen der Komplikationen?“ Heidis Frage war frei von jeglicher Verurteilung, sie war einfach nur neugierig. „Wenn Kinder nach ihren leiblichen Eltern suchen? Solche Sachen?“

„Nein … Es hört sich schrecklich an, weil ich ja die Kinderarbeit der Kirche leite.“ Gaby spürte, dass sich ihr Gesicht noch dunkler färbte, doch sie empfand einen Druck, es loszuwerden – wobei sie nicht so richtig wusste, wo sie anfangen sollte. „Die jüngste Schwester meiner Mutter hat ein Kind adoptiert, als ich ungefähr zehn war. Er war so süß. Jeder bewunderte Timothy, weil er fast nie schrie. Meine Tante verehrte den Kleinen regelrecht, aber dann …“

Die Erinnerung jagte ihr einen Schauer über den Rücken und ließ sie frösteln. „Das süße Baby hatte nichts mit dem Timothy zu tun, zu dem er als Junge heranwuchs. Er hatte ernste psychische und gesundheitliche Probleme, war richtig verhaltensgestört. Meine Tante war hin und her gerissen zwischen ihrer Liebe zu ihm und ihrer Unfähigkeit, mit ihm umzugehen. Letztendlich musste sie ihn in die Obhut des Staates geben. Schuldgefühle und Traurigkeit haben ihr Leben und ihre Ehe zerstört. Am Ende hatte sie fast keinen Penny mehr und war allein.“

„Klingt ja entsetzlich.“ Heidi sah sie mitfühlend an. „Kein Wunder, dass Sie da Vorbehalte gegenüber einer Adoption haben.“

Es waren nicht nur Vorbehalte. Es war die schiere Angst. Panik. Akute Beklemmung. Und sie wusste, dass es manchen irrational vorkam; daher hatte sie auch nie jemandem etwas erzählt. Nicht einmal Tom. Die Furcht war für sie immer so real gewesen!

Doch in den letzten Tagen war etwas in ihr weicher geworden. Sie konnte es spüren, wenn sie Nomvula und Tumi ansah. Oder die elternlosen Kinder, für die Mama Penny kürzlich im Dorf angehalten hatte, um sie zu umarmen. Selbst wenn sie Katie ansah, fühlte sich etwas in ihr anders an.

Bei ihrer Ankunft hatte sie Gott herausgefordert, die Sonne auf die ausgekühlten Schichten scheinen zu lassen, die ihr Herz umgaben. Konnte er sie erhört haben?

Gaby wollte Heidi das gerade anvertrauen, da klapperten Schuhe über den Betonboden, sodass die beiden in ihrer Unterhaltung innehielten.

Cassandra erschien in der Zimmertür. „Privatparty?"

Gaby konnte nicht glauben, dass die Frau fast zehn Jahre mehr zählte als sie und immer frisch und dynamisch war, selbst nach so einem langen Nachmittag wie heute. Selbst mitten in einem armen Dorf in Südafrika sah Cassandra Albright so aus, als könnte sie geradewegs ein Kreuzfahrtschiff betreten, falls zufälligerweise eins vorbeikäme. Sie trug eine weiße Caprihose und eine blaue Leinenbluse, die noch so sauber gebügelt aussah wie am Morgen, als sie sie angezogen hatte.

„Nein", antwortete Gaby rasch, bekam dann aber ein schlechtes Gefühl, weil sie nicht preisgeben wollte, was sie Heidi gerade anvertraut hatte. Cassandra war ja schließlich nicht naiv. Sie würde gewiss spüren, dass sie über etwas Ernstes geredet hatten. Etwas Persönliches und Geheimnisvolles.

Noch vor wenigen Tagen hätte sie sich allerdings nicht um Cassandras Gefühle geschert. Sie hatte so unverschämt, geschmacklos und eigensüchtig gewirkt – alles an ihr berührte Gaby unangenehm. Doch das änderte sich langsam. Gaby fand die meisten oberflächlichen Bemerkungen dieser Frau irgendwie amüsant und ihre Geschichten unterhaltsam. Außerdem war sie doch eine interessante Komposition: so herausgeputzt und kultiviert und gleichzeitig einfallsreich und fleißig. Alles in allem war sie mehr als diese lästige Besserwisserin, für die Gaby sie anfangs gehalten hatte.

Auch wenn Gaby jetzt freundlicher gegenüber Cassandra eingestellt war, war sie doch noch nicht bereit, sich gleich allen ganz zu öffnen. Zum Glück schien Cassandra nicht beleidigt zu sein.

„Also, meine Damen, die Sache ist so“, sagte Cassandra energisch, „ich finde Jaleela richtig fabelhaft. Genau das ist sie. Ich muss diese Frau einfach mögen, und glauben Sie mir, es gibt nicht viele Frauen auf der Welt, von denen ich das sagen könnte. Doch das mit Gott, der sie versorgt, und dem Geld, das er zur Verfügung stellt … also bitte! Geld taucht doch nicht einfach so auf, wie wir alle wissen. Ich will ja den letzten Wunsch einer Sterbenden oder ihre Visionen oder was auch immer nicht in den Dreck ziehen. Aber ich glaube, wenn das klappen und das Geld auftauchen soll, ist es an uns, dafür zu sorgen.“

„An uns?“ Heidi stand auf, holte eine Tüte Lakritz aus ihrem Koffer und bot allen etwas an. Gaby bediente sich, wohingegen Cassandra natürlich ablehnte. „Vielleicht kann ich ein paar Hundert Dollar beisteuern“, bot Heidi an. „Jedoch nicht die mehreren Tausend, die wir brauchen, um den Frauen den Schmuck abzukaufen. Ich wünschte, ich könnte es, aber ich habe schon so viel Geld für unsere Reise ausgegeben.“

Gaby hätte Jaleelas Traum auch gern finanziert, gab aber nur ungern zu, dass sie praktisch keine Ersparnisse hatte.

„Ich meine nicht unbedingt, dass wir das Geld aus unserer eigenen Tasche holen. Aber wir sollten ein Brainstorming machen und uns Leute einfallen lassen, die etwas beisteuern könnten. Wenn die Frauen den Schmuck herstellen, den wir bestellt haben, müssen wir diese Bestände bezahlen. Und zwar wann? Am Tag nach der Safari – vor unserer Abreise. Und halloooo“, Cassandra schnippte mit den Fingern, während sie das Wort lang zog, „der Tag kommt schneller, als wir denken.“

„Stimmt.“ Heidi nagte an ihrer Lippe, und ihre Stimme wurde weich. „Aber dann wiederum … Jaleela hat den festen Glauben, dass das Geld bis dahin hier ist.“

„Tja, na ja, ich weiß ja nicht, wie es Ihnen geht, aber ich bin das ‚ihr‘ in

‚O ihr Kleingläubigen'. Und gibt es nicht so einen Spruch: ‚Hilf dir selbst, dann hilft dir Gott'? Oder sehe ich das verkehrt?"

Gaby dachte eine Weile nach. „Tom hat eine Tante. Die spendet immer für lokale Kunstprojekte. Vielleicht würde so etwas sie ja ansprechen. Ich könnte es probieren. Ich kann Tom anrufen und mir ihre Telefonnummer geben lassen."

„Könnten Sie das heute noch machen? Vielleicht sogar jetzt gleich?"

Gaby sah auf die Uhr. Für sie war fast schon ein ganzer Tag vergangen, aber in Ohio war der Vormittag erst angebrochen, es musste kurz nach neun sein. Tom war vielleicht noch zu Hause und arbeitete von dort aus. Oder womöglich war er auch schon aufgebrochen. Aber versuchen konnte sie es ja. „Wir dürfen ins Pfarrhaus gehen und das Telefon benutzen, oder? Solange wir es nicht übertreiben?"

Heidi und Cassandra nickten beide.

„Okay. Dann versuche ich es."

„Und ich denke auch weiter nach", versprach Heidi.

Cassandra hatte den Kopf auf die Hand gestützt und sah ganz so aus, als wäre sie in Gedanken versunken. Plötzlich hatte sie eine zündende Idee, die ihr ganzes Gesicht zum Leuchten brachte. „Es gibt ja auch noch Jack, meinen Boss!"

„Ist er so großzügig?" Heidi machte die Lakritztüte zu. „Kann er Tausende von Dollar erübrigen?"

„Na ja, wenn ich ihn erpresse, schon." Cassandra wackelte mit den Augenbrauen. Gaby sah Heidi an, deren Mund fast genauso weit offen stand wie ihr eigener.

„Na, kommen Sie! Geschäft ist Geschäft. Sehen Sie mal", fügte sie hinzu, als die anderen sprachlos blieben, „er ist blöd genug, eine Affäre zu haben. Ich kann nichts dagegen machen, wenn diese Information zu seiner Frau durchsickert."

„Das ist nicht Ihr Ernst", sagte Heidi. „Ich meine, das würden Sie doch nicht *wirklich* machen."

Cassandra spreizte ihre farbig lackierten Fingernägel. „Wenn es ums Überleben geht, wer weiß, wozu man dann fähig ist. Habe ich recht?"

@@@

Gaby hatte Cassandra versprochen, dass sie Tom sofort anrufen würde, um die Informationen über seine Tante zu bekommen. Aber nachdem sie vom Hauswart ins Pfarrhaus geführt worden war und mit dem Telefon am Ohr dastand, wusste sie nicht, ob sie es tatsächlich schaffen würde. Ihre Hand hörte nicht auf zu zittern, als sie die Ländervorwahl und ihre Telefonnummer eintippte. Ihr Magen verkrampfte sich so stark, dass sie dachte, sie müsste den Hörer ablegen und jede Sekunde ins Bad rennen. Das war nicht unbedingt das Gefühl, das eine Frau haben sollte, wenn sie ihren Mann anruft. Nicht unbedingt das Gefühl, das sie Tom gegenüber je erwartet hätte.

Nein, nein. Sie konnte es nicht. Was würde er sagen? Wie sollte sie anfangen? Es fühlte sich alles so merkwürdig an. Es war so viel zu besprechen zwischen der Begrüßung und der Frage nach der Telefonnummer seiner Tante. Zu viel, worüber sie in letzter Zeit nachdachte. Und noch mehr, was sie vorher verschwiegen hatte.

Andererseits … Gaby vermisste ihn. So sehr. Sie vermisste ihn und wollte seine Stimme hören. Wollte das Gefühl haben, das sie sonst überkommen hatte, wenn sie seine tiefe, schöne Stimme zur Begrüßung gehört hatte.

Lass es klingeln. Lass es klingeln. Sie hielt den Hörer fest und zwang sich mit ganzer Kraft, nicht aufzulegen. Sie könnte noch auflegen, wenn er Hallo gesagt hatte. *Lass es einfach klingeln.*

„Sie haben die Nummer von Gaby und Tom Phillips gewählt. Im Moment ist niemand zu Hause, aber Sie können uns gerne eine Nachricht hinterlassen.“ Ihre eigene Anrufbeantworterstimme begrüßte sie anstelle von Toms Stimme.

War er schon zur Arbeit aufgebrochen?

Oder war er für immer gegangen?

25

Es war angenehm, die Videokamera an ihr Gesicht zu drücken, fand Cassandra. Unangenehm war ihr jedoch das knöchelhohe Gras, das ihre Haut aufkratzte – zumindest bis sie sich ganz in ihre Aufgabe vertieft hatte, etwas hinter den anderen Frauen zurückblieb und aufnahm, wie sie auf Lydias zerfallenes Haus zugingen.

„Haben Sie das gehört?“ Heidi drehte sich plötzlich zu Gaby und Jaleela um und blickte dann direkt zu Cassandra, in die Linse ihrer Videokamera. Auf Heidis Stirn bildeten sich Sorgenfalten.

„Was gehört?“ Gabys Stimme war leise und gedämpft, aber Cassandra war sich ziemlich sicher, dass die Kamera den Ton aufnehmen würde.

„Hörte sich so an, als würde jemand weinen.“

„Vielleicht ein Vogel, der sich auf den Heimweg macht.“ Cassandra richtete die Kamera rechtzeitig auf Jaleela, um den Großteil ihrer Antwort mitzubekommen.

„Mag sein“, erwiderte Heidi unsicher.

Ohne eine Spur von Beton war Sipho bei dem Gedanken nicht wohl gewesen, den Kleinbus von dem unbefestigten Weg zu lenken, der westlich von Lydias Haus lag. Das bedeutete, dass die vier Frauen ein paar Hundert Meter durch zugewuchertes Dickicht laufen mussten. Für Cassandra war es keine leichte Aufgabe, die Kamera daran zu hindern, allzu sehr zu wackeln, als sie über den unebenen Boden stakste.

Als sie losgefahren waren, war es noch taghell gewesen, doch die Fahrt zu Lydias Haus hatte sich in die Länge gezogen. Jetzt deuteten unregelmäßige violett-goldene Streifen auf die nahende Dämmerung hin. Eine einzelne Grille schmetterte ihren Schrei über das freie Feld, als Einleitung zu dem misstönenden Rabatz, zu dem sich ganze Horden dieser lauten Insekten steigern würden, wenn die Nacht hereinbrach. Doch bis dahin waren es noch mindestens zwei Stunden, bis in jedem Winkel tiefe Dunkelheit herrschte. Dennoch schaltete Cassandra das Licht an der Videokamera ein.

Sie musste sich endlich an die Arbeit machen und so viele Filmmeter wie möglich zusammenbekommen. Dafür war sie doch in erste Linie in Südafrika. Das hätte sie beinahe vergessen. Sie hatte sich in letzter Zeit so sehr auf Jaleela konzentriert.

Auf Jaleela und ihren Traum, um genau zu sein.

Cassandra zoomte die dunkelhäutige Frau näher heran, die ihren knöchellangen Rock raffte, um das fransige Stück Stoff nicht zu beschmutzen. Ihre Füße wurden sicher bei jedem Schritt zerschrammt, da sie nur billige Gummi-Flip-Flops trug. Aber natürlich beschwerte Jaleela sich nicht. Genauso wenig, wie sie ihre Müdigkeit erwähnte, die ihr jedoch durch die Kameralinse anzusehen war; ihre Beine wurden mit jedem Schritt langsamer. Der vollgepackte Tag hatte wohl allen zugesetzt, wenn man die mangelnde Gesprächsbereitschaft während der Fahrt zu Lydia als Gradmesser nehmen konnte. Und für Jaleela musste es, angesichts ihres schlechten Gesundheitszustands, sehr anstrengend gewesen sein, dachte Cassandra.

Doch offenbar war die Frau nie zu müde, um eine kranke Freundin zu besuchen oder um eine Frauenbewegung zu gründen, was? Darüber musste Cassandra lächeln. Woher sie ihre Kraft hatte, war Cassandra ein Rätsel. Ein ebenso großes Rätsel war, warum sie sich so sehr zu Jaleela und ihrem Traum hingezogen fühlte. Das kam bei ihr ausgesprochen selten vor.

Gestern beim Einschlafen hatte sie darüber nachgedacht und konnte sich nur vorstellen, dass es daran lag, dass sie einiges gemeinsam hatten. Schließlich kannte sich Cassandra damit aus, aus nichts etwas zu machen. Auch im Träumen war sie gut. Musste sie auch. Diese Träume waren in ihrer fürchterlichen Kindheit das Einzige gewesen, was sie hatte.

Aber diese Träume zu verwirklichen? Oh ja, hierin lag die Ironie. Bei ihren vielen Versuchen hatte sie das im Laufe der Jahre jedenfalls gelernt. In den meisten Fällen war es eine Menge harter Arbeit, tolle Träume zu verwirklichen. Es bedeutete auch, hinzufallen und sich schmutzig zu machen.

Heidi und Gaby hatten schockiert dreingeschaut, als sie erwähnt hatte, Jack erpressen zu wollen. Als sie über ihre Worte nachdachte, wusste sie nicht einmal, ob sie es ernst gemeint hatte. Doch die Wahrheit war, dass das Leben nicht immer gut zu einem war, auch jetzt nicht, und es würde es auch nicht immer sein.

Cassandra wollte nur ungern eine Seifenblase zum Platzen bringen, vor allem nicht Jaleelas; aber um zu bekommen, was man wollte, um eine Aufgabe zu erledigen, konnte man es sich nicht immer leisten, nett zu sein.

Doch sie bewunderte Jaleelas unbezwingbaren Glauben und ihr Vertrauen auf Gott, auf ihre Gruppe und die anderen Südafrikanerinnen. Cassandra konnte das nur schwer nachvollziehen, denn sie war damit aufgewachsen, nichts oder niemandem zu trauen, außer sich selbst. Doch sie würdigte das Durchhaltevermögen der anderen Frauen und das beharrliche Verfolgen ihres Traums. Und sie würde versuchen, Jaleela es auf ihre eigene Weise – und das hieß für Jaleela auf Gottes Weise – anpacken zu lassen. Sie würde versuchen, geduldig auf das Geld zu warten, das durch übernatürliches Zutun auftauchen würde, wie Jaleela es wirklich erwartete.

Für den Fall, dass es nicht klappte – und dafür lagen die Aussichten bei 99 Prozent – meinte Cassandra, sie müssten sich alle andere Möglichkeiten ausdenken, um an ein paar Tausend Dollar zu kommen.

Im Augenblick konnte sie nicht über das alles nachdenken. Sie musste sich auf ihre Arbeit konzentrieren, und zwar richtig. Sie verstellte die Linse nur ein ganz kleines bisschen. Unter keinen Umständen konnte sie ohne eine tolle Story heimkehren. Was hätte sie sonst davon?

Die schwindende Sonne fing sich in Gabys rotem Haar und blendete einen Augenblick, wodurch Cassandra in den Sucher blinzeln musste. Worüber unterhielten sich die drei?

„Hat Ihre Freundin Nachbarn?“, fragte Gaby.

„Lydia hat mal einen Mann erwähnt, einen viel älteren Mann, der da drüben wohnt.“ Jaleela zeigte auf ein Gebäude, das mindestens drei Fußballfelder entfernt lag. Es sah so breit aus wie ein großer Wohnwagen und war um ein Vielfaches länger als Lydias Unterkunft. „Aber ich glaube eigentlich nicht, dass sie miteinander reden.“

„Warum wohnt sie denn ganz alleine so weit draußen?“ Heidi blieb stehen und wartete auf die anderen.

„Ich habe sie gebeten, in meine Nähe zu ziehen." Jaleelas Rockzipfel rutschte aus ihrer Hand. „Schon oft. Doch ich habe das Gefühl, Lydia denkt, ihr Mann könnte noch immer zu ihr zurückkehren. Wenn sie wegziehen würde, hätte sie Angst, er wüsste nicht, wo er sie und ihren Sohn finden könnte." Sie hielt inne. „Allerdings ist er schon so viele Jahre weg. Er hat sie angesteckt, bevor er gegangen ist."

Natürlich! Cassandra knirschte mit den Zähnen. Die Kamera wackelte, und sie richtete sie wieder aus.

„Kennen Sie Lydia schon lange?", fragte Heidi.

„Oh ja. Sie ist meine älteste Freundin", antwortete Jaleela mit einem warmen Lächeln.

„Dann waren die Damen vom Hospiz also vor ein paar Wochen hier?" Gaby trat gegen ein Büschel Unkraut, das ihr im Weg war. „Wie ging es Lydia da?"

„Ganz gut, hat man mir gesagt. Aber manchmal, na ja, manchmal ist Lydia nicht so aufrichtig."

„Was heißt das?" Heidi blieb wieder stehen und machte den Eindruck, nirgendwo hingehen zu wollen, bis sie eine Antwort bekam.

Jaleela seufzte. „Manchmal spielt sie ein gefährliches Spiel mit ihrer Gesundheit. Auch wenn sie das nicht vorhat."

Cassandra nahm Gaby und Heidi auf, die sich fragend anschauten.

„Das bedeutet?", bohrte Gaby nach.

„Wenn man gegen Aids behandelt wird und das Blut untersucht wird und die CD4-Zahl unter einen bestimmten niedrigen Wert fällt, kann man Geld vom Staat bekommen. Sie glauben einem, dass man krank ist, und sie versuchen, dich und die Familie zu unterstützen."

„Das ist doch gut, oder?" Heidi klang optimistisch.

„Ja. Nur, wenn es einem besser geht, steigt der Wert. Wenn der Wert steigt, über eine bestimmte Zahl hinaus, bezahlt der Staat nicht. Wenn Lydia Geld braucht, um ihrem Daniel etwas zu essen zu kaufen, bringt sie jedes Opfer. Manchmal lässt sie zu, dass sie krank und kränker wird und nimmt ihre Medikamente nicht. Befolgt nicht ihren Behandlungsplan. Der Wert sinkt und sie bekommt wieder Geld." Jaleela schwieg und zog die Mundwinkel nach unten. „Sehen Sie – das machen wir. Das machen die Frauen für ihre Kinder. Um ihren hungernden Kindern etwas zu essen zu geben." Vor lauter Emotion brach ihr die Stimme. „Verstehen Sie es jetzt?"

Cassandra wollte das nicht. Ganz und gar nicht. Sie hatte es nie verstehen wollen. Sie hatte in ihrem Leben genug gesehen. Jetzt blieb sie lieber so oft wie möglich in einiger Entfernung stehen, genau so, wie sie die Nachrichten vortrug – auf Armeslänge entfernt und ohne über all die schlimmen und fatalen Dinge nachzudenken, die sie nicht betrafen. Wenn man die Worte nicht hineinsickern ließ, waren die Meldungen bloß Worte auf einem Blatt Papier, Worte auf einem Monitor. Nachrichten über Schussopfer, Autounfälle, Brände, Überschwemmungen, Tod bedeuteten lediglich gut bezahlte Karrieresprünge, wenn sie sich gründlich einlas und gleichzeitig so tat, als sei sie berührt.

Also nein, sie wollte nicht sehen. Sie wollte die Kamera wegpacken, doch sie konnte die Augen – oder die Kamera – nicht von Jaleela nehmen. Sie stand da mit ihrem bescheidenen Rock und dem Tuch, das sie sich um den Kopf gewickelt hatte. So dünn, so unverwüstlich. So müde und doch so zäh. Jaleela mit den ausgestreckten Armen und den zu Fäusten geballten Händen. Ihre Stimme, ihr inständiges Bitten, das in den Abend hineinscholl.

Während Cassandra so in die Linse starrte und ihren Blick nicht abwenden konnte, nahm das Bild plötzlich Farbe an. Übersprudelnde Farbe.

Jaleelas flehende Pose war nicht mehr starr. Bänder aus Honig und Lavendel schienen aus dem Sonnenuntergang zu fließen und umhüllten Jaleelas Schultern von hinten wie ein wunderschöner Schal. Wie eine zärtliche Berührung aus einer anderen Welt. Ja, genau so sah es aus – surreal und real zugleich. Wörter purzelten durch Cassandras Kopf. *Allmächtig. Allgewaltig. Alles liebend. Himmlisch.* Wörter, die in ihrem Wortschatz, in ihrem Leben bisher keinen Platz gefunden hatten. Die ihr beinahe so etwas wie Zutrauen in einen sogenannten Himmel verliehen, sie beinahe glauben ließen, dass sich der Himmel zur Erde herniedergebeugt hatte und sie in Gestalt dieser starken, sanftmütigen Frau namens Jaleela berührte.

Jaleela, die sich der himmlischen Aura um sie herum nicht gewahr war, drehte sich um und ging weiter auf Lydias Haus zu.

Cassandra zwinkerte, doch das Bild war noch da, in ihr Gedächtnis eingebrannt. Nicht zu vergleichen mit allem, was sie bisher erlebt hatte. Nichts, das sie je würde erklären können.

Hatten Gaby und Heidi es auch gesehen?

Cassandra brauchte einen Moment, bis sie wieder bei vollem Verstand war und weiter filmen konnte: drei Frauen, die einander um die Taillen gefasst hatten und auf Lydias Tür zugingen.

„Soll ich anklopfen?“, bat Heidi um Jaleelas Zustimmung.

„Ja, versuchen Sie es“, nickte Jaleela.

Heidi klopfte an, trat einen Schritt zurück, blickte in die Kamera, zuckte die Achseln und pochte erneut.

„Lydia!“ Jaleela ging etwas näher an die Tür heran. „Lydia, bist du da?“

Die Behausung war doch genau wie Jaleelas Zuhause so klein, dass Lydia sie mit wenigen Schritten durchmessen hätte und an der Tür gewesen wäre.

Nach einem höflichen Augenblick des Abwartens schob Gaby die Tür auf. Bei der ersten Berührung ließ sie sich öffnen. Sie sah Jaleela fragend an.

Ohne ein Wort ging Jaleela an Gaby und Heidi vorbei in die abgedunkelte Hütte, in der ihre Freundin zu Hause war. Die beiden anderen Frauen folgten Jaleela, Cassandra bildete das Schlusslicht mit noch laufender Kamera.

Bei dem Geruch meinte sie, sich übergeben zu müssen. Oder eher bei den Gerüchen. Es gab mehr als einen, wobei jeder schlimmer war als der vorherige. Sie versuchte, den Mund offen zu halten und nichts davon riechen zu müssen.

Heidi begann zu husten, und Cassandra hätte nicht sagen können, ob sie höflich sein wollte, als sie mit ihrer Hand den Mund bedeckte, oder ob sie versuchte, ihre Nase vor dem Gestank abzuschirmen.

Vermutlich Letzteres. Die Gerüche sogen sich wie in sie hinein und machten alles, was Cassandra durch den Sucher ihrer Kamera sah, noch schlimmer – wenn das überhaupt möglich war: Wohin sie die Kamera auch richtete, überall regierte Schmutz. Ein Mäusepaar trippelte um einen Topf auf dem Herd herum, Insekten zogen neben ihnen wie enge Kameraden zur Parade auf. Im Waschbecken lagen mitten in vergammelnden Essensresten verdreckte Schmutzlappen, die nach Fäulnis und Urin stanken.

Im Bett, unter zerwühlten, schmutzigen Laken, lag Jaleelas liebe Freundin Lydia. Der Körper der Frau lag verdreht und steif in ihrem eigenen Kot, umgeben vom Geruch des Todes.

Als eine einzelne Spinne über die eingefallene Wange der Frau krabbelte, über ihre Stirn ins Haar hinein, ließ Cassandra die Kamera zu Boden fallen. Sie konnte nicht mehr. Sie konnte den Abstand nicht wahren.

Sie war nie jemandes beste Freundin gewesen. Und überhaupt war sie nicht so etwas wie eine Freundin. Doch niemand – niemand! – sollte auf diese Weise leben oder sterben. Das wusste sie sicher.

Jaleela fing an zu wehklagen. So herzzerreißend, dass Cassandra froh war, den Ton nicht auf dem Film zu haben. Wer würde dieses grässliche, quälende Geräusch noch einmal hören wollen?

„Gütiger Gott, nimm dich meiner Lydia an. Bitte, guter und gnädiger Allmächtiger. Bitte nimm dich ihrer an." Jaleelas Beine schwankten. Cassandra war wie erstarrt, doch Heidi legte einen Arm um die schluchzende Südafrikanerin.

„Wir müssen ihren Daniel finden." Jaleela blickte durch ihre Tränen hoch. „Sie würde wollen, dass ich ihren Daniel finde. Wo ist ihr süßer kleiner Junge?"

Jaleela löste sich aus Heidis Umarmung, drehte sich um und begann zu suchen. Doch auf so engem Raum gab es nicht viele Stellen, an denen sie suchen konnte. Unter dem Bett. Neben dem Herd. In der Ecke neben der Tür.

„Vielleicht ist er draußen", schlug Gaby vor.

Heidi nickte. „Wir gehen ihn suchen, Jaleela. Keine Sorge, wir finden ihn. Wahrscheinlich ist er draußen."

Plötzlich überkam Cassandra eine große Übelkeit, trotz der Worte voller Hoffnung. Sie wusste es besser. Sie wusste genau, wo er war.

Still stand sie da und sah Heidi und Gaby hinausrennen. Sie hörte, wie sie den Namen des Jungen riefen, hoffte so sehr, er würde ihnen antworten. Doch sie wusste, dass er es nicht tun würde.

Denn er war nicht draußen. Er war hier. Hier drinnen. Da war sie sich ganz sicher. Er war hier.

Zögernd entfernte sich Cassandra vier Schritte vom Bett und stand vor dem dreckbeladenen Waschbecken, von dem ein kleiner fleckiger gelber Vorhang herabhing. Sie streckte die Hand aus und verharrte. Alles wollte sie lieber, als diesen Vorhang zu öffnen. Wollte nicht die Decke zur Vergangenheit lüften und den Schmerz herauslassen. Zu oft hatte sie sich vor ihm versteckt ... vor dem Mann, der sich selbst als Ersatzvater bezeichnete. Ihrem Pflegevater. Versteckt vor dem abstoßenden Gefühl seiner rauen, rissigen Hände. Vor den harten, kratzenden Borsten seines Schnurrbarts, von denen ihre Wangen brannten. Und vor seinem Geruch, seinem widerlichen unsauberen Geruch.

Doch er hatte sie immer gefunden. Wenn sie in einem dunklen Schrank kauerte und sich so klein wie möglich zusammenrollte. Er fand sie, wenn sie sich so flach wie möglich auf den staubigen Boden unter ihrem Bett presste. Oder wenn sie sich inmitten von Spinnweben unter der Kellertreppe versteckte. Dieser kranke Pseudo-Vater hatte sie immer gefunden. Er hatte sie hervorgezerrt, an ihren Beinen gezogen, an ihren Haaren herbeigerissen, über ihr Schluchzen gelacht, gespottet. Er hatte sonst nicht viel in seinem Leben zustande gebracht, aber gefunden hatte er sie immer, darin war er gut gewesen.

Bei der Erinnerung an ihn regte sich Ekel in ihr. Sie versuchte, dagegen anzukämpfen, zog den Vorhang weit auf und sah eine Jungengestalt dort sitzen. Versteckt unter einem Waschbecken voller Unrat, versteckt in Reichweite des Todes.

Aus weit aufgerissenen Augen starrte er sie an. Augen, die zu leer waren, um überhaupt noch erschrocken zu wirken. Sie kannte den Blick gut. Genau diese Augen hatte sie beim Blick in den Spiegel als junges Mädchen gesehen. Als sie sich so einsam gefühlt hatte. So leer. So verlassen.

Sie versuchte, ihm die Hand hinzuhalten. Sachte, ermutigend, dem

Kind der Toten, Lydias kleinem Sohn. Doch die Übelkeit stieg auf und schwoll an, Welle für Welle, bis es sie überkam.

Als Jaleela zu dem beinahe leblosen Kind eilte, stürzte Cassandra aus dieser Hütte voller Tod und spuckte ihre widerwärtige, unverdiente, unerträgliche Vergangenheit im Glanz des prächtigen Sonnenuntergangs auf den sonnenverbrannten Boden.

Erschüttert sah Cassandra zu, wie die anderen Daniel aus der Elendswohnung führten, die er als sein Zuhause kannte. Er stand im ungepflegten Gras und starrte vor sich hin.

Gaby zog ihre Flip-Flops aus und steckte sie ihm an die kleinen nackten Füße. Heidi wickelte das graue Sweatshirt von ihrer Hüfte und legte es ihm um die Schultern, wobei die flauschigen Ärmel an seinem dürren Körper herabbaumelten.

Doch noch immer starrte Daniel nur und nahm keinen Augenkontakt auf. Sein Gesichtsausdruck war leer. Kein Wimmern. Stumm.

Als er im Kleinbus saß, versuchte Jaleela, ihn zu trösten. Sie versuchte, ihn an ihre Brust zu drücken, gurrte ihm etwas vor von der freundlichen Mrs Olomi und all den wunderbaren Kindern, die er bald kennenlernen würde. Doch weiterhin blieb er starr und kerzengerade sitzen.

Und das zu Recht, dachte Cassandra, während Sipho mit ihnen in die sternenklare Nacht fuhr, weg vom Zuhause des Jungen. Weg von allem, was Daniel bisher kannte.

Der Schock über das Sterben seiner Mutter war schon zu viel gewesen. Und plötzlich wurde Daniel von so vielen Menschen – Fremden – bemuttert. Doch er hatte die Mama verloren, die er wollte. Und kannte. Und liebte.

Das alles verstand Cassandra gut. Sie wusste, dass er in seinem derzeitigen Zustand weder sie noch sonst jemanden wollte. Doch in der Hütte hatte sie einen Moment in seine Augen geblickt. Und sie konnte sich nicht bremsen. Kaum hielt der Kleinbus vor Mrs Olomis Haus, warf sie sich ihre Tasche um die Schulter.

„Was haben Sie denn vor?" Gaby sah sie stirnrunzelnd an. „Ich dachte, Sipho lässt nur Jaleela und Daniel aussteigen."

„Ich steige auch aus." Sie rutschte von ihrem Platz. „Mit einer Frau, die Waisenkinder aufnimmt, lässt sich bestimmt ein gutes Interview führen. Sipho holt mich und Jaleela nachher ab. Bis später."

„Geht es Ihnen besser?", fragte Heidi, wie immer die besorgte Mutter.

Sie zuckte die Achseln. „Warum nicht?"

Noch als sie das aussprach, hatte sie das Gefühl, Heidi und Gaby durchschauten sie. Sie selbst kaufte sich das geschäftsmäßige Gehabe auch nicht ab. Fakt war, dass sie diejenige gewesen war, die Daniel gefunden hatte. So seltsam es sogar ihr selbst vorkam – sie war sich nicht sicher, ob sie schon bereit war, ihn zu verlieren.

Vor allem, ohne die Frau zu kennen, an die sie ihn verlor.

Mrs Olomi musste den vertrauten Kleinbus des Pastors vom Fenster ihres bescheidenen Ziegelhauses gesehen haben. Unverzüglich öffnete sich die Haustür. Sie kam den unebenen Weg entlanggelaufen und zog das Metalltor zu ihrem Anwesen auf.

Tante Bee! Verrückt, dass Cassandra als Erstes diese Figur aus der *Andy Griffith Show* einfiel, als sie die gutmütige Frau erblickte. Wahrscheinlich hatten sich die Wiederholungen dieser Sendungen, die sie sich bei ihrem Fitnesstraining anschaute, doch tiefer in sie eingebrannt, als sie vermutet hatte.

Nur dass Mrs Olomis Haus natürlich so braun war wie ein Pekannusskuchen, den Tante Bee gebacken haben könnte. Davon abgesehen hätten die Frauen jedoch Schwestern sein können. Mrs Olomi trug dieselbe Sorte Schürze über einem schlichten Hauskleid. Sie war genauso gedrungen und rund wie Tante Bee und sah genauso frohgemut aus. Sie wirkte nicht im mindesten verstört, dass ihr Abendprogramm von Besuchern und einem weiteren Waisenkind unterbrochen wurde.

Als der Kleinbus davonfuhr, schloss sich hinter ihnen das Tor mit einem lauten Scheppern, und Mrs Olomi führte sie ins Haus.

Cassandra hatte sich mit ihrer mittleren Körpergröße immer ganz wohl gefühlt. Doch in diesem Haus kam sie sich genau wie in Jaleelas Hütte wie eine Amazone vor. Die niedrige Decke schwebte unmittelbar über ihrem Kopf und schien bloß noch hervorzuheben, dass das Wohnzimmer kaum groß genug war, um sich darin umzudrehen. Sie drückte die Kameratasche fest an sich und versuchte, so wenig Platz wie möglich für sich zu beanspruchen.

Aus der Küche drang Licht von einer einzelnen Lampe in das dunkle Wohnzimmer und warf mit seinem Schimmer Farbkleckse auf den Boden. Als sich Cassandras Augen an das Dämmerlicht gewöhnt hatten, erkannte sie die Farben als Stoffstreifen und die Klumpen als Körper – schlafende Kinder, deren Arme und Beine unter den Behelfsdecken herausragten.

Mrs Olomi wusste auf jeden Fall, wie sie den engen Raum gut nutzen konnte.

Die Frau führte sie in die Küche, die noch etwas kleiner war als das Wohnzimmer, und bevor Cassandra aufging, was da geschah, nahm Mrs Olomi Daniel in den Arm, setzte ihn auf einen Plastikstuhl an den Tisch und stellte ihm eine Schüssel mit Haferbrei hin.

Cassandra saß ruhig da, schaute nicht zu Daniel und hoffte, er würde etwas essen können, erwartete es jedoch nicht so recht. Sie hörte die Frauen sanft in einer fremden Sprache reden. Zulu vielleicht? Das Einzige, was sie verstand, waren die Tränen, die Jaleela übers Gesicht strömten, und Mrs Olomis Hand, die Jaleela die Hand drückte.

Ja, Jaleela hatte eine sehr liebe Freundin verloren – und Daniel noch viel mehr.

Wie sie befürchtet hatte, regte der Junge keine Hand zum Essen. Er starrte bloß weiter vor sich hin.

Doch Mrs Olomi drängte ihn nicht. „Mit jedem Tag wird es besser", versprach sie ihm stattdessen. „Jetzt bist du in Sicherheit. Du kannst dich ausruhen." Sie tätschelte ihm den Kopf, nahm ihn an der Hand und führte ihn von der Küche aus in ein Zimmer, wo er schlafen konnte. Jaleela folgte ihr.

Cassandra, die nun allein am Tisch saß, starrte auf ihre Kameratasche. Als sie aus dem Kleinbus gestiegen war, war die Kamera nur eine Art Tarnung gewesen. Sie hatte kaum die Absicht, etwas zu filmen. Schon gar nicht Daniel. Unter gar keinen Umständen wollte sie von seinem starren

Gesichtsausdruck verfolgt werden und erfahren, was das unsichtbare grausame Schicksal diesem armen Kind angetan hatte.

Nach Abwägung aller Dinge – allen voran ihrer Vergangenheit und Daniels Zukunft – konnte sie nicht anders, als einen Beschützerinstinkt zu entwickeln. Und gewisses Misstrauen. Wer war Mrs Olomi? Wer war die Frau *wirklich*?

„Mrs Olomi, wie wäre es mit einem Interview?“, fragte sie, kaum dass die Pflegerin und Jaleela wieder in die Küche kamen. „Dort, wo ich lebe, wollen die Menschen mehr über Sie und die Waisenkinder erfahren.“

Mrs Olomi sah plötzlich gar nicht mehr so voller Selbstvertrauen aus. Sie fummelte an ihrer Schürze herum und zögerte.

„Es ist eine gute Sache“, drängte Jaleela und setzte sich neben Cassandra.

Die Dame des Hauses sah Jaleela unverwandt an. „Eine gute Sache?“

Jaleela nickte. „Es könnte den Kindern helfen, wenn andere es sehen.“

„Na, dann für die Kinder“, fügte sich Mrs Olomi. Sie ließ sich auf dem Plastikstuhl nieder, auf dem Daniel gesessen hatte, schob sein volles Haferbreischälchen zur Seite und verschränkte ihre kräftigen Finger.

Cassandra wunderte sich über die Nervosität der Frau, während sie die Kamera aus der Tasche holte, sie einschaltete und die Linse einstellte. Waren Mrs Olomis Absichten doch nicht so rein wie sie schienen? Oder hatte sie einfach Angst davor, gefilmt zu werden?

„Ist nicht kompliziert. Ich möchte Ihnen bloß ein paar Fragen stellen“, sagte sie und fokussierte Mrs Olomis rundes Gesicht. Ihre Augen blickten freundlich drein, und ihr Verhalten wirkte nett, doch das war bei Cassandras Pflegemutter auch der Fall gewesen. Bei diesem Gedanken überlief die Journalistin ein kalter Schauer. Das hatte ihre Pflegemutter nicht davon abgehalten wegzuschauen, die Misshandlungen zu ignorieren. „Erste Frage – warum haben Sie Ihr Haus für Waisenkinder geöffnet?“

„Warum?“ Mrs Olomi wandte ihren Blick weg, vermutlich um ihre Gedanken zu ordnen. Als sie ihre Augen wieder auf die Kamera richtete, sprach sie leise, aber mit fester Stimme: „Weil ich in meinem Leben reich gesegnet wurde. Ich wohne in einer Sozialwohnung. Jetzt zahle ich Miete dafür. In dreißig Jahren kann sie mir gehören. Dann habe ich ein Eigenheim", sagte sie stolz über ein Haus, das kleiner war als eine normale Drei-Zimmer-Wohnung. „Mein Mann und ich haben mit unserem Sohn hier gelebt. Mein Mann ist gestorben. Er ist jetzt bei Gott. Mein Sohn hat geheiratet. Er lebt bei der Familie seiner Frau. Deshalb ist es einfach für mich. Ich habe Platz in meinem Haus. Ich habe Platz in meinem Herzen. Und es gibt viele Kinder, deren Eltern an HIV und Aids gestorben sind."

„Um wie viele Waisen kümmern Sie sich im Moment?"

„Ich zähle nicht mit. Gott bringt sie zu mir, wie er will."

„Gott macht das?" Cassandra wollte die Worte gar nicht so ausstoßen. Aber sie konnte sich den ironischen Unterton nicht verbeißen. *Gott macht Kinder zu Waisen und schiebt sie dann ab zu Mrs Olomi?* Warum verhinderte er dann nicht, dass sie zu Waisen wurden? Wäre das nicht die sinnvollste Lösung?

Offenbar zweifelte Mrs Olomi nicht an Gottes Wegen. Cassandra hielt die Kamera ruhig auf die Frau gerichtet. „Ja. Das erste Waisenkind kam vor vielen Jahren zu mir. Genau nachdem mein Mann gestorben war. Es saß vor meinem Tor. Ich kann nicht sagen, warum. Hier an dieser unbefestigten Straße gibt es viele Tore. Aber ich habe das Mädchen dort gefunden. Es war schwach und schmutzig, hungrig und müde. Ich habe es zu mir ins Haus genommen. Seitdem mache ich das immer wieder. Andere wissen das und bringen seitdem kleine Kinder zu mir. Vielleicht könnte man sagen, dass ich ‚für eine Situation wie diese'* gemacht wurde." Sie lächelte.

Jaleela kicherte und beugte sich zu Cassandra hinüber. „Mit Vornamen heißt sie Esther. Esther Olomi."

„Esther?"

„Ja, Esther. Wie in der Bibel. Wissen Sie etwas über Esther? Mordechai? König Xerxes?"

* Aus Ester 4,14 (Bibelübersetzung: Neues Leben)

Cassandra blinzelte. Die Anspielungen auf das Bibelwissen faszinierten sie, schlossen sie aber auch irgendwie aus. Schleunigst wechselte sie das Thema. „Die Kinder fühlen sich hier geborgen, Mrs Olomi?" Ihre Stimme klang schroff. Als würde sie eine Befragung durchführen statt eines Interviews. Sie konnte nicht anders. Sie musste es wissen.

„Das ist meine Hoffnung. Hier im Haus leisten sie einander Gesellschaft. Hier werden sie nicht missbraucht."

„Missbraucht?" Das Wort erschütterte Cassandra bis ins Mark. Sofort begann sie innerlich zu zittern; Emotionen und Erinnerungen kamen hoch, die beinahe so alt waren wie sie selbst.

„Manchmal werden kleine Kinder von infizierten Männern vergewaltigt, die glauben, sie könnten von HIV geheilt werden, wenn sie Sex mit einer Jungfrau haben", erläuterte Jaleela.

Bei dem Gedanken wurde Cassandra übel, ihr stieg die Galle hoch und drohte sie wieder zu überkommen. Und doch musste sie mehr erfahren, sich vergewissern. War die Frau auf irgendeine Weise wie ihre Pflegemutter? „Woher bekommen Sie Ihr Geld, Mrs Olomi? Wie können Sie sich das Essen für die Kinder leisten?"

„Wir essen nicht das Allerbeste. Und doch haben wir Nahrung. Ich verkaufe meinen Perlenschmuck auf dem Markt. Einigen Kindern habe ich diese Fertigkeit auch beigebracht. Außerdem sind andere so freundlich und helfen uns."

„Andere?"

„Sie meint Mr Terrence", lachte Jaleela. „Er ist sehr freundlich. Besonders zu Esther."

„Ach Jaleela." Mrs Olomi verbarg ein verlegenes Lächeln hinter ihrer Hand. „Mr Terrence ist nur ein Freund. Du stellst es so dar, als wäre er noch mehr."

„Das wäre er auch gerne, da bin ich mir sicher." Jaleela kicherte. Dann erklärte sie Cassandra: „Er baut in seinem Garten Gemüse an. Manches schenkt er Esther für die Waisen. Und einen anderen Teil verkauft er, um Geld für die Waisenkinder zu bekommen."

„Klingt sehr anständig", erwiderte Cassandra.

„Das ist er." Mrs Olomi nickte und sah sie über die Kameralinse hinweg an. „Wir haben hier ein Sprichwort, das Sie vielleicht schon mal gehört haben: ‚Selbst wenn es einen nicht selbst betrifft, ist man doch betroffen.' Auf gewisse Weise betrifft HIV und Aids uns alle. Es ist in allem um uns herum. Die Krankheit. Die Armut. Die Traurigkeit. Wir verlieren so viele. Wir sehen so viel. Wir können entweder unsere Seele krank werden lassen, oder wir tun, was wir können, damit es besser wird. Ich sehe keine andere Möglichkeit."

Cassandra hatte schon so manche starke Frau interviewt, aber noch keine wie diese beiden, zwischen denen sie jetzt saß. Wenn Jaleela oder Esther Olomi nicht aufrichtig waren oder keine lauteren Motive hatten, dann wurde Cassandra wirklich von ihrem Instinkt im Stich gelassen. Schwindel erkannte sie normalerweise aus mehreren Kilometern Entfernung.

Mrs Olomi wirkte wie eine, die sie sein sollte: eine liebevolle, fürsorgliche Kämpferin für die verlorenen Kinder. Angesichts Daniels trauriger Lage erschien es zweifelhaft, dass er es besser hätte antreffen können – aber ganz gewiss deutlich schlechter.

„Danke, Mrs Olomi", sagte Cassandra und war seltsam erleichtert, als sie die Kamera ausschaltete und wegpackte.

Während die anderen beiden Frauen über Lydias Bestattungszeremonie sprachen, ging sie ins Bad. Im Gegensatz zu Jaleelas Hütte hatte Mrs Olomis Haus ein Spülklosett, allerdings ohne Toilettenpapier oder Seife in Sichtweite. Sie schüttelte ihre Hände trocken und überlegte: *Links geht es wieder in die Küche, oder …*

Etwas in ihr zog sie in die Gegenrichtung. Mit drei zögerlichen Schritten war sie am winzigen Schlafzimmer angelangt und lugte hinein. Blasses Mondlicht sickerte durch die fadenscheinigen Vorhänge vor dem einzigen Fenster, gerade genug, dass sie weitere schlafende Kinder auf dem blanken Fußboden ausmachen konnte. Sie musterte die Gestalten unter den selbst gemachten Decken auf der Suche nach Daniel.

Würde sie ihn überhaupt von den anderen Kindern unterscheiden können?, fragte sie sich. Dann, als sich ihre Augen noch mehr an das spärliche Licht gewöhnt hatten, entdeckte sie ein graues Sweatshirt, jedoch nicht auf dem Boden, sondern auf dem Doppelbett, das ganz hinten an der Wand stand. Sie war sich sicher, dass Daniel unter Heidis Sweatshirt lag. Offenbar hatte die freundliche Mrs Olomi nicht nur das Kind aufgenommen, sondern dem frisch verwaisten Jungen für die erste Nacht ihren eigenen Ruheplatz überlassen.

Behutsam schlich sie um die schlafenden Kinder herum und stellte sich neben das Bett.

Als sie sein Gesicht betrachtete, dachte sie daran, dass sie nie viel mit Kindern zu tun gehabt hatte. Sie hatte keinen Grund gehabt, ein Kind kennenzulernen. Oder vielmehr nicht den Wunsch dazu. Doch heute hatte sie Daniel kennengelernt. In einem kurzen Moment hatte sie tief in seine Augen geblickt und ihn erkannt, verstanden. Sie fühlte … etwas.

Und sie erinnerte sich. An all die dunklen, einsamen Nächte, in denen sie als Kind im Bett gelegen, sich nach einer tröstlichen Berührung gesehnt hatte. Bloß um zu wissen, dass sie nicht so einsam war, wie sie sich fühlte. Bloß um zu wissen, dass man sie nicht vergessen hatte. Dass sie irgendjemandem wichtig war.

Sie hob die Hand. Ihre Finger zitterten leicht. Doch das Zittern hörte auf, sobald sie Daniels Wange berührte. Er schlief und war hoffentlich, endlich, in irgendeinen tröstlichen Traum gewickelt. Sie war sich sicher, er merkte nichts davon, wie sie ihm die weiche Haut streichelte. Sie jedoch schon.

Sie empfand mehr, als sie geahnt hatte, und wischte sich ihre Tränen ab.

26

Als Gaby hörte, wie Cassandra langsam die Zementstufen heraufstieg, steckte sie ihren Kopf zur Zimmertür hinaus. „Wie geht es Daniel?“, fragte sie leise, um niemanden aufzuwecken. Gaby hatte Cassandra, sonst der Inbegriff von Haltung und Selbstbeherrschung, noch nie so aus der Fassung gesehen. Unter ihren Augen waren dunkle Ränder, auf ihrer weißen Caprihose graue Streifen.

„Er hat Mrs Olomis Essen nicht angerührt. Aber zum Glück schlief er, als Sipho mich abholen kam. Jaleela hat sich bereit erklärt, heute Nacht in Mrs Olomis Haus bei ihm zu bleiben. Ich habe ihr angeboten, mit ihr zu tauschen. Sie war so müde, das kann ich Ihnen sagen. Aber Sie kennen sie ja.“ Cassandra seufzte und verdrehte die Augen. „Die Frau hat einen Dickkopf.“

Als ob Cassandra keinen hätte. Gaby hätte beinahe gelächelt.

„Sie ging davon aus, dass Nomvula und Tumi schon schlafen und sie nicht vermissen würden, bis Sipho sie morgen abholt.“

Gaby nickte. „Dank Katie sind sie ganz fertig. Als Heidi und ich zurückkamen, lagen sie schon alle im Bett.“

„Es war ein langer Tag. Ich kann nicht glauben, dass ich mich tatsächlich auf mein knorriges Bett freue.“ Cassandra schüttelte den Kopf und ging auf ihr Zimmer zu.

„Cassandra, ich …“

Cassandra drehte sich um und sah sie mit gefurchter Stirn an, als könnte sie sich nicht ausmalen, was es noch zu bereden gab. „Ja?“

„Also, vorhin, als Sie hochkamen und Heidi und ich mitten im Gespräch waren …“ Gaby merkte, wie sie unter Cassandras starrem Blick anfing zu stammeln. „Ich hatte Heidi etwas erzählt, und dann habe ich irgendwie … na ja, ich wollte nicht, dass Sie denken …“

„Schon gut.“ Cassandra hob abwehrend die Hände. „Sie müssen es mir nicht erzählen. Das ist für mich in Ordnung.“

„Ich hatte eine Fehlgeburt." Dir Worte platzten trotz Cassandras Entgegnung hervor. „Nein, mehr noch – ich habe während meiner ganzen bisherigen Ehe versucht, schwanger zu werden. Aber es klappt nicht bei mir. Bei Tom und mir."

„Ich weiß gar nicht, was ich dazu sagen soll", erwiderte Cassandra in ihrer unnachahmlichen Art.

„Sie müssen gar nichts sagen. Sie sollten es bloß wissen."

„Ach so, ja, danke. Ich meine, danke für Ihr Vertrauen. Und ich, ähm, es tut mir leid."

Gaby nahm die Beileidsbezeugung mit einem Nicken entgegen; dann lächelte sie schwach und mit zusammengekniffenen Lippen. „Tja, wie Sie schon sagten, es war ein langer Tag."

„Ja." Cassandra steuerte wieder auf ihr Zimmer zu, doch diesmal war sie diejenige, die sich umdrehte und Gaby aufhielt. „Werden Sie beten?"

„Für Sie?"

Cassandra lächelte in sich hinein. „Oh nein. Wenn es einen Gott gibt, glaube ich nicht, dass er etwas von mir oder über mich hören will. Dafür ist es ein bisschen zu spät. Aber beten Sie für den kleinen Jungen? Für Daniel?"

Gaby legte den Kopf schief und dachte einen Augenblick über Cassandras Bitte nach. „Ja, ich bete. Ich bete für ihn."

Kaum hatte sie die Zimmertür hinter sich geschlossen, zog sich ihr Magen zusammen. Sie lief über den staubbedeckten Boden hin und her, fühlte sich auf dem engen Raum plötzlich mit ihren Gedanken und Kümmernissen in einer Falle.

Konnte sie es? Konnte sie wirklich für Daniel beten? Warum hatte sie zugesagt? Würde Gott ihr überhaupt zuhören? Sie hatte gemerkt, dass es nicht richtig gewesen war, an Jaleelas Tisch für das Essen zu danken, da ihr die Worte fast ohne jede Bedeutung über die Lippen gekommen waren. Nein, das war nicht aufrichtig gewesen.

Doch Daniel war ein Kind, das so viel verloren hatte – seine Mutter, seine Arglosigkeit und das Licht, das ihm eigentlich aus den kindlichen Augen hätte strahlen sollen. Wenn sein Anliegen vor Gott gebracht werden sollte, dann doch wohl eher von jemandem, der Gott nicht so sehr ausgewichen war wie sie, oder?

Verzweifelt sank Gaby zu Boden. Das grobe Holz grub sich in ihre Knie, aber sie merkte es kaum. Als sie den Kopf hängen ließ und die Augen schloss, konnte sie Daniel vor sich sehen, mit seinem leblosen jungen Gesicht. Seinem leeren Gesichtsausdruck. Dem traurigen, herzzerreißenden Blick. Er musste bewahrt werden, und er musste geliebt werden, damit er eines Tages wieder lachen konnte.

„Oh Vater! Ich habe nicht das Recht, vor dich zu treten!“ Sie begann zu weinen. „Ich habe nicht das Recht, nachdem ich deiner Liebe den Rücken gekehrt habe. Ich weiß nicht einmal, warum du mir zuhören solltest. Aber da ist ein Junge, gütiger Herr. Du kennst ihn. Daniel. Oh Vater, halte ihn bitte ganz fest! Bitte!“

Das Gebet purzelte von ihren Lippen, und es kamen immer neue Worte hinzu. Bitten um Trost für Daniel, um Vergebung für sie. Als die Worte versiegten, setzte ein sachte tröpfelnder Regen ein. Gaby öffnete das Fenster, um den leisen Klang auf den Palmwedeln und den großen Blättern der Bäume besser hören zu können.

Sie lauschte dem hypnotisierenden Rhythmus, sie atmete die wohltuende Feuchtigkeit ein, die so ruhig war, so besänftigend. Sie war sich sicher, dass sie sein Flüstern hören konnte. Inmitten der Regentropfen tröstete Er sie. Stunde um Stunde blieb sie so stehen, die halbe Nacht lang. Schon lange hatte sie sich nicht mehr dem Zuhören geöffnet. Sie wollte keinen einzigen Ton verpassen.

Gabys Augen flatterten auf. Sie blinzelte in das blendende Morgenlicht, das ihr winziges Zimmer wie eine Tausendwattbirne erhellte. Von unten drangen Stimmen zu ihr herauf. Lebhaft strömten sie in ihr Zimmer und brachten das tröstliche Aroma von Kochkünsten aus der Küche mit. Eine vertraute Wärme breitete sich in ihrem Herzen aus.

So manchen Sommermorgen waren die angenehmen Düfte nach Zimt und gebratenem Speck in ihr lila-pink eingerichtetes Mädchenzimmer gezogen, begleitet von den Stimmen ihrer Mutter und ihrer älteren Brüder. Wie sie es immer gehasst hatte, als Letzte aufzustehen und den Eindruck zu haben, sie habe so viel verpasst, weil sie zu lange im Bett gelegen hatte. Sie konnte es kaum abwarten, in die Küche hinunterzugehen. Dabei stolperte sie fast über ihre eigenen Füße in ihren Teddybär-Puschen, um den Tag unbedingt einzuholen und auch die anderen, die ihn schon genossen.

Genau wie an diesem Morgen.

Sie plagte sich mit der eingesunkenen Matratze, schlüpfte in die Flip-Flops am Fußende des Bettes und warf sich ihren leichten Baumwoll-Morgenmantel über ihr T-Shirt. Dann flocht sie sich rasch einen lockeren Zopf an der Seite ihres Kopfes, ohne sich die Mühe zu machen, ihn mit einem Haargummi zu befestigen.

Ihre Flip-Flops klatschten die Zementstufen hinunter. Seltsamerweise freute sie sich heute Morgen über die Aussicht, die anderen zu sehen. Am Abend war ihr das Herz schwer gewesen, doch wundersamerweise hatte ein Gebet alles verändert und ihre Perspektive erhellt wie die Sonne den neuen Morgen.

Als Gaby alle versammelt sah, war ihr, als hätte sich ihre Zuneigung zu den anderen über Nacht vervielfacht. Cassandra saß mit abgespreiztem kleinen Finger am verschrammten Küchentisch, schlürfte eine Tasse Tee und unterhielt sich mit Heidi, die bereits angezogen war und die kleine Kochnische eingenommen hatte.

Währenddessen ließ Tumi einen Strandball in die Luft hopsen, während Katie und Nomvula nebeneinander am Tisch saßen und sich Buntstifte und ein Malbuch teilten. Heidi hatte wohl den Ball und das Malbuch zusammen mit den Frisbeescheiben, Kerzen, Papiertüchern, Heftpflastern, Süßigkeiten und anderen Leckerbissen in ihren Koffer voller Überraschungen gepackt.

Als Gaby an den Tisch kam, ließ Tumi aus Versehen den Ball auf das Kunstwerk der Mädchen springen. Sie lachten und warfen ihn zurück.

„Guten Morgen." Heidi winkte zur Begrüßung mit dem Löffel, mit dem sie die Rühreier in der Bratpfanne vorsichtig vermengte.

„Guten Morgen alle zusammen."

Die kleine Nomvula schob ihren Stuhl zurück, rannte zu Gaby und umarmte sie in Hüfthöhe, bevor sie sich wieder ans Ausmalen machte. Tumi meinte wohl, er müsste es ihr nachmachen, denn zwei Sekunden später kam er mit dem Ball unter einem Arm ebenfalls zu Gaby und umarmte sie mit seinem anderen Ärmchen.

Beide hatten frisch gewaschene Gesichter, und Gaby fragte sich, wer sich die Zeit genommen hatte, ihnen die Haare ordentlich zu bürsten. Wahrscheinlich Katie. Auf jeden Fall musste das T-Shirt, das Tumi anhatte, von Katie stammen. Es war braun, viel zu groß für ihn und trug die Umrisse einer Gitarre und irgendeines seltsamen Bandnames.

„Einer von den Helfern vom Pfarrhaus hat heute Morgen ein Dutzend Eier abgegeben, dazu einen Laib Brot und einen Liter Milch", erklärte Heidi das Festmahl, das sie gerade zubereitete. „Ein bisschen Butter gab es auch noch." Sie deutete auf den kleinen Kühlschrank. „Ich weiß nicht, wie lange sie schon darin war, aber hoffentlich ist sie noch gut."

Offenbar hatte Heidi bereits Brotscheiben geröstet und bebuttert, und auch die Eier, die sie gerührt hatte, waren fast fertig. Eindeutig besaß sie die Gabe, aus wenig viel zu machen, genau wie Gabys Mama. Und genau wie diese brauchte Heidi wohl auch keine Erklärung, warum Gaby so lange geschlafen hatte.

Gaby jedoch hätte es liebend gern erzählt. Sie wünschte sich, jemand würde fragen. Dann könnte sie berichten, dass sie lange nicht auf solche Weise gebetet – oder zumindest nichts von Bedeutung gesagt hatte. Dass sie so viele Wochen lang verletzt, wütend und verzweifelt gewesen war. Und dass sie letzte Nacht ihren Schmerz um Daniel – und endlich auch um sich selbst – herausgeschrien und im Pulsschlag des reinigenden Regens das besänftigende Flüstern der Barmherzigkeit und Gnade Gottes gehört hatte.

Doch anstatt das alles zu sagen, fragte sie Heidi: „Kann ich irgendwie helfen?"

„Das frage ich unsere Superheldin auch schon den ganzen Morgen", spöttelte Cassandra. „Sie hat noch keinen Einsatz für mich."

„Na gut“, lachte Heidi. „Cassandra, könnten Sie den Kindern bitte Milch eingießen? Und Gaby, könnten Sie von denen da noch etwas verwerten?“ Sie deutete auf ein paar bräunliche Bananen auf der Arbeitsplatte.

„Wollen wir uns nicht alle mal duzen?“, fragte Gaby unvermittelt.

„Gute Idee“, erwiderte Heidi, und auch Katie und Cassandra nickten.

Die Journalistin schenkte drei Gläser Milch ein, die schaumiger nicht hätten aussehen können, und stellte die randvollen Gläser auf den Tisch. Gaby machte das Beste aus den überreifen Bananen und legte die Stücke wie ein Lächeln mit zwei Augen auf einen Teil der Kinderteller. Währenddessen bestäubte Heidi die gerösteten Brote mit Zucker, dann servierte sie die locker geschlagenen, nahrhaften Eier und die süße Beigabe.

Kaum stand das Frühstück auf dem Tisch, hörte der Ball auf zu hopsen und die Buntstifte hörten auf zu malen. Alles wurde still, während die Augen von Nomvula und Tumi rund wie ihre Teller wurden.

„Für uns?“, fragte Nomvula ungläubig.

„Für euch“, nickte Heidi.

Das Frühstück war ausgesprochen üppig, das wusste Gaby. Für zwei Kinder, die sich oft eine einzige Mahlzeit am Tag teilten, war das überreichlich. Fast extravagant. Doch nach dem, was Gaby und die anderen am Vorabend miterlebt hatten, kam es ihnen passend vor.

„Möchte noch jemand Tee?“, fragte Gaby und goss sich heißes Wasser in die Tasse.

„Nein, danke“, murmelte Heidi.

„Ich laufe gleich über“, scherzte Cassandra.

Mit der heißen Tasse in der Hand setzte sich Gaby wieder an den Tisch, der ihr jetzt so leer vorkam, nachdem Jaleelas Kinder mit gefüllten Bäuchen und lachenden Gesichtern Katie gebeten hatten, mit ihnen draußen zu spielen.

Gaby pustete in das dampfende Gebräu, nahm rasch einen Schluck, stellte die Tasse zur Seite und holte den Reiseplan aus der Tasche ihres Morgenmantels. „So, meine Damen, ihr wisst ja, was heute Morgen dran ist."

Da sie ein paar Stunden frei hatten, hatten sie vor zwei Tagen mit Mama Penny besprochen, wie sie diese Lücke füllen konnten. Sie hatte Sightseeing vorgeschlagen, um einen Eindruck von den Städten der Umgebung zu bekommen. Unter ihren Vorschlägen war auch der Zoo von Pretoria, worüber Cassandra wegen der bevorstehenden Safari die Nase rümpfte. Oder ein Besuch bei den Perlenhandwerkerinnen in KwaNdebele, was sie jedoch verwarfen, da sie nicht genug Zeit für die weite Fahrt hatten. Außerdem gab es ein Einkaufszentrum in Johannesburg mit afrikanischen sowie europäischen Einflüssen.

„Sie gehen doch gerne in Dallas einkaufen", hatte Mama Penny zu Cassandra gesagt. „Vielleicht gefällt es Ihnen auch in Johannesburg?"

Auf einen Abstecher zur Mall von Johannesburg konnten sie sich alle einigen – zumindest vor ein paar Tagen.

„Gaby, wegen der Mall ... Cassandra und ich haben uns heute Morgen unterhalten, und ..." Heidi sah Cassandra an, wohl um festzustellen, ob sie noch einer Meinung waren. Cassandra nickte Heidi aufmunternd zu. „Wir dachten ..."

„Ihr wollt auch nicht hin?", platzte Gaby heraus.

Die beiden schüttelten den Kopf.

„Ich weiß. Nach gestern Abend ..." Sie kramte nach den richtigen Worten für ihre Gefühle, doch dann kamen nur ein paar einfache hervor. „Das passt jetzt nicht so, was?"

„Allerdings haben wir gedacht, Sipho könnte uns trotzdem zu einem Laden bringen", erwiderte Heidi, „damit wir Lebensmittel für Jaleelas Familie und für Mrs Olomi kaufen können."

„Ich wünschte, ich könnte ihnen auch ein neues Zuhause kaufen." Cassandra blickte in die Ferne, über den Tisch hinweg zum Fenster hinaus. Sie musste wohl die Blicke der anderen gespürt haben, denn plötzlich wurden ihre starren Augen wieder lebendig, und ihre Stimme klang beinahe defensiv, angesichts ihrer wehmütigen Wünsche. „Na ja, im

Ernst, ich meine, niemand sollte in solchen Behausungen leben müssen." Sie hob ihre Stimme. „Immerhin stellen die Leute bei uns ihre Rasenmäher in schönere Schuppen als diese fürchterlichen Hütten. Das ist ja erbärmlich."

Gedankenverloren saßen sie eine Weile da. Minuten verstrichen, bevor Gaby das Wort ergriff. „Dann gehen wir heute also Lebensmittel kaufen. Wir können ja beisteuern, was uns passend erscheint. Sipho weiß bestimmt, wohin er uns bringen muss."

Beinahe gleichzeitig standen sie auf, um den Frühstückstisch abzuräumen und den Tag zu beginnen. Gaby fiel auf, wie sich die Stimmung beim Erledigen der Aufgaben zunehmend aufhellte und sie sich wie alte Freundinnen unterhielten.

Sie hatte gerade angefangen, den Tisch abzuwischen, als Nomvula hereingerannt kam. Sie war ganz aufgeregt. Auf den ersten Blick dachte Gaby, sie müsste vielleicht dringend zur Toilette. Doch dann merkte sie, dass viel mehr los sein musste, denn Nomvula zitterte am ganzen Leib und ihre Hände, die an den Seiten herabhingen, bebten unkontrolliert.

Gaby lief zu dem Mädchen und versuchte, Nomvulas Hände mit ihren eigenen zu beruhigen. „Was ist denn passiert?"

Nomvula brachte nichts heraus.

„Was ist passiert?", wiederholte Gaby.

„Katie mit den blauen Augen", sagte sie plötzlich, und in ihre Augen trat ein Ausdruck von Panik. „Komm! Du musst schnell kommen!"

Gaby drehte sich zu Heidi um, die augenblicklich blass wurde.

„Es ist der Hund, oder?" Heidi ließ einen Teller fallen, der mit lautem Scheppern auf die Arbeitsplatte krachte. „Wie oft habe ich ihr gesagt, sie soll nicht zu nah an den Hund herangehen!" Sie rannte an Gaby vorbei. „Wie oft?"

27

„Es ist nicht der Hund, Mama Heidi. Nicht Hazard“, weinte Nomvula. „Es ist Katie. Sie bewegt sich nicht!“

Heidi versuchte, den schrillen Alarmton in Nomvulas Stimme zu überhören, die Panik im Blick des Mädchens nicht zu sehen, als beide hinausrannten. Das alles konnte sie jetzt nicht auch noch ertragen, wo ihr selbst beinahe die Augen aus den Höhlen traten und die Angst ihren Hals zuschnürte.

„Ich habe versucht, die Leiter zu halten, so wie sie es mir gesagt hat. Wirklich.“ Nomvula begann zu schluchzen, kaum dass sie draußen waren. „Ich habe es versucht.“ Sie bohrte sich ihre Fäuste in die Augen.

Der sonnenüberflutete Hof war ruhig bis auf Nomvulas Weinen. Eine Stille, die schaurig, bedrohlich wirkte. Alles Blut verließ Heidis Beine, und sie sackte neben Katie zusammen.

Ihre Haare sahen fast zu perfekt aus, so unnatürlich, alles war wohlgeordnet, während Katie flach mit dem Rücken auf dem steinharten Boden lag. Doch das half nicht darüber hinweg, dass der Rest von Katie in solcher Unordnung zu sehen war. Ihr blassgelbes Top war verrutscht und hing ganz schief über ihrer Brust. Ihre knielange aufgekrempelte dunkle Jeans war voller Schmutz und Staub. Eine einzelne Sandale baumelte an ihrem linken Fuß; der andere war zwischen den Sprossen der Leiter verkeilt, die neben Katie lag und mindestens drei Meter maß.

Von dort konnte man also tief stürzen.

„Oh Katie. Katie!“ Heidi beugte sich über Katies Nase, hielt den eigenen Atem an und wartete, ob sie die Wärme von Katies Atem auf ihrer Wange spüren konnte.

Wie oft hatte sie das seit Katies Kindheit schon getan? Wenn sie krank war oder zu lange zu schlafen schien?

„Ich wollte den Ball nicht so hoch schießen! Es tut mir leid.“ Nun begann auch Tumi zu heulen. „Es tut mir leid.“

Zum Glück kamen Gaby und Cassandra rasch herzu, um sich um Jaleelas Kinder zu kümmern, die beide bis ins Mark erschüttert waren und weinten. Heidi konzentrierte sich einzig auf Katie. Ihr tolles Mädchen. Ihr einziges Kind. Und wie hatte sie das Baby vergessen können, das in ihr heranwuchs?

Es war nicht schwer nachzuvollziehen, was passiert war, vor allem da der bunte Strandball, mit dem Tumi offenbar Fußball gespielt hatte, noch oben auf dem Dach des Pfarrhauses feststeckte.

Ohne Zweifel hatte Katie sich die Leiter irgendwo in der Nähe des unfertigen Hauses geholt, zwischen der Schubkarre und den Eimern, die überall herumstanden. Und bei dem Versuch, den Ball zu holen, war alles heruntergefallen bis auf das Spielzeug. Alles, was für Heidi von Bedeutung war.

„Süße? Katie?" Heidi versuchte ihre Tochter zu wecken, doch sie gab keinen Mucks von sich. Erneut brach der Schweiß an ihrem Haaransatz und auf ihrer Stirn aus. Hatte sie nicht gerade erst im Lazarus-Krankenhaus neben ihr gekniet? Nur mit Mühe konnte sie ein Schluchzen unterdrücken. Konnte das schon wieder wahr sein? Hier? So weit weg von zu Hause?

„Katie!", rief Heidi noch lauter. Enttäuschung und Wut über die Ungerechtigkeit all dessen heizte ihre Angst an. „Du musst aufwachen", befahl sie ihr.

Sie nahm Katies schlaffes Handgelenk in die Hand und fühlte ihren Puls. Er schien ganz normal zu sein. Warum reagierte sie dann nicht? Warum gab sie keinen Ton von sich?

„Katie, komm schon." Sie rieb ihr kräftig die Wange. „Bitte, Katie. Bitte sag etwas."

Endlich kam ein Stöhnen. Tief und schmerzerfüllt. Herzzerreißend wie das dunkle Ächzen eines verwundeten Tieres.

„Katie, kannst du mich hören? Kannst du deine Hand bewegen? Deine Finger?"

„Alles in Ordnung mit ihr?" Plötzlich ertönte rechts von Heidi eine männliche Stimme. Sipho! Er ließ sich neben ihr nieder wie ein Schutzengel, der vom Himmel herabsank. „Ich muss sie zum Kleinbus bringen, Mama Heidi. Wir müssen Katie ins Krankenhaus fahren."

„Kannst du einen Krankenwagen rufen? Bitte." Heidi legte dem jungen, einfallsreichen Mann, auf den sie sich mittlerweile alle verließen, eine Hand auf die Schulter und bat ihn flehentlich: „Ich bezahle jeden Preis. Bitte, einen Krankenwagen."

„Es geht viel schneller, wenn ich Sie beide fahre, das verspreche ich." Er wollte seine Hände unter Katies Rücken schieben und sie hochheben.

Ein heiseres Wort von Katie ließ ihn innehalten. „F-fuß", stammelte sie.

„Dein Fuß, Schatz? Dein Fuß ist verletzt?"

Katie schloss die Augen, wie um ein Ja zu signalisieren.

„Katie, wir tragen dich in den Kleinbus."

Bei Heidis Stimme flatterten Katies Augen auf.

„Du musst wach bleiben", sagte Heidi zu ihr, als sie sich daran erinnerte, was der Arzt vor Jahren zu ihr gesagt hatte; Katie war geschubst worden, beim Stolpern mit dem Kopf auf dem unnachgiebigen Boden des Basketballplatzes aufgeschlagen und hatte sich dabei eine Gehirnerschütterung zugezogen.

Heidi stand auf, ging auf Katies rechte Seite, beugte sich wieder herunter und suchte einen festen Stand. „Okay, Sipho." Sie schob ihre Hände unter den Körper ihrer Tochter und gab Sipho mit einem Kopfnicken zu verstehen, er möge es ihr gleichtun. „Können wir sie bei drei hochheben? Eins, zwei, ..."

Doch Sipho hatte Katie bereits vom Boden gehoben. Auf seinen langen starken Armen trug er sie zum Kleinbus und legte sie auf die lange Rückbank. Danach verwackelte alles, geschah ganz schnell. Gaby und Cassandra hatten zwei Plastiktüten, in denen Knabberzeug gewesen war, ausgeleert und sie mit Eis gefüllt – eine, um Katie den Kopf zu kühlen, die andere, um die Schmerzen in ihrem Fuß zu lindern. Nomvula und Tumi sprangen in den Kleinbus und gaben ihrer älteren Freundin schnell ein paar Küsschen. Keine Sekunde später ergriff Sipho das Lenkrad und versprach, so zu fahren, als wollten sie Jesus begegnen – nur ein klitzekleines bisschen langsamer.

Als der Kleinbus vom Gelände fuhr, kauerte sich Heidi auf den Boden des Wagens neben Katie.

„T-tschuldigung." Katies Mund zuckte.

Heidi versuchte sie zu beruhigen und ihr den Pony aus der Stirn zu streichen. „Musst dich nicht entschuldigen. Es war ein Unfall."

„Mir blieb die Luft weg, und dann habe ich … habe ich kein Wort mehr rausbekommen."

Heidi verschob den Eisbeutel auf Katies Fuß und war so dankbar, dass ihre Tochter so weit bei Bewusstsein war, dass sie reden konnte; dennoch sollte sie keine Energie verschwenden, sollte sich nicht aufregen. „Schhhh. Alles in Ordnung. Alles wird wieder gut."

„Aber das Einkaufszentrum. Wir wollten doch hingehen. Ich habe es allen verdorben."

„Ein andermal." Heidi mahnte ihre Tochter erneut zur Stille. „Wir gehen ein andermal einkaufen."

„Aber nicht in Johannesburg." In Katies Stimme mischte sich ein gedämpftes Wimmern. „Und du wolltest doch die Wäsche kaufen. Die aus Europa."

„Katie, das ist doch nicht der Rede wert. Ehrlich nicht."

Nichts war es jetzt mehr. Seit sie hier waren, merkte Heidi, dass die Welt so viel größer geworden war als Heidi Martins Wünsche und Launen, so viel größer als reines Damastleinen und bestickte Kissenbezüge aus Frankreich und Belgien. Von Gaby und Cassandra hatte sie am Morgen im Gespräch erfahren, dass es ihnen genauso ging.

Das hieß ja noch lange nicht, dass sie nie wieder shoppen gehen würde. Natürlich würde sie zu Hause wieder ein Einkaufszentrum besuchen. Doch sie glaubte nicht, dass sie die modische Kleidung und die Designerware, die übervollen Regale je wieder mit denselben Augen betrachten würde. Zumindest hoffte sie das.

„Wir hatten sowieso schon beschlossen, nicht hinzugehen."

Katie hielt den Eisbeutel mit einer Hand fest und hob den Kopf. „Kein Einkaufszentrum?"

Unter anderen Umständen hätte Heidi über Katies dramatischen, geschockten Gesichtsausdruck und die Augen, die so weit waren wie die südafrikanische Sonne, gelacht. Doch stattdessen schüttelte sie den Kopf. „Lange Geschichte."

Jetzt war nicht die richtige Zeit, Katie von dem Schrecken, der Traurigkeit zu erzählen, deren Zeugen sie am Vorabend geworden waren. Doch irgendwann würde sie es ihr erzählen. Auf jeden Fall. Von Lydias Opfer. Von Daniel, Lydias verwaistem Sohn. Nur jetzt nicht.

„Ich bin so froh, dass du nicht schlimmer verletzt bist." Heidi seufzte und hatte den Eindruck, dass sie endlich wieder atmen konnte, zumindest ein bisschen.

Sie wollte gerade die Augen schließen und innerlich ein kleines Dankgebet sprechen, als Katie ihren Kopf abrupt zur Seite drehte. Hörte, spürte sie etwas?

„Was ist? Hast du Schmerzen? Einen komischen Schmerz in deinem Kopf?"

„Nein, ich glaube, ich …" Sie presste die Lippen aufeinander, die Augen wurden schmal. „Ich glaube, ich blute."

„Du blutest?" Heidi hob sachte Katies linken Arm und untersuchte ihn. Schob ihre Finger durch Katies dichtes Haar. Ließ ihren Blick über Katies Bein wandern, hinauf und hinunter. „Ich sehe nichts, Schatz. Nur ein paar Kratzer an deinen Beinen. Die Büsche haben dir bei der Landung ganz schön zugesetzt."

„Nein", flüsterte Katie. Heidi musste sich näher zu ihr beugen. „Da unten." Sie hob den Kopf ein kleines Stückchen und deutete mit dem Kinn auf ihren Bauch.

Das Baby?

„Ich blute. Ich weiß es." Eine Mischung aus Angst und Traurigkeit trat in Katies Augen, ein gequälter Blick, der Heidi das Herz zerriss.

„Ach Süße." Heidi drückte Katies Hand, als könnte das helfen. Und noch fester drückte sie sie, als Katie die Augen schloss und eine einzelne Träne durch die geschlossenen Lider ihre weiche Wange hinab und über ihre rosigen Lippen rann.

28

Wieder ergriff Heidi Katies Hand, als der Arzt ans Krankenhausbett trat. Diesmal jedoch war es keine Geste des Trostes für ihre Tochter, sondern eher um selbst Kraft zu schöpfen.

Wenn sie wie Pech und Schwefel zusammenhielten, wie eine Kraft, die nicht zu durchdringen war, konnten sie womöglich alles abwehren, was das Baby betraf. Und was sie beide betraf.

In ihrem Leben durfte es keine weiteren Verluste geben. Keine mehr. So einfach war das. Das durfte Heidi nicht zulassen. Es wäre verheerend für Katie, wenn sie ihr Baby jetzt verlieren würde. Das wusste Heidi tief in ihrem Herzen.

In den vergangen Tagen hatte Heidi so viele Seiten von Katie entdeckt, die sie vorher nicht gekannt hatte. Auch andere waren auf dieser Reise endlich wieder zum Vorschein gekommen. Teile von Katies Persönlichkeit, ihr Humor, ihr Herz, die ihr – oder ihnen beiden – lange Zeit verloren gegangen waren.

Es war zwar unwahrscheinlich, dass Katie bereit war, rund um die Uhr Mutter zu sein, Heidi bewunderte jedoch, wie ihre Tochter das Leben achtete, ohne Wenn und Aber. Von den südafrikanischen Kindern, mit denen sie spielte, über die dunkelhäutigen Frauen, die sie umarmte, bis hin zu Dominic, den sie versuchte zu trösten, und die sterbende ältere Frau im Hospiz, der sie eine Blume schickte. Sie liebte Menschen in allen Farben und all die glänzenden Schattierungen der Perlen, der Sonnenuntergänge und der Vögel im Hof. In Katies Herzen hatte auch der nicht so freundliche Hazard Platz. Sie hatte zwar nichts mit dem typischen Schulkram wie Cheerleading oder Sport am Hut, und ihr Haar hätte kaum schwärzer sein können, doch an Katie war nichts Dunkles. Nichts, was ausschlagen und anderen etwas zuleide tun wollte. Und Heidi wollte wiederum nicht, dass Katie leiden musste.

Heidi wusste, wenn das Baby starb, würde sich Katie ewig Vorhaltungen machen. Dass sie nicht besser aufgepasst hatte, dass sie so sorglos gewesen war. Selbst wenn sie sich letztlich dazu entschieden, das Kind zur Adoption freizugeben, würde Katie, so schwer ihr das auch fiel, damit leben können. Doch wenn dem Baby etwas zustoßen würde? Nein, dann würde Katie nie wieder dieselbe sein.

Oh lieber Gott, bitte lass dieses Kind am Leben! Lass mein Kind, meine Katie, wieder glücklich sein, betete Heidi und hielt die Luft an, als der Arzt mit Katies Prognose kam.

„Die Röntgenaufnahmen zeigen, dass der Knöchel nicht gebrochen ist", sagte er. „Es ist bloß eine Verstauchung. Empfehlenswert wäre jetzt Bettruhe", fuhr er trocken fort, als habe er das schon viel zu oft gesagt, „sowie Eisbeutel, Kompressionen und Hochlagern, falls möglich, bis eine deutliche Besserung eingetreten ist."

Heidi hatte den Eindruck, er könnte denken, sie hätten überreagiert, indem sie in die Privatklinik gekommen waren. *Privat* bedeutete lediglich, dass sie nicht vom Staat betrieben wurde, hatte Heidi von einer Hilfskraft erfahren, als sie angekommen waren. Es war ein Krankenhaus für Menschen, die eine Versicherung hatten oder Geld genug, um bar zu bezahlen.

Allerdings hatte sie ebenfalls festgestellt, dass *privat* nichts mit Privatsphäre zu tun hatte. Es gab keine Einzelzimmer, sondern nur große Räume, die als Stationen bezeichnet wurden und in denen je drei Betten auf jeder Seite standen. Die Betten wirkten mit ihren dünnen, flachen Matratzen, ohne elektronische Geräte und mit hohen Gittern alles andere als komfortabel. Heidi kamen sie seltsam vor, wie große Metallgitterbetten für Erwachsene. Selbst die hektische Notaufnahme im Lazarus-Krankenhaus hatte den Patienten mehr Rückzugsmöglichkeiten und Komfort zu bieten.

„Muss ich auf Krücken laufen?", fragte Katie, was Heidi sehr tapfer fand angesichts des barschen Verhaltens des Arztes, das so viel Wärme verströmte wie die ganze Klinik.

„Die nächsten paar Tage ja, schlage ich vor."

Mochte sein, dass er blaue Augen hatte, dass er einen weißen Arztkittel trug, doch Heidi konnte sich einen kurzen Vergleich nicht verkneifen. Ihrer Ansicht nach konnte er nicht im Geringsten mit Dr. Kevin Peterson mithalten.

Kevins Blick war warm, und er vermittelte den Menschen das Gefühl, dass man sich um sie sorgte. Die Augen dieses Arztes waren das genaue Gegenteil. Sie lagen tief in den Höhlen seines flachen, runden Gesichts. Er öffnete kaum den Mund zum Reden, und wenn doch, zeigten sich seine engen, unregelmäßigen und kleinen Zähne, die aussahen, als habe er sie mit kleinen Steinen abgeschliffen. Seinem versteinerten Gesichtsausdruck nach zu urteilen schien das absolut möglich. Wem wäre Kevins teilnahmsvolle, beruhigende Art nicht lieber als das Geschäftsmäßige dieses Arztes? Dankbar dachte Heidi an den Arzt – den Mann –, den sie vor wenigen Wochen wiedergetroffen hatte.

„Was ist mit der anderen Sache?“, fragte sie. „Was ist mit der Blutung?“

Es war zwar eine Erleichterung, dass Katie keinen Gips oder irgendeine Operation brauchte, um ihren Knöchel zu heilen, doch beiden Frauen war die Verletzung nachrangig geworden im Vergleich zum Wohlergehen des Kindes, das in Katies Bauch heranwuchs.

Wenn es nach ihr gegangen wäre, hätte sie sich für so eine persönliche, empfindliche Angelegenheit nicht diesen teilnahmslosen Mann ausgesucht, aber da sie keine andere Wahl hatte …

„Ich kann den Lauf der Natur nicht beeinflussen“, antwortete er.

„Bitte?“

„Ist doch ganz einfach. Der Sturz von der Leiter hat dem Kind eine Verletzung zugefügt.“ Er sah an Heidi vorbei und richtete seine Antwort direkt an Katie. „Wenn die Blutung anhält und heftiger wird, wird es zu einer Fehlgeburt kommen. Wenn die Blutung jedoch nachlässt und ganz aufhört, ist mit dem Kind wahrscheinlich alles in Ordnung. Aber noch einmal – das kann ich nicht beeinflussen.“

Heidi spürte, wie sich Gefühle in ihr zusammenbrauten. Wie konnte dieser Arzt nur so abgestumpft sein? „Und es gibt nichts, wirklich gar nichts, was Sie tun könnten?“

„Sie kann über Nacht bleiben und sich ausruhen, und wir beobachten sie, wenn Sie wünschen." Der Arzt zuckte die Schultern. „Aber wie gesagt, ich kann nichts an der Blutung ändern."

Heidi atmete tief ein und versuchte sich zu beruhigen. „Und was heißt das? Wir sollen einfach abwarten? Ohne etwas zu wissen?"

„Mir ist wohl bewusst, dass das Warten den einen schwerer fällt als den anderen."

Was hatte diese Häme denn zu bedeuten? Als wäre sie eine ungeduldige Amerikanerin? „Können Sie keinen Ultraschall machen? Ein Sonogramm? Etwas, das uns mehr Gewissheit gibt?"

„Wenn es Sie beruhigt." Er sah sie ungerührt an. „Ja, wir können einen Ultraschall durchführen und feststellen, ob das Herz schlägt, aber das ist noch keine Garantie. Wenn die Blutung anhält, könnte es zu anderen Komplikationen kommen. Wie bereits gesagt, möglicherweise eine Fehlgeburt. Vielleicht zahlen Sie dann für etwas, das schließlich doch nichts zu bedeuten hat."

„Das ist mir egal", kreischte Heidi. „Es ist mir egal. Ich bezahle alles, was ich zu zahlen habe. Wir wollen wissen, wie es unserem Baby geht. Wir wollen wissen, was unser Baby genau jetzt macht. Ganz genau jetzt."

Der Arzt schlug den metallenen Deckel von Katies Krankenakte auf, schrieb etwas hinein und sagte: „Eine Assistentin holt Sie gleich zum Ultraschall ab." Er schlug die Akte zu. „Viel Glück."

Heidi hatte Mühe, sich zu beruhigen. Dieser Mann war definitiv kein Dr. Kevin Peterson.

Das Ultraschallzimmer war klein, bot aber doch mehr Privatsphäre als der große Raum, und auch die MTA war etwas freundlicher als der Mediziner. Allerdings hatte sie offenbar keine Zeit für Small Talk. Nach einigen Versuchen, die junge Frau in ein Gespräch zu ziehen, gab Heidi auf.

Das Ultraschallgerät kam ihr nicht so modern vor wie die Geräte, die Heidi in der Praxis ihres Gynäkologen gesehen hatte, doch sie würden wohl Antworten und vor allem Hoffnung bekommen. Darum betete sie.

Als die MTA ein Papiertuch über Katies Unterleib legte und das Krankenhaushemdchen bis unter ihren Busen schob, betrachtete Heidi Katies freiliegenden Bauch und fragte sich plötzlich, wie sie eigentlich hier gelandet waren. Bei dem Gedanken, wo die Zeit geblieben war, wurde sie ein bisschen melancholisch. Auch die Unschuld war verloren gegangen.

Ihr war so lebhaft in Erinnerung, wie Jeff sich über die fünfjährige Katie gebeugt und ihr alberne, geräuschvolle, schmatzende Küsse auf den Bauch gegeben hatte. Sie hörte noch Katies schrilles, überschäumendes, hemmungsloses Lachen, der fröhliche Klang eines Kindes, das geliebt wird. Sie erinnerte sich an die Freude in Jeffs Gesicht, der wusste, dass er sein Töchterchen auf diese Weise zum Lachen bringen und aufheitern konnte.

Und wenn Katie dann nicht mehr konnte und Luft holen musste, sprang sie auf und kam zu Heidi gerannt, in den sicheren Hafen ihrer ausgebreiteten Arme. Kreischend gab sie vor, sie würde vor einem großen schlimmen Monster davonlaufen, während sie sich jede Sekunde über die Schulter hinweg vergewisserte, dass ihr Papa sie auch verfolgte.

Und das tat er immer. Er stampfte dröhnend wie ein Riese auf und wankte langsam auf sie zu, während ihr Kreischen lauter und lauter wurde. Dann hob er die Arme und stieß ein ohrenbetäubendes Knurren aus, bevor er sich seine beiden Mädels schnappte und fest umarmte.

Ach Jeff, du hast es so zauberhaft gemacht. Ich habe es auch versucht. Habe versucht, Katie zu bewahren. Ich habe es wirklich versucht.

„Huch!“, prustete Katie und riss Heidi aus ihren Tagträumen. „Ist das kalt!“, rief sie, als die MTA das geleeartige Zeug auf dem Bauch verteilte. Ein Bauch, der leicht geschwollen wirkte, wenn man es nicht besser wusste.

Die MTA drückte einige Knöpfe und legte einen Schalter um, bevor sie den ovalen Schallkopf über Katies Bauch gleiten ließ, als bediene sie einen Metalldetektor und suche nach vergrabenen Schätzen. Einige Augenblicke später entdeckte sie einen Fleck, drückte weitere Knöpfe und zoomte die Stelle näher heran.

„Siehst du das?“ Die junge Frau deutete mit dem Kopf auf den Bildschirm.

Katie stützte sich auf die Ellbogen und schaute angestrengt auf den Monitor. Heidi beugte sich herüber und versuchte ebenfalls etwas zu erkennen.

„Das ist dein Baby.“

Dein Baby. Es war wirklich da? Heidi wusste zwar von den Untersuchungen, dass Katie schwanger war, und glaubte auch den Ergebnissen, hatte es aber noch nicht richtig in sich aufgenommen. Bis jetzt. Doch es war wirklich da. Sie konnte den Beweis sehen. Sie konnte den Beweis für ein neues Leben erkennen, das in Katie wuchs.

„Es ist so … winzig.“ Katies Stimme war leise, fast ungläubig.

„Ja. Insgesamt sechs Zentimeter.“

„Und was ist mit …“ Heidi konnte die Frage nicht beenden.

„Dem Herzschlag?“

Heidi nickte, biss die Zähne zusammen und wappnete sich selbst.

Die MTA kreiste und kreiste mit dem Schallkopf über Katies Bauch, blickte auf den Bildschirm und forschte nach Bewegungen. „Ich suche noch.“

Die Augenblicke hätten ebenso gut Jahrmillionen sein können, während Heidi abwartete, die Luft anhielt und den Mund mit ihrer Hand bedeckte, womit sie jeden Schrei, der sich lösen könnte, dämpfen wollte.

„Ah!“ Der Schallkopf hielt inne. „Siehst du die Bewegung hier?“ Die junge Frau zeigte auf den Bildschirm. „Das Flattern? Das ist es. Das ist das Herz des Babys. Es schlägt über hundert Mal pro Minute.“ Sie drehte sich zu Katie, und ihre grauen Augen schienen endlich etwas wärmer zu werden. „Genau wie es sein soll.“

Katie seufzte und wandte sich an Heidi. „Ich will, dass mit dem Baby alles in Ordnung ist. Es muss einfach in Ordnung sein.“

So gerührt, dass ihr die Worte fehlten, nahm Heidi ihre Tochter in die Arme.

Einen kurzen Moment lang fühlte es sich so an, als habe Jeff sie beide in seine Arme geschlossen.

Stunden später saß Heidi in einem Vinylstuhl neben Katies Bett und beobachtete, wie ihre Tochter ein Schläfchen machte. Es war zwar noch taghell, und die späte Nachmittagssonne drang durch das Fenster ganz hinten in dem großen Raum, doch Katie war eingenickt.

Sie waren so erleichtert gewesen, dass der Herzschlag des Kindes stark war, und hatten das „Flattern", wie es die MTA bezeichnet hatte, mit eigenen Augen bestaunt. Doch auf die Erleichterung folgten das Warten und die Sorge. Sowie das Hoffen und Beten, die Blutung möge aufhören.

Die Bewegung auf dem Ultraschall machte ihnen das Baby wirklicher als je zuvor, doch zugleich wurde auch die Möglichkeit greifbarer, das Geschöpf in Katie zu verlieren. Es gab nicht mehr nur das Wohlergehen eines einzigen Menschen, um das Heidi sich sorgen und für das sie sich verantwortlich fühlen musste. Sie wusste, dass sie durch den lauwarmen Kaffee, den die Helferin ihr vor Kurzem angeboten hatte, nur noch zittriger und aufgedrehter würde. Dennoch hatte sie das Instantgetränk angenommen und ausgetrunken, nachdem es schon ganz kalt geworden war, um auch noch den letzten Schluck Koffein aufzunehmen.

Wichtiger noch als ihr Wohlbefinden war, dass sie mit allen mütterlichen Mitteln wach und aufmerksam blieb. Die Blutung musste aufhören – und würde es auch –, jedoch nur, wenn sie voll konzentriert war und sie mit ganzer Willens- und Entschlusskraft zum Aufhören brachte.

Sie stellte die leere Kaffeetasse auf den Boden aus Linoleumplatten, stand auf und begann, ihre verspannten, betäubten Gliedmaßen zu lockern. Sie fing mit den Armen an und schüttelte sie abwechselnd aus. Als sie damit zufrieden war, machte sie mit ihren Beinen weiter. Sie wollte gerade aufhören, da vernahm sie hinter sich eine vertraute Stimme.

„Du siehst aus, als würdest du dich auf einen Marathon vorbereiten."

Sie drehte sich um und sah Cassandra und Gaby dort stehen.

„Hallo ihr beiden. Wie schön, dass ihr gekommen seid", sagte Heidi leise, um Katie nicht zu stören. Sie drückte Gabys Arm, drehte sich zu Cassandra um und tätschelte ihr die Schulter. „Ist lieb von euch", fügte sie hinzu, obwohl die Spannung, die sie gerade aus Armen und Beinen geschüttelt hatte, wiederzukehren begann. Rasend schnell.

„Wir wollten euch unbedingt besuchen. Sobald Jaleela wieder da war und Nomvula und Tumi abgeholt hat, haben wir uns von Sipho hierherbringen lassen." Gaby kicherte leise. „Wir haben ihn bestimmt verrückt gemacht, als wir uns über den Fahrersitz gebeugt, auf den Tacho gestarrt und ihn gebeten haben, schneller zu fahren. Wir haben uns solche Sorgen gemacht. Jaleela auch."

„Ich weiß." Heidi griff sich an den Rücken ihres pfirsichfarbenen T-Shirts. „Könnt ihr fassen, dass Katie so hingefallen ist? Als sie dann auf dem Boden lag und sich nicht geregt hat, habe ich mich zu Tode erschrocken. Aber sie hat sich nur den Knöchel verletzt, und ihr blieb die Luft weg."

„Das ist ja eine Erleichterung!", stimmte Gaby zu.

Unterdessen musterte Cassandra die nicht sonderlich ansprechende Umgebung. Als sie sich offenbar hinreichend umgeschaut hatte, spöttelte sie: „Das hier wird mich davon abhalten, jemals in Südafrika von einer Leiter zu fallen." Ihre Oberlippe kräuselte sich verächtlich.

Zum Glück war das Bett direkt neben Katie – im Gegensatz zu den vier anderen – nicht belegt. Doch jetzt fing die weißhaarige Frau, die sich in ihrem Bett ganz in der Ecke eingerollt hatte, wieder an zu stöhnen und zu wimmern. Heidi musste zugeben, dass das verstörend war, vor allem, wenn man nicht zum medizinischen Personal gehörte und an Geräusche und den Anblick eines Leidenden gewöhnt war.

Aber hatte sie eine Wahl?

„Aha, es ist also Katies Knöchel …", stammelte Gaby. „Ist er gebrochen? Muss sie operiert werden oder so?"

„Nein. Er ist nur schlimm verstaucht." Heidi merkte, wie ihr Gesicht rot anlief. „Gott sei Dank."

„Oh ja, dafür kann man dankbar sein", entgegnete Gaby.

Doch Heidi spürte, dass die junge Frau sie vorsichtig beäugte. Und Cassandra natürlich auch.

Nicht mal einen Augenschlag später streckte Gaby abrupt ihre Hand aus und legte sie Heidi auf den Unterarm. „Oh! Hat sie eine Gehirnerschütterung oder eine innere Verletzung?"

„Ähm, nein." Heidi rieb ihre Handflächen aneinander. „Es ist nur ihr Knöchel. Müsste in ein paar Tagen besser sein. Bei guter Pflege, natürlich."

„Also, das kapiere ich jetzt nicht", sagte Cassandra. „Wenn ihr Knöchel nicht gebrochen ist, sie keine Gehirnerschütterung hat, undsoweiterundsofort, warum in aller Welt ist sie dann noch hier? Ganz ehrlich, Krankenhäuser machen mich immer verrückt." Sie ließ den Blick erneut durch den Raum schweifen. „Dieses hier ganz besonders."

„Ja", stimmte Gaby ein. „Sipho soll hierherkommen ..."

„Vergiss Sipho", unterbrach sie Cassandra. „Wenn er zu viel zu tun hat, spendiere ich ein Taxi für den Heimweg."

Gaby nickte Heidi zu. „Ich habe noch etwas Bargeld in meiner Tasche und steuere auch gerne etwas zu einem Taxi bei."

„Gut. Abgemacht. Heidi, du weckst Katie auf, und wir kümmern uns derweil um ein Taxi", kam halb als Vorschlag, halb als Befehl von Cassandra.

Heidi spürte erneut die Unruhe, die erst köchelte, dann rasch siedend heiß aufwallte. Sie versuchte, ihre Stimme beherrscht klingen zu lassen, was ihr aber misslang. „Ich werde sie nicht aufwecken."

„Wieso?" Gaby runzelte die Stirn. „Meinst du nicht, sie kann sich bei uns besser erholen?"

„Das Gästehaus ist nicht das beste, da stimme ich zu." Dass Cassandra nie ihren Mund halten konnte. „Aber wenn jemand jammert", gluckste sie und sah zu der Dame in der Ecke, „dann wisst ihr wenigstens, wer es ist. Ich nämlich."

„Genau, wir müssen euch hier wegbringen."

„Krankenhäuser sind nichts für Gesunde, das steht schon mal fest."

Sie ließen nicht ab, störten Heidi bei ihrer aufmerksamen Wache und brachten sie aus dem Konzept. Bis plötzlich ein Schalter in ihr umgelegt wurde.

„Hört mal, ihr beiden! Katie geht nirgendwo hin. Sie ist hier, weil sie schwanger ist, und ich habe Angst, dass sie das Baby verliert."

29

„Es tut mir leid. Ich kann im Moment nicht darüber reden." Heidi begann zu weinen.

Gaby stand wie erstarrt da und sah sie an. Sie brachte nicht mehr zustande, als Heidi eine Hand auf den Arm zu legen. Doch Heidi schüttelte den Kopf und lehnte diesen kleinen Trostversuch ab.

Cassandra schien die Einzige zu sein, die nicht die Beherrschung verlor. Mit ruhiger, ungewöhnlich einfühlsamer Stimme sagte sie: „Schon gut, Heidi. Wir warten vor der Tür. Wenn du etwas brauchst, findest du uns dort." Sie zeigte auf die Eingangstür der Station und machte Gaby Zeichen, ihr zu folgen.

Gaby versuchte es, brachte ihre Beine jedoch nicht dazu, sich von selbst zu bewegen. Als Cassandra das bemerkte, ging zurück, nahm Gaby sachte am Ellbogen und führte sie ins Wartezimmer. Dort schob sie zwei Stühle mit Kunststoffsitzen quer über den Linoleumboden, stellte sie nebeneinander und bedeutete Gaby, sich zu setzen. Sie selbst blieb stehen und hakte ihre Daumen in den Bund ihrer schokofarbenen Caprihose. „Offensichtlich wusstest du nichts von Katie."

„Nein. Ich wusste nur, dass sie einen Freund hat, von dem Heidi nicht begeistert ist", erwiderte Gaby.

Cassandra gackerte wie eine Henne. „Na ja, nun wissen wir, warum."

Gaby nickte und dachte an den Reiseverlauf zurück. Dabei gingen ihr noch andere Dinge auf, die jetzt Sinn ergaben. Heidis übervorsorgliches Verhalten. Katies Übelkeit.

„Ich würde mal sagen, wer auch immer für dieses Universum zuständig ist, hat eine blühende Fantasie."

„Was? Wie meinst du das?"

Cassandra richtete ihre zusammengekniffenen Augen auf sie. „Ach komm schon. Du siehst genauso am Boden zerstört aus wie Heidi. Bloß nicht aus demselben Grund, nehme ich an. Nicht, dass du nicht nett wärest oder so. Aber du bist ein menschliches Wesen. Das muss doch wehtun."

„Na ja, es ist … hart." Sie starrte ihre Hände an. „Es erinnert mich an die vielen Male, als ich dasselbe durchgemacht habe."

„Aha. Und du bist nicht ein kleines bisschen eifersüchtig? Frustriert? Wütend? Das ganze Programm?"

Gaby wurde mit jedem Wort, das Cassandra ihr vor die Füße warf, aufgewühlter. „Worauf?"

„Ach, bitte!" Cassandra verdrehte die Augen. „Na gut, es ist deine Entscheidung. Du brauchst mir deine Gefühle auch nicht zu offenbaren. Darauf bin ich sowieso nicht unbedingt scharf. Aber ich garantiere dir, wenn wir genauso wieder abtauchen wie gehabt, fühlst du dich jedes Mal, wenn du Katie siehst, wie ein Dampfkochtopf und …"

„Okay, du hast ja recht!", donnerte sie, als sie sich schließlich nicht mehr beherrschen konnte. „Du hast recht!" Ihre Augen füllten sich mit Tränen. „Ich bin eifersüchtig. Ich bin wütend. Und ich hasse es. Ich dachte, ich hätte all diese Gefühle hinter mir gelassen, das habe ich aber wohl nicht. Es ist nur so …"

„Unfair?", schlug Cassandra vor.

„Es ist total unfair." Schimpfwörter wagten es, sich von ihrer Zungenspitze zu lösen und hinauszufliegen. „Du weißt ja nicht, wie angestrengt wir versucht haben, ein Kind zu bekommen. Wie lange wir es versucht haben. Und dann ein Teenager … ich meine, Katie ist ein nettes Mädchen. Aber sie ist nicht verheiratet. Sie ist emotional noch nicht so weit. Sie hat sich noch nicht jahrelang nach einem Kind gesehnt und geweint und ihr ganzes Leben danach ausgerichtet, so wie ich. Für sie war es irgendeine Nacht. Vermutlich eine Nacht, in der alles aus dem Ruder lief. Mit einem Jungen, an dem ihre Mutter nichts Besonderes findet und …"

Cassandra hob abwehrend die Hände. „Puh! Ich weiß, ich habe danach gefragt, aber …" Sie sog tief Luft ein und versuchte, die Schultern unter ihrer Strickjacke zu straffen. Doch beim Ausatmen sackten sie wieder etwas ab. „Weißt du was? Ich brauche etwas zu trinken", gestand sie.

Gaby zwinkerte. *Was in aller Welt?* „Etwas zu trinken?"

„Einen Tee oder Kaffee, weißt du. Einen starken Tee oder Kaffee." Cassandra kramte in ihrer Tasche. „Tut mir leid, aber das alles nimmt mich ganz schön mit. Zu viel Drama. Zwischen gestern Abend und heute … Ich lebe allein. Kein Mann. Keine Kinder. Keine Freunde. Nicht mal eine Katze. Nicht dass ich mich beklagen wollte. Aber im Moment bin ich etwas überfordert."

Cassandra Albright überfordert? Schier unglaublich, angesichts ihres Berufes. „Aber du trägst doch täglich die Nachrichten vor."

„Genau. Vortragen. Da geht es nur um Beleuchtung, Kameras, Film ab … Nein, Verzeihung." Cassandra reckte einen Finger hoch. *„Make-up*, Beleuchtung, Kameras, Film ab. Ich lese Wörter vor; ich verdaue sie nicht. Ich bin mir sicher, manche tun es, aber zu denen gehöre ich nicht und habe ich nie gehört. Aber das hier ist anders." Sie breitete die Arme weit aus. „Heidis Angst. Deine Enttäuschung. Das ist real und passiert genau vor meinen Augen."

Zum ersten Mal bemerkte Gaby, dass Cassandras sorgfältig manikürte Hände keine souveräne Pose einnahmen oder durch die Luft wirbelten, sondern leicht zitterten.

Sie hatte Mitgefühl, war es das? Genau wie für Daniel am Vorabend. Es war nicht leicht, wie Gaby wusste, denn Mitgefühl garantierte noch nicht, dass sich alles zum Guten wendete. Mitgefühl bedeutete bloß, dass man verletzlich war – und wer mochte dieses Gefühl schon?

„Wir brauchen wohl alle einen Augenblick für uns", antwortete Gaby und gab Cassandra damit die Gelegenheit, sich zurückzuziehen und einen Moment zu sammeln.

„Kann ich dir etwas mitbringen?"

„Nein, alles in Ordnung."

Als Cassandra hinausging, war beiden klar, dass das eine Lüge war. Ein Mädchen, das ihr ans Herz gewachsen, und eine Frau, die ihr fast über Nacht zu einer lieben Freundin geworden war, befanden sich beide auf der anderen Seite der Wartezimmertür und rangen um das Unmögliche. Sie hatten damit zu kämpfen, dass ein Baby am Leben blieb.

Und wer kannte dieses Gefühl der Hilflosigkeit besser als Gaby? Sie hatte es Heidi unmittelbar am Tag zuvor beschrieben. Sosehr sie auch mitfühlte, konnte sie doch nicht die schreckliche Bitterkeit zum Schweigen bringen, die sich wieder an ihr Herz gekrallt hatte.

Sie barg ihr Gesicht in den Händen und versuchte, an den vorherigen Nachmittag zurückzudenken und an alles, was sie gesagt hatte, als sie auf Heidis Bett gesessen hatten. Sie war so erleichtert gewesen, endlich mit jemandem reden zu können, vor allem mit einer so einfühlsamen Zuhörerin wie Heidi. Aber mit keiner Silbe hatte die Mutter etwas von Katie preisgegeben.

Katies schlanker Figur nach zu urteilen, schätzte Gaby, dass sie wahrscheinlich im ersten Drittel war, was bedeutete, ihr Kind käme womöglich …

Im Herbst?

Gaby geriet ins Schwanken und hielt sich an der metallenen Armlehne fest. Ja, es war kaum zu glauben. Genau dann hätte ihr Kind – ihr und Toms Kind – ebenfalls zur Welt kommen sollen. Als sie das erfahren hatte, hatte sie die Aussicht darauf so glücklich gemacht. Es war ihr passend und richtig vorgekommen. Sie hatte von ganzem Herzen geglaubt, dass ihre Zeit endlich gekommen war, die Zeit, den größten, reichsten, großzügigsten Segen ihres Lebens entgegenzunehmen.

So oft hatte sie ihren kaum gewölbten Bauch berührt und sich Tagträumen hingegeben, sich ausgemalt, wie sie mit ihrem Kind an einem sonnigen Herbsttag hinausgingen und gold-braune Blätter um sie herumwirbelten. Und wenn es ein Mädchen gewesen wäre, hätten sie es inmitten von pinken und beerenroten Chrysanthemen fotografiert. Und wenn sie einen Sohn bekommen hätten, wie drollig und jungenhaft würde er vor einem geschnitzten Kürbis aussehen?

Das ist doch nicht möglich.

Oder doch? Dass Katies Baby etwa zur selben Zeit auf die Welt kommen würde, wie es für ihr Kind vorgesehen gewesen war?

Wieder vergrub sie ihr Gesicht in den Händen und versuchte, die aufsteigenden Gefühle zu unterdrücken. Doch bevor sie sich es versah, schluchzte sie, dass es ihr fast die Brust zerriss.

Wie kannst du nur, Herr? Wie kannst du mir das nur antun?

Erneut wurde sie von der vertrauten schmerzvollen Leere ausgefüllt, und sie konnte nicht entscheiden, was schmerzvoller war – der Gedanke, dass Gott ihr einen grausamen Streich gespielt hatte, oder der Gedanke an das Gefühl, wieder von ihm getrennt zu sein. Sie hatte gedacht, alles läge seit dem Vorabend hinter ihr, als Daniel in ihr Leben getreten war. Ein so leidgeprüftes Kind, dass sie nicht anders konnte, als für ihn zu beten. Und indem sie die Bitten für ihn herausschrie, schrie sie auch für sich um Gottes Vergebung, schrie ihr Bedauern heraus, dass sie das Vertrauen auf ihn aufgegeben und sich von seinem Licht abgewendet hatte. Und Gott hatte zugehört. Im Prasseln des Regens hatte er ihre Stimme gehört. Sie wusste es, hatte es spüren können, als die Last ihres Zorns und ihrer Verletzung von ihrem Herzen abgelassen hatte.

Doch plötzlich wurde ihr Herz erschüttert. Nein, sie wünschte Katies Baby, Heidis Enkelkind, nichts Schlechtes. Natürlich hoffte sie nur das Beste für sie. Aber Cassandra hatte recht. Gaby war ein Mensch. Sie war eifersüchtig. Und darüber hinaus frustriert und betrogen. All das, was sie vorher auch schon empfunden hatte. All das, was sie nicht wieder empfinden wollte.

„Gaby. Es wird Zeit. Zeit aufzuwachen."

Wie sie es geschafft hatte, auf diesem unbequemen Wartezimmerstuhl einzuschlafen, war ein kleines Wunder. Doch offenbar hatte sie es geschafft, denn Heidi stand jetzt über sie gebeugt, eine Hand sachte auf ihrer Schulter, und sprach sie leise an.

„Oh, tut mir leid." Sofort richtete sie sich auf. „Da muss ich wohl glatt eingenickt sein."

„Schon in Ordnung. Ich bin auch eingeschlafen."

„Ja?" Als sie jetzt genauer hinsah, kamen ihr Heidis Augen nicht mehr so dunkel umrandet und müde vor.

„Mmm-hmm. Katie ist in der Nacht um zwei aufgewacht und hat

gesagt, dass es ihr jetzt besser geht. Die Blutung hat aufgehört. Auch heute Morgen war nichts zu sehen."

„Dem Baby geht es also gut? Und Katie auch? Das ist ja toll."

Natürlich waren es gute Neuigkeiten – tolle Neuigkeiten. Dennoch schien Heidis Freude Gabys Schmerz nur noch zu verstärken.

„Und wie! Ich bin hierhergelaufen, um es dir und Cassandra zu erzählen, aber ihr wart beide eingeschlafen. Und das zu Recht."

Sie sahen quer durch den Raum zu der schlafenden Cassandra. Sie hatte zwei Stühle aneinandergeschoben, benutzte die Tasche als Kissen und ein Handtuch, das sie irgendwo aufgetrieben hatte, als Decke.

„Nachdem Katie mir das gesagt hat, habe ich mich auf dem grässlichen alten Stuhl neben ihrem Bett eingerollt und geschlafen wie ein Baby." Heidi lachte und schüttelte den Kopf. „Wie ein Baby? Habe ich das wirklich gesagt?"

Gaby brachte nur ein schwaches Lächeln zustande, als Heidi sie fest umarmte, dann zu Cassandra hinüberlief, um sie zu wecken und ihr die gute Nachricht zu erzählen.

„Ich wusste doch, dass alles gut ausgehen würde", sagte Cassandra voller Überzeugung. Der starre Kunststoffsitz knarrte, als sie sich auf die Unterarme stützte. Sie wirkte nicht im Mindesten überrascht, doch sie sah glücklich aus und verzog ihren Mund mit dem verblassten Lippenstift zu einem Lächeln. „Ich habe mir keine Sorgen gemacht. Kein bisschen."

Das war etwas geflunkert, wie Gaby wusste, doch so war Cassandra eben, und es gab keinen Grund, ihr das übel zu nehmen.

„Tja, ich wünschte, ich hätte mir auch so sicher sein können." Heidis Augen trübten sich, als sie den Kopf entschuldigend neigte. „Ihr beide wart so gute Freundinnen, habt die ganze Nacht hier gewartet, falls ich euch gebraucht hätte. Tut mir leid, dass ich so laut geworden bin." Sie sah auf und schien ihren Blick mehr auf Gaby als auf Cassandra zu richten. „Könnt ihr mir verzeihen?"

„Du warst doch außer dir vor Sorge." Gaby tat Heidis Worte ab, als wären sie nicht notwendig gewesen. „Ich habe auch so etwas durchgemacht. Glaub mir, ich kenne das." Erinnerte Heidi sich nicht an ihr Gespräch?

„Na ja, es ist nicht bloß das.“ Sie rieb die Hände aneinander und atmete tief ein. „Seit wir zu dieser Reise aufgebrochen sind, habe ich Katies Schwangerschaft vor euch geheim gehalten. Am Anfang hat mir das nichts ausgemacht. Aber jetzt, nachdem wir uns angefreundet haben, fühle ich mich schlecht, dass ich euch so belogen habe.“

Bei dieser Bemerkung fragte sich Gaby, wie die drei so schnell so vertraut geworden waren. Sie waren so unterschiedliche Persönlichkeiten in unterschiedlichen Lebensphasen, und doch hatte sich jetzt und hier eine Freundschaft zwischen ihnen entwickelt. Selbst wenn Heidi gerade nichts von Gabys Schmerzen mitbekam, bedeutete das nicht, dass Gaby die Gruppe nicht ans Herz gewachsen war. „Wir waren ja praktisch noch Fremde. Du warst uns keine Erklärung schuldig.“

„Ja, sei nicht so hart zu dir selbst. Nichts ist für mich schockierend, falls ihr das noch nicht bemerkt haben solltet. Eine Lüge leben? Ist mir vertraut. Habe ich gemacht. Mache ich noch immer, besser gesagt.“ Cassandra lächelte zögerlich, als die beiden sie neugierig beäugten. „Oh nein. Jetzt ist nicht die richtige Zeit und der richtige Ort. Aber eines Tages. Eines Tages erzähle ich alles. Vielleicht.“

Komisch. Vor wenigen Tagen noch war Cassandra diejenige gewesen, die Gaby nervös gemacht hatte. Seltsamerweise brachte sie jetzt eher die anderen dazu, sich zu entspannen, über ihre Possen und fast schon zu ehrlichen Anmerkungen zu lächeln. Dafür war Gaby dankbar, und sie brauchte sich nicht zu fragen, ob nur sie das so empfand. Sie erkannte es daran, wie sich Cassandras Worte wie ein Segeltuch aus Beruhigung und Lossprechung auf Heidi niederließen.

„Ja, also – danke schön.“ Heidi umarmte Gaby, beugte sich dann zu Cassandra hinunter und umarmte auch sie. „Ich hoffe, ihr wisst, dass ich euch beide sehr schätze. Ich weiß noch nicht sehr lange von Katies Schwangerschaft. Deshalb bin ich selbst noch ein bisschen benommen und versuche mich mit dem Gedanken anzufreunden. Hier war ich die ganze Zeit so angespannt, dass ihr es herausbekommt und wie ihr reagieren werdet, aber ihr wart beide so nett und …“

„Können wir unser Gespräch in unserer Luxusunterkunft fortsetzen?“, unterbrach Cassandra sie. Gaby war dankbar dafür. Sie hatte ebenfalls genug von Gesprächen über Babys. Die Journalistin schob die Stühle beiseite, die ihr als provisorisches Bett gedient hatten, und sprang auf. „Wer hat Siphos Nummer?"

„Ich habe ihn schon angerufen", sagte Heidi.

„Toll!" Cassandra schlüpfte in ihre Sandalen, die unter ihrem Stuhl standen. „Habe ich schon mal erwähnt, dass Krankenhäuser mich ganz verrückt machen? Ich kann es kaum erwarten, zurückzufahren und zu duschen. Sogar eiskalt."

Nachdem der ganze Papierkram für Katies Entlassung erledigt war, standen sie draußen vor dem Krankenhaus in der Sonne und warteten auf Sipho. Während ihres belanglosen Geplauders sah Gaby zweifelnd gen Himmel.

„Seid zu jeder Zeit fröhlich. Hört niemals auf zu beten. Vergesst auch nicht, Gott für alles zu danken", kam ihr in den Sinn.

Ach, wie sehr sie sich danach sehnte. Wie sehr sie sich wünschte, es wäre so einfach.

Die Umarmerei würde wohl den ganzen Tag so weitergehen, schien es Gaby.

Sipho hätte sie niemals als Erster in den Arm genommen, aber als sie ihn sahen und ihn zuerst umarmten und ihm mitteilten, dass es Katie mit den blauen Augen gut ging, hielt er sich auch nicht mehr zurück. Ein breites Grinsen löste seinen besorgten Gesichtsausdruck, und auf der Rückfahrt pfiff er immer wieder vor sich hin.

„Du siehst erleichtert aus", sagte Gaby, die neben ihm saß.

„Ja. Die anderen werden auch erleichtert sein."

„Die anderen?"

Sipho lachte auf seine typisch herzliche Art. „Ihr werdet schon sehen."

Als der Kleinbus zum Pfarrhaus einbog, merkte Gaby, dass der Stacheldraht und der Elektrozaun ihr schon kaum noch auffielen. Und wenn doch, dann war ihr Herz nicht mehr vor Panik eingeschnürt wie noch zu Anfang. Was ihr auffiel, waren die hohen, anmutigen Palmen, die über das Grundstück verteilt waren, und das unfertige Haus des Pastors, das ihr Herz nur noch mehr erfreute. Denn es zeigte ihr, dass dem Pastor mehr an Menschen und Seelen lag als an der Fertigstellung seines Hauses. Selbst in seinem unfertigen Zustand kam es Gaby jetzt anheimelnd vor.

Und dann erblickte sie noch etwas: eine große Gruppe dunkelhäutiger Frauen, die in der glühenden Hitze des Tages vor der Unterkunft der Gäste ausharrten.

Als sich die Frauen beim Knirschen der Reifen über den Kiesboden umdrehten, erkannte sie ihre Gesichter. Mighty und Jaleela mit Nomvula und Tumi, dazu zwei der Perlenhandwerkerinnen, die sie kennengelernt hatte, nämlich Lindiwee und Chloe mit ihrem Sohn Khomotso.

„Mama Penny war gestern Abend auch hier. Ich habe gehört, dass sie mitten in der Nacht um Ruhe gebeten wurden, damit andere Gäste hier auf dem Grundstück schlafen konnten. Sie haben viel zu laut gebetet für Katie mit den blauen Augen. Haben Gott die ganze Nacht lang für sie angerufen."

Sie waren die ganze Nacht da gewesen? Hatten gebetet?

Während sie in Selbstmitleid versunken war?

Was waren diese Frauen doch für Kämpferinnen! Liebevolle Gebetskämpferinnen, die schon so viel Krankheit und Tod gesehen hatten, aber nicht zuließen, dass ihr Glaube daran zerschellte. Sie waren immer bereit zu beten. Zu danken. Und für das Leben zu kämpfen und es zu feiern.

Voller Ehrfurcht drehte Gaby sich zu den anderen um. „Hey, das müsst ihr wirklich sehen. Ich fasse es nicht. Sipho sagt, sie haben die ganze Nacht für Katie gebetet."

Katie stützte sich unverzüglich auf ihre Krücken und bewegte sich zum vorderen Teil des Kleinbusses. Heidi und Cassandra kamen hinter ihr her.

„Sie sind meinetwegen hier? Sie beten für mich?", fragte Katie. Sie strahlte und war sichtlich gerührt und beeindruckt vom Anblick dieser Frauen.

Als sie ausstiegen, fielen die in Blau-, Gelb- und Pinktönen gekleideten Frauen über sie her und umgaben sie wie ein Kranz aus hübschen Blüten. Lachend umarmten sie Katie ausgiebig und ungehemmt, als wäre sie eine der ihren.

„Wir wussten, Gott hält dich in der Hand." Jaleela strahlte Katie an. „Wir haben die ganze Nacht für dich gebetet."

Während ihre südafrikanische Freundin Katie erneut umarmte, flüsterte Heidi in Gabys Ohr: „Warte ab, bis sie erfahren, dass Katie ein Kind erwartet."

„Willst du es ihnen erzählen?"

„Katie hat mich darum gebeten, und weißt du was? Zum ersten Mal komme ich gut damit klar. Es ist mir angenehm. Ich will es laut aussprechen."

Gaby verstand das voll und ganz, vor allem hier, wo die Frauen liebten, nicht verurteilten. „Sie werden außer sich vor Freude sein", entgegnete sie und hatten keinen Zweifel daran.

„Ich weiß." Heidi grinste. „Mach dich auf noch mehr Umarmungen und Dankesworte gefasst."

Als Heidi die Neuigkeit verkündete, beobachtete Gaby, wie die Frauen ausgelassen gen Himmel jubelten, einander umarmten und sogar ein paar Tränen vergossen. Trotz der Unruhe in ihrem Herzen musste sie einmal mehr über sie staunen. In einer Welt, die ihnen schon so viel genommen hatte, wirkten diese Frauen reich, unglaublich reich.

30

Selbst wenn Gaby nicht unbedingt danach zumute war, fand sie es doch richtig, die Frauen und ihre Kinder aus der Sonne und von dem harten Boden, auf dem sie die ganze Nacht gesessen hatten, in ihr Quartier einzuladen.

Nicht dass im Innern bessere Bedingungen geherrscht hätten. Doch zumindest konnten sie und Heidi ihnen etwas Saft und eine Kleinigkeit zu essen anbieten – wie Brote mit Erdnussbutter und Gelee aus Heidis schier unerschöpflichem Kofferfundus. Während Heidi und Gaby Seite an Seite in der Kitchenette arbeiteten, vergaß Cassandra die Dusche, auf die sie sich gefreut hatte, schob Küchenstühle zum Sofa hinüber, damit alle sich setzen konnten, und legte für die Kinder eine abgenutzte Decke auf den Boden.

Alle machten es sich bequem und waren trotz der kahlen Einrichtung offenbar froh, beisammen zu sein. Auch Katie trug auf ihre unnachahmliche Art dazu bei, die Zusammenkunft persönlicher zu machen. Da die Gebete der Frauen sie angerührt hatten, wollte sie sogleich etwas zurückgeben.

Nachdem sie das bisschen Unordnung in der Kochnische aufgeräumt hatten, suchten Gaby und Heidi auf Katies Bitte hin einen Block Papier und einen Stift; dann folgten sie dem jungen Mädchen in den Wohnbereich. Gaby ließ sich bei den Kindern und Chloe auf einer Ecke der ramponierten Decke nieder, während Heidi sich für einen Küchenstuhl neben Cassandra entschied. Katie hingegen stand mitten in dem kleinen Zimmer und beugte sich über Chloe und Khomotso. Mit Stift und Block in der Hand stand sie da wie eine Kellnerin, bereit, eine Bestellung aufzunehmen – zumindest bis auf die Krücken, auf die sie sich stützte, und bis auf die Art von Bestellung, die sie notieren wollte.

„Katie mit den blauen Augen, du fragst mich, ob ich ein Gebetsanliegen habe?“ Chloe lächelte zögerlich.

Die wenigen Male, die Gaby die junge Mutter gesehen hatte, hatte sie farbenfrohe Tücher um ihren Kopf gewickelt. Gaby hätte sich nicht vorstellen können, dass Chloe noch hübscher aussehen konnte. Doch trotz des Schlafmangels von der Nacht zuvor sah Chloe ohne Kopfbedeckung noch entzückender aus. Ihr kohlrabenschwarzes Haar war aus der Stirn gekämmt, was ihre natürlich geschwungenen Augenbrauen zur Geltung brachte. Dutzende gleichmäßiger Zöpfe zierten ihren Kopf und waren im Nacken zusammengebunden.

„Ja", antwortete Katie. „Ich meine, wenn es etwas gibt, woran Sie uns teilhaben lassen möchten."

Chloe nagte auf ihrer Lippe, und ihr Lächeln wurde breiter. „Darf ich auch mehr als ein Anliegen haben?" Im Sog ihres Lachens mussten alle grinsen.

„Schießen Sie los. Ich habe jede Menge Papier." Katie raschelte mit den leeren Blättern. „Und eine Menge Zeit zum Beten."

Als der schläfrige Khomotso seinen Kopf auf den Schoß seiner Mutter legte, hielt Chloe inne und schien über eine Antwort nachzudenken. „Vor allem bete ich für ein Zuhause." Sie tätschelte ihrem Sohn sachte und beruhigend den Rücken. „Ein Zuhause, wo kein Regenwasser durchs Dach auf meinen Sohn tropfen kann. Und wo mich die Kälte nachts nicht wach hält, um seine Hände warmzureiben."

„Ich weiß, wovon du sprichst", sagte Jaleela von der Couch her, und Lindiwee, die neben ihr saß, nickte ebenfalls. Jaleela hatte besonders müde ausgesehen, als die Frauen hereingekommen waren, und Cassandra hatte sie gedrängt, sich auf die Couch zu legen. Doch natürlich hatte sich ihre südafrikanische Freundin geweigert. Sie wollte sich nur auf die Couch setzen, wenn sich noch jemand anderes dazugesellte. Cassandra hatte Lindiwee dazu gebracht, sich zu fügen. „Die Hitze, die ist schon ein Problem. Aber die Kälte kann noch schlimmer sein", stimmte Jaleela Chloe zu. „Wir haben nicht genug Sachen, um die Kinder zu wärmen."

Katie schrieb eifrig auf den Block. „Was noch?"

„Ich bete für eine Ausbildung für meinen Sohn", fügte Chloe hinzu. „Außerdem möchte ich mein Perlenhandwerk so gut beherrschen, dass ich für ihn sorgen und anderen helfen kann. Ich bitte meinen himmlischen Vater jeden Tag, dass der HIV in meinem Körper mich nicht krank macht, damit ich all diese Dinge tun kann." Sie beugte sich vornüber und streichelte Khomotso, der inmitten ihrer Rockfalten eingeschlummert war. Gaby konnte sein gleichmäßiges Atmen hören und sehen, wie dieser Frieden ein Lächeln auf das Gesicht seiner Mutter zauberte.

„Okay." Katie notierte alles und wandte sich dann Jaleela zu. „Würden Sie …"

„Ach so, darf ich noch etwas hinzufügen? Ich hatte ja gesagt, dass ich mehrere Anliegen habe." Chloe grinste, worüber wieder alle lachen mussten. „Ich möchte Gott auch danken für Frauen wie Gaby, Cassandra, Heidi und auch für dich, Katie mit den blauen Augen, für die Hoffnung, die ihr uns bringt. Und für Frauen wie Jaleela, die uns stark machen, damit wir unserer Krankheit ins Auge sehen können. So. Jetzt bist du dran, Jaleela."

„Endlich!", scherzte Jaleela. Ihre Augen kamen Gaby zwar müde vor, doch der Enthusiasmus in ihrer Stimme ließ ihre Erschöpfung nicht durchklingen. „Im Moment möchte ich Gott für dein Baby danken, Katie, und ebenso für den süßen Khomotso und auch für meine eigenen Kinder, meine Schätze Nomvula und Tumi. Ich bete dafür, dass Gott und seine Engel über die Kinder wachen und sie immer behüten."

Gaby sah Jaleelas Kinder an, die neben ihr auf der Decke saßen. Sie hatten ihre Brote rasch aufgegessen, und Nomvula wischte ihrem Bruder Krumen vom Mund, während die beiden bei der Erwähnung ihres Namens ihre Mutter anlächelten. Gaby nahm an, dass Jaleela noch mehr auf dem Herzen hatte, doch als die beschützende Mutter, die sie war, wollte sie nicht all ihre Sorgen vor ihren Kindern ausbreiten.

„Lindiwee, Sie sind die Nächste, falls Sie ein Anliegen haben." Katie blätterte den Block um.

Lindiwee drückte sich an das Sofakissen und versuchte sich etwas mehr aufzurichten, als alle sie aufmerksam ansahen. Ihr strahlendes Lächeln verkörperte alles, was Gaby an dieser Frau gefiel. Aus dem Vollen schöpfen – das kam ihr in den Sinn, wenn sie an Lindiwee dachte. Vom rundlichen Körper der Frau, ihrem vollen Gesicht bis zur fröhlichen Stimmung, die sie wie Sonnenstrahlen verströmte.

„Ich bete auch für ein Zuhause", sagte sie. „Ein Zuhause, wo ich mit meinen Kindern leben kann."

„Haben Sie nicht mal gesagt, dass Sie ein Mädchen und zwei Jungen haben?", fragte Heidi und beugte sich vor.

„Ja, aber wir haben noch nie beieinander gewohnt. Ich lebe mit meiner Tochter im Haus meiner Tante. Dort ist es sehr eng. Meine Tante hat zwei Töchter, die mit ihren Kindern auch dort wohnen. Sie haben ja die Wohnungen im Hüttenviertel gesehen und wissen, dass sie nicht sehr groß sind."

„Wo wohnen denn Ihre Söhne?", fragte Cassandra ruhig und erstaunte Gaby damit, dass sie nicht längst ihre Videokamera hervorgeholt hatte. Aber vielleicht dachte sie auch, das Filmen könnte die Frauen hemmen, ihre Anliegen vorzubringen.

„Sie wohnen bei meiner Mutter, ebenso wie meine Schwester und ihre Kinder. In keiner Wohnung ist genug Platz für uns." Ihr Lächeln schwand ein wenig. „Ich vermisse meine Söhne. Jeden Tag sehne ich mich nach ihnen. Ich will, dass wir eine Familie werden. Mir gefällt zwar das Perlenhandwerk, aber ich hoffe, eines Tages Lehrerin werden zu können. Dann hätte ich ein Zuhause für all meine Kinder. Es scheint aussichtslos, aber jeden Tag bitte ich Gott, dass er mir eine Möglichkeit zeigt. Er ist ein großer Gott; das ist er. Wie der Pastor uns oftmals erinnert, können wir nicht in kleinen Maßstäben denken und einen großen Gott loben."

„Nein, das können wir nicht", sagte Mighty. „Aber es gab eine Zeit, da hatte ich Schwierigkeiten zu glauben und vergaß, wie groß unser Gott ist."

Alle Augen wandten sich zu Mighty, die auf dem Boden neben Cassandras Stuhl saß. Das einfarbige grüne T-Shirt war ihr zu groß, genau wie die meisten ihrer Kleider. Gaby fragte sich, ob es getragene Kleidungsstücke waren und wer wohl der Spender war.

„Viele kennen die Geschichte, wie meine Eltern gestorben sind. Wie ich meine jüngere Schwester und meine Brüder versorgen musste." Mighty atmete tief ein. „Viele wissen, dass ich mich um meine Geschwister gekümmert, sie ernährt und betreut habe, bis sie von dieser Erde geschieden sind." Sie hielt inne und legte die hohlen Hände aneinander. „Die meisten wissen allerdings nicht, was danach geschah, als ich allein war. Ich ging zum Hospiz und bat Mama Penny, mich auf HIV zu testen. Ich hoffte so sehr, meine Gebete würden erhört. Ich betete, dass die Tests ergeben würden, dass ich auch bald sterben müsste. Ich wollte nicht mehr ohne meine Eltern leben, ohne meine kleine Schwester und meine Brüder. Ich war sehr einsam, sehr traurig. Doch der Test, den Mama Penny mit mir machte, der war negativ. Ich weinte und schrie, als ich erfuhr, dass ich weiterleben würde."

Bis auf Mightys ruhige, feste Stimme war das Zimmer in Schweigen gehüllt. „Als Mama Penny merkte, wie gerne ich sterben wollte, gab sie mir Hilfe zum Leben. Sie ließ mich im Hospiz bleiben. Sie sagte, dass ich ein Bett und etwas zu essen haben könnte, wenn ich dort mithelfen würde. Manche Leute sagen: ‚Ach, ist das traurig, wenn ein junges Mädchen dort wohnt, wohin andere zum Sterben kommen.' Aber mich hat es getröstet, weil Gott mich hierhergebracht hat. Mich um andere kümmern, das kann ich am besten. Und ich weiß, das ist nicht der einzige Plan, den Gott für mich hat. Wie ich Mama Heidi und Katie schon erzählt habe, hoffe ich, eines Tages nach Amerika zu gehen. Ich bewege es in meinem Herzen, dort eine Ausbildung zur Krankenschwester zu machen."

„Gott wird dafür sorgen, dass du dorthin kommst." Jaleela war wie immer positiv, und ihr Versprechen klang fast wie ein Schlusswort.

„Damit hat er schon angefangen, glaube ich. Ihr habt doch die Stapel aus Ziegelsteinen hier und da am Straßenrand gesehen, oder?" Mighty ließ den Blick durch das Zimmer schweifen.

Cassandra antwortete als Erste. „Ja, ich habe mich gefragt, wofür die gut sind. Sind sie von Gebäuden, die abgerissen wurden?"

„Oh nein. Nicht von Gebäuden." Mighty lachte. „Viele Jahre lang sparen die Leute sich Steine zusammen. Sie sammeln sie an einer Stelle und hoffen, dass sie eines Tages genug haben, um sich dort ein Haus zu bauen. Ich habe keine Steine, aber Mama Penny weiß von meinem Traum. Jede

Woche gibt sie mir für meine Arbeit ein paar Rand, aus ihrer eigenen Tasche, glaube ich. Es ist nicht viel, in Dollar umgerechnet, aber immerhin etwas. Wie die Leute, die Steine sparen, spare ich die Rand für meinen Traum. Für den Tag, an dem ich nach Amerika fahre."

„Wenn du rüberkommst, hast du eine Unterkunft sicher", sagte Heidi und brachte mit ihrer Einladung Mightys Augen zum Strahlen.

„Du wirst das schaffen, Mighty. Ich weiß es. Ich kann es kaum abwarten", sprudelte Katie hervor und wäre gewiss auf und ab gehüpft, wenn sie keinen verstauchten Knöchel gehabt hätte. „Ist das also dein allerwichtigstes, größtes Gebetsanliegen?"

„Ja." Mighty lächelte und sah dabei so jung aus wie Katie, so jugendlich, wie sie tatsächlich war. „Ja, ist es."

Katie machte eine Notiz auf ihrem Block, blickte dann hoch und betrachtete jede Südafrikanerin einzeln. „Danke noch einmal Ihnen allen, dass Sie für mich gebetet haben. Sie sind so lieb. Ich denke, Ihre Gebete haben auch dem Baby gutgetan, auch wenn Sie noch nichts davon wussten. Ich bete ganz sicher auch für Sie." Sie suchte das Gleichgewicht mit ihren Krücken. „Oder, meinen Sie … wären Sie einverstanden, wenn wir jetzt miteinander beten?"

Ein zustimmendes Murmeln ging durch den Raum.

„Okay, dann sollten wir beten. Es ist nur, na ja, ob Sie es glauben oder nicht, manchmal bin ich etwas schüchtern, von daher …"

Gaby ahnte bereits, dass Katie sich an sie wenden und sie bitten würde, die Gebetsgemeinschaft zu leiten. Sie ließ sie nicht mal die Frage aussprechen. Warum auch? Nachdem sie die Anliegen der Frauen mitbekommen hatte und ihnen in den letzten Tagen nähergekommen war, war das fast selbstverständlich. Gaby streckte die Hand nach dem Block aus, auf dem die einzelnen Punkte standen. Gott, so war sie sich sicher, würde sich ihrer annehmen – auf seine Art, zu seiner Zeit.

Gaby konnte sich nicht erinnern, je im Leben so liebenswerte Frauen kennengelernt zu haben. Sie liebte ihre Mutter über alle Maßen, ganz klar. Und ihre Schwägerinnen. Ihre alten, geselligen Mitstudentinnen. Ihre guten Freundinnen bei der Arbeit. Und auch viele Mütter von Kindern aus der Gemeinde. Doch die Südafrikanerinnen lebten eine halbe Weltreise entfernt unter harten Bedingungen, ein Leben, das offenbar bereits von Beginn an unter keinem guten Stern stand. Sie durchlebten dieselben Emotionen wie sie, und doch kamen sie irgendwie durch. Bemerkenswerterweise ließen sie sich von dem vielen Schlechten nicht die Freude verderben.

„Seid zu jeder Zeit fröhlich. Hört niemals auf zu beten. Vergesst auch nicht, Gott für alles zu danken." Wieder fiel ihr die Bibelstelle ein, die ihr an diesem Tag schon einmal durch den Kopf gegangen war.

Wie konnte sie es wagen zu schmollen? In Selbstmitleid zu zergehen?

Ach, aber ich brauche Deine Hilfe, Herr. Ich möchte Dir nicht wieder entgleiten. Bitte hilf mir, nach Deinem Wort zu leben.

Gaby schloss einen Moment die Augen und brachte ihr eigenes Gebetsanliegen vor. Dann öffnete sie sie wieder und fing an, Katies Liste durchzugehen …:

Nomvula kniete sich neben Gaby auf die Decke und streichelte ihren Arm. Die Kinder schienen noch immer fasziniert von den zarten Härchen. So anders als ihre bloßen Arme. „Neulich haben wir mit Katie ein Spiel gespielt", erzählte Nomvula.

„Ja?"

„Es heißt Verstecken. Kennst du es?", fragte Tumi frei heraus und setzte sich auf seine Fersen.

Gaby wusste, dass er längst nicht so gelassen war, wie er es vorgab. Sie ahnte, wohin dieses Gespräch führte. Verständlich, dass die beiden allmählich unruhig wurden. Nach dem Gebet hatten sie angefangen, auf der Decke herumzurutschen. Zum Glück war Khomotso tief eingeschlafen und ließ sich von ihrer Unruhe nicht anstecken. „Ja, zufälligerweise kenne ich das Spiel."

Die großen braunen Kinderaugen starrten sie genauso an wie noch vor der Gebetsgemeinschaft Katies blaue. Und genau wie sie Katie zuvor aus der Patsche geholfen hatte, brauchten auch die Kinder jetzt nicht zu fragen.

„Möchtet ihr gerne rausgehen und Verstecken …"

Sofort sprangen die Kinder auf. Nomvula gab ihrer Mutter einen Kuss und sagte ihr, wohin sie und ihr Bruder gehen wollten; dann waren die beiden schon zur Tür hinaus.

Als Gaby in den Hof kam, hatte sich die Nachmittagssonne hinter einer vorüberziehenden Wolke verborgen. Graulärmvögel saßen hoch in den Zweigen versteckt und riefen einander unverständliche Dinge zu. Hazard jaulte träge, damit die Vögel Ruhe hielten, gab dann aber auf. Plötzlich verstummten selbst diese Geräusche; Gesang strömte aus den offenen Fenstern ihrer Unterkunft. Ein kräftiger, herrlicher Gesang, der immer lauter wurde und vermischt war mit Lobpreis und Lachen.

Gaby konnte die Worte, die die Südafrikanerinnen sangen, nicht verstehen, und auch die Melodien kannte sie nicht. Und doch empfand sie den fremden Klang als vertraut und tröstlich. Offenbar war es unmöglich, dass ihr Herz nicht davon ergriffen wurde.

„Wollt ihr auch dem Singen lauschen?“, fragte sie Nomvula und Tumi, die zu ihr gerannt waren.

Sie schüttelten den Kopf.

„Wollt ihr euch jetzt verstecken?“

Wieder schüttelten sie den Kopf.

„Ich dachte, ihr möchtet spielen.“

„Ja. Aber Tumi will erst noch etwas fragen.“ Nomvula schob ihren Bruder sachte nach vorn.

„Nein.“ Tumi trat einen Schritt zurück. „Frag du“, sagte er ungewöhnlich schüchtern.

Nomvula zuckte die Achseln und seufzte. „Ein Junge in unserem Dorf hat zu Tumi gesagt, dass seine Haare langsam orange werden und dass das bei seinem kranken Bruder genauso war.“

Gabys Magen zog sich zusammen. Sie dachte wieder daran, wie ihr gleich bei ihrer ersten Begegnung die orange Stelle in Tumis Haaren aufgefallen war. Aber sie hatte den Gedanken, dass etwas dahinterstecken könnte, ganz verworfen. Wenn das Orange etwas zu bedeuten hatte, hätte Mama Penny gewiss etwas gesagt.

Oder?

„Aber ich habe gesagt: ‚Tumi, Gabys Haare sind auch orange. Und sie ist nicht krank.'" Nomvula griff nach der Hand ihres Bruders und hielt sie ganz fest. „Oder?", fragte sie flüsternd.

„Nein. Keine Sorge. Ich bin nicht krank. Mir geht es sehr gut. Da, wo ich wohne, haben die Menschen unterschiedliche Haarfarben. Orangetöne. Rötlich, so wie ich. Sie haben auch gelbe Haare, weiße Haare, braune Haare und ..."

„Schwarze Haare?", fragte Nomvula.

„Ja, auch schwarze Haare."

„Und lila?", alberte Tumi.

„Quatsch. Normalerweise nicht." Sie lachte und stemmte ihre Hände in die Hüften. „Okay. Also, versteckt ihr euch jetzt oder was?"

„Du musst deine Augen schließen", erinnerte Nomvula.

„Ach so, stimmt."

„Und deine Hände vor die Augen halten", rief Tumi, während er und seine Schwester in verschiedene Verstecke davonhuschten.

Gaby tat, wie die Kinder sagten, und begann langsam zu zählen. „Eins ... zwei ... drei ..."

Der Klang ihrer Stimme konnte nicht ihre bangen Gedanken um die Kinder übertönen. Sie fühlte sich schrecklich, weil die beiden sich um so etwas sorgen mussten wie einen potenziell tödlichen Virus und eine liebevolle, aber kränkliche Mutter. Doch glücklicherweise übertönte das Echo ihrer Stimme, die über den leeren Innenhof hallte, auch nicht den erhebenden Gesang und das tapfere Lachen der Frauen.

31

„Ich nehme zehn von den Saftpackungen da", wies Cassandra den südafrikanischen Regalauffüller Niyi an, der eine Holzpalette hinter ihr herzog. „Wie viele sind in einem Gebinde? Fünfundzwanzig?"

„Ja, Ma'am." Niyi nickte.

„Verschiedene Geschmacksrichtungen?"

„Ja, Ma'am."

Cassandra wartete geduldig ab, bis Niyi und ein weiterer junger Helfer die Saftpackungen auf die Palette geladen hatten, sah sich um und konnte noch immer nicht fassen, dass sie in einem Großhandelslagerhaus war. Nie zuvor hatte sie eines betreten. Nicht, dass sie nicht auf jeden Cent achtete und auch darauf, dass die Dollars, die sie für klassische Designerkleidung und andere teure Luxusgüter ausgab, gut angelegtes Geld waren. Aber in einem Gebäude mit Zementboden einkaufen zu gehen, war nicht unbedingt ihr Stil. Außerdem gab es keinen Grund dazu. Da sie allein lebte, würde es eine halbe Ewigkeit dauern, bis sie achtundvierzig Rollen Toilettenpapier aufgebraucht hätte. Und ihre Eigentumswohnung war zwar geräumig, aber wo sollte sie das alles lagern?

„Das darf ich nicht vergessen. Wenn wir die Lebensmittel beisammenhaben, brauchen wir noch Toilettenpapier und Küchentücher. Und Desinfektionstücher. Und auch Seife. Ach so, und Zahnbürsten. Ganz viele."

Niyi hielt beim Aufladen gerade lang genug inne, um ihrem Wunsch mit einem weiteren „Ja, Ma'am" nachzukommen.

Nein, diese Großzügigkeit sah ihr nicht ähnlich, das wusste sie. Sie hatte sogar nie zuvor Kleingeld in diese kleinen Plastikdosen an einer Restaurantkasse geworfen. Es fiel ihr schwer, darauf zu vertrauen, dass das Geld einer guten, ehrenwerten Sache zufloss. Woher sollte sie denn wissen, dass die Kassiererin oder der Koch keine Langfinger waren? Davon gab es heutzutage doch so viele Leute.

Aber es war etwas an diesem Land, an diesen Menschen …

Sie ließ den Blick über die braunen, lächelnden Gesichter um sie herum schweifen, die unbedingt helfen und unbedingt gefällig sein wollten. Nur gut, dass sie bald wieder abreisen würden; sonst würde sie hier noch pleitegehen.

Natürlich hatten ihre Freundinnen – ein neuer Begriff in ihrem Wortschatz – Gaby und Heidi auch etwas beigesteuert, um zu einem Beisammensein im Hospiz einzuladen. Ursprünglich hatten sie geplant, einen Lebensmittelvorrat für Jaleela zu kaufen, doch das war schon ein paar Tage her, noch bevor Katie ins Krankenhaus gebracht werden musste. Nachdem sie mittlerweile die Perlenhandwerkerinnen kennengelernt hatten, die auch für Katie gebetet hatten, und da sie einsahen, dass Jaleela alle Lebensmittel, die sie ihr kaufen würden, sowieso weiterschenken würde, hatten sie beschlossen, noch mehr zu tun. Ein zwangloses Treffen am Nachmittag, zu dem die Frauen mit ihren Kindern kommen konnten, gemeinsam gegessen wurde und jeder eine Tüte Lebensmittel mit nach Hause nehmen konnte, hielten sie nun für die bessere Idee.

Und noch besser war, dass sie Daniel womöglich wiedersehen würde.

Sie hoffte von ganzem Herzen, dass Mrs Olomi ihn zu diesem Anlass mitbringen würde. Das Kind hatte es ihr wirklich angetan. Wenn sie ihn nur anschauen und sich vergewissern konnte, dass er in kleinen Schritten unterwegs war zur Heilung, würde es ihr besser gehen. Dann könnte sie womöglich nachts wieder durchschlafen und müsste den Tag nicht mit Sorgen um ihn beginnen.

„Makkaroni und Käse? Und Fruchtbecher? Wo könnte das sein?“, fragte sie Niyi, als er und sein Helfer den Saft aufgeladen hatten. „Könnt ihr mich hinbringen?“

Cassandra hatte die Aufgabe, die Einkäufe für das Beisammensein zu erledigen. Gaby wollte im Hospiz alles vorbereiten. Heidi musste im Quartier bleiben und Katie versorgen, deren Knöchel noch geschwollen war und zeitweise hochgelagert werden musste.

Kilometermäßig war der Laden vom Dorf nicht weit weg. Doch nach dem, was Sipho ihr erzählt hatte, hätte er genauso gut Welten entfernt sein können von der Lebenswirklichkeit der Dorfbewohner. Keiner hatte die Möglichkeit, hierherzukommen, und auch nicht die Mittel, im Lagerhaus etwas zu kaufen.

Sipho hatte sie hierhergebracht. Aber auch er würde, das wusste Cassandra, über die vielen Lebensmittel staunen, die den Kleinbus ganz ausfüllen würden. Sie hoffte, dass alles hineinpasste – und dass sie ihre Aufgabe gut erledigte und klug einkaufte. Lebensmitteleinkäufe standen bei ihr sonst nicht so weit oben auf der Erledigungsliste. Sie ging sonst selten in den Supermarkt, weshalb sie das Einkaufen für eine Gruppe Fremder ungewohnt nervös machte.

Vor allem fragte sie sich, was ein kleiner Junge wie Daniel wohl am liebsten hätte.

Nomvula und Tumi mochten nicht das Haus voller Lebensmittel haben, doch sie hatten Jaleela, die sie mit Liebe nährte.

Aber was hatte Daniel?

„Magst du so etwas?", fragte sie Niyi und zeigte auf eine Tüte gerösteter Haferflocken, als sie im Gang mit den Getreideflocken angekommen waren.

„Weiß ich nicht, Ma'am."

Sie öffnete eine Tüte und bot ihm eine Handvoll an. „Hier, probier mal."

Niyi nahm die Haferflocken und warf sie sich in den Mund wie eine Handvoll Popcorn. „Gut."

Cassandra nickte zufrieden. „Dann nehmen wir davon noch zwanzig Tüten. Und was noch? Vielleicht Cornflakes?"

Cassandra sah zu, wie die jungen Männer die Getreideprodukte aufluden, ließ ihre Gedanken schweifen und dachte über Beten und Gott nach; nicht zum ersten Mal fragte sie sich, wie das alles funktionierte.

Daniel lebte. Aber Lydia war gestorben. Katie und ihr Baby überlebten einen Sturz. Aber viele Kinder vieler Mütter starben genau an diesem Tag an Aids. Jaleela schien das zu akzeptieren, ging gut damit um. „Zu viel Sonne bringt eine Wüste hervor. Der Regen ist es, der uns wachsen lässt", hatte sie gesagt. „Gott hört unsere Gebete. Aber er hält die Fäden in der Hand."

Für Cassandra ergab das wenig Sinn. Vielleicht war noch etwas anderes im Spiel, das darüber entschied, welche Gebete beantwortet wurden. Etwas Mathematisches wie die Wahrscheinlichkeitsrechnung. Oder irgendeine riesige Gleichung, die bisher noch niemand gelöst hatte.

Jaleela lachte, als sie ihr gegenüber so etwas erwähnte. Das war nicht die Art ihrer neuen Freundin, ihren Glauben zu betrachten. Wie verschieden sie auch immer sein mochten, irgendwie empfand Cassandra eine Seelenverwandtschaft zu der Aidskranken. Irgendwie wünschte sie, sie könnte Jaleela einpacken, mit nach Hause nehmen und vor eine Fernsehkamera stellen! Jeder würde diese Frau faszinierend finden, genau wie Cassandra, und damit hätte sie ihren Nachrichtenbeitrag!

Bisher wusste sie nicht, wie dieser aussehen sollte. Der Gedanke überfiel sie, ließ sie gelegentlich in Panik geraten. Es gab beinahe zu viele Geschichten, die erzählt werden wollten. Sie musste sich entspannen. Und abwarten. Einen Schritt zurücktreten. Die Erfahrung hatte sie gelehrt, dass man sich erst ans Ende der Geschichte begeben musste, um den Anfang zu kennen.

„Entschuldigung, Ma'am", unterbrach Niyi ihre Gedanken. „Kommt noch mehr dazu?", fragte er mit einem Blick auf den Warenberg auf der Holzpalette.

„Ja natürlich. Wir haben noch kein Mehl, keinen Zucker und noch nicht die Pappsachen. Ihr müsst euch noch eine Palette schnappen, Jungs." Niyi lächelte gehorsam und wollte sich gerade auf den Weg machen, als Cassandra ihn zurückhielt. „Aber vorher will ich dir und deinem Freund etwas zu essen spendieren, ja?"

„Ma'am?" Er wirkte verdutzt.

„Da drüben." Sie deutete auf einen Imbiss am Rand des Warenlagers.

„Wirklich, Ma'am?"

„Ja, wirklich. Ihr Jungs seid viel zu dürr. Ich brauche doch starke, muskelbepackte Männer für diese schweren Lasten." Sie wedelte mit der Hand. „Ihr beiden könnt etwas Speck auf den Knochen vertragen."

„Ja, Ma'am. Danke, Ma'am." Niyi verbeugte sich mit einem anmutigen Lächeln, das mehr sagte als seine Worte.

Cassandra folgte Niyi und dem anderen jungen Mann, als sie die beladene Palette zu den Warteplätzen vorne im Lager schoben und dann schüchtern zum Imbissstand gingen.

All diese Nettigkeit und Großzügigkeit. Woher das kam? Über sich selbst verwundert, schüttelte sie den Kopf.

Ja, es war gut, dass sie bald wieder abreisen würde. Aus dem riesigen Großhandelslager. Aus dem gewaltigen Kontinent Afrika.

Als Frau konnte man sich hier absolut verlieren.

32

Gaby blieb auf dem Weg zum Hospiz stehen und pflückte ein paar große tiefrote Blüten, die neben der Tür wuchsen und deren Blütenblätter weich und zart wie Seide waren. Wie so eine wunderschöne, formvollendete Blume aus dem harten roten Boden herauswachsen konnte, war ihr ein Rätsel.

„Möchten Sie eine Vase dafür haben?“, fragte Mighty, die an der Anmeldung saß, als Gaby das Haus betrat.

„Das wäre toll. Ich hoffe, es ist in Ordnung, dass ich sie gepflückt habe. Ich dachte mir, sie machen sich gut im Besprechungsraum, wenn wir unser Treffen dort haben.“

„Ist in Ordnung.“ Mighty schien in ihrem Arbeitsumfeld etwas kürzer angebunden und klang so erwachsen für ihr Alter. Im Gegensatz dazu verströmte ihr entspanntes Lächeln viel Wärme. „Sie wachsen hier wild. Da kommen wieder viele nach“, sagte sie und kam hinter dem Tisch hervor. „Möchten Sie den Konferenzraum sehen?“

Gaby sehnte sich zwar schmerzlich danach, an den Computer zu gehen und Tom eine E-Mail zu schicken, ihm von Jaleela und den anderen wunderbaren Frauen zu erzählen; von Nomvula und Tumi, den Kindern, die sie ins Herz geschlossen hatte; davon, wie das Kennenlernen dieser Kinder und der Menschen hier sie und ihre Ansicht über eine Adoption verändert hatte; doch sie musste sich mental auf dieses Treffen vorbereiten.

Eins nach dem anderen. Es war ihre Aufgabe, im Besprechungszimmer alles vorzubereiten, Stühle hinzustellen und mit den Köchen zu reden. Das hatte jetzt Priorität.

Aber ach, sie wollte am liebsten an nichts anderes denken als an Tom und was die Veränderungen in ihr für sie und ihre Hoffnungen auf eine eigene Familie bedeuten könnten. Aufgeregtheit und Furcht vermischten sich und drohten ihr die Luft abzuschnüren. So schwierig es auch war, versuchte sie angestrengt, sich auf die bevorstehende Aufgabe zu konzentrieren, als Mighty sie zum Besprechungsraum führte.

Gaby stand im Türrahmen, während Mighty eine Vase holen ging, und stellte fest, dass man nicht mehr viel machen konnte, um den Raum feierlicher zu gestalten. Sie hatte zwei dekorative Kerzen mit Vanillearoma aus den Tiefen von Heidis Koffer mitgebracht, und die Wildblumen würden das Ihre dazutun; genau wie die beiden Landschaftsdrucke, die nebeneinander an der Westwand hingen, obwohl sie schon vergilbt waren, vom Alter oder der Sonne oder von beidem.

Doch das Auffälligste in dem Raum waren die Poster mit farbigen und ausführlichen Informationen über Aids und HIV, über Tests, Behandlung, Prognosen sowie Aufklärung, Unterstützung und Hilfsmittel, die das Hospiz bereitwillig anbot.

Festlichkeit hin oder her, diese Plakate würden nicht abgehängt werden. Sollten sie auch nicht. Gaby glättete die Ecke eines Posters.

„Hier im Haus gibt es noch mehr Stühle“, sagte Mighty und gab Gaby ein halb volles Glas mit Wasser für die Blumen. „Die hole ich Ihnen gerne.“

„Das brauchst du aber nicht.“ Gaby stellte die Vase auf den Tisch, eingerahmt von den Kerzen, wodurch der Raum noch etwas freundlicher wirkte. „Dafür bin ich doch hier – um alles herzurichten. Ich erwarte das nicht von dir. Wirklich.“

Es war nicht der einzige Grund, weshalb sie mehr als froh war über ihre Aufgabe, den Besprechungsraum herauszuputzen. Da war noch die E-Mail, die sie Tom schreiben musste. Wenn sie sie bald abschicken könnte, würde er sie gleich nach dem Aufwachen beantworten können.

„Kein Problem. Aber jetzt …“ Mighty sah auf die Uhr an der Wand, „… muss ich unseren Patienten das Frühstück austeilen. Danach helfe ich Ihnen sehr gerne.“

Das könnte doch die perfekte Zeit sein, um sich auf den Computer zu stürzen, dachte Gaby, doch sie wollte nicht so unverschämt sein, vor allem nicht zu so einem Schatz wie Mighty. „Soll ich dir helfen? Wenn du mir bei den Stühlen hilfst, ist das doch das Mindeste.“

„Kann aber eine ganze Weile dauern“, warnte Mighty.

„Ich habe Zeit“, erwiderte Gaby ruhig, auch wenn sie sich anders fühlte – gehetzt und ängstlich, als dürfte sie keine Sekunde verschwenden. Sie wollte so gern mit Tom reden und die Scherben kitten. Vielleicht konnte sie dann die kleine Familie haben, nach der sie sich immer gesehnt hatte, bevor auch diese Gelegenheit verronnen war.

Gaby merkte schon nach wenigen Minuten, warum es mehr Zeit als erwartet in Anspruch nahm, einige Dutzend Hospizbewohner mit Frühstück zu versorgen.

Die beiden jungen Männer in der Küche hatten zwei Sorten Frühstück vorbereitet: zum einen leichte Kost für die am schlimmsten Erkrankten und zum anderen eines für Patienten mit herzhafterem Appetit.

Mighty wusste genau, welche Tabletts für welche Patienten waren. Sie erklärte, dass sie während der meisten Schichten mehrmals am Tag das Essen austeilte. Sie kannte den schlechten oder hoffnungsvollen Zustand jedes einzelnen Patienten.

Da es keine Servierwagen gab, wie sonst in Krankenhäusern üblich, bekamen Gaby und Mighty viel Bewegung, indem sie Arme voll Tabletts in die Küche und wieder hinaus beförderten und zuerst die Patienten im ersten Stock versorgten, die noch selbstständig essen konnten. Ohne Aufzug war das nicht gerade einfach. Andererseits war es auch nicht gerade angenehm, die Tabletts zu den Patienten im Erdgeschoss zu tragen, die schwerstkrank waren, den Kopf nicht mehr heben und kein Wort sagen konnten.

Gaby war sich sicher, dass ihre Beine einknicken würden, wenn sie alle Tabletts hochgetragen hätten, doch es war ihr Herz, das ihr mehr Sorgen bereitete, als sie den Patienten im Erdgeschoss das Frühstück brachten. Sie wusste mit Gewissheit, es würde entzweibrechen.

Im Gegensatz zu dem Privatkrankenhaus, in dem Katie gewesen war, hatte sich ein einfühlsamer Mensch hier voller Weitblick darangemacht, die Wände der Station unten in einem beruhigenden Blassblau zu streichen. Wogende Baumwollvorhänge im selben sanften Farbton hingen an den Fenstern und schützten vor der intensiven Strahlung der Sonne, waren jedoch luftig genug, um ihr wohltuendes Licht durchzulassen.

„Guten Morgen, meine Liebe." Mightys freundliche Stimme ermutigte eine zierliche Frau im Bett direkt neben der Tür, die zur Erwiderung eine schlaffe Hand hob. „Zeit fürs Frühstück. Wir richten Sie ein bisschen auf, ja?"

Mighty stellte das Tablett neben dem Bett ab, schob der Frau sicher und gewandt eine Hand unters Kreuz und hob sie ganz sachte an. Gaby folgte ihrem Beispiel und stützte den Rücken der zerbrechlichen Frau mit dem dünnen Kissen ab.

Der Kopf der Frau rollte zur Seite, so wenig Kraft hatte sie. Das einzige Geräusch, das sie machte, war ein Keuchen. Keuchen, Pause. Keuchen, Pause. Ein Atemzug nach dem anderen.

„Es wird Ihnen bestimmt schmecken, was die Köchin heute zubereitet hat", sagte Mighty über das Keuchen hinweg und nahm eine Hand der Frau in ihre Hände. „Sie weiß, was Sie mögen. Gott auch. Wollen wir ihm erst noch für das Essen danken?"

Mighty betete bei jedem Patienten auf der Station, bevor sie jeden einzeln löffelweise, schluckweise fütterte. Ihre Reife in Kombination mit ihrer Gabe für Pflege und Fürsorge zog Gaby in ihren Bann. Es wäre eine Schande, wenn das Mädchen nicht die Chance bekäme, eines Tages Krankenschwester zu sein.

Als sie zusah, wie die junge Frau liebevoll ihre Pflichten erfüllte, zog eine leichte Morgenbrise durch das Fenster herein und teilte den dünnen Vorhang. Gaby erhaschte ganz kurz einen Schimmer einer anderen tiefroten Wildblume. Plötzlich erinnerte sie Gaby an Mighty, die ähnlich wie die anmutige Blume mit den Wurzeln fest im Fels verankert war. Wahrhaft ein Beispiel für Anmut, die aus Kargheit erwuchs.

Als Mighty die Hand eines weiteren Patienten nahm, sah Gaby zu und schalt sich selbst – und das nicht zum ersten Mal in den letzten paar Tagen –, weil sie so falschgelegen hatte. So viele Jahre hatte sie sich mit dem aufgehalten, was in ihrem Leben nicht perfekt lief, statt für das eine dankbar zu sein, das perfekt war.

Ihr liebender Ehemann Tom.

Nachdem Mighty mit den Patienten gebetet und sie versorgt hatte und weitere Stühle in den Besprechungsraum gebracht worden waren, kam sich Gaby vor wie eine Langstreckenschwimmerin, die es gerade zur Küste geschafft hatte, als sie sich endlich an den Computer neben Mightys Empfangstisch setzte.

„Ich fahre mal eben den Computer für Sie hoch." Mighty tippte mir beiden Händen auf die Tastatur. „So, nun können Sie das E-Mail-Programm verwenden. Wenn Sie Probleme haben, sprechen Sie mich ruhig an."

Kaum war Mighty weg, gab Gaby schnell Toms E-Mail-Adresse und den Betreff „Hallo aus Südafrika" ein. Dann klickte sie ins Textfeld, doch ihre Finger verharrten reglos über den Tasten. Gaby starrte den leeren Bildschirm an.

Wie sollte sie anfangen? Was sollte sie sagen? Sie wollte ihm unbedingt von ihren Erfahrungen am anderen Ende der Erde erzählen, durch die sie sich ihm so viel näher fühlte. Wie ihre Angst durch alle, denen sie begegnet war, und alles, was sie erlebt hatte, verschwunden war. Doch alles, was Gaby im Kopf hatte, war sein Gesicht, der Schmerz in seinem

Blick, als sie ihn mit ihrem Mangel an Worten und Zuwendung von sich geschoben hatte.

Sie schob nicht mehr. Allenfalls sich selbst zu ihm hin.

Schließlich berührten ihre Finger die Tasten.

Tom,
es tut mir leid, so schrecklich leid.
So viel hat sich verändert.
Kannst du mir verzeihen?
In Liebe,
Gaby

Das sah nach einer so kurzen Botschaft aus. Doch sie meinte jedes Wort, jede Silbe, jeden Buchstaben von ganzem Herzen. Ihre Hand über der Maus zitterte leicht, während sie den Text noch ein letztes Mal betrachtete.

Waren es die richtigen Worte? Solche Worte, die eine Brücke schlagen konnten – von dem, was in der Vergangenheit geschehen war, zu dem, was die Zukunft bereithalten konnte? Sie war sich nicht sicher. Trotzdem drückte sie auf Senden und hoffte und betete, dass sie es möglich machten.

33

„Mir ist so langweilig", wimmerte Katie von der durchgelegenen Couch, auf der sie ihren rechten Fuß auf einem Kissenberg liegen hatte.

„Natürlich ist dir langweilig. Du kletterst keine Leiter hoch, steigst nicht mehr auf hohe Gebäude oder rennst über Dächer." Lächelnd reichte Heidi ihr ein halbes Glas Mangosaft.

Katie nahm das Glas mit einer Hand und murmelte: „Danke. Wenn du das so sagst, klingt das ganz nach Spiderman."

„Na ja, wenn du dir diesen Schuh anziehen willst ...", kicherte Heidi.

„Sehr lustig! Ich bekomme ja nicht mal meinen Turnschuh an."

„Genau darum bleiben wir auch hier. Damit die Schwellung zurückgeht und du den Rest unseres Aufenthalts genießen kannst. Heute Abend ist die Party und morgen die Safari. Dann soll dein Knöchel bestimmt wieder ein bisschen besser sein, nicht? Ich weiß doch, wie gern du die Tiere sehen würdest."

„Aber Jaleela und die anderen Frauen waren so lieb. Ich wollte wirklich etwas zur Party beitragen, zum Beispiel mit Cassandra einkaufen gehen. Oder Gaby im Hospiz helfen. Ich kann noch immer nicht fassen, dass die Frauen hier waren und gebetet haben, bis wir aus dem Krankenhaus zurückgekommen sind."

Jedes Mal, wenn Katie von den südafrikanischen Frauen und ihrer Freundlichkeit erzählte, bekam sie einen erstaunten Gesichtsausdruck.

„Du kannst den Frauen später beim Empfang danken. Bis dahin solltest du dich ausruhen, so gut es geht. Hör auf Dr. Mama." Heidi hob gebieterisch eine Augenbraue. „Brauchst du noch mal Eis?"

Katie sah auf ihren Fuß und bewegte ihn leicht. „Nein, geht schon." Sie hielt inne. „Es ist nur ... ich bin einfach ..."

„Gelangweilt. Ich weiß", unterbrach Heidi sie. „Das hast du in der letzten Viertelstunde höchstens ein Dutzend Mal gesagt."

„Na ja, es gibt hier keinen Computer. Kein Fernsehen. Ich wünschte, Dominic würde mal vorbeikommen." Katie seufzte. „Er arbeitet wohl pausenlos. Normalerweise sehe ich ihn jeden Morgen. Aber an dem Tag, an dem ich gestürzt bin, habe ich ihn nicht gesehen, und er ist auch gestern nicht zu Besuch gekommen."

„Ihr beide versteht euch anscheinend ziemlich gut."

„Dachte ich auch." Katie nippte gedankenverloren an ihrem Getränk.

„Na ja, wie er sagte, ist er froh, einen Job zu haben." Heidi forderte sie mit einer Geste auf, ihr Bein anzuheben, damit sie die Kissen darunter neu stapeln konnte. „Er kommt schon vorbei, sobald er Gelegenheit hat."

„Ich hoffe es. Mir ist nämlich richtig …"

Heidi hob die Hand. „Sprich es nicht aus!", mahnte sie und lächelte dann sanft.

„'tschuldige." Katies Augen glitzerten vor Übermut.

„Hast du keine Bücher mitgebracht?"

Katie schüttelte den Kopf. „Nur Zeitschriften. Und die habe ich schon alle im Flieger durchgelesen."

„Vielleicht solltest du ein bisschen meditieren." Heidi drückte ihren Rücken durch und hielt die Handflächen nach oben. „Genau so." Sie legte Daumen und Zeigefinger aneinander, schloss die Augen und versuchte sich an die Meditationsübungen am College zu erinnern. „Und jetzt stimmst du das Om an. Ommm … Ommm."

Katie brach in Gekicher aus. „Oh ja, das sieht sehr spannend aus – und irgendwie auch ein bisschen irr."

Heidi öffnete die Augen. „Tja, mir gehen die Vorschläge aus, meine Liebe. Wie wäre es mit deinem iPod? Würde der helfen?"

Katie nickte. „Mehr als ‚Ommm … ommm …'"

„Wo ist er?"

„Genau da, wo ich ihn liegen gelassen habe."

„Katherina Elisabeth!" Heidi versuchte einen finsteren Blick aufzusetzen, doch ihre gestrafften Lippen kräuselten sich zu einem unfreiwilligen Lächeln. „Dein Knöchel soll bloß schnell heilen, sonst treibst du mich noch in den Wahnsinn."

„Was?" Katies Augen weiteten sich vor gespielter Empörung. „Das sagst *du* doch sonst immer! Meine Sachen sind genau da, wo ich sie liegen gelassen habe."

„Na super", imitierte sie Katies Tonfall. „Das heißt, dein iPod liegt oben?"

„Ich glaube schon."

„Na gut, bin gleich wieder da." Heidi ging auf die Betontreppe zu. „Stirb mir aber nicht an Langeweile, während ich weg bin."

Als sie oben angekommen war, blieb sie kurz an der Tür stehen. Unwillkürlich huschte ihr ein Bild von Katies Zimmer zu Hause durch den

Sinn. Was für ein Vergleich! In dem geräumigen Zimmer, das erst mädchenrosa, dann teenagerzartgelb gestrichen worden war, hätte man niemals sagen können, wo man zwischen den Möbeln und den Bergen von Sachen einen iPod hätte finden sollen. Poster klebten an den Wänden und an der Decke. Stapel von Kissen lagen auf Bett und Fußboden verteilt. Überall waren Haken und Behälter für Taschen, Rucksäcke, Schals, Haarspangen, Ohrringe, Stifte, Foto-CDs und andere Erinnerungsstücke an gute und schlechte Zeiten. Und dann gab es da noch eine einzige Sache aus Kindertagen, die der Aufbewahrungskiste entkommen war – ein einsamer Stoffdelfin, den Jeff Katie geschenkt hatte. Er lag neben ihrem Kissen am Kopfende ihres Bettes.

Doch in diesem kärglich eingerichteten Zimmer durfte es nicht allzu schwer sein, Katies iPod zu entdecken, oder? Wo sollte sie nachschauen? Auf den beiden Betten? Darunter? In den beiden Koffern auf dem Fußboden, deren Reißverschlüsse fest zugezogen waren, damit sich keine Ameisen darin häuslich einrichteten?

In Katies Tasche! Heidi nahm den Stoffbeutel im Paisleymuster vom Bett und warf auf der Suche nach der einzigen Rettung für ihre Tochter im Kampf gegen die Langeweile einen Blick hinein. Da sie nichts sah, tastete sie den Boden mit der Hand ab. Wieder nichts.

Sie wollte schon die Koffer öffnen und darin suchen, als ihr wieder einfiel, dass sie manchmal abends gesehen hatte, wie ihre schlafende Tochter Kopfhörer in den Ohren hatte. Sie erinnerte sich daran, weil sie einen Stich Eifersucht verspürt hatte, dass Katie etwas dabeihatte, was sie besänftigen konnte, Musik, um die fremden Geräusche der Nacht zu dämpfen.

Er lag wahrscheinlich noch genau hier unter ihrem Kissen. Heidi hob den Kissenbezug. Der perlweiße iPod lag in einem Gewirr von Ohrhörerkabeln. Doch daneben lag noch etwas. Heidi beugte sich näher heran. Ein grau-blaues Spiralheft. Ein Heft, auf dem in Katies Handschrift Geschichte stand.

Ein Geschichtsheft? Unter ihrem Kissen?

Heidi erstarrte mit dem Kissen in ihrer Hand und wurde von einem

Déjà-vu überwältigt. Das war ihr doch schon einmal passiert, oder? Vor Jahren in Katies Zimmer.

Jetzt fiel ihr wieder ein, wie sie damals gelächelt hatte, als sie das Heft sah, und sich vorgestellt hatte, Katie hätte es unter ihrem Kissen versteckt in dem Glauben, die Geschichtsdaten würden im Schlaf durch Osmose in ihr Gehirn eindringen.

Aber warum jetzt? Warum war das Heft hier?

Heidi wurde mehr als neugierig, holte es aus seinem Versteck, hielt es in den Händen und brannte darauf, es aufzuschlagen. Doch dann überlegte sie angespannt, was sie darin erwarten könnte.

Schließlich klappte sie den Deckel auf.

Lieber Papa …

Der Anblick der Worte engten ihre Brust ein. Sie tastete nach dem Bett und ließ sich langsam darauf nieder. Es dauerte einen Augenblick, bis sie die Seiten umblättern konnte, die mehr und mehr von Katies Handschrift preisgaben. Manchmal war die Schreibkunst mitreißend, blumig. Andere Einträge waren so tief mit Tinte auf die Seiten geätzt, dass der stechende, scharfe Schmerz beinahe greifbar war. Einige Abschnitte waren sauber geschrieben und ziemlich lang, andere hastig und knapp gehalten; viele hatten Flecken. Wasserspritzer? Katies Tränen?

Jeder Eintrag begann mit denselben Worten: *Lieber Papa.*

Klugerweise hatte Katie ihr Tagebuch vor Heidi mit einer falschen Aufschrift getarnt. Damit Heidi genau die Vermutungen anstellen sollte, die sie auch angestellt hatte. Dass auf den Seiten Ereignisse aufgezeichnet waren, die auf der Welt passiert waren, anstatt all dessen, was in Katies Herz vor sich gegangen war.

„Hey, Mama", rief Katie von unten. „Hast du ihn gefunden? Meinen iPod?"

Bei der Stimme ihrer Tochter zuckte Heidi zusammen, schloss das Heft rasch und fühlte sich wie auf frischer Tat ertappt. „Ja, habe ich." Ihr Herz pochte fest. „Bin gleich unten."

Doch sie blieb noch einen Augenblick stehen, starrte auf den Einband und rang mit sich selbst. Schließlich versteckte sie es wieder unter dem Kissen und machte sich auf wackligen Beinen zurück zu Katie.

Als ihre Tochter die Kopfhörer aufgesetzt hatte, machte sich Wohlbehagen in ihr breit. Sie wirkte so zufrieden. Heidi beugte sich über sie und sagte laut: „Ich gehe jetzt baden."

„Okay." Katie reckte den Daumen hoch und war froh, sich in ihre Lieblingsstücke verkriechen zu können.

Ich gehe an unserem Zimmer vorbei und gleich ins Bad. Ich schaue mir nicht wieder das Notizheft an. Katie verdient ihre Privatsphäre. Ihren Raum. Ich muss ihr ihren eigenen Raum lassen.

Heidi ging am Zimmer vorbei und wollte schon stehen bleiben, zwang sich jedoch weiter. Die Badezimmertür zu öffnen. Sie zu schließen. Ihr Handtuch neben den Badewannenrand zu legen. Doch dann hielt sie inne.

Raum? Wenn sie einundzwanzig ist, kann sie so viel Freiraum haben, wie sie will. Jetzt wohnt sie noch unter meinem Dach, und da darf es keine Geheimnisse mehr geben.

Sie machte auf dem Absatz kehrt und ging über den Flur zu ihrem gemeinsamen Zimmer. Dort zog sie erneut das Notizheft unter dem Kissen hervor und hielt es in ihren Händen.

Aber es ist ein Tagebuch. Katies Tagebuch. Persönliche Aufzeichnungen. Wie würde ich mich an ihrer Stelle fühlen? Sie ist siebzehn.

Beim Durchblättern war ihr das Wort *Mama* so oft begegnet, dass sie sich nicht vorstellen konnte, nicht zu wissen, was Katie über sie geschrieben hatte.

Sie wusste zwar, dass sie nicht Katies beste Freundin war. Aber sie wollte ihre Verbündete sein – sie bei ihrer Reise durch diese Welt unterstützen und lieben. Betrachtete Katie sie so? Oder anders? Wie konnte sie sich sicher sein, wenn sie nicht hineinschaute?

„Mama?"

Heidis ganzer Körper zuckte bei Katies Stimme zusammen. Sie drückte das Heft noch fester an ihre Brust.

Jetzt gab es keine Ausweichmöglichkeit mehr. Ihr Tun ließ sich nicht mehr verbergen. Sie drehte sich zu Katie um. „Du sollst doch nicht mit deinem geschwollenen Knöchel die Treppe hochsteigen."

„Ich bin nicht gestiegen. Ich bin auf meinem Hintern hochgerutscht."

„Ach so, das ist gut." Heidi klang selbst in ihren eigenen Ohren albern.

„Mir ist es eben eingefallen." Sie verstummte. „Mein iPod lag unter meinem Kissen, oder?"

„Ja."

„Und auch … das da." Sie zeigte auf das Heft.

Heidi starrte Katie an und wünschte sich so sehr, sie hätte das Notizheft niemals in die Hand genommen. „Ich habe nicht darin gelesen. Ich habe gesehen, dass es Zeilen an deinen Vater sind, und ich habe sie nicht gelesen."

„Aber du warst kurz davor."

Sie erstarrte bei ihrer Notlüge. „Ich wusste nicht, ob ich es machen sollte oder nicht. Ich gebe zu, mir ist ein paarmal das Wort *Mama* ins Auge gesprungen. Es hat meine Neugier geweckt. Aber es ist deins." Sie hielt Katie das Heft hin.

Langsam nahm Katie es an. Ihre Wangen waren tiefrot. Ohne ein Wort drehte sie sich um und hinkte zur Treppe.

Bevor sie sich auf der obersten Stufe niederlassen konnte, legte Heidi ihr sachte eine Hand auf den Rücken, um sie aufzuhalten.

Katie drehte sich um. Heidi konnte sehen, wie etwas ihren Blick verschleierte, das fast wie Verlegenheit aussah. Es war genau die Reaktion, die Heidi befürchtet hatte. Sie wollte nicht, dass Katie sich so fühlte.

„Ich wollte nur sagen: Es ist gut, dass du diese Aufzeichnungen an deinen Papa schreibst. Ich freue mich darüber. Dein Vater war der Beste. Er war der tollste Ehemann, mein bester Freund, der wunderbarste Mann, den ich je kennengelernt habe. Aber er war auch etwas ganz, ganz anderes. Er war dein Papa. Und du warst seine einzige Tochter, sein ein und alles. Das ist etwas, das nur euch beide miteinander verbindet, ganz gleich ob damals, als er noch unter uns war, oder ob er immer hier …", sie deutete auf Katies Herz, „… drinnen bleibt. Ich weiß, wie es ist, ihn zu vermissen, Süße. Oh ja. Es ist gut, wenn du dir seine Nähe bewahren willst."

„Ich wünschte …" Katie zögerte. „Ich wünschte, wir würden mehr von ihm reden."

Heidi atmete tief ein. „Da hast du recht. Als es damals passierte, habe ich ihn manchmal nicht erwähnt, weil ich mir nicht sicher war, ob es dich aufwühlen würde. Ich wollte nicht den Schmerz in deinem Blick sehen. Aber wir müssen uns an ihn erinnern, so viel wir können, ja?"

Katie nickte.

„Alles in Ordnung mit dir?" Heidi legte die Arme um Katies Schultern und spürte, dass sie nickte. Heidi hoffte, dass es richtig war, hoffte, dass sie die passenden Worte zu Katie gesagt hatte. Sie wusste bloß, dass das, was sie gesagt hatte, aus ihrem Herzen gekommen war.

„Brauchst du Hilfe bei der Treppe?", fragte Heidi, als sie sich voneinander gelöst hatten.

„Nein." Katie zeigte aufs Bett. „Ich glaube, ich nehme mir eine kurze Auszeit."

„Na, dann bade ich jetzt mal." Heidi lächelte matt. „Endlich."

Als Heidi das kurze Bad beendet hatte und in ihr Zimmer ging, um sich ihre Sachen zu holen, war Katie bereits aus dem Raum verschwunden. Doch sie hatte Heidi etwas auf ihrem Bett hinterlassen.

Heidi schlang das Handtuch fest um sich und nahm die Blätter von ihrer fleckigen Tagesdecke. Sofort erkannte sie, dass es sich Seiten handelte, die aus dem Tagebuch gerissen worden waren. Ebenso rasch fiel ihr das Datum ganz oben ins Auge. Wie könnte sie es je vergessen? Es war der Tag des ersten Termins bei Katies Geburtshelferin, den sie nicht wahrgenommen hatten.

Lieber Papa,
es war für mich immer schrecklich, dass ich meine richtige Mama nicht kennengelernt habe. Als ich noch kleiner war, habe ich manchmal abends im Bett gelegen und geweint und mich gefragt, warum sie einfach weggegangen ist. Das hat mich so traurig gemacht. Was habe ich denn Schreckliches angestellt? Ich war doch noch ein kleines Baby. Ich wollte dich immer danach fragen. Habe ich zu viel geschrien? War ich nicht hübsch genug? Gefielen ihr meine Nase oder mein Lächeln nicht? Diese Fragen haben mich immer verfolgt.

Aber heute merke ich zum ersten Mal, dass ich nicht mehr nachzudenken brauche über diese Person, über die Mutter, die ich nie richtig kennengelernt habe. Denn ich habe eine echte Mama. Ich habe schon seit Langem eine echte Mama. Beim ersten Mal hast du wohl nicht so eine gute Wahl getroffen – entschuldige –, aber beim zweiten Mal war es ein Volltreffer! Und jetzt verderbe ich alles …

Ich weiß nicht, warum ich so einen Schlamassel gemacht habe, warum ich im Laufe der Jahre so gemein zu Mama war, mich mit ihr gestritten und alles gemacht habe, was sie nicht mag, selbst wenn mir die Sachen manchmal selber nicht gefallen haben. Sie hat doch immer versucht, mich zu beschützen und glücklich zu machen.

Ich weiß nicht. Ich glaube, als du nicht mehr da warst, hatte ein Teil von mir solche Angst. Was wäre, wenn Mama mich verlassen würde? Was wäre, wenn sie auch zur Tür hinausgehen würde? Aber anstatt lieber zu ihr zu sein, war ich so grässlich. Als hätte ich sie dauernd auf die Probe stellen müssen, um sicherzugehen, dass sie mich wirklich liebt.

Und jetzt bin ich schwanger. Schockierend, was? Ich? Katie Martin? Deine Tochter? Ja, ich bin schwanger, und ich bin nicht stolz darauf. Es war nur ein einziges Mal. Aber das hat wohl gereicht.

Weißt du, was Mama mir heute gesagt hat? Du wirst es nicht glauben – oder doch, du wirst es glauben. Sie sagte: „Schon okay, Katie. Du hast einen Fehler gemacht. Wir kommen schon irgendwie zurecht."

Ich habe tatsächlich einen Fehler gemacht! Deine einzige Bitte an mich war, mir selbst treu zu bleiben und lieb zu Mama zu sein.

Aber ich habe beides nicht getan. Ich habe Mamas Leben ruiniert. Und ich habe meins auch vermasselt. Ich weiß nicht, wie ich das ändern kann, aber ich will es. Ich hoffe, es ist noch nicht zu spät. Papa, vergib mir bitte.

Auf jeden Fall danke, dass du sie als meine Mama ausgesucht hast. Ich kenne die Gründe, warum du sie so geliebt hast. Aus denselben Gründen liebe ich sie auch.

Mit tränenverschwommenen Augen warf Heidi sich hastig ihre Kleider über.

„Katie", rief sie auf dem Weg nach unten. „Katie."

„Hey." Sie wurde von Gaby überrascht, die mit einem Kasten Wasser zur Tür hereinkam. „Das hat Cassandra uns heute Morgen aus dem Laden mitgebracht."

Heidi blieb an der untersten Stufe stehen und ordnete sich ihr nasses Haar. „Toll. Hast du, ähm, hast du Katie gesehen?"

„Ja, als wir ankamen, ist sie draußen herumgehumpelt. Sie und Cassandra unterhalten sich mit Sipho. In etwa einer Stunde fahren wir wieder ins Hospiz." Gaby stellte den Kasten auf den Küchenboden.

„Sie ist draußen?"

„Ja, aber ich glaube, sie hat ihre Krücken dabei. Keine Sorge."

„Ich wollte nur nach ihr schauen." Sie schob sich die Haare hinter die Ohren. „Ich glaube, ich mache mich mal ganz fertig." Sie ging zur Treppe und blieb auf der zweiten Stufe stehen. „Danke für all die Arbeit im Hospiz. Tut mir leid, dass Katie und ich nicht beim Vorbereiten helfen konnten."

„War gar kein Problem." Gaby zuckte die Achseln. „Hat Katie ihren Fuß geschont? Hattet ihr beiden einen schönen Vormittag?"

„Ja, er war … gut. Danke." Sie lief die Treppe hinauf, bevor sie noch mehr hinausposaunte.

34

Gaby wünschte, sie könnte sich auf die Gegenwart konzentrieren – das heißt, auf die Zusammenkunft mit den Südafrikanerinnen – und nicht in der Vergangenheit verweilen. Diesen Fehler hatte sie oft genug Tom gegenüber begangen. Und sie wollte ihre Fantasie ganz gewiss nicht in eine Zukunft springen lassen, in der Tom ihr vergab, sie ein Baby adoptierten und glücklich miteinander lebten bis an ihr Lebensende.

Doch das fiel Gaby sehr schwer – selbst in Gesellschaft dieser freundlichen, lächelnden Südafrikanerinnen und ihrer Kinder, die den Besprechungsraum bevölkerten.

Zu behaupten, Herz und Sinn wären gleichermaßen zerstreut gewesen, war eine Untertreibung. Dennoch konzentrierte sie sich so gut sie konnte auf Jaleelas Worte.

„Die Frauen fangen an, euch zu vertrauen." Ein stolzes, zufriedenes Lächeln glättete die wenigen ersten Fältchen auf Jaleelas Gesicht. „Sie und Ihre Freundinnen, Sie haben auf jeden Fall einen guten Eindruck hinterlassen. Das ist ein schöner Anfang für unseren gemeinsamen Plan."

Gaby folgte Jaleelas Blick, den sie über die Trauben von Frauen und Kindern schweifen ließ. Lächelnd nahmen die Südafrikanerinnen miteinander Kontakt auf und wirkten so froh, ihren eigenen, aber auch den Kindern, die nicht zu ihnen gehörten, von dem reich gedeckten Tisch etwas zu essen geben zu können. Mama Penny und Mighty hatten gefragt, ob sie auch ein paar der Kinderfamilien,. die sie kannten, einladen durften. Der Anblick der Gesichter der größeren Kinder berührte Gabys Herz. Wie erleichtert sie aussahen, dass die Sorge, wie sie ihre Geschwister ernähren könnten, immerhin für ein paar Stunden aufgeschoben war.

Derweil segelten Cassandra und Heidi durch den Raum, plauderten und boten kalte Getränke an, während Katie auf ihren Krücken zu ein paar kleineren Kindern gehumpelt war. Bei dieser Zusammenkunft fühlten sich offenbar alle wohl, genau so, wie sie es erwartet hatten. Einige

Perlenhandwerkerinnen, die Gaby bekannt vorkamen, schienen heute auch deutlich weniger schüchtern als noch vor ein paar Tagen.

„Die Frauen hier sind großartig, Jaleela. Wir geben lediglich die guten Gefühle zurück, die sie uns seit unserer ersten Begegnung entgegenbringen. Sie haben uns ihre Arme geöffnet, für uns gebetet. Sich unsrer angenommen. Wir wollten etwas zurückgeben. Daher haben wir uns zu diesem Beisammensein heute entschieden."

„Dennoch ist es schön von Ihnen", fügte Jaleela in ihrer typisch anmutigen Weise hinzu. „Und es ist nett von Ihnen, dass Sie die Familien auch bedenken. Ich weiß, sie werden froh und stolz sein, wenn der Tag kommt, an dem sie es selbst können."

„Und ob das ein guter Tag wird!" Gaby lächelte, dachte einen Augenblick nicht an sich selbst und hoffte, dass es noch viele gute Tage für die Südafrikanerinnen geben würde. Und für die Kinder.

Besonders für Jaleelas Kinder, um die sie sich mittlerweile eifrig kümmerte und die ihr so ans Herz gewachsen waren. Tumi wäre einfach nicht Tumi, wenn er nicht irgendwo im Raum stehen würde, grinsend und mit einem Plätzchen in jeder Faust. Und Nomvula wäre auch nicht Nomvula, wenn sie nicht ein Plätzchen teilen und das größere Stück Lydias kleinem Daniel geben würde, der zu ihren Füßen saß. Es erinnerte Gaby an eine Situation neulich mit ihrem letzten Streifen Kaugummi. Sie hatte ihn Nomvula geschenkt, einen Finger auf ihre Lippen gelegt und ihr eindringlich gesagt, sie solle es vor den anderen Kindern geheim halten, denn sie hatte nur diesen einen Streifen. Doch Minuten später bemerkte Gaby, dass noch drei weitere Kinder wie wild kauten. Nomvula hatte den einen Streifen durch vier geteilt.

Es gab keinen Zweifel, woher Nomvula diese Großzügigkeit hatte. Gaby war von Jaleela noch genauso fasziniert wie bei ihrem Kennenlernen. Wenn Gaby die Chance dazu hätte, wäre sie eine genauso gute Mutter wie ihre südafrikanische Freundin? Sie war sich nicht sicher. Aber wenn sich je die Gelegenheit ergäbe, würde sie es von ganzem Herzen versuchen.

„Freuen sich Nomvula und Tumi schon auf die Safari morgen?", wandte sie sich an deren Mutter. Plötzlich traten große Schweißperlen auf Jaleelas Gesicht. Sie blinzelte heftig und schien Mühe zu haben, scharf zu sehen.

Gabys Herz pochte stark. „Jaleela? Alles in Ordnung? Ich hole Mama Penny." Sie wollte loslaufen.

„Nein, nein", keuchte Jaleela und hielt sie am Arm fest. „Ich muss mich nur hinsetzen."

„Ich hole Ihnen einen Stuhl."

„Nein, danke. Ich gehe hinüber zu den Stühlen."

Da Gaby keine Zeit noch Jaleelas Energie mit Diskutieren verschwenden wollte, nahm sie die Freundin an der zarten Hand und führte sie langsam, Schrittchen für Schrittchen, zu den Sitzplätzen an der Wand gegenüber. Während sie neben ihr herging, dachte Gaby an die vergangene Woche zurück, als sie sich kennengelernt hatten. Da war Jaleelas Händedruck noch kräftiger gewesen, oder? So wunderbar warm und einladend. Doch jetzt fühlte sich ihre Hand zerbrechlich an. Hatte sie wirklich in den paar Tagen abgenommen?

Das war vorstellbar nach all der zusätzlichen Rennerei, seit sie hier angekommen waren. Davon abgesehen hatte Jaleela eine liebe Freundin verloren. Selbst wenn sie gesundheitlich nicht angegriffen wäre, selbst wenn sie unter den besten Bedingungen leben könnte, würde all das einen Menschen auf jeden Fall sehr mitnehmen.

„Ich hole Ihnen etwas Kaltes zu trinken", bot sie an, nachdem sich Jaleela auf einem der Klappstühle niedergelassen hatte.

„Sie müssen meinetwegen keinen Aufwand betreiben."

„Weiß ich", lächelte Gaby. „Will ich aber. Und das ist kein Aufwand. Ich sorge für Sie, wie Sie für andere sorgen."

Ohne Zweifel hatte Jaleela sich überanstrengt. Das Treffen mit den Perlenhandwerkerinnen auf die Beine gestellt. Ein besonderes Mahl für die amerikanischen Besucherinnen vorbereitet. Eine Nacht bei Daniel in Mrs Olomis Haus verbracht.

„Ich glaube, wir strapazieren Ihre Kräfte etwas zu sehr, seit wir hier sind", meinte Gaby, als sie mit dem kalten Wasser zurückkam. „Ich glaube wirklich, es ist am besten, wir streichen die Safari morgen. Sie müssen sich ausruhen. Ihre Gesundheit geht vor."

Jaleela trank in kleinen Schlucken. „Aber es ist doch eine Tradition. Es ist ein Hauptbestandteil der Missionsreise."

„Wir haben in unserer Kultur auch Traditionen", versicherte Gaby ihr. „Wie zum Beispiel Erntedank. Aber manchmal kommt etwas dazwischen. Leute werden krank. Manchmal laufen unsere Vorhaben nicht so wie erwartet." Sie fächelte Jaleelas Gesicht mit der Hand Luft zu. „Wird es schon etwas kühler?"

„Aber wir müssen fahren!", protestierte Jaleela und überging die Frage. „Sie haben die Krankheit unseres Landes gesehen; jetzt müssen Sie auch seine Schönheit sehen. Darum ist die Safari eine Tradition. Alle Afrikaner sind stolz auf ihr Land und die wunderschönen Tiere, die Gott hier angesiedelt hat. Viele, so wie wir, haben noch nie solche Sachen außerhalb des Dorfes gesehen. Uns ist nur davon berichtet worden. Es ist mir wichtig, auch mitzufahren. Das ist ein Ausflug, den ich in Ehren halten kann."

„Es wäre ein Abenteuer, ganz gewiss. Aber noch einmal – wenn es Ihnen nicht gut geht, ist es das nicht wert." Allein schon die einstündige Fahrt nach Pilanesberg könnte unangenehm werden, dachte Gaby, sprach es aber nicht laut aus.

„Aber ich habe es schon Nomvula und Tumi versprochen. Gestern Abend habe ich ihnen davon erzählt; ich dachte, sie würden danach nie mehr einschlafen." Jaleela lächelte zum ersten Mal, seit sie sich gesetzt hatte. „Morgen geht es mir wieder gut, und wir gehen auf die Safari. Ich will diese tolle Gelegenheit mit meinen Kindern und mit meinen neuen amerikanischen Freundinnen nicht verpassen. Sie kommt womöglich nie wieder."

Gaby beugte sich hinüber und drückte zur Antwort Jaleelas Schultern. Es hatte keinen Sinn, das Thema mit ihr zu diskutieren, beschloss sie. Sie würden einfach abwarten, was morgen war.

Da nicht Sipho sie morgen nach Pilanesberg fahren würde, sondern Heidi, war bereits geplant, dass Jaleela und die Kinder bei ihnen auf dem

Pfarrgelände übernachten würden. Damit hatte Heidi am nächsten Tag weniger zu fahren, und sie hatten auch einfacher ein Auge auf Jaleelas Wohlbefinden, konnten sich vor dem Aufbrechen vergewissern, dass es ihr gut ging. Bis dahin schadete es ja wohl nicht, Jaleela von der Safari erzählen zu lassen. Je mehr sie es tat, desto mehr hellte sich ihre Stimmung auf.

„Wussten Sie übrigens", brachte Jaleela sie auf den letzten Stand, „dass Mama Penny nicht mitkommt? Sie muss arbeiten. An ihrer Stelle fährt Mighty mit. Das wird sie ihr erzählen, bevor Mighty heute Abend Feierabend macht."

„Ach, das ist ja richtig toll für Mighty und für uns. Sie ist so ein nettes Mädchen. Ich freue mich, dass sie mitkommen kann", schwärmte Gaby.

Doch ihr Schwärmen nahm ein rasches Ende, als die Realität sie einholte. Morgen auf die Safari nach Pilanesberg zu fahren bedeutete, dass das Ende ihrer Reise nahte. Nach der Rückkehr von der Safari hatten sie noch einen Tag für die Perlenhandwerkerinnen, um Waren einzukaufen, und am nächsten Tag würden sie wieder in die Vereinigten Staaten reisen. Nach Hause fliegen.

Nach Hause.

Ihr Magen zog sich unwillkürlich zusammen. Nicht, weil sie nicht dorthin wollte. Sondern weil sie sich praktisch keine Gedanken darüber gemacht hatte, was sie zu Hause erwartete, als sie abgereist war. Als sie einfach davongelaufen war.

Zumindest nicht bis jetzt.

Als Lindiwee auftauchte, um mit Jaleela über eine Halskette zu plaudern, die sie gerade entwarf, ging Jaleelas Atem anscheinend wieder normal, und ihre Hände waren nicht mehr so klamm. Darüber war Gaby erleichtert – wenn auch nicht über das andere Thema, das in ihrem Kopf spukte –, und sie versprach, später wieder nach Jaleela zu sehen; dann ging sie geradewegs in die Empfangshalle des Hospizes.

Sie hoffte, sie würde Mighty nicht total verrückt damit machen, dass sie ungefähr alle fünfzehn Minuten vom Besprechungsraum zum Empfangstisch rannte, um nach einer Mail von Tom zu sehen. Sie konnte nicht anders. Sie musste erneut den Gang entlanglaufen. Sie musste nachschauen, musste es wissen. Toms Worte konnten die Dinge zwischen ihnen wieder hinbiegen, dass vielleicht alles wieder so wie früher wurde. Oder zumindest besser – viel besser – als bei ihrer Abreise. Gaby wischte den Konferenztisch mit einem feuchten Lappen ab und seufzte in die Stille. Einmal, als sie nach einer E-Mail von Tom geschaut hatte, war der Computer ausgeschaltet gewesen. Doch als sie das letzte Mal in Mightys Arbeitsbereich gewesen war, war der Rechner hochgefahren und lief wieder. Aber noch immer gab es keine Nachricht von ihrem Mann.

„Das Beisammensein war ein toller Erfolg, was?" Cassandra kniete auf dem Boden, wischte Saft auf und klang ungewohnt heiter, vor allem angesichts der Tatsache, dass sie die Sauerei von jemand anderem beseitigte.

„Hm-mm, richtig gut." Gaby legte ihren Lappen weg und hielt ihre hohlen Hände um die flackernden Kerzen mit Vanilleduft. Dann pustete sie sie aus.

„Alle fanden das Essen toll. Die Frauen waren so dankbar."

„Ja, ich weiß."

Cassandra stand auf und hielt einen weißen Lappen, der jetzt erdbeerrot war, in einer Hand. Mit der anderen fuhr sie sich über die Augenbrauen. „Ich bin so froh, dass wir die Idee für diesen Empfang hatten. Er war perfekt."

Gaby blies die zweite Kerze aus. „Hm-mm."

„Und sah Daniel nicht herzig aus, so ordentlich und sauber, wie er war? Mrs Olomi hat erzählt, dass sie noch Sachen hatte, aus denen ein anderer Junge herausgewachsen war. Sie passen ihm genau."

„Er ist wirklich ein ganz Süßer", stimmte Gaby zu.

„Die eine Frau – wie heißt sie noch? Nelly?" Cassandra legte den Lappen beiseite, klappte ein paar Stühle zusammen und quasselte unentwegt. „Ich dachte schon, sie quetscht mir die Hand ab, so fest hat sie sie geschüttelt und sich für das Essen bedankt." Sie stellte einen weiteren Stuhl an die Wand. „Ich bin froh, dass Sipho sie nach Hause bringen konnte. Ich weiß nicht, wie sie es sonst geschafft hätten, die Lebensmittel so weit zu schleppen."

„Ja, stimmt, Sipho ist toll." Gaby nahm den feuchten Lappen und rieb über einen klebrigen Fleck auf dem Tisch.

„Okay." Cassandra zog sich einen Klappstuhl heran. Er knarzte, als sie sich setzte und die Arme vor ihrem ärmellosen, goldenen Satin-Top verschränkte. „Was ist los?"

Gaby drehte sich um, den Lappen noch in der Hand. „Was?"

„Du weißt, was ich meine. Bist du sauer, weil Heidi schon so früh gegangen ist und uns hier alleine aufräumen lässt?"

Es stimmte zwar, dass Heidi und Katie bereits gegangen waren, als das gemütliche Beisammensein in vollem Gange war. Sipho hatte sie freundlicherweise zum Pfarrhaus gebracht. Als die Party später vorbei war, hatte er eine weitere Fahrt mit Jaleela und den Kindern gemacht. Aber warum Cassandra dachte, das würde sie ärgern, konnte sie sich nicht ausmalen.

„Quatsch." Gaby schüttelte den Kopf. „Nein. Nichts dergleichen."

„Was dann? Ich bin vielleicht blöd, aber blind bin ich nicht. Du hast während der gesamten Veranstaltung einen besorgten Eindruck gemacht. Und ich weiß auch nicht, was mit Heidi los ist. Oder mit ihr und Katie. Sie war freundlich zu den Frauen, das auf jeden Fall, aber die ganze Zeit hatte sie einen verkniffenen Gesichtsausdruck, statt wie sonst zu lächeln."

„Stimmt, du hast recht. Jetzt, wo du es erwähnst – Heidi sah gestresst aus." Bei diesem Gedanken zog sich Gaby ebenfalls einen Stuhl herbei und ließ sich darauf nieder. „Sie haben gesagt, sie müssten früher gehen wegen Katies Knöchel. Aber …"

„Ich bin mir nicht sicher, ob das alles war." Cassandra beugte sich vor. „Vielleicht folgt auf die Begeisterung neulich jetzt die Erkenntnis. Vielleicht versucht sie sich gerade auszumalen, wie das mit dem Baby werden soll. Sie hatte ja bisher nicht sonderlich viel Zeit, darüber nachzudenken." Sie wischte eine Fluse von ihrer marineblauen Freizeithose. „Also, erzählst du jetzt, was dir zu schaffen macht? Unsere Fünf-Minuten-Pause ist schon halb um."

Gaby stieß einen tiefen Seufzer aus. „Es ist nur … ich habe versucht, Tom per E-Mail zu erreichen."

„Und?"

Gaby sah auf ihre Hände, vor allem auf ihren silbernen Ehering. „Wir, ähm, wir haben uns nicht besonders gut verstanden, als ich abgereist bin."

„Ha! Ist es denn wahr."

„Was meinst du mit: ‚Ist es denn wahr'?"

„Ach Liebes." Cassandra wedelte mit den Händen vor sich herum, als würde sie versuchen, einen schlechten Geruch zu vertreiben. „Als du hier angekommen bist, hast du vielleicht elend ausgesehen! Und so mitgenommen. Du hättest dringend eine Frischzellenkur gebraucht."

Die gute alte, offene Cassandra. Gaby hätte lachen können, wenn sie wegen Tom nicht solche Seelenqualen auszustehen gehabt hätte. „Danke, meine Freundin."

„Na ja, nun weiß ich ja, worum es ging", sagte sie zur Abwechslung mal taktvoll, und Gaby wusste, sie meinte die Fehlgeburt. „Aber es ging auch um deinen Mann, was?"

„Ach, ich war so schrecklich zu ihm." Gaby schüttelte bei der Erinnerung an ihre Streitereien den Kopf, bedauerte so vieles, was sie gesagt hatte. „Für mich war es die Hölle, und ich wusste zwar, dass es ihm genauso ging, habe aber nur an mich gedacht; es ist mir peinlich, das zu sagen."

„He, du redest doch mit mir – der bösen Hexe des Mittleren Westens. Glaub mir, ich kann das schon richtig zuordnen. Wir Frauen können so sein."

„Ich habe ihm eine E-Mail geschickt und versucht, mich zu entschuldigen. Aber ich habe noch nichts von ihm gehört. Wahrscheinlich ist das kein gutes Zeichen."

„Hast du darüber nachgedacht, ihn anzurufen?"

Gaby erinnerte sich, wie sie neulich versucht hatte, ihn telefonisch nach seiner Tante zu fragen. Sie hatte unbedingt seine Stimme hören wollen, war dann aber fast erleichtert, dass er nicht da war. Es kam ihr leichter vor, von dem Mann, den sie liebte, per E-Mail abgewiesen zu werden als am Telefon. Außerdem fand sie es netter, wenn sie ihn nicht so kalt erwischte. „Ich wollte ihn nicht in Zugzwang bringen. Ich dachte, eine E-Mail wäre besser."

„Wenn du das wirklich so meinst, dann hab Geduld. Sieht so aus, als hätte er Geduld mit dir."

Cassandras weiser Rat überraschte sie. Sie zwinkerte. „Ich … ich glaube, du hast recht."

„Gut." Cassandra schwang sich hoch, klappte den Stuhl zusammen und stellte ihn zu den anderen. Dann fing sie an, die übrig gebliebenen Saftpackungen zu stapeln. „Weißt du …" Sie hielt inne. „Ich kann es kaum fassen."

Gaby stand ebenfalls auf, zog den Mülleimer heran und warf benutzte Servietten hinein. „Der ganze Saft, der übrig geblieben ist? Darüber würde ich mir keine Gedanken machen. Der wird schon irgendwann aufgebraucht."

„Nein. Ich kann es kaum fassen, was mit mir passiert. Partys veranstalten. Ratschläge erteilen über Freundschaft, Gefühlsdinge, Beziehungen. Ich kenne mich selbst kaum noch wieder."

Zum ersten Mal an diesem Tag lachte Gaby. „Ist das etwas Schlechtes?"

Cassandra zuckte die Achseln. „Ich bin mir nicht sicher. Wenn ich es herausbekommen habe, lasse ich es dich wissen."

35

Seit Heidi am Morgen Katies Zeilen an ihren Vater gelesen hatte, hatte sie sich immer wieder ausgemalt, wie es sein würde, mit Katie zu reden. Wie sie, nachdem Sipho sie nach der Party im Hospiz abgeladen hatte, Katie auf die Couch betten und ihren Fuß hochlagern würde. Sie hätten etwas Zeit für sich, bevor Cassandra und Gaby zurückkommen würden. Und da das hübsche Teeservice, das Dominic ihnen gebracht hatte, noch hier war, könnte sie einen Tee kochen. Mit den Teetassen in der Hand würden sie sich unterhalten, von Frau zu Frau, von Mutter zu Tochter, auf ruhige, feierliche Art, auf eine Art, an die sie sich in zwanzig Jahren noch erinnern würden.

Doch als die Tür des Kleinbusses aufging und die zwei vor dem Haus herausließ, das sie seit einer Woche als ihr Zuhause bezeichneten, als Heidi die Haustür aufschloss und die Leuchtstoffröhre einschaltete, konnte sie kaum abwarten, bis es sich Katie auf dem alten Sofa bequem gemacht hatte. Ihre Emotionen quollen über.

„Zuerst einmal sollst du eins wissen“, überschlugen sich ihre Worte. „Du hast mein Leben nicht ruiniert, okay? Du bist mein Leben. Egal wie, du bist der beste Teil meines Lebens. Verstehst du das?“

Katie blinzelte, erstaunt über diesen Gefühlsausbruch. Heidi konnte ihr das nicht verdenken. Ein bisschen erstaunt war sie ja selbst. Wer hätte gedacht, dass ein Nachmittag im Hospiz mit Südafrikanerinnen und ihren Kindern sie so bewegen könnte? Hatte er aber.

Mit ihnen zusammen zu sein, einigen Müttern beim Versorgen ihrer aidsgeschwächten Kinder zuzusehen, andere Frauen zu beobachten, wie sie sich liebevoll hinunterbeugten und den Kindern etwas zu essen gaben, hatte Heidi noch sentimentaler gemacht als üblich. Die Frauen hatten sie daran erinnert, dass alle Kinder geliebt, geehrt und angeleitet werden mussten. Diese Erkenntnis war so stark, dass ihr Gefühlspegel stieg und stieg.

Sie wollten doch alle dasselbe wie Heidi, oder? Ganz gleich, wie schwierig die Umstände waren, ganz gleich, wo auf der Welt sie sich befanden. Mütter wollten einfach die Gesundheit und die Seele ihrer Kinder hegen und pflegen, sie bewahren und ihnen Hoffnung schenken.

„Verstehst du?“, wiederholte sie.

Katies Augen füllten sich mit Tränen und sie quiekte: „Ja.“

„Und noch etwas – ich habe gemeint, was ich heute früh gesagt habe. Ich freue mich, dass du deinen Papa im Herzen bewahrst. Ich freue mich, dass du dein Tagebuch hast. Aber vergiss nie, dass ich für dich da bin. Auf wie viele Arten soll ich es dir sagen? Komme, was da wolle, ich bin immer für dich da. Verstehst du das auch?“

Katie nickte, und eine Träne rollte über ihre Wange.

Heidi wischte sie ihr weg. „Na dann." Sie atmete tief und beruhigt aus. „Willst du jetzt einen Tee? Wir haben noch mehr zu besprechen."

Katie schniefte. „Könnte ich auch Wasser bekommen?", fragte sie leise.

„Natürlich." Nachdem Heidi zwei Flaschen Wasser aus dem Kasten in der Küche geholt hatte, setzte sie sich neben die Couch auf den Boden. Sie hatte so viel zu sagen, und es erschien ihr alles so wichtig, dass sie nicht genau wusste, wo sie anfangen sollte. „Hattest du Krämpfe?"

„Nein, alles in Ordnung."

„Sehr gut."

„Ja", erwiderte Katie zwischen ihren Schlucken.

„Das waren ganz schön verrückte Tage. Ich habe noch nie einen Ultraschall gesehen. Es war unglaublich, was?"

Katies Miene hellte sich etwas auf. „Echt Wahnsinn."

In dem Augenblick, als Heidi das Flattern des kleinen Herzchens gesehen hatte, war es, als würde eine Antwort in ihr eigenes Herz geschrieben: Was das Baby betraf, wusste sie, was sie tun sollte. „Glaubst du wirklich, Marks Mama will nichts mit dem Baby zu tun haben?"

Katies Augen weiteten sich. Sie stellte ihre Wasserflasche auf den Boden. „Was Mark gesagt hat, stimmt."

„Okay. Hm, also, ich habe viel darüber nachgedacht, was mit dem Baby passieren soll. Und ich bin mir sicher, dass dir das auch immerzu im Kopf herumgeht." Sie sah ihrer Tochter in die Augen.

Katie nickte ernst.

„Ich glaube, eine Entscheidung würde uns beiden helfen. Dann könnten wir uns geistig und vor allem emotional darauf vorbereiten, was auf uns zukommt. Die Monate vergehen wie im Flug; kaum haben sie begonnen, sind sie auch schon wieder vorbei. Und so, wie ich es sehe, haben wir bloß zwei Möglichkeiten: Lassen wir das Kind bei uns aufwachsen, oder geben wir es zur Adoption frei? Hast du über diese Möglichkeiten schon mal nachgedacht?"

„Ein bisschen." Katie bewegte ruckartig den Kopf. „Und ich … na ja, ich glaube nicht, dass eine Adoption so schlecht ist. Ich meine, irgendwie hast du mich ja auch adoptiert, und das war auf jeden Fall besser als alles, was ich von meiner leiblichen Mutter abbekommen habe. Aber …"

Heidi brauchte nicht zu raten, wofür das *Aber* stand, nicht nachdem sie Katies Aufzeichnungen gelesen hatte. Sie hätte nie gedacht, dass es Katie nach all den Jahren noch so sehr zusetzte, wie gleichgültig ihre Mutter gewesen war, und ihr deswegen alles andere als wertvoll vorkam. Aber wie sollte es auch anders sein? Es war ja nicht so, dass ihre Mutter zu jung gewesen wäre. Oder finanziell nicht abgesichert. Oder keinen Mann gehabt hätte, der ihr bei der Kindererziehung geholfen hätte. Nein, sie hatte sie einfach nicht gewollt. Der Gedanke daran, wie sehr Katie das verletzt hatte, tat auch Heidi weh.

Sie drehte die Wasserflasche zu, stellte sie beiseite und fragte: „Was hältst du davon, das Kind zu behalten?"

Katie richtete sich auf. „Das würdest du mir erlauben? Das würdest du für mich tun?"

„Nein, ich würde es für uns alle tun." Heidi lächelte über Katies erstaunten Gesichtsausdruck. „Mir ist wohl bewusst, dass der Zeitpunkt nicht gerade günstig ist, und ich schätze mal, dass du eines Tages, wenn der richtige Zeitpunkt gekommen ist, weitere Kinder haben wirst. Aber ich muss gestehen, seit ich den Ultraschall gesehen habe, empfinde ich nichts anderes als richtig. Und nicht nur das …" Sie hielt inne, erinnerte sich an die Angst vor wenigen Tagen und wie intensiv sie gebetet hatte. „Jetzt weiß ich, wie es sich anfühlt, dieses Kind beinahe zu verlieren. Ich weiß nicht, ob ich es aushalten könnten, das Baby für immer wegzugeben, sei es auch an ein Paar, das es verdient hätte."

Katie beugte sich zu ihr herab und umarmte sie. Heidi sog diese Umarmung auf. Sie war so ungehemmt und aufrichtig – wie von einer Katie aus vergangenen Zeiten. „Ich fasse es nicht, dass du so etwas sagst. Irgendwie habe ich schon Angst. So der körperliche Teil des Kinderkriegens. Aber ich will es auch nicht hergeben. Ich wollte es nicht aussprechen. Ich wollte dich nicht belasten."

„Du musst damit aufhören. Du musst anfangen, mit mir zu reden und aufrichtig zu mir zu sein."

„Wenn ich ehrlich sein soll …" Katie legte den Kopf schief, und ihre Miene wechselte von fröhlich zu nachdenklich. „Ich will das Baby behalten, aber das Problem ist, ich weiß nicht, was für eine Mutter ich sein werde, also in meinem Alter. Es gibt noch so viel, was ich nicht weiß."

Heidi legte ihr eine Hand auf den Arm. „Ich bitte dich doch nicht, das Kind allein aufzuziehen, Schatz. Ich will dir helfen."

Heidi glaubte, dass sie nie vergessen würde, wie Katie sie in diesem Augenblick ansah. In ihren Augen glitzerten Wertschätzung und Erkenntnis. Sie sah aus, als hätte sie mit dem Herzen einer Frau, und nicht mehr dem eines Kindes, einen Blick auf das Wesen von Liebe erhascht.

„Ich fasse es nicht, wie viel Glück ich habe", sagte sie leise. „Die Kinder hier … Es ist so hart für sie. Die Waisenkinder, Mighty …" Sie schüttelte traurig den Kopf. „Und dann ich. Ich bin so verwöhnt."

„Glaub mir – du bist nicht die Einzige mit solchen Gefühlen."

„Ich kann nach der Schule jobben gehen, bis das Kind da ist. Ich kann Geld sparen, und wenn ich im Frühjahr mit der Schule fertig bin, kann ich am staatlichen College vielleicht ein paar Kurse belegen. Ich meine, wenn ich mich nicht gerade um das Kind kümmern muss." Ihre Hände ruhten beschützend auf ihrem noch kaum gewölbten Bauch. „Ich muss meine Zukunft planen."

„Ich glaube, du hast jetzt ein gutes Gespür für dich selbst, mein Liebling. Schritt für Schritt wird sich alles ergeben. Und noch mal – ich bin auch noch da."

„Was ist mit deiner Arbeit?" Katie nagte auf ihrer Unterlippe. „Und mit etwas Zeit für dich selbst? Es wird nicht einfach mitzuhelfen, ein Kind großzuziehen."

„Nein, gewiss nicht. Aber das Kind wegzugeben, wäre auch nicht einfach. Das Baby gehört doch schon zur Familie. Wir müssen nur zusehen, dass wir es gemeinsam hinbekommen."

„Die Leute werden über uns tratschen – das weißt du schon, nicht?"

„Wie sie es bereits tun, meinst du?" Heidi verdrehte die Augen. „Ist sowieso Banane."

„Ist sowieso Banane?" Katie kicherte. „Also wirklich, Mama …"

„Ja." Heidi lachte. „Sie werden sagen: ‚Die alte und die junge Martin haben wohl den Verstand verloren. Die sind irgendwie anders.'"

„Und dann sagen wir: ‚Gut so!'" Katie hielt ihr die Hand zum Abklatschen hin.

„Na dann", sagte Heidi mit abschließender Bestimmtheit, als hätten sie gerade einen Vertrag unterschrieben. „Es ist also beschlossen. Wir behalten das Kind."

Katies überbreites Lächeln sagte ihr, dass sie die richtige Entscheidung getroffen hatten. Das Gefühl der Leichtigkeit in ihrem Herzen sprach dieselbe Sprache.

36

Als sie und Cassandra fertig aufgeräumt hatten, schaute Gaby ein letztes Mal nach einer E-Mail von Tom, nur um erneut enttäuscht zu werden. Dann sagten sie der Nachtschwester gute Nacht und fuhren in geselligem Schweigen dahin, während Sipho sie durch die dunklen Straßen von Mamelodi wieder zum Pfarrgrundstück chauffierte.

Gaby fragte sich, welche Gedanken Cassandra unterwegs wohl durch den Kopf gingen. Beinahe all ihre eigenen Gedanken drehten sich um Tom. Und zwar so sehr, dass sie unmittelbar nach ihrer Ankunft aus dem Kleinbus schlüpfte und plötzlich das Bedürfnis verspürte, allein zu sein. „Ich bleibe noch ein bisschen hier draußen." Sie zeigte auf einen Grasbuckel am Rande des Hofes.

„Wie du meinst." Cassandra schlang sich die Kameratasche um die Schulter – ein Anblick, an den sich Gaby gewöhnt hatte. Dann neigte sie den Kopf und bekam einen mitfühlenden Blick – ein Anblick, an den sich Gaby ganz neu gewöhnen musste. Es war ein Gesichtsausdruck, den sie bei ihrer ersten Begegnung Cassandras Repertoire nicht zugerechnet hätte. „Ist das nicht die Stelle, an der du, wenn du ich wärst, sagen würdest: ‚Hab Vertrauen‘?“

Die Worte waren so zutreffend, dass sie Gaby ein schwaches Lächeln hervorlockten. „Ich weiß. Ich brauche nur einen Augenblick für mich.“

Cassandra nickte verständnisvoll und ging hinein.

Derweil überquerte Gaby das gemeinschaftliche Gelände und ließ sich im Gras nieder. Sie zog die Knie an die Brust und betrachtete den tröstlichen weißen Schimmer, der die Dunkelheit erhellte. Es sah aus wie Tausende riesiger Glühwürmchen, die sich zum Himmel aufschwangen – viel mehr Sterne, als sie seit langer Zeit gesehen hatte.

Seit sehr langer Zeit.

Als Tom und sie vor fast zehn Jahren in ihre Wohngegend gezogen waren, war ihr Haus eines der ersten Neubauten. Wie wohltuend ruhig es war, vor allem im Winter, wenn nicht einmal Singvögel die Morgenstille durchbrachen oder Eulen die Nacht verkündeten. Und wie dunkel und abgelegen. Es gab keine Terrassenbeleuchtung von Nachbarhäusern. Keine Straßenlampen, die schützend ihr Licht auf ihr Grundstück gerichtet hätten. Da waren nur sie beide und ein paar verirrte Rehe, die von Zeit zu Zeit durch den Garten tapsten.

Nur sie beide und so viele Sterne!

Während sie in knackiger Kälte auf ihrer Terrasse gestanden hatten, war sich Gaby manchmal vorgekommen, als wären sie Königin und König des Universums, die sich die weißen Tupfer am weiten, schwarzen Himmel ansahen.

Es waren nicht nur die Sterne gewesen, die ihr ein so übermäßiges Wohlbehagen bescherten. Es war Tom, der sich hinter sie stellte. Seine Arme um sie schlang. Sich zu einer Melodie wiegte, für die es keine Noten gab. Nur das Schlagen ihrer Herzen hatte den Takt vorgegeben.

Ja, sie waren seither durch die Hölle gegangen. Und sie war so tief verletzt, von Schmerz betäubt, so lange Zeit schon abgestumpft. Doch trotz alledem konnte Gaby noch seine Arme um sich spüren, wenn sie sich in jenen Winternächten auf der Terrasse an ihn gelehnt hatte. Den frischen Sandelholzduft seines Aftershaves riechen, der ihre Sinne reizte. Und fühlen, wie er mit den Lippen ihren Nacken liebkoste.

Wenn Tom zum Sternenhimmel hinaufsah, würde er sich daran erinnern? Er würde es doch genauso empfinden, oder?

Hatte das überhaupt etwas zu sagen? Hatte das etwas zu bedeuten, dass sie zusammengehörten?

Gaby starrte den Himmel an, suchte die unermessliche Weite ab in der Hoffnung, die Antwort auf ihr sogenanntes Leben auf Erden zu finden. Doch alles war still und ruhig. Die Nacht schien nichts für sie bereitzuhalten.

Betrübt wollte sie gerade aufstehen, als Hazards Gebell die Stille zerriss. Sie erschrak, bis sie entdeckte, was ihn so aufgebracht hatte – Nomvula und Tumi, die auf sie zugerast kamen. Mit der ganzen unbeschwerten, anmutigen Gelassenheit von Kindern ließen sie sich zu beiden Seiten von ihr auf den Boden plumpsen, und als sie sich an sie lehnten, konnte sie die Wärme ihrer Haut auf ihren Armen spüren.

„Mama hat gesagt, wir dürfen zu dir raus“, brachte Nomvula ganz außer Puste hervor.

„Du sitzt im Dunkeln?“, fragte Tumi. „Warum denn?“

Seine Frage brachte sie ins Schlingern, und sie hätte beinahe laut herausgelacht. Sie klang so einfach und war doch so tiefschürfend. Warum saß sie hier? Sie hatte Cassandra beigepflichtet, dass sie Geduld haben musste. Vertrauen musste. Und da saß sie nun und zweifelte alles an.

„Ich habe mir die Sterne angesehen und mir etwas gewünscht“, sagte sie, denn irgendwie stimmte das auch.

Nomvula legte ihren Kopf auf Gabys Schulter. „Wie wünscht man sich etwas, wenn man die Sterne ansieht?“

„Das ist ganz einfach.“

So einfach, wie mit Jaleelas Kindern zusammenzusein, dachte sie. Mit Nomvula und Tumi zu ihren Seiten kam sie sich nicht mehr so wie im Dunkeln vor. Nein, ihr war leichter ums Herz geworden, kaum dass sie gesehen hatte, wie sie zu ihr gerannt kamen. „Erst sucht man sich einen Stern aus, bei dessen Anblick man sich etwas wünschen will.“ Sie zeigte zum Himmel. „Ich sehe einen, den ich nehmen will. Seht ihr auch einen Stern?“

Sie taten es ihr nach und richteten ebenfalls einen Finger zum Himmel. Nomvula legte sich sogleich auf einen Stern fest.

Doch Tumi stocherte in der Luft herum. „Ich will den da. Nein, den. Nein …“

Gaby kicherte. „Wir haben nicht die ganze Nacht.“

„Nicht?“ Verwirrt starrte er sie an.

„Tumi, such dir einen Stern aus. Bitte!“ Nomvula richtete ihren Finger von ihrem Stern auf ihren Bruder.

„Na gut.“ Er zeigte auf einen Stern neben Gabys Stern. „Der da! Das ist mein Stern.“

„So, nun haben wir den Stern, und jetzt denkt euch einen Wunsch aus“, sagte Gaby mit gedämpfter Stimme. „Und wenn ihr einen Wunsch habt, sagen wir: ‚Sternennacht, Sternenpracht, dem ersten Stern, den ich seh’ heut’ Nacht, schick ich meinen Wunsch hinauf. Erfüll ihn mir. Ich warte drauf.‘“

Die Kinder musterten sie ganz fasziniert.

„Aber denkt euren Wunsch nur im Stillen. Sprecht ihn nicht laut aus, sonst wird er nicht wahr“, warnte Gaby. „Okay?“

Beide nickten.

„Seid ihr bereit? Richtet euren Blick auf euren Stern und sagt mit mir: ‚Sternennacht, Sternenpracht …‘“

Sie musste lächeln, wie fest entschlossen sie waren, die Worte klar und ernst sprachen, die Augen fest auf ihren besonderen Stern im weißen Ozean über ihnen gerichtet hielten.

„Erfüll ihn mir“, sangen sie schließlich vor sich hin, „ich warte drauf.“

Gerade als sie und Nomvula die Augen schlossen, um sich etwas zu wünschen, rief Tumi: „Ich wünschte, Gaby würde uns eine Geschichte vorlesen.“

„Du solltest deinen Wunsch doch nicht laut aussprechen“, kreischte Nomvula. „Jetzt geht er nicht in Erfüllung.“

Er packte Gabys Unterarm und fragte besorgt: „Liest du uns keine Geschichte vor?“

Gaby nahm beide in den Arm und merkte, wie ein Lachen in ihr aufstieg. „Dafür hättest du keinen Sternenwunsch gebraucht. Du hättest mich bloß bitten brauchen. Natürlich lese ich euch beiden gerne eine Geschichte vor.“

Tumi löste sich aus ihrer Umarmung. „Dann los. Wir waren jetzt lange genug hier. Wir wollen nicht mehr im Dunkeln sitzen.“ Er zog an einer Hand, Nomvula an der anderen, und Gaby ließ die beiden in dem Glauben, sie zögen sie alleine hoch.

Tumis Worte kamen ihr immer wieder in den Sinn, als sie sich das lose Gras von ihrer Caprihose strich. Was für ein kluger Gedanke, dachte sie. Der Junge war regelrecht ein kleiner Philosoph, und er wusste es nicht einmal.

37

„Tumi, du musst damit aufhören.“ Jaleela schüttelte den Kopf, als ihr Sohn auf Gabys Schoß kletterte. Sie saß ihnen gegenüber. „Du benimmst dich wie ein Äffchen.“

Trotz ihrer Verärgerung sah Jaleela so hübsch aus, dachte Gaby. Wie sie zwischen Cassandra und der jüngeren Mighty saß, wirkte Jaleela sogar richtig jung, als hätte sie auf der Party keinen Schwächeanfall gehabt und als hätte die Ruhe einer einzigen Nacht ausgereicht, um sie für den Ausflug nach Pilanesberg zu stärken. Das grüngelbe Tuch um ihren Kopf hätte sich eigentlich mit ihrem mintgrünen Top und ihrem blau bedruckten Rock beißen müssen, tat es jedoch nicht. An ihrem Handgelenk baumelte das blaue Perlenarmband, das Nomvula ihr aus dem Weihnachtspäckchen geschenkt hatte. Offenbar hatte sie es vom Kreuz an ihrer Wand genommen und trug es nun zu diesem besonderen Anlass.

Zwar schalt sie jetzt ihren Sohn, doch Gaby wusste, wie sehr Jaleela ihn liebte. Das zeigte schon das Glitzern in ihren braunen Augen.

„Schon gut", erwiderte Gaby, als Tumi herumzappelte. „Alle Jungs in seinem Alter verhalten sich wie Äffchen."

„Das stimmt", bestätigte Heidi, die direkt neben Gaby saß. „Meine Erstklässler sind genauso."

„Sogar manche älteren Jungs sind so", fügte Katie hinzu.

Cassandra verdrehte die Augen. „Ganz zu schweigen von so manchen mannshohen Affen, die mir über den Weg gelaufen sind."

„Du meinst Affenmenschen?", lachte Heidi.

„Oh nein, erzählen Sie mir doch nicht so was. Dann will ich gar nicht mehr nach Amerika kommen", sagte Mighty, worüber alle lachen mussten.

Die fröhliche Stimmung wurde noch gefördert, als Tumi ein breites Grinsen zeigte. Während sich die Frauen unterhalten hatten, hatte er eine Zitrone von Gabys Teller ausgelutscht. Jetzt öffnete er seinen Mund und offenbarte statt seiner Zähne die gelbe Schale. Nomvula lehnte sich an Gaby und kicherte hinter vorgehaltenen Händen über die Albernheit ihres Bruders.

„Äffchen haben in Restaurants nichts zu suchen." Jaleela schüttelte ihren Zeigefinger. „Bald werfen sie dich hier raus."

Gaby bezweifelte, dass sich überhaupt einer der anderen Gäste um sie scherte oder sie bemerkte. Unterwegs hatte ihnen so der Magen geknurrt, dass sie direkt an der Straße in einem einfachen Lokal im Freien haltgemacht hatten.

Über die Wiese verteilt standen Picknicktische zwischen den Bäumen. Über ihnen waren von Ast zu Ast bunte Flaggen gespannt. Strohschirme spendeten Zweiertischen Schatten. Die Speisekarte war nicht gerade ausgefallen. Sie hatten sich an etwas satt gegessen, das einem Hamburger mit frischem Obst als Beilage ähnelte.

Neben dem Restaurant war ein großer Souvenirladen, eine weitere

Attraktion für alle, die ihre Fahrt unterbrechen und eine Pause einlegen wollen.

„Das Essen war sehr gut. Danke schön“, sagte Mighty.

„Ja“, stimmte Jaleela zu. „Danke, Heidi, dass du die ganze Strecke mit dem großen Kleinbus fährst.“

„Es war wirklich lieb von dir, dass du für Sipho eingesprungen bist“, meinte Gaby. „Er hat so viele andere Arbeiten zu erledigen.“

„Als Katie noch kleiner war, habe ich mit dem Kleinbus immer die ganze Fußballmannschaft umhergekarrt. Wobei keiner der Kleinbusse so groß war wie dieser hier, oder, Katie?“ Heidi beugte sich vor und lächelte ihre Tochter an. „Es macht mir allerdings nichts aus, solange ihr mir den Weg weist und einige Straßenschilder entziffert.“

„Ach, mir gefallen die Schilder hier“, zirpte Katie. „Manche sind genauso langweilig, mit den Geschwindigkeitsbeschränkungen und dem Zeug. Aber andere sind echt witzig.“ Ihre Augen funkelten amüsiert. „Mein Lieblingsschild ist das, auf dem Mistkäfern Vorfahrt gewährt wird – was auch immer ein Mistkäfer ist.“

„Und das mit den Kühen?“, warf Cassandra ein. „Was stand darauf noch mal? Irgendetwas wie ‚Kuh- und Fußgänger-Überweg – keine Zäune‘.“

„Unsere Straßen können gefährlich sein.“ Mighty war die Einzige, die von alledem nicht so belustigt war, stellte Gaby fest. „Mama Penny hat mich gewarnt.“

„Meinst du zum Beispiel solche Jungs, die Spenden für ihr sogenanntes reisendes Kricketteam sammeln? Ich weiß ja nicht. Ich fand, sie sahen ziemlich harmlos aus“, meinte Heidi. „Zumindest hatten sie eine kreative Idee fürs Geldsammeln.“

„Und stand nicht auch auf einem Schild ‚Strauße queren‘?“, fragte Katie. „Das würde ich gerne mal sehen. Dann würde ich sofort aus dem Kleinbus springen und sie streicheln.“

Während des lebhaften Gesprächs am Tisch versuchte Gaby, nicht daran zu denken, wie Mighty den Kopf geschüttelt hatte, als sie sie am Hospiz abgeholt hatten. Niemand außer Gaby wusste, was diese Geste besagte: Nein, Tom hatte sich nicht gemeldet. Ihr war klar, was das bedeuten konnte, und ihr Herz wurde schwer. Doch so schwierig es auch war, sie wollte nicht bedrückt wirken. Sie wollte den anderen nicht den Ausflug verderben. Vor allem nicht Nomvula, die neben ihr kicherte, und Tumi, der auf ihren Schoß kletterte und wieder hinunterrutschte.

Niemand von ihnen war je zuvor auf einer Safari gewesen. Es wäre nicht richtig, ihrer schönen Zeit einen Dämpfer zu verpassen. Hatte Jaleela nicht erwähnt, dass sie noch nie aus ihrem trostlosen Dorf herausgekommen waren? Wer wusste, ob sie es je noch einmal schafften?

Und doch fiel es ihr nicht leicht. Ihre Gedanken streunten unkontrolliert umher, wanderten von der Gegenwart zur Vergangenheit und geradewegs zu Wünschen für die Zukunft.

„So, wer geht mit Souvenirs kaufen?" Heidi legte die Serviette neben ihren Teller. „Wer ist dabei?"

„Ob du es glaubst oder nicht, ich habe schon Kunsthandwerk in einem Laden am Flughafen ins Auge gefasst", sagte Cassandra. „Und ich fühle mich ganz wohl hier auf meinem Platz. Lass dir ruhig Zeit."

„Gaby, kannst du mit Mama gehen? Mir ist nicht nach herumhumpeln. Außerdem kannst du ihr helfen, etwas Besonderes für mich auszusuchen … und für das Baby." Katie grinste. „Darf ich es ihnen erzählen?" Sie schaute quer über die Picknickbank zu Heidi, die lächelte und zustimmend nickte.

„Ich hoffe, ihr freut euch zu hören, dass wir das Kind nicht abgeben wollen", verkündete Katie strahlend. „Das haben Mama und ich gestern Abend beschlossen. Wir behalten das Baby." Sie umarmte ihren Bauch und strahlte wie ein Honigkuchenpferd.

„Das sind ja wunderbare Neuigkeiten!", quiekte Jaleela. „Das freut mich unheimlich für Sie."

Mighty klatschte vor Begeisterung. „Es wird ein wundervolles Baby; da bin ich mir sicher."

„Und wenn du je eine Ersatztante brauchst, wüsste ich da schon jemanden. Eine ganz ausgezeichnete", spöttelte Cassandra. „Natürlich wechsle ich keine Windeln. Oder warte, bis das Bäuerchen kommt. Wenn ich so darüber nachdenke, habe ich überhaupt noch nie Babysitter gespielt. Aber für dein Kind, meine kleine Katie, würde ich es glatt probieren.“ Sie lächelte und wirkte plötzlich gerührt, als müsse sie ein Tränchen vergießen. „Nach entsprechender Vorwarnung, wohlgemerkt. Ich bin nämlich viel beschäftigt.“

Katie lachte und wandte sich Gaby zu. „Ich wette, du bist schon eine tolle Tante. Meinst du, es passt noch eine Nichte oder ein Neffe auf deine Liste?“

Gabys Wangen wurden ganz heiß, als die schmerzenden Stiche der Eifersucht sie wieder peinigten. Ach, wie gerne hätte sie der Versuchung nachgegeben, sich selbst zu bedauern. Oder Wut auf Heidi oder Katie zu verspüren. Diesen Herbst würden sie sich ganz der Freude über die Geburt eines Kindes hingeben. So wie sie und Tom es erwartet hatten. Aber Heidi und Katie konnten nichts dafür, dass sie ihr Kind oder – bei all den Verletzungen – vielleicht auch noch Tom verloren hatte.

Lieber Gott, ich brauche deine Hilfe, dass mein Herz gütig bleibt, betete sie.

„Ich glaube …“ Sie schluckte schwer und versuchte sich an einem zarten Lächeln. „… ich kann das schaffen.“

Katie schien Gabys leichtes Stammeln nicht zu bemerken. „Oh Gaby“, sprudelte sie hervor und umarmte Gaby über Tumis Kopf hinweg. „Danke sehr.“

„Na dann, Gaby.“ Heidi schob sich den Riemen ihrer Tasche über die Schulter. „Bist du so weit? Macht es dir wirklich nichts aus, mit mir den Souvenirladen zu durchstöbern?“

Alle am Tisch hatten den Blick auf sie gerichtet, als sie nickte. Doch sie stand nicht gleich auf. Erst drückte sie Tumi noch fester an sich und zog aus seiner herzlichen Wärme Stärke und Trost.

◎ ◎ ◎

„Da ist ja so viel, das man sich anschauen kann.“ Heidi ging die Reihen mit Andenken an Afrika ab, die sich über die Länge eines halben Fußballfelds erstreckten.

Gaby musste zugeben, auch sie war überwältigt von der riesigen Menge an handgeschnitzten Schalen und Masken, Jade-Elefanten, gebatikten Wandbehängen, Keramikbechern, Perlenschmuck, Strohtaschen sowie Nashorngürteln und -schuhen. Die Regale mit Souvenirs zogen sich endlos und hatten Auslagen in allen Richtungen.

Doch ihre Aufmerksamkeit galt nicht so sehr den afrikanischen Gegenständen als vielmehr ihren Gefühlen. Sie versuchte sie in Schach zu halten und befürchtete, der Neid könnte jederzeit sein hässliches Gesicht zeigen, wenn sie nicht die Selbstbeherrschung wahrte. Sie schlenderte die Gänge auf und ab und versuchte, sich von Heidi fernzuhalten. Doch Heidi tauchte fortwährend blitzartig neben ihr auf.

„Für wen kaufst du denn Andenken?", fragte Heidi.

„Vor allem für die Kinder meiner Brüder und für meine Eltern." Und für Tom, ergänzte sie in Gedanken. „Und du?"

„Ich möchte etwas für mein Klassenzimmer finden. Keine Ahnung, was das sein könnte." Heidi tippte nachdenklich mit dem Zeigefinger auf ihre Lippe. „Und dann brauche ich noch etwas für Jeffs Eltern."

„Leben sie in Columbus?"

„Nein. Aber auch nicht sehr weit entfernt. Südlich von Chicago." Sie zeigte auf ein Becherpaar mit abstraktem Muster. „Die sind ganz schön – findest du nicht? Die beiden sind große Kaffeetrinker. Oder, ich weiß ja nicht …" Aus dem Regal darunter holte sie eine Babyrassel hervor und schüttelte sie halbherzig. „Meinst du, das wäre eine gute Möglichkeit, ihnen die große Neuigkeit mitzuteilen?"

„Du hast es ihnen noch nicht erzählt?"

Heidi schüttelte den Kopf, wobei ihr eine blonde Haarsträhne über die Wange fiel. „Erst dachte ich, ich rufe sie an. Aber so oft reden wir nun auch wieder nicht miteinander; das war mir dann zu heikel." Sie legte die Rassel ins Regal zurück. „Und dann habe ich mir vorgestellt, Katie und ich fahren zu ihnen. Aber auch das ist bisher nicht passiert. Ich sträube mich wohl, Katie dem allen auszusetzen. Vor allem, weil ich mir nicht sicher bin, wie sie reagieren werden."

Während sie so nebeneinanderher durch die Gänge schlenderten, schien Heidi eher den Fußboden zu betrachten als die dargebotene Ware. „Sie hat doch schon so viel durchgemacht. Das setzt ihr alles sehr zu. Nicht dass ich das gutheiße, was passiert ist. Aber du kannst mir glauben – selbst heutzutage wird über einen schwangeren Teenie und ein nicht eheliches Kind noch sehr viel getratscht."

Gaby hielt die Handtasche an ihrer Seite fest. „Oh ja, ganz sicher." Irgendwie hatte sie das schreckliche Gefühl, dass die Leute auf sie zeigten, hinter ihrem Rücken tuschelten: „Die Ärmste, die kein Kind austragen kann." Sie dachte keineswegs, dass sie sich das alles nur einbildete.

„Außerdem ..." Heidi blieb stehen und betrachtete eine Reihe geschnitzter Stammesmasken. „... war ich mir nicht sicher, was ich seinen Eltern sagen sollte. Aber jetzt weiß ich es." Sie sah Gaby an. „Findest du es grässlich?"

Gaby legte eine Maske weg, die sie angestarrt hatte, ohne sie wirklich zu sehen. „Was soll grässlich sein?"

„Dass ich mir nicht sicher war. Dass ich bereit war, Katie ihr Kind weggeben zu lassen. Offen gestanden war das mein erster Impuls. Der Gedanke, ein Kind im Haus zu haben, kam mir so verwirrend und beängstigend vor." Sie atmete tief ein. „Ich gebe es äußerst ungern zu, aber vor allem war es mir peinlich."

„Du brauchtest wahrscheinlich deine Zeit, um dich mit dem Gedanken anzufreunden."

„Oder mein Denken umzustellen. Ich schäme mich dafür, aber ich habe überhaupt nicht an das Baby gedacht. Ich hatte zu viel Sorge, was die Leute an meiner Schule denken würden. Oder meine Nachbarn – die ich nicht einmal kenne. Es ging nur um sie und nur um mich. Um mich und meine liberale Erziehung. Um mich, die ihrer Tochter rät, ganz sie selbst zu sein. Und wenn sie es dann ist und es nicht genau der Art entspricht, wie ich es mir vorgestellt habe, dann rege ich mich über sie auf." Ziemlich entnervt fuchtelte Heidi mit den Armen umher. „Wann bin ich so kleinkariert geworden? So scheinheilig? Ich hatte nur Verachtung für die Menschen, die Katie für ihren Fehler verurteilt haben. Aber was habe ich denn gemacht? Ich habe mich umgedreht und mit ihrem Freund dasselbe gemacht."

Bewegt von Heidis Geständnis berührte Gaby sie am Arm. Sie hatte nicht vor, Heidi für ihre aufrichtigen Worte zu verurteilen. Schließlich war auch Heidi so freundlich gewesen, kein Urteil über sie auszusprechen, als sie ihr von ihren Gefühlen erzählt hatte. „Jeder verfängt sich mal mehr oder weniger in so etwas, oder?"

„Jaleela nicht." Heidi wedelte freundlich mit ihrem Finger vor Gabys Nase. „Oh nein. Sie steht darüber. Sie ist bereit, ihren Traum umzusetzen. Sie ist bereit, auf eigene Kosten anderen zu helfen. Sie ist willens, der ganzen Welt mitzuteilen, dass sie Aids hat. Und dann habe ich Angst vor ein paar Klatschbasen, die ich nicht einmal kenne? Ich bin hierhergekommen, weil ich dachte, die Reise würde Katie wieder in Ordnung bringen. Aber ich bin mir nicht sicher, ob sie diejenige ist, bei der das nötig war."

„Ich glaube, dass wir alle es nötig haben." Gaby erkannte an der Art, wie Heidi sie anschaute, dass sie ihren Gedanken weiter ausführen sollte. Doch so schwer es ihr auch fiel, Gaby konnte die Gefühle, die sich in ihr regten, nicht abtun. „Ich glaube, dieses Kind – dieses weitere Familienmitglied – wird ein Segen sein für dich und für Katie. Vielleicht sogar für Jeffs Eltern. Es ist gut, dass ihr es behalten wollt", sagte sie ernst, wobei ein Funken Selbstmitleid in ihr aufkeimen wollte.

„Danke. Danke, Gaby. Ich bin mir sicher, Katies Schwangerschaft ist für dich nicht sehr einfach. Du wärst eine perfekte Mama, und da kommen wir her und mogeln uns irgendwie durch. Ich wollte dir unbedingt sagen, dass ich so froh bin, wie lieb du zu uns bist."

„Das brauchst du doch nicht …" Sie hob eine Hand – ihr eigenes Inneres war doch noch eine Baustelle. Noch unterwegs. Ihre Gefühle hatten einen solchen Dank nicht verdient.

„Ich freue mich sehr, dass wir gemeinsam an dem Perlenprojekt arbeiten. Dass du weiterhin zu uns gehörst, wenn das Baby kommt." Heidi holte ein Kleenex aus ihrer Tasche und tupfte sich die Augen ab. „Katie bewundert dich. Ich glaube, sie hat schon viel von dir gelernt."

Gaby konnte sich nicht vorstellen, was das sein sollte. „Ich habe auch viel von ihr gelernt." Sie blieb stehen und suchte den Gang ab, in dem sie gerade waren. „Also doch die Kaffeebecher?"

Heidi nickte. „Ich denke, dann sind wir auf der sicheren Seite."

„Ich glaube, ich nehme zwei für meine Eltern mit. Sie sind auch große Kaffeetrinker."

Während Gaby mit Heidi zum vorderen Teil des Ladens schlenderte, konnte sie ihre Gedanken nicht davon abhalten, immer wieder zu Tom zu wandern. Sie hatte sich über die Mail an ihn, die ganz richtig werden sollte, so sehr den Kopf zerbrochen. Doch letzten Endes war sie doch nicht ganz treffend.

Sie hatte ihm geschrieben, dass die Dinge sich geändert hatten. Das stimmte nicht ganz. Die Dinge hatten sich nicht geändert – sondern sie.

Hoffentlich empfand Tom weiterhin noch viel für sie, und hoffentlich hatte sie die Chance, ihm all die Möglichkeiten zu zeigen, wie auch sie jetzt lieben konnte.

38

„Na, das ist doch mal was!" Cassandra zwinkerte Jaleela zu, als sie die Schwelle ihres kleinen Ferienhäuschens im Nationalpark überschritten. Sie hatten sich bereits vom Rest der Reisegruppe getrennt und wollten sich erst am nächsten Morgen um 6 Uhr zur Safari wiedersehen.

Wie Gaby ihnen vor Wochen erzählt hatte, enthielt der Reisepreis die Kosten für die Safari; die Ausgaben für Jaleela und ihre Kinder waren vom Missionsfonds der Gemeinde gespendet worden. Doch wenn es hätte sein müssen, hätte Cassandra gerne den Betrag aus eigener Tasche gezahlt, nur um Jaleelas erstaunten Blick zu sehen.

„Halten die uns für Königinnen?", kreischte sie, als ihr Blick durch das möblierte Reihenhäuschen sauste. Die Südafrikanerin straffte ihre Schultern, spannte die Augenbrauen, setzte eine gebieterische Miene auf und schritt feierlich durch den Eingangsbereich und die Kochecke und von da in das Wohnzimmer, als würde sie ihr höchstpersönliches Schloss betreten.

Cassandra stand daneben, lachte und fühlte sich von diesem Anblick ungewöhnlich angerührt. Sie erinnerte sich an ihren ersten Reportageauftrag, für den sie zu einem Drehort reisen musste. Das Hotelzimmer war überaus luxuriös ausgestattet gewesen. Wie gut es sich angefühlt hatte, auf das Bett zu sinken und die Daunendecke über sich zu ziehen. In ihrem heruntergekommen Zuhause in Indiana hatte sie nicht geahnt, dass es so etwas Wunderbares geben könnte.

„Glauben Sie, die anderen haben auch so eine Unterkunft? Auch so ein schönes Häuschen?“ Jaleela wirbelte umher.

„Noch größer bestimmt“, erwiderte Cassandra, stellte ihren kleinen Koffer aufrecht hin und Jaleelas Plastiktüte obendrauf. „Da sie zu sechst sind, hat ihr Reihenhaus vermutlich drei Schlafzimmer.“

Jaleela kicherte. „Den Platz brauchen sie auch, denn mein kleines Äffchen ist ja dabei.“

„Wenn Sie Ihre Kinder vermissen, habe ich vollstes Verständnis. Vielleicht könnte Mighty mit Ihnen tauschen.“

„Nein“, winkte Jaleela ab. „Mama Heidi hat ihnen ein Spiel mitgenommen. Die anderen haben viel mehr Energie als ich. Ich weiß, dass meinen Kindern bei den Frauen nichts zustoßen wird. Und ich? Ich bin müde von der Reise. Ich möchte mich gerne ausruhen.“

Cassandra merkte, dass Jaleela ungewöhnlich schwer atmete nach ihrer kleinen Runde durch das Haus. Der Verstand der Frau arbeitete, im Gegensatz zu ihrem Körper, jedoch noch auf Hochtouren. Ihr Lächeln verwandelte sich augenblicklich in ein Stirnrunzeln. „Ich hoffe, Gaby macht es nichts aus, dass meine Nomvula sie dauernd umarmt und Tumi ständig auf ihr herumklettert.“

„Ich glaube nicht, dass es ihr etwas ausmacht.“ Cassandra öffnete erneut den Mund, um Jaleela mitzuteilen, dass Gaby keine Kinder bekommen konnte. Doch sie hielt rechtzeitig inne. Sie kannte sich mit Freundschaften zwar noch nicht aus, aber sie glaubte nicht, dass gute Freunde

Geheimnisse verrieten. Daran wollte sie sich zumindest halten, selbst wenn es ihr schwerfallen würde.

Stattdessen ging sie zum Bad und schob die Tür auf. Eine karamellfarbene, geflieste Dusche begrüßte ihre Augen wie eine Oase in der Wüste. „Oh Jaleela, wenn Sie Kraft genug haben, müssen Sie mal herkommen. Hier ist eine Dusche. Eine richtige Dusche." Cassandra ging hinein und drehte die Knöpfe auf. „Und dann auch noch mit heißem Wasser. Himmlisch."

Es dauerte einen Moment, aber Jaleela schaffte es zu ihr. Als sie ins Bad lugte, äußerte sich ihre Belustigung in einem heiseren Kichern. „Gott ist gut, was?"

„Heißes Wasser auch. Möchten Sie zuerst hinein?"

„Nein, nein. Ich ruhe mich etwas aus. Gehen Sie nur."

Das musste Cassandra sich nicht zweimal sagen lassen. Sie schnappte sich ihr Nachtzeug und ihren Waschbeutel, ging wieder ins Bad, entledigte sich rasch ihrer Kleidung und genoss die angenehme, besänftigende Wärme des Wassers. Nichts auf der Welt tat so gut wie eine heiße Dusche. Nichts.

Als sie mit ihrem seidenen Pyjama und Morgenmantel wieder herauskam und ins Schlafzimmer ging, kniete Jaleela vor ihrem Bett. Hände und Kopf waren himmelwärts gerichtet.

Was für ein Bild die Südafrikanerin abgab! Die Grün- und Blautöne ihrer Kleidung und ihres gewickelten Kopftuchs gegen die bräunlichen und violetten Töne von Tagesdecke und Wandbehängen. Da sie die Hände zum Gebet geschlossen hatte, war das blaue Perlenarmband ihren Unterarm halb heruntergerutscht, wodurch ihre Magerkeit noch deutlicher zum Vorschein kam. Sie war so in die Gemeinschaft mit ihrem Gott versunken, dass sie Cassandra nicht ins Zimmer kommen hörte.

Während der bisherigen Reise hatte Cassandra nur hier und da gefilmt und fotografiert. Sie hatte es so nicht vorgehabt, aber an manchen Tagen hatten zu viele andere Dinge ihre Aufmerksamkeit gefordert – wie das Drama um Katies Baby oder der Einkauf für die Party –, als dass sie ihre Kamera auch nur ein einziges Mal hervorgeholt hätte. Sie sagte sich, dass sie sich schon an alles erinnern würde, was sie gesehen hatte, wusste aber, dass das nicht stimmte.

Jaleela in dieser Pose zu sehen – einen kurzen Einblick in das wahre Wesen der Frau zu erhaschen –, war zu speziell, um es nicht aufzuzeichnen. Es war nichts, was sie allein ihrer Erinnerung überlassen wollte.

Cassandra ließ ihre Digitalkamera aus der Tasche gleiten, stellte sich, so weit es ging, nach rechts und versuchte, die ins Gebet vertiefte Frau auf den Film zu bannen. In der Hoffnung, im Zimmer sei es hell genug, dass sie Jaleela nicht störte, drückte Cassandra den Auslöser. Doch der Blitz schaltete sich ein und flutete das Zimmer für einen Augenblick mit Licht. Jaleela öffnete die Augen und drehte sich zu ihr um.

„Entschuldigen Sie bitte", sagte Cassandra. „Sie wirkten so vertieft und so friedvoll. Da konnte ich mich nicht zurückhalten, Sie zu fotografieren."

„Ist schon gut." Jaleela lächelte verständnisvoll, auch wenn sie es nicht verstand. „Darf ich mal sehen?"

Cassandra schaltete die Nachttischlampe ein, setzte sich mit Jaleela auf deren Bett und gab ihr die Kamera. „Sie brauchen nur auf diesen Knopf hier zu drücken. Damit können Sie die Fotos zurückblättern. Sehen Sie, hier sind Sie."

Jaleela grinste über das Foto, auf dem sie betend zu sehen war. „Ach je, was sehe ich da ernst aus!"

„Ja, auf diesem Foto schon. Aber ich habe noch viele andere von Ihnen. Sie können sie sich alle ansehen, wenn Sie auf den Knopf drücken."

„So?" Jaleela drückte ganz zaghaft.

„Genau, das ist schon alles."

„Ah, da sind ja Nomvula und Tumi. Ich lache mit ihnen. Allerdings kann ich mich nicht erinnern, wie Sie das Foto gemacht haben."

„Das ist manchmal der Trick dabei", erklärte Cassandra. „Damit man Schnappschüsse bekommt."

Jaleela verzog die Augenbrauen. „Schnappschüsse?"

„Aufnahmen, die nicht gestellt sind. Die echt sind. Die etwas zeigen, was gerade in dem Augenblick passiert."

„Ach so." Jaleela drückte weiter auf den Knopf und grinste dann und wann, bis sie schließlich bei einem Bild landete und Cassandra fragend anschaute. „Sie ist nicht dabei. Ist sie eine Verwandte? Oder eine Freundin?"

Verwirrt nahm Cassandra die Kamera und sah genauer hin. Offenbar hatte Jaleela den Knopf so lange gedrückt, bis keine Bilder mehr von Südafrika kamen, sondern von der Zeit davor. Etwa von „Jack Hanna's Fall Fest", dem mehrtägigen Festival im Zoo und Aquarium von Columbus, über das sie im vergangenen September berichtet hatte.

Irgendwie hatte Trudi Miles von dem Festival erfahren und war mit Mann und Kindern im Schlepptau nach Columbus gekommen. Cassandras sogenannte beste Freundin spürte sie auf und hängte sich den ganzen Tag an sie. Irgendwann fragte sie Cassandra, ob sie eine Kamera dabeihätte. Erleichtert dachte Cassandra, wenn sie Trudi die Kamera überlassen würde, wäre sie eine Weile damit beschäftigt, ihre nicht sonderlich attraktive Familie zu fotografieren. Aber nein – in Windeseile stand Trudi wieder neben ihr, umarmte sie, als wären sie lange vermisste Schwestern oder so etwas, während Trudis Mann Bobby drauflosfotografierte.

„Sie sehen nicht besonders glücklich aus. Das ist ein Schnappschuss, oder?" Als Cassandra nichts sagte, fügte Jaleela hinzu: „Sie mögen sie wohl nicht, was?"

„Das ist eine lange Geschichte."

„Das ist meistens so. So haben Sie ausgesehen, als Sie hier angekommen sind. Kein glückliches Gesicht."

„Und jetzt sehe ich glücklicher aus?" Cassandra konnte nicht anders, als über Jaleelas Bemerkung zu lächeln.

„Halten Sie mich nicht für unfreundlich. Ja, meinem Gefühl nach geht es Ihnen zunehmend besser. Aber anfangs, als Sie gerade angekommen waren, wirkten Sie immer so wie *Wuaaahhh* ..." Jaleela imitierte ein Brüllen. „Wie eine Löwin, die nach Beute Ausschau hält."

Normalerweise wäre Cassandra brüskiert gewesen, doch stattdessen musste sie lachen. Wenn Jaleela es sagte, dann musste es stimmen. „So schlimm?"

Jaleela lächelte und gab Cassandra die Kamera wieder. „Aber so allmählich verhalten Sie sich eher wie eine Löwenprinzessin."

„Eine was?"

„Ich habe gehört, dass der Löwe der König der Tiere ist. Sie sind so, wie ich mir eine Löwin, eine vornehme Löwin vorstelle. Eine Löwenprinzessin, die sich anmutig fortbewegt und die den Kopf hoch erhoben hat."

„Sie haben ja eine Fantasie!"

Durch den Virus und die Lebensumstände sah Jaleela älter aus, als sie war, doch sie war noch immer hübsch, ihre Haut überwiegend glatt, ihre Augen lebendig, und sie verströmte eine Freude und einen Frieden, die bemerkenswert, ja fast greifbar waren.

Andererseits hatte sich Cassandra genau wie Jaleela durch mancherlei Nöte gekämpft, doch das Ergebnis war nicht dasselbe. Wo war der Frieden?, fragte sie sich. Die Freude?

„Trudi und ich kannten uns schon als kleine Mädchen. Wir sind sehr verschieden", versuchte sie Jaleela zu erklären – und sich selbst zum hundertsten Mal.

Sie beide waren doch immer verschieden gewesen, oder? Trudi konnte es sich leisten, immer nett und freundlich zu sein und andere an die erste Stelle zu setzen. Sie konnte in so Kategorien denken wie Plätzchenrezepte oder ein Heim für die ungepflegten Eichhörnchen, die in ihrem Garten umherwuselten. So wenig Trudis Familie in materieller Hinsicht auch haben mochte, sie waren immer eine liebevolle Truppe mit viel Zusammenhalt gewesen. Sie hatte immer Rückendeckung gehabt. Immer.

Doch das gehörte in keiner Weise zu Cassandras Lebensrealität. Das hatte sie Trudi damals nicht erzählen können, und ganz gewiss konnte sie es auch dem Mutter-Ehefrau-Heimchen-Verschnitt, der Trudi heute war, nicht erzählen.

„Ich kann nicht jeden mögen. Nicht so wie Sie anscheinend. Ich bin nicht wie Sie." Cassandra sah ihre Freundin direkt an. „Ich bin keine Heilige oder Heldin."

„Heldin? Ich bin keine Heldin. Ich habe Fehler gemacht. Dumme Fehler. Kabul, mein Mann, hat uns zwei Jahre nach Nomvulas Geburt verlassen. In unserer Nähe gab es keine Jobs. Das ist ja das Traurige, dass Armut Familien auseinanderreißen kann." Jaleela seufzte. „Er sagte, er arbeitet in den Minen, aber er kam nie zurück. Erst Jahre später. Und da kam er mit leeren Händen."

Jaleela sah sie mit ihren braunen Augen an, die plötzlich stumpf und düster blickten. Ihr schien der Atem zu stocken, während sie tief einatmete. „Ich hätte ihn nicht ins Haus lassen sollen. Allerdings ist er nur ein Jahr oder so geblieben. Er hat mich geschwängert, und als Tumi geboren war, ist er wieder fortgegangen. Nach einiger Zeit spürte ich die Müdigkeit, die Krankheit, aber ich wollte es nicht wahrhaben. Viele Jahre dachte ich, nein, diese Krankheit kann mich nicht befallen haben."

„Hat er Ihnen gesagt, dass er Aids hat?"

„Wir haben nicht über solche Sachen geredet." Ein Anflug von Traurigkeit überkam sie. „Kinder werden Waisen, weil wir nicht reden. Oder uns klar ausdrücken."

Cassandra winkte ab. „Machen Sie sich doch nicht solche Vorwürfe, meine Liebe. Ich bezweifle, dass es etwas gebracht hätte. Nur weil man mit einem Mann redet, ist noch nicht garantiert, dass man eine aufrichtige Antwort von ihm bekommt. Glauben Sie mir. Da, wo ich herkomme, ist das nichts Neues."

„Amerika ist nicht perfekt? Nicht der Himmel auf Erden, wie wir hier glauben?"

„Oh nein. Wir haben auch unsere Probleme." Cassandra wollte schon von den aktuellen Problemen ihres Landes berichten, fragte stattdessen jedoch: „Lebt Kabul noch?"

„Nein." Jaleela sah auf ihre verschränkten Hände. „Ich habe gehört, dass er an dem Virus gestorben ist, aber ich weiß nicht, wie viele er davor noch angesteckt hat. Ich habe mir sehr große Sorgen um Tumi gemacht."

Tumi? Bei diesem Gedanken sank Cassandra der Mut.

„Aber ihm geht es gut. Meine Kinder sind gesund. Dafür danke ich Gott jeden Tag." Jaleela neigte einen Moment ihren Kopf wie zu einem kurzen Gebet. „Was mich selbst betrifft, da muss ich kämpfen. Schlimmer als die Krankheit, die mich quält, plagt mich der Gedanke, dass meine

Kinder ohne Mutter aufwachsen müssen. Doch Gott flüstert mir zu: ‚Hab keine Angst.' Und so habe ich in dieser Krankheit meine Stärke gefunden. Ich habe den Willen zu kämpfen gefunden. Und vielleicht den Grund, warum ich auf der Erde bin."

„Sehen Sie, und da sind wir verschieden." Cassandra erhob sich vom Bett, ging zu ihrer Tasche, die auf der Kommode lag, und steckte die Kamera hinein. „Ich bin auch krank – auf gewisse Weise. Ich meine, Sie sehen Nomvula und Tumi und erkennen das Gute in ihnen. Sie verweilen nicht bei dem Vater, der sie im Stich ließ und Sie ansteckte. Doch ich schaue Trudi an, und alles, woran ich erinnert werde, ist meine Vergangenheit. Eine Vergangenheit, die mich krank gemacht hat durch Eltern, die mich nicht wollten, einen Pflegevater, der mich belästigte, mich missbrauchte, und eine Pflegemutter, die sich blind stellte." Sie merkte, wie sich ihr Gesicht vor Verlegenheit rötete, fuhr jedoch fort, denn sie wollte Jaleela gegenüber aufrichtig sein. Und ja, womöglich sogar aufrichtig sich selbst gegenüber.

„Alles war so schwierig, es gab so viele schlechte Menschen. Zurecht kam ich nur auf die einzige Art, die ich kannte. Indem ich mich auf mich konzentrierte. Mir lag nur daran, mich aus dem Sumpf zu ziehen, und damit habe ich niemals aufgehört. Auf diesem Wege habe ich niemals daran gedacht, einen anderen Menschen zu unterstützen. Anders als Sie."

Da sie nun einmal damit begonnen hatte, ihre dunkelsten Geheimnisse auszupacken, nahm Cassandra erneut Anlauf. „Wenn Sie die Wahrheit wissen wollen: Ich bin nicht nach Südafrika gekommen, um irgendjemandem zu helfen. Niemandem außer mir. Ich war nicht auf eine Reportage aus, um Ihnen zu helfen, indem ich die Missstände öffentlich mache. Nein. Ich bin hier, um genau das auszuschlachten. Ich bin hier auf der Suche nach etwas, das meine Karriere voranbringt. Darum bin ich hergekommen."

Nun war es raus! Es war zwar peinlich, sich so darzustellen, vor allem gegenüber einem so selbstlosen, warmherzigen Menschen wie Jaleela, aber es war auch eine Erleichterung. Warum die Last der Heuchelei tragen? Wer brauchte das?

Cassandra hatte erwartet, dass Jaleela schockiert oder verletzt oder beides dreinblicken würde. Doch stattdessen lächelte die Frau ganz zart und sagte leise: „Aber Sie helfen doch anderen. Indem Sie jetzt hier sind."

„Na ja, klar, *jetzt* schon." Da Cassandra noch nicht bereit war, sich freisprechen zu lassen, schüttelte sie den Kopf und erzählte ihrer Freundin die grässliche Realität. „Aber ich glaube, ich helfe Ihnen nur, weil … weil Sie anders sind."

Darüber lachte Jaleela. „Nicht, weil ich anders bin. Sondern weil *Sie* anders sind. Er sickert in Sie hinein."

„Er?"

Jaleela deutete gen Himmel. „Er. Er läuft Ihnen nach. Sie merken es nicht einmal." Sie lachte in sich hinein. „Und Sie liegen verkehrt. Sie sind hier, weil er will, dass Sie hier sind. Er lässt das Gute in Sie hineinströmen. Es drängt das Schlechte hinaus. Bald wird dafür kein Platz mehr sein."

Sie konnte nicht so tun, als würde sie nicht wissen, wovon Jaleela da sprach. Irgendwie spürte sie es. Seit sie hier war, war sie zunehmend verändert worden. Seit sie in Lydias Haus gewesen waren und die Vergangenheit in ihr hochkam. Aber warum und wie genau, wusste sie nicht.

Sie wusste bloß, dass es wunderbar sein musste, so zu glauben wie Jaleela. Zu glauben, wenn man die Hände hochreckte, dass da ein Größerer als man selbst wirklich hinabschaute. Ohne all die Zweifel und Ängste zu leben wie Jaleela, die sich sicher war, dass ihr Traum für die Frauen in Erfüllung ging, dass das Geld kommen würde und auch Käufer. Mitten in der schlimmsten Hölle war sie sich des Himmels so gewiss. So gewiss, dass alles gut ausgehen würde. Dass Gott alles im Griff hatte.

Cassandra seufzte. Es wäre schön, ihre Fäuste einen Augenblick lang herunterzunehmen und sich einfach auszuruhen zu können. Zu vertrauen. Den Frieden und das Behagen des Augenblicks zu empfinden.

„Jaleela, waren Sie schon mal auf einer Schlafanzugparty?"

Jaleela sah sie fragend an. „Ich weiß nicht, was Sie meinen. Eine Schlafanzugparty?"

„Ich war auch noch nie auf einer. Aber ich weiß, dass man da die halbe

Nacht aufbleibt, Knabberzeug isst, sich mit Freundinnen unterhält und lacht." Cassandra holte aus ihrem Koffer eine Plastiktüte von Heidi. „Und wir haben Knabberzeug." Sie hob die Tüte hoch.

„Wir können eine Schlafanzugparty machen?" Jaleelas Augen funkelten.

„Würde ich mal so sagen. Das heißt, wenn Sie wollen."

„Ich glaube schon. Erst gehe ich aber ins Bad." Jaleela stand langsam auf. Dabei gab ihr rechtes Knie nach, doch sie hielt sich fest und griff nach ihrer Plastiktüte mit den Übernachtungssachen. „Bei unserer Schlafanzugparty werden wir uns unterhalten. Sie müssen mir noch mehr von Ihrer spannenden Arbeit in den Vereinigten Staaten erzählen. Ich will alles über meine Freundin erfahren, die Löwenprinzessin", sagte sie, gab noch einmal das charakteristische Gebrüll von sich und hinkte aus dem Zimmer.

39

„Meinst du, wir sehen heute viele Tiere?", fragte Nomvula.

Der Landrover mit dem Planenverdeck schlich über die unbefestigte Straße, die Grasland und Hügel des Nationalparks durchschnitt. Gaby roch noch das Shampoo – ‚Weißer Tee und Ingwer' – in Nomvulas Haar, als das Mädchen sich an sie lehnte. Sie und Tumi wechselten andauernd die Plätze zwischen Gaby und ihrer Mama, die hinten rechts saß. Das Fahrzeug bot im Heck Platz für acht Passagiere und einen vorne neben dem Safariführer. Gespannt hielten die Kinder zu beiden Seiten des Weges Ausschau nach Tieren, die sich vielleicht zwischen belaubten Bäumen versteckt oder im hohen Gras zusammengerollt hatten.

„Hoffentlich sehen wir welche, Tumi zuliebe." Gaby lächelte, während Nomvula und sie Tumi beobachteten, der nicht stillsitzen konnte und neben Jaleela herumzappelte. „Und auch deiner Mama zuliebe."

Als sie am Vorabend im Resort angekommen waren, hatte einer der Führer ganz unbefangen versprochen, dass am frühen Morgen mehr Tiere zu sehen seien. Daher hatten sie eine Safari bei Tagesanbruch gewählt, wenn die Tiere sich erhoben, nach dem Aufwachen in den Tümpeln tranken oder nach einem Frühstück aus Blättern oder Beute Ausschau hielten.

Gaby hatte es nichts ausgemacht, bei Sonnenaufgang loszufahren, vor allem heute. Selbst im tröpfelnden Frühnebel fühlte sie sich wacher und ausgeruhter als auf der ganzen bisherigen Reise – vielleicht weil sie endlich in einem Bett geschlafen hatte, das diesen Namen verdiente. Oder vielleicht, weil Nomvula und Tumi ihr Gesellschaft leisteten.

Selbst nachdem Katie und Mighty am Abend stundenlang Memory mit Nomvula und Tumi gespielt hatten, kamen die beiden nicht zur Ruhe. Sie waren zu aufgedreht wegen der bevorstehenden Safari und wollten noch weiterspielen. Doch Gaby hatte darauf bestanden, dass sie erst duschen gingen und sich dann mit den Fingern die Zähne putzten, da Gaby keine zusätzlichen Zahnbürsten dabeihatte. Nomvula und Tumi, die größere T-Shirts von ihr als Nachtwäsche trugen, hatten sich auf ihrem Bett niedergelassen und um noch mehr Beschäftigung gebettelt.

In Heidis Fundus fand Gaby buntes Bastelpapier und ließ die beiden für ihre Mama Herzen und Sterne basteln. Dann hatte sie vorgeschlagen, sie sollten die „Großen Fünf" malen, die fünf Tiere, die jeder unbedingt auf einer Safari sehen wollte: Elefant, Leopard, Löwe, Büffel und Nashorn. Damit waren sie beschäftigt, bis ihnen fast die Augen zufielen. Kurz darauf sprachen sie ihre Nachtgebete und schliefen am Fußende ihres Bettes ein.

Nachdem Gaby sie mit einer Extradecke zugedeckt hatte, hatte sie noch lange wach gelegen, an Tom gedacht und sich gefragt, wie er wohl den Nachmittag verbrachte. Wie sehr hatte sie sich gewünscht, dass er hier wäre und dass sie sich ineinandergekuschelt auf den nächsten Tag freuen könnten …

„Tumi, Tumi, schau mal!", rief Nomvula und zeigte aus dem Fenster des Landrover. „Ein Elefant. Nein, zwei Elefanten! Da ist noch ein Junges dabei."

Tumi hüpfte geradezu auf den Schoß seiner Schwester und versuchte etwas zu sehen. Als er die schönen Geschöpfe ausmachen konnte, die in ihrem eigenen Lebensraum verborgen waren, erhellte ein breites Grinsen sein Gesicht. Mit einem Bleistift kreisten sie die Elefanten ein, die sie gemalt hatten, und sahen dann zum Fenster hinaus, um noch mehr zu entdecken.

Unterdessen tauschten Gaby und Tumi die Plätze, wodurch die Geschwister nebeneinandersitzen konnten und sie neben Jaleela saß.

„Kinder halten einen ganz schön auf Trab, was?", lachte Jaleela. „Sie haben gestern Abend viel mit ihnen gemacht. Ich muss mich bei Ihnen für die Sterne und Herzen bedanken."

„Hat Spaß gemacht. Ich genieße das Miteinander mit Nomvula und Tumi sehr. Wirklich." Der Landrover holperte, und sie hielt sich am Griff vor sich fest. „Sie sind Ihnen so ähnlich. Warmherzig und verständnisvoll. Wissbegierig. Sie können sehr stolz auf sie sein."

„Sie sind ein besonderes Geschenk Gottes." Jaleelas Lippen kräuselten sich zu einem wissenden Lächeln. „Unterrichten Sie die Kinder in Ihrer Gemeinde?"

„Ich beaufsichtige vor allem den Unterricht und alles, was damit zu tun hat. Aber nach dem Abend mit Ihren Kindern", sagte sie aufrichtig, „glaube ich, ich möchte gern wieder selbst unterrichten."

„Sie lieben Kinder?"

„Und wie", antwortete sie ohne nachzudenken und hielt dann kurz inne. „Schon immer. Ich glaube, Kinder sind meine Berufung."

„Das kann ich mir vorstellen. Ich glaube, ich habe noch nichts von Ihren eigenen Kindern gehört."

„Nein. Dieses besondere Geschenk wurde meinem Mann und mir leider nicht gewährt." Das Verlustgefühl, das sie wieder überflutete, hallte in ihr nach wie der Refrain eines traurigen Liedes.

Mit Verständnis im Blick berührte Jaleela sachte Gabys Arm. „Tut mir leid." Ihre warmherzige Stimme war besänftigend. „Sie verdienen so einen Schatz."

„Danke, dass Sie das sagen." Gaby neigte den Kopf und war von

Jaleelas Worten gerührt. „Ich weiß nicht, ob ich es verdiene, aber es würde mich auf jeden Fall glücklich machen." Sie lächelte, als Tumi zu ihnen sprang.

„Wir haben einen Leoparden und ein Nashorn gesehen", erzählte er ihnen aufgeregt.

Während sie sich mit Jaleela unterhalten hatte, hatten Tumi und Nomvula eifrig weitere Exemplare der Großen Fünf aufgespürt. Er zeigte gerade die neu eingekreisten Tiere vor, als Nomvula von der anderen Seite sagte: „Giraffen!" und in Gabys und Jaleelas Richtung zeigte.

Während der Landrover in eine Linkskurve bog, schauten alle nach rechts zu einer Handvoll Giraffen, die ihre schlanken Hälse neigten, um sich an den Bäumen zu laben. Die Giraffen waren ein spektakulärer Anblick, doch die begeisterten Mienen von Nomvula und Tumi standen dem in nichts nach. Ihre Augen strahlten, und sie sahen so fasziniert aus, dass Gaby den Blick nicht von ihnen wenden konnte.

Noch spannender wurde es jedoch, als ein Löwe, der nahe an den Landrover herankam, eine Weile neben ihnen herging, als begleite er sie. Oder als die beiden Löwinnen, die plötzlich aus dem Gras hervorgeschossen kamen, ihre Hälse reckten, als sondierten sie die Lage und machten Pläne für den Tag. Die Kinder mussten sich den Mund zuhalten, damit sie vor Freude nicht laut aufkreischten und die Wildtiere verschreckten.

Der König und die Königinnen des Dschungels waren jedoch nicht die letzten freilaufenden Tiere, die ihnen begegnen sollten. Als sie eine Stunde später wieder auf den Parkplatz einbogen, konnte Gaby kaum glauben, wie viele Tiere sie entdeckt hatten – Dutzende Affen, Gnus, Flusspferde und Antilopen.

Der Führer hatte auch auf einige der herrlichsten Vögel hingewiesen, die sie je gesehen hatte – einen hellorangen Webervogel und einen Glanzstar mit Federn so blau wie die eines Pfaus. Sie hatten sie an die Vögel aus ihrer Heimat erinnert, den Roten Kardinal und den Blauhäher, die sie jeden Tag sehen konnte, wenn sie auf die Veranda trat.

Tatsächlich hatten es die Kinder geschafft, alle Tiere auf ihren Blättern einzukreisen. Sie wedelten damit herum und hätten kaum glücklicher sein können.

„Danke, dass Sie die Safari für meine Vula und meinen Tumi zu so etwas Besonderem gemacht haben." Jaleela hakte sich bei Gaby unter und deutete auf eine Bank in der Nähe, auf die sie sich setzen und zuschauen konnten, wie Cassandra die Kinder bestimmt schon zum hundertsten Mal fotografierte.

Gaby erkannte an Jaleelas langsamem Gang, dass sie der lebhafte Vormittag ganz schön mitgenommen hatte. Dass Jaleela bereits von dem kurzen Weg vom Landrover zur Bank ganz außer Atem kam, bereitete ihr Sorge. Am Vortag hatte Jaleela noch optimistischer und jünger gewirkt, woraus Gaby geschlossen hatte, dass der Vorfall bei der Party im Hospiz, wo Jaleela beinahe umgekippt wäre, ein Zufall gewesen war. Aber jetzt war sie sich da nicht mehr so sicher.

„Jaleela, Sie sehen etwas müde aus. Ich habe den Schlüssel für unsere Unterkunft noch nicht zurückgegeben. Möchten Sie dorthin und sich etwas ausruhen?"

Doch Jaleela wollte nicht über ihren Gesundheitszustand reden. „Nomvula und Tumi verehren Sie. Das ist toll." Sie keuchte die Worte heraus. „Danke, dass Sie sich so um sie kümmern."

Gaby tätschelte ihre Hand und versuchte, die Sorgen um ihre Freundin beiseitezuschieben. „Durch sie war es für mich auch etwas Besonderes."

Es war zwar noch längst nicht Mittag, doch offenbar waren alle ausgehungert und mehr als bereit für das Mittagsbuffet, das zum Safari-Gesamtpaket gehörte.

„Wenn wir erst mal auf der Straße nach Mamelodi sind, gibt's lange keinen McDonald's mehr", erinnerte Katie die anderen. „Hauen wir also rein." Sie rieb sich den Bauch.

Also half Gaby Jaleela auf die Beine. Sie folgten Katie zum Speisesaal, wo auf Tischen Speisen und Desserts standen, von denen Gaby einige merkwürdig und fremd vorkamen.

Doch als sie sich erst mit ihren vollen Tellern an einen runden Tisch gesetzt hatten, fühlte sich alles wieder gut und vertraut an. Das Geplauder, der Austausch von Geschichten. Das Lachen. Es erinnerte Gaby an ihre Familie zu Hause. Wie ihr diese Menschen in so kurzer Zeit so sehr ans Herz wachsen konnten, war ihr ein Rätsel. Doch als sie einander an den Händen hielten und von Mightys Lippen ein tief aus dem Innern kommendes Tischgebet floss, spürte Gaby die Liebe und Wärme, die zwischen ihnen herrschte. Sie füllten die schmerzende Leere in ihr aus und gaben ihr reichlich Grund, dankbar zu sein.

Sie würde sie vermissen, das wusste Gaby. Die heitere Schönheit des Landes.

Die Nachmittagssonne strömte durch die offenen Fenster, als der Kleinbus über die weithin sichtbare Straße fuhr. Die sanfte, hügelige Landschaft sah aus wie ein Teppich, den jemand rechts und links der Straße zur Begrüßung ausgerollt hatte. Hoch aufgeschossene Sonnenblumen wuchsen auf Feldern, so weit das Auge reichte, reckten ihre gelben Gesichter gen Himmel und erwiesen der Sonne ihre Ehrerbietung. Während die Blumen grüßten, hatten sich die Straßenverkäufer zurückgezogen, verdösten unter ihren bunt gestreiften Schirmen die Hitze des Tages und ließen ihr köstliches Obst in der Hitze weiterreifen.

Nomvula und Tumi hatten die Rückbank des Kleinbusses eingenommen und gähnten ausgiebig. Sie sahen friedlich und süß aus, wie sie sich so eingerollt hatten und abwechselnd dem iPod lauschten, den Katie ihnen ausgeliehen hatte. Vorne saß Mighty hinter Katies Komfortsitz, Heidi war am Steuer und hielt den Blick geradeaus auf die Straße gerichtet.

Gaby setzte sich in die Mitte und bot Jaleela den Fensterplatz an. Beide schwiegen und blickten starr in die Landschaft. Vor ihnen saß Cassandra, die mehrmals wegnickte.

Im Kleinbus herrschte eine behagliche Stille, und für eine lange Weile sagte kaum jemand etwas.

Katie brach als Erste das Schweigen, als sie nicht mehr weit von ihrem

Zuhause entfernt waren. „Jaleela, haben Sie schon mal darüber nachgedacht, wie Sie das Perlenprojekt nennen wollen? Es soll doch so eine Art Firma werden, oder? Ich denke, es braucht einen Namen."

Gaby hatte nicht groß nachdenken wollen, hatte einfach das Ausspannen während der Fahrt genossen, die leichte Brise, die ihr Haar sanft in alle Richtungen blies. Doch als Katie es erwähnte, ging ihr auf, wie recht sie hatte. Ein Name für das gemeinnützige Projekt war ein Muss, und Jaleela sollte an der Entscheidung beteiligt sein; sie mussten darüber nachdenken, solange sie noch zusammen waren. Außerdem machte ein Brainstorming irgendwie auch Spaß.

„Ich dachte an Jaleelas Juwelen", warf Katie in die Runde. „Wegen der Alliteration."

Jaleela schüttelte ablehnend den Kopf. „Ich glaube nicht, dass ich meinen Namen darin haben will. Es ist ja nicht nur *mein* Traum. Es ist ein Traum für alle."

„Wie wäre es mit Perlen International?", schlug Cassandra vor.

„Oder …" – Heidi schaute in den Rückspiegel – „… etwas wie Traum-Perlen."

Gaby überdachte alle Vorschläge und steuerte auch eigene Ideen bei. „Perlen der Träume, vielleicht? Perlen der Verheißung? Perlen des Glaubens?" Sie wandte sich an Jaleela. „Was meinen Sie?"

Ein schüchternes Lächeln kräuselte Jaleelas Lippen. „Ich muss gestehen, dass ich auch schon darüber nachgedacht habe. *Perlen der Hoffnung*. Das ist der Name, der mir in den Sinn gekommen ist. Oftmals dachte ich schon …" Sie stockte, denn die Aufregung schien ihr die Luft zum Atmen zu nehmen. „Ich dachte, jede von uns ist eine einzigartige …" Wieder hielt sie inne und rang um Atem. „… eine einzigartige Perle. Unser Gott fädelt uns so auf, dass er damit zufrieden ist. So, dass jede von uns in jeder anderen seine Verheißungen erkennen kann."

Während alle Jaleelas Worte aufnahmen, musste Gaby lächeln. Wieder einmal hatte die Redegabe dieser einfachen Frau alle sprachlos gemacht. „Ich glaube, damit ist es beschlossen", sagte sie und bezweifelte, dass auch nur eine von ihnen an die Empfindungen in dem Namen, der aus Jaleelas

Herzen kam, herankommen konnte. „Unser Projekt heißt also *Perlen der Hoffnung*. In Ordnung?"

Alle nickten und machten es sich dann wieder auf ihren Plätzen bequem.

„Ich finde den Namen perfekt." Gaby beugte sich zu Jaleela und drückte ihre dünne Hand. „Ach du liebe Zeit, Ihre Hand ist ja eiskalt."

Jaleelas eisige Finger erschreckten Gaby, zumal die Luft, die zum Fenster hereinwehte, lauwarm war wie ein Babybad. Merkwürdig war auch, dass sich Jaleelas Finger zwar kalt anfühlten, aber Gaby gleichzeitig Schweißperlen auf Jaleelas Gesicht erblickte, die ihre Oberlippe rahmten und ihre Stirn nässten.

Bildete sie sich bloß ein, wie kurzatmig Jaleela, deren Brust sich merklich hob und senkte, plötzlich war? Offenbar war es nicht ihre Begeisterung über das Perlenprojekt, das ihr das Atmen schwer machte.

„Sind Sie sich sicher, dass mit Ihnen alles in Ordnung ist?"

Das Perlenarmband klimperte an Jaleelas Arm, als Gaby versuchte, ihr etwas Wärme in die Finger zu massieren.

Bevor Jaleela antworten konnte, brach von hinten Gekicher aus, worauf sich die beiden umdrehten. Nomvula bedeckte ihr breites Lächeln mit einer Hand und zeigte mit der anderen auf ihren Bruder. Mit den Kopfhörern des iPod auf seinen Ohren und fest zusammengekniffenen Augen schien Tumi in einer eigenen Welt zu sein, wiegte sich und zappelte zu der Musik, die seinen Kopf erfüllte. Als sie sahen, wie sehr sich die beiden Kinder amüsierten, mussten Gaby und Jaleela auch grinsen.

„Ihre Kinder erinnern mich an die süßen Jungtiere, die wir auf der Safari gesehen haben. Sie vertragen sich sehr gut, was?"

Die tiefe Verbundenheit zwischen Jaleelas Kindern war Gaby vom ersten Tag an aufgefallen. Auch sie selbst war ihren Brüdern schon immer sehr verbunden gewesen, aber das war nichts im Vergleich zu dieser besonderen Beziehung zwischen Nomvula und Tumi. Natürlich war ihr Familienleben ganz anders gewesen. So beschützt, so geborgen. Als Kinder hatten sie und ihre Brüder sich nie sehr aufeinander verlassen müssen.

„Ich weiß nicht, was sie ohne einander machen würden. Nomvula, sie …" Jaleela verstummte und führte eine Hand auf ihre Brust.

„Was ist los?"

Doch wieder sagte Jaleela nichts. Sie schüttelte bloß den Kopf und versuchte, ihre Gedanken zu sortieren. Ihre Worte kamen wie ihr Atem stoßweise hervor. „Sie … sie lächelt, wenn ihr Bruder lächelt. Und Tumi … verlässt sich so sehr auf Nomvula. Ihre Kraft. Sie ist wie eine Mutter zu ihm seit, seit ich …" Sie schnappte nach Luft. „Seit ich …"

Plötzlich verschwanden aller Friede und alle Freude, die zuvor noch aus Jaleelas Augen gestrahlt hatten, so schnell wie eine Sternschnuppe, die vom Himmel fällt. Ihre Miene verzog sich zu einem traurigen Runzeln, das Gaby nie zuvor auf ihrem lieben Gesicht gesehen hatte. „Sie …", brach ihre Stimme ab, und sie atmete stoßweise, „sie haben einander so lieb. Ich träume … ich bete …, dass sie miteinander aufwachsen."

Gaby tätschelte Jaleelas Hand und versuchte, ihre Freundin emotional zu besänftigen, in der Hoffnung, das möge sie auch körperlich stabilisieren. „Sie müssen sich beruhigen. Wirklich."

„Tut mir leid. Meine Gedanken …"

„Schon in Ordnung. Mütter machen sich einfach Sorgen." Gaby nahm Jaleelas andere Hand und rieb sie. „Das gehört dazu."

Doch es sah nicht so aus, als könnte sie Jaleela in irgendeiner Weise beruhigen. Ihre Hände zitterten unkontrollierbar in Gabys Händen. Ihr Kopf ruckte, und ihre Brust hob sich, als sie versuchte, Luft zu holen. „Der Schmerz in meinem Herzen … viel stärker als in meinem Körper. Gott, hilf mir. Ich will sie … will sie nicht allein lassen. Nicht loslassen. Dieses Leben. Wo meine Kinder bei mir sind. Und keine Waisen …" Ihre Brust hob und senkte sich noch schneller. Wie nach einem Hundertmeterspurt röchelte sie und versuchte, mehr Sauerstoff aufzunehmen.

Gaby spürte auch in ihrer eigenen Brust Panik aufsteigen, und ihr Herz pochte, als das pfeifende Atmen aus Jaleelas Rachen lauter wurde. Und noch lauter.

Wieder versuchte Gaby, sie zu trösten, ihren Atem in einen gleichmäßigen Rhythmus zu bringen. „Schhh. Alles okay, Jaleela. Alles okay."

Sie sagte diese Worte wieder und wieder, damit Jaleelas Symptome genauso abklangen wie neulich bei der Party im Hospiz, als sie Jaleela auf einen Stuhl gesetzt und ihr kaltes Wasser gebracht hatte. Doch Jaleela saß bereits. Und es gab kein kaltes Wasser. Und selbst wenn – wie hätte Jaleela es trinken sollen? Sie klang bereits, als wäre sie dabei zu ertrinken. Zu ersticken. Keuchend und mit geweiteten Pupillen sah sie Gaby an; ihr Gesichtsausdruck war so wild und panisch, wie Gaby sich fühlte.

„Die Tierjungen." Ihre Augenlider flatterten, ihr Kopf taumelte auf ihrem Hals. „In der Sonne."

Wovon redete sie da? Was war los?

Gabys Unterarme kribbelten vor Angst. „Halten Sie durch, Jaleela. Halten Sie durch." Sie versuchte, die Frau mit einer Hand unter der Schulter zu stützen. „Cassandra! Ich brauche dich. Hilfe", kreischte Gaby und stupste Cassandra aus ihrem Erholungsschläfchen.

„Mighty! Mighty, bitte! Jaleela muss ins Krankenhaus", plärrte sie nach vorne und erreichte sofort die Aufmerksamkeit des Mädchens. „Schnell. Bitte sag Heidi, wohin sie fahren muss."

Cassandra schreckte hoch. „Was ist denn?" Sie reckte sich über Gabys Platz und erfasste sogleich die Lage. „Warum atmet sie so schwer?"

„Ich weiß es nicht. Ich weiß nicht, was da gerade passiert." Gaby hielt Jaleela im Arm und spürte jede Bewegung, als die Frau keuchte, mühsam um Atem rang, ihr Blick sich immer mehr verlor, mit jeder Sekunde weiter abdriftete.

„Wie weit ist es noch bis zum Krankenhaus?", rief Cassandra.

„Auf der anderen Seite des Townships von da, wo ihr wohnt. Fast zwanzig Minuten von hier", antwortete Mighty.

Heidi fuhr schneller; plötzlich herrschten im Wagen Angst und Anspannung. Ein grässlich klingender Pfeifton entwich Jaleelas Rachen.

„Nein, Kabul … nein", murmelte sie.

Gaby sah Cassandra verständnislos an.

Cassandra nickte. „Ihr Mann. Er ist verstorben."

Gaby schüttelte vor Kummer über das alles, über die so sinnlos auseinandergerissene Familie den Kopf. Dabei fiel ihr Blick auf Nomvula.

Tumi war noch immer auf die Welt der Musik eingestimmt, doch Nomvula hatte ihre Mutter in ihrer Mühsal gesehen wie gewiss schon viele Male zuvor. Doch statt der schönen Klänge, die ihr Bruder genoss, hatte sie die Panik in ihren Stimmen vernommen. Verschwunden war jetzt das Lächeln aus ihrem Mädchengesicht. Verschwunden war das Licht in ihren vertrauensvollen Augen. Verschwunden war die Freude der vergangenen Tage.

Alles weg. Wieder einmal.

Es war grausam. Und ungerecht!

Gaby überließ Jaleela Cassandras Fürsorge und kletterte ins Heck des rumpelnden Kleinbusses, wo Nomvula saß, ihre Knie umklammerte und sich wie ein Ball zusammenkauerte. Sie streckte sich nicht wie sonst nach Gaby aus. Sie sah sie nicht einmal an. Also tat Gaby das Einzige, was sie konnte. Sie legte die Arme um das von Trauer geplagte Mädchen und drückte sie an sich.

„Sie ist eine Kämpferin. Du wirst schon sehen." Gaby gab Nomvula einen Kuss auf den Scheitel. „Sie wird kämpfen", wiederholte sie.

Denn wenn es um ihre Kinder ging, würde Jaleela genau das versuchen.

◎ ◎ ◎

Dort am Eingang des schäbigen, veralteten Dorfkrankenhauses in der Nachmittagshitze zu stehen, erschien ihr vollkommen surreal. Nomvula und Tumi hatten sich wie erstarrt an ihre Beine geklammert. Die letzte halbe Stunde gehörte zu den schrecklichsten Erfahrungen in Gabys Leben. Heidi war über die ihr unbekannten Straßen gerast, um Jaleela hierherzubringen, an diesen furchtbar aussehenden Ort, dem einzigen, an den sie ihre Freundin hatten bringen können.

Gaby drückte die Kinder an sich und wünschte, sie müssten ihre Mutter nicht in diesem Zustand sehen. Eine so lebensfrohe Frau, jetzt gekrümmt, schlaff und beinahe leblos in einem altmodischen Rollstuhl mit einer zerschlissenen Rückenlehne und spindeldürren Rädern, die genauso marode und gebrochen und hoffnungslos wirkten wie die Südafrikanerin selbst.

„Tut mir leid. Sie können nicht hierbleiben. Sie dürfen nicht", sagte Mighty in festem Ton und stellte sich hinter den Rollstuhl. Seit ihrer Ankunft war Jaleelas Atem noch flacher geworden. Ein rasselnder Husten durchschnitt die Stille um sie herum. „Gehen Sie jetzt. Bitte gehen Sie", bat Mighty.

Entsetzt konnte Gaby kaum erfassen, was Mighty da sagte. Sie konnten doch nicht einfach gehen. Sie wollte es nicht. Wie denn auch, wenn Jaleela, ihre liebe, liebe Freundin, ihr Leben aushauchte?

Wo war denn jemand, der sich kümmerte? Wer würde sie wieder auf die Beine bringen? Das Krankenhaus sah so heruntergekommen aus. Konnten sie hier wirklich jemanden heilen? Sie konnte es nicht fassen, dass Jaleela nur hier aufgenommen werden konnte.

„Hierlassen? Sie *hier*lassen? Das können wir nicht", stammelte Gaby, die ihre Tränen nicht zurückhalten konnte, nicht einmal um der Kinder willen. „Wir können nicht gehen."

„Aber Sie müssen." Mighty schüttelte den Kopf und sah Gaby an. Dann Cassandra, die mit den Zähnen knirschte. Und schließlich Heidi und Katie, die besorgt dreinblickten. Ihre Augen trübten sich angesichts der schmerzlichen Realität – der Wahrheit. „Um Jaleelas willen müssen Sie gehen. Sie trauen Ihnen hier nicht. Sie würde dann noch schlechter versorgt, nicht besser. Gehen Sie jetzt. Suchen Sie Mama Penny. Auf Mama Penny werden sie hören."

„Aber …" Gabys Herz zog sich angsterfüllt zusammen.

„Verschwenden Sie nicht noch mehr Zeit. Bitte", bat Mighty inständig, sah sie flehend an und schloss ihre Hände fest um die Griffe des abgenutzten Rollstuhls. „Nomvula. Tumi. Kommt", sagte sie ernst und nickte Jaleelas Kindern zu, damit sie ihr folgten.

„Nein!" Gaby legte ihre Arme noch fester um die Schultern der beiden Kinder. „Nein, sie können mit uns kommen. Wir passen gut auf sie auf."

„Natürlich." Mightys Stimme wurde sanfter. „Sie würden gut auf sie aufpassen. Aber sie müssen jetzt mit uns kommen. Falls …"

So leise kamen Mighty die Worte über die Lippen. So gedämpft. Kaum hörbar. Doch Gaby hörte sie. Hörte sie sehr gut. Nomvula und

Tumi sollten bei ihrer Mutter sein. Falls es einen letzten Augenblick geben sollte. Einen letzten Atemzug. Falls Jaleela einen letzten Blick auf die wertvollsten Geschenke Gottes werfen wollte.

40

Gabys Hand zitterte, als sie die Haustür öffnete. Sie wusste nicht, wer draußen stehen würde und ob sie Neuigkeiten über Leben oder Tod erwarteten.

„Mama Penny!" Beim Anblick ihrer Freundin brach Gaby fast zusammen, so dankbar, dass sie die Besucherin war. Sie umarmte die Südafrikanerin fest, zu fest, wie sie wusste, und versuchte ganz eigennützig, die Stärke aufzusaugen, die nur von der Matriarchin des Dorfes ausging.

Die Nacht hinter Mama Penny sah schwarz genug aus, um sie zu verschlucken, dunkel und sternenlos, was bedeutete, dass es morgen regnen würde. Doch darauf kam es nicht an. Auf nichts kam es im Moment an. Nur auf Neuigkeiten über Jaleela.

Das war alles, worauf sie seit Stunden warteten. Betäubt und schockiert saßen sie beisammen, während der Tag verblichen und die Nacht hereingebrochen war. Sie hatten Gebete gesprochen, Tränen vergossen. Sie waren vor Angst verstummt beim Gedanken an Jaleelas kritischen Zustand. Doch hier und da sprudelten Worte hervor, mit denen sie sich an die kranke Frau erinnerten und die sie lächeln ließen.

Wortlos führte Gaby Mama Penny in ihr Zuhause, das so weit weg war von zu Hause. Katie und Heidi standen auf und boten Mama Penny die Couch an. Doch sie schüttelte den Kopf und blieb aufrecht im Zimmer stehen. Das gedämpfte Licht tauchte sie in einen gelben Schatten.

„Sie ist von uns gegangen", sagte Mama Penny, bevor jemand fragen konnte. „Sie ist von uns gegangen", wiederholte sie, als könnte sie es selbst noch nicht glauben. Gaby sah die Fassungslosigkeit in Mama Pennys müden, feuchten Augen. Dennoch reckte die Frau ihren Kopf hoch. „Unsere Jaleela ist jetzt bei ihrem himmlischen Vater. Sie ist jetzt bei Ihm."

„Nein!" Cassandra schlug mit der Faust auf den Küchentisch, dass ihre Teetasse auf der Untertasse klirrte. „Nein! Ich wusste, dass ihr in diesem grässlichen Krankenhaus nicht geholfen werden kann." Sie vergrub ihr Gesicht in den Händen.

„Sie verstehen es nicht", wandte Mama Penny sachte ein. „Jaleelas Zustand war schlimmer, als irgendjemand wusste. Sie hatte nicht nur gegen Aids zu kämpfen. Sie hatte auch Tumore."

„Tumore?" Cassandra schaute auf. „Krebs? Warum haben Sie uns das nicht früher gesagt? Warum hat sie es uns nicht gesagt?"

„Ich wollte daraus kein Geheimnis machen. Doch ich habe es meiner Freundin Jaleela versprochen. Sie wollte alleine im Stillen kämpfen. Sie wollte nicht, dass die Kinder sich sorgen." Mama Penny neigte den Kopf. „Unsere Freunde sterben nicht immer an Aids. Bei dem Virus gibt es viele tödliche Komplikationen. Tuberkulose. Infektionen. Krebs. Unsere arme Jaleela! Sie hat versucht, eine tapfere Kämpferin zu sein. Aber wir konnten nicht alle Behandlungen auftreiben, die sie gebraucht hätte. Der Krebs hat in der Lunge metastasiert. Sie ist an Atemnot gestorben."

Gaby merkte, wie sich Cassandras Miene mit jedem Wort aus Mama Pennys Mund schwermütiger verzog. Auch Heidis und Katies Augen wirkten düster vor Kummer. Gewiss trauerten Mutter und Tochter nicht nur um Jaleela, sondern durchlebten den Verlust ihres Mannes und Vaters erneut.

Gaby war klar, wie sehr die anderen litten, denn auch ihr zog sich das Herz zusammen, als sie versuchte, mit dem Schmerz, der Enttäuschung, der Wut umzugehen. Wie furchtbar war es – wie hilflos fühlte es sich an –, dass eine Freundin aus ihrer Mitte gerissen worden war. Von der Intensität ihrer Gefühle für Jaleela wurde Gaby völlig überrumpelt.

Wie hatte es so schnell geschehen können? Sie hatte die Südafrikanerin doch erst vor knapp zwei Wochen kennengelernt. Gaby war, als strömten die Gefühle eines ganzen Lebens aus ihr hervor. Jaleela und ihre

Familie, Jaleela und ihr Glaube hatten sie auf unvorstellbare Weise berührt.

Mama Penny erzählte, dass die vier Jaleela auch tief beeindruckt hatten. „Seit meine Freundin krank geworden ist, habe ich sie nie so strahlend erlebt wie mit euch." Mama Penny nahm sich Zeit, in jedes einzelne Gesicht zu blicken. „In so kurzer Zeit sind Sie ihr alle ans Herz gewachsen."

„Wir haben sie auch lieben gelernt", brachte Heidi unter Tränen hervor. „Sie war so warmherzig. So inspirierend für uns."

„Ich hatte wirklich gehofft, an unserer Jaleela werde ein Wunder geschehen", erwiderte Mama Penny. „Sie konnte ihre Augen nicht mehr offen halten, hat immer wieder das Bewusstsein verloren, ihr Atem war flach, konnte sie nicht am Leben halten. Doch dann kam ein Augenblick, da drehte sie sich zu mir und sprach mit mir. So klar. Mir kam es so vor, als hätten Engel sie wiederbelebt, als würde sie wieder genesen; so redete sie. Aber Jaleela musste etwas gewusst haben, das ich nicht wusste. Sie muss gewusst haben, dass ihre Zeit nun zu Ende war."

Mama Penny wiegte sich, als schaukele sie ein imaginäres Baby sachte in den Schlaf. „Viele ihrer Worte hatten mit Ihnen zu tun. Sie hat viel darüber geredet, wie Sie ihren Traum verwirklicht haben."

Gaby nahm Mama Pennys Worte auf und musste an ihre erste Begegnung mit Jaleela denken und wie gerührt sie war von dem Lächeln der Frau, der bloßen Berührung ihrer Hand. Da die Erinnerung an Jaleelas Gemüt sie erwärmte, wusste sie nicht, ob sie lachen oder weinen sollte; also tat sie beides. „Die Frau hört nie auf, einen zu erstaunen, was?" Sie lächelte und wischte sich die Tränen von den Wangen.

„Sie war Ihnen allen dankbar. Sie sagte, Sie wären ihre Schwestern geworden. Sie bat mich, ihren Schwestern Geschenke zu geben, um ihnen zu danken." Mama Penny hielt eine Plastiktasche hoch, die Gaby erst jetzt bemerkte. Es war Jaleelas Tüte, die sie in Ermangelung eines Koffers mit auf die Safari genommen hatte. „Ich bringe Ihnen nicht nur Neuigkeiten über Jaleela mit, sondern auch einen Teil von ihr." Sie hielt inne. „Cassandra, Sie zuerst."

„Ich?“ Cassandra hatte sich nach ihrem Ausbruch abgewandt und aus dem Fenster in die Dunkelheit gestarrt. Am Nachmittag und Abend war sie die Ruhigste gewesen und hatte ihre Gefühle für sich behalten. Doch jetzt wandte sie sich ihnen mit einem vor Trauer versteinerten Gesicht zu. Sie musterte Mama Penny zweifelnd. „Ein Geschenk?“

Unfassbar, dass Jaleela, die kaum materielle Dinge besessen hatte, ihnen Geschenke überlassen haben sollte. Außerdem erschien das unnötig. Hatte sie ihnen nicht schon genug geschenkt durch ihr Vorbild an Glauben, ihr freundliches Gemüt, ihre wärmende Liebe?

Und doch hatte Jaleela offenbar noch mehr zu geben.

„Ja.“ Mama Penny holte etwas aus der Tüte, das so klein war, dass Cassandra es nicht erkennen konnte. Die Südafrikanerin ging zu ihr und legte ihr das Teil in die Hand. Etwas, das selbst in dem dämmrigen Licht glitzerte. Das blaue Perlenarmband!

„Jaleela wollte, dass Sie das Armband bekommen, Cassandra, das Symbol ihres Traums“, sagte Mama Penny. „Sie haben sie eine Geschäftsfrau und Träumerin genannt. Sie sagte, auch Sie seien beides. Sie hatte die Hoffnung, Sie würden die anderen dazu anleiten, ihr Vermächtnis umzusetzen.“

Cassandra starrte das Armband auf ihrer Handfläche an, begann zu zittern und fing schließlich an zu weinen. Gaby hielt es nicht aus, sie so alleine dastehen zu sehen; sie ging zu Cassandra und legte ihr einen Arm um die Schulter.

„Ich habe nie ein Schmuckstück besessen, das mir so viel bedeutet hat“, schluchzte sie. „Und keine Freundin, die mir so viel bedeutet hat.“

„Ich weiß. Ich weiß. Jaleela war etwas ganz Besonderes.“ Gaby tätschelte Cassandras Schulter und versuchte sie zu trösten.

„Mama Heidi und Katie mit den blauen Augen“, fuhr Mama Penny fort. „Auch für Sie hat Jaleela etwas.“ Wieder verschwand ihre Hand in der Plastiktasche und kam mit Jaleelas grüngelbem Schal wieder hervor, den sie am Tag zuvor getragen hatte. „Ein Geschenk von einer Mutter an zwei Mütter. Sie hoffte, eines Tages würden Sie Ihr Baby darin einwickeln und neue Träume träumen.“

Gaby sah, wie Heidi die Augen überliefen, als sie den Schal aus Mama Pennys Hand entgegennahm.

„Oh Mama, das kann ich kaum glauben." Katies Stimme brach ab, als sie Heidi eine Hand auf die Schulter legte.

„Und Sie, Gaby." Mama Penny drehte sich zu ihr. „Ich habe nichts Greifbares für Sie in der Tasche. Aber ich habe etwas Greifbares direkt von Jaleela. Nämlich ihr Wort. Von einem gläubigen Menschen zum anderen wollte Jaleela Sie wissen lassen, dass sie den Engeln von Ihnen erzählen wird, sobald sie in den Himmel kommt. Sie hat Sie sehr bewundert."

Eine Woche zuvor hätte Gaby das nichts bedeutet – heute tat es das. Und sie wusste, dass es morgen auch so sein würde. Dass Jaleela sie als Schwester im Herzen und im Geiste betrachtet hatte, machte sie zutiefst demütig. Was war wertvoller als der Gedanke daran, den sie immer mit sich herumtragen konnte? Sie wünschte nur, sie hätte in Jaleelas letzten Augenblicken bei ihr sein, ihre weiche Hand halten und es ihr sagen können.

Jaleelas Zusage war zwar tröstlich, doch irgendetwas trieb Gaby um. Etwas, das sie nicht einfach abtun konnte. Es machte sie kribbelig und verstörte sie, hatte sie den ganzen Nachmittag auf und ab rennen und wie eine Verrückte auf einem Stuhl vor und zurück schaukeln lassen.

Es waren Nomvula und Tumi.

„Mama Penny, sagen Sie mir bitte", bat sie, „was ist mit Nomvula und Tumi? Wie geht es ihnen? Ich muss immerzu an sie denken."

Mama Penny senkte den Kopf. Offensichtlich ging auch ihr der Gedanke an Jaleelas verwaiste Kinder sehr nahe. „Dem Herrn sei Dank – Jaleela konnte noch ein paarmal mit ihren Kindern sprechen, bevor sie verschied. Sie hat sie getröstet. Sie hat sie umarmt. Sie hat ihnen gesagt, dass sie sie immer lieben wird."

Gaby konnte sich nicht im Entferntesten vorstellen, was es bedeutete, ein Kind zu sein und so etwas durchzumachen. Sie hatte versucht, sie auf dem Weg ins Krankenhaus zu schützen, sie fest an ihr Herz zu drücken. Doch wer tröstete sie jetzt? Jetzt, wo Jaleela von ihnen gegangen war?

„Wo sind sie?“, fragte sie.

„Sie sind noch bei Mighty, aber ich hole sie bald ab“, erläuterte Mama Penny. „Vorübergehend hilft mir meine Enkelin, sie zu versorgen.“

Und danach? Wer würde sich dann um sie kümmern? Gaby wollte es wissen, aber der Zeitpunkt erschien ihr nicht richtig. Mama Penny hatte gerade eine enge Freundin verloren, genau wie sie alle. Gewiss tat sie das Beste, was sie tun konnte. Gaby wollte Mama Penny nicht in Verlegenheit bringen oder auf den Gedanken, Gaby würde ihre Entscheidung kritisieren.

„Wir müssen unsere Flüge umbuchen“, sagte Gaby. „Wegen der Trauerfeier. Es wäre richtig, daran teilzunehmen.“

Als sie ihre Gefühle ernstlich überprüfte, wusste Gaby, dass sie den Vorschlag nicht allein aus Respekt gegenüber Jaleela machte. Vor allen Dingen konnte sie sich nicht vorstellen, an diesem Tag nicht bei Nomvula und Tumi zu sein.

Jaleela war zwar körperlich von ihnen gegangen, doch auch dazu schien sie etwas zu sagen gehabt zu haben und übermittelte nun ihre Botschaft durch Mama Penny. „Wenige Augenblicke, bevor sie verstarb, sagte Jaleela, sie hoffte, dass sich nichts sich ändern würde. Sie drückte meine Hand und erzählte mir mit einem Strahlen in den Augen, was bei ihrer Beisetzung gesagt werden soll.“

Gaby hielt den Atem an, wartete ab und sah verstohlen zu den anderen; auch sie wirkten gespannt.

„Sie sagte: ‚Sag ihnen auf der Beerdigung, sie sollen nicht weinen.‘“ Mama Pennys kräftige Stimme erfüllte den Raum. „‚Feiert, wenn mein Körper in die Erde unserer Heimat gelegt wird. Denn unsere Freundinnen werden wieder in Amerika sein, und ein Traum für uns alle wird jenseits des Meeres Wurzeln schlagen.‘ Ich weiß nicht, was hier richtig ist.“ Mama Penny zuckte die Achseln. „Ich kann nur von Jaleelas Wunsch erzählen. Ihre Worte auf dem Sterbebett. Das ist alles, was ich Ihnen erzählen kann.“

Stille breitete sich aus; Gaby versuchte, die Gedanken in ihrem Kopf und die Gefühle in ihrem Herzen zu sortieren, von denen keines im Einklang zu stehen schien mit dem, was Mama Penny sagte.

Cassandra stand auf und hatte augenscheinlich seit den furchtbaren Ereignissen des Nachmittags zum ersten Mal die Lage und sich selbst im Griff. „Dann sollten wir das machen. Ich bin dafür, Jaleelas Wünsche zu erfüllen. Wir müssen heimfahren und das Perlenprojekt in Gang setzen. Was meint ihr?"

Heidi und Katie sahen erst einander an, bevor sie Cassandra zunickten; zögerlich nickte dann auch Gaby.

„Aber offen gestanden, Mama Penny", sagte Cassandra geschäftsmäßig und war ihnen damit einen Schritt voraus, „wir können dieses gemeinnützige Projekt nicht anlaufen lassen, wenn wir keine Produkte von den Frauen haben. Und die sollen doch morgen ihren Perlenschmuck zum Hospiz bringen. Aber machen sie das jetzt, nachdem Jaleela ... nicht mehr da ist?" Bei den letzten Worten geriet ihre Stimme ins Stocken.

Gaby hatte nicht einmal ansatzweise darüber nachgedacht, doch offenbar war Jaleela die Hauptverbindung zu einem Großteil der Perlenhandwerkerinnen gewesen. „Hoffentlich denken sie nicht, wir haben etwas mit dem Sterben ihrer Freundin zu tun. Wir waren als Letzte bei ihr."

„Was ist, wenn sie uns nicht vertrauen, nachdem Jaleela nicht mehr da ist?" Heidi nagte an ihrer Lippe.

„Können Sie irgendwie helfen, Mama Penny?", fragte Gaby.

„Ich werde die Frauen daran erinnern, dass Sie morgen im Hospiz sein sollen", versicherte Mama Penny ihnen. „Ich sage ihnen, sie sollen sich verhalten, als wäre Jaleela noch am Leben. Einige der Frauen kennen Sie gut. Aber die anderen? Nein, ich kann die Frauen nicht zwingen, Ihnen zu trauen und mit Ihnen zu arbeiten. Bei so viel Leid und Tod um uns herum wünschte ich, ich könnte es. Außerdem haben wir nicht genug Männer übrig, um Erde auf die Gräber zu schaufeln. Jetzt müssen auch Frauen Gräber schaufeln. In Jaleelas Traum gibt es Hoffnung für die Frauen, wenn sie denn kommen." Der Gedanke an Jaleela ließ ein Lächeln über Mama Pennys Gesicht huschen. „Vermutlich redet sie genau in dieser Minute mit dem Herrn über diese Situation."

„Da haben Sie recht." Gaby lachte leise und trat an Mama Pennys Seite. „Ich bin sicher, er wird von ihr ganz schön was zu hören kriegen."

Alle lachten und vergossen ein paar Tränen bei der Erinnerung an ihre warmherzige, treue Freundin; dabei drückte Gaby Mama Penny die Hand. „Sie war die Beste."

„Ja, das war sie", stimmte Mama Penny leise zu. „Und jetzt muss ich los. Ich will zwar nicht von Ihnen weg, aber Sipho wartet auf mich und bringt mich nach Hause."

Nach einer ganzen Reihe Umarmungen hakte Gaby sich bei Mama Penny unter, und gemächlicher als sonst trotteten sie zur Tür.

„Mama Penny?", rief Katie, und beide drehten sich zu ihr um. „Was bedeutet eigentlich Jaleela? Das wollte ich schon immer fragen."

„Hoch erhaben", erwiderte Mama Penny sogleich und lächelte.

Wie angemessen der Name war, dachte Gaby, als sie hinter Mama Penny die Tür schloss. Er passte wirklich zu der Frau, die solch einen Eindruck in ihren Herzen und ihren Seelen hinterlassen und sie in etwas eingebunden hatte, das größer war als sie alle.

Doch da waren auch noch andere, die in Gabys Herzen einen Eindruck hinterlassen hatten – Jaleelas Kinder. Gaby konnte nur hoffen, dass sie so versorgt würden wie die Schätze, als die Jaleela sie gesehen hatte.

41

Cassandra sah auf die Uhr in der Halle des Hospizes und biss die Zähne fest zusammen.

Es war 12.45 Uhr. Sie, Gaby und die anderen waren schon über zwei Stunden hier, und noch immer waren keine Perlenhandwerkerinnen aufgetaucht, kein Schmuck – und kein Wunder. Wer konnte das den Südafrikanerinnen verübeln?

Sturzbäche münzgroßer Regentropfen hatten sich seit ihrer Ankunft auf die rote Erde ergossen. Für die Frauen war es bestimmt mühsam, den

Weg hierher in ihren Sandalen zu bewältigen, die in diesem dicken, matschigen Boden einsanken. Cassandra hatte sogar vorgeschlagen, in die Armensiedlung zu fahren und den Schmuck abzuholen. Doch Sipho erinnerte sie daran, dass auch die Reifen einsinken und nicht mehr aus dem dicken Schlamm zu bekommen sein würden. Widerwillig musste die Journalistin das eingestehen.

Doch Cassandra wusste, dass sie nicht länger dasitzen und dem unbeschreiblichen Regen zuhören konnte. Das prasselnde Geräusch übertönte das Klacken ihrer Schuhe, als sie von den anderen fort zur Eingangstür aus Glas lief. Sie hatte versucht, geduldig zu sein, ruhig zu bleiben, aber jetzt hielt sie es nicht länger aus. Jemand musste etwas unternehmen. Sie hatten so viel auf sich genommen, um dies alles zu erreichen. Cassandra konnte das nicht kampflos, tatenlos zerrinnen lassen. Sie hatten bereits Jaleela verloren. Sie würde es sich nie verzeihen, wenn jetzt auch Jaleelas Traum zerstieben würde.

Doch was konnte sie tun?

Sie starrte hinaus auf den überfluteten Parkplatz und merkte, wie die Hilflosigkeit in ihr hochkroch, ihr die Kehle zuschnürte, genau wie gestern, als Jaleela unmittelbar vor ihren Augen matter und schwächer geworden war. Cassandra hatte sich so schrecklich machtlos gefühlt. Zutiefst unfähig und unvorbereitet. Daran war sie nicht gewöhnt. Sie hatte ihre Freundin lediglich im Arm halten und sie wiegen können, bis sie im Krankenhaus waren. Doch das hatte kein bisschen geholfen. Und jetzt das hier. Wenn sie schon nicht Jaleelas Leben retten konnte, so wollte sie doch wenigstens versuchen, ihr Vermächtnis zu retten. Ihren Traum.

Cassandra musste nachdenken. Und zwar schnell. Was konnte sie tun?

Sie ordnete ihre Gedanken, atmete tief ein und strich sich über ihr schickes, aber sehr schlichtes Designerkleid aus Baumwolle. Letzten Sommer hatte sie es zum halben Preis bekommen – nicht dass es darauf ankam. Sie trug es, um für die Südafrikanerinnen hübsch auszusehen, um ihnen ihren Respekt zu zeigen. Doch vor allem hatte sie es angezogen, weil es gut aussah zu Jaleelas blauem Perlenarmband.

Seit sie es sich leisten konnte, hatte Cassandra immer weit mehr Interesse an Gold und Silber gehabt als an so bunten, ausgefallenen Sachen wie Jaleelas Armband. Doch dieses Kettchen war anders. Behutsam, fast ehrerbietig drehte sie das Schmuckstück an ihrem Handgelenk zurecht. Und wieder einmal fühlte es sich so an, als sei Jaleela genau hier bei ihr.

Allerdings hatte sie sich den ganzen Morgen schon so gefühlt. Zum Glück. Denn so verrückt es auch schien, sie vermisste Jaleela zutiefst. Zwar hatte sie sich mit Gaby und Heidi angefreundet und fand auch die junge Katie ganz lieb, das ja. Aber Jaleela … In so kurzer Zeit hatte die Südafrikanerin die Mauer um Cassandras Herz herum ausfindig gemacht. Und ausgerechnet sie hatte sich die Mühe gemacht, darüberzuklettern und ihr Herz zu berühren, wie es nie zuvor jemand geschafft hatte.

Jedes Mal, wenn sie daran dachte, dass sie Jaleela nie wiedersehen würde, empfand sie tiefen Schmerz. Doch etwas stimmte sie versöhnlich – zumindest kam es ihr so vor, als sei Jaleelas Geist ganz in ihrer Nähe.

Als Cassandra sich am Morgen geschminkt hatte, hatte sie etwas weniger getönte Creme und Rouge aufgetragen – und zwar nur um Jaleelas willen. Ihre Schlafanzugparty war nicht sehr ausführlich gewesen. Jaleela war zu erschöpft gewesen und hatte sich nicht besonders gut gefühlt. Recht bald war sie tief und fest eingeschlafen. Doch zuvor hatte sie noch ein paar Dinge gesagt, die einen bleibenden Eindruck hinterlassen hatten. Bei dem Gedanken daran musste Cassandra lächeln. Das hatte die einfühlsame Frau gut hinbekommen.

„Warum machen Sie sich Ihr Gesicht so bunt?", hatte sie Cassandra gefragt, als sie sie zum ersten Mal ohne Schminke gesehen hatte. „Sie sind doch auch so wunderschön mit Ihrer glatten Haut."

Verlegen berührte Cassandra ihr Gesicht und wischte das Kompliment beiseite. „Ach kommen Sie. Ich glaube, Sie sollten mal Ihre Augen untersuchen lassen."

„Meine Augen?" Jaleela verzog besorgt das Gesicht. „Meinen Sie, ich habe kranke Augen?"

Cassandra war in Gelächter ausgebrochen, was Jaleela auch tat, nachdem Cassandra ihr erklärt hatte, dass das in Amerika nur eine Redensart war.

„Ach Jaleela, ich vermisse Sie!“, flüsterte Cassandra in den bedrohlich wirkenden Himmel. Doch zur Antwort bekam sie nur einen dröhnenden Donner.

Noch bevor Cassandra morgens aus dem Bett gestiegen war, hatte sie fest beschlossen, Jaleelas Traum zu finanzieren und in die Wege zu leiten. Es kümmerte sie nicht einmal, ob sie das Geld je zurückbekommen würde. Es war das Mindeste, was sie tun konnte.

Schließlich war ihr nicht entgangen, dass sie diejenige war, mit der Jaleela ihre letzte Nacht auf Erden zugebracht hatte. Und diejenige, die Jaleela an ihrem letzten Morgen zuerst begrüßt hatte.

Ohne den anderen die Details zu erzählen, hatte sich Cassandra von Sipho zur Bank in Pretoria fahren lassen, bevor sie ins Hospiz gekommen war. Als sie in der Schalterschlange stand, um ihr Geld abzuheben, hätte sie schwören können, dass sie Jaleelas Anwesenheit auch dort spürte. Eigentlich war es mehr Jaleelas Geist, der Cassandra zu schelten schien, weil sie nicht glaubte, dass das Geld von alleine auftauchen würde, wie Jaleela es versprochen hatte.

Jetzt werden Sie doch mal vernünftig, hätte Cassandra am liebsten zu ihrer Freundin gesagt. Sie brauchten an diesem Tag doch sowieso schon ein Wunder – dass die Frauen wie geplant herkommen würden. Cassandra hatte nicht vor, an ein weiteres Wunder zu glauben, nämlich dass auch das Geld auftauchen würde.

„Ist doch nur zur Absicherung, Jaleela.“ Cassandra hatte die Worte an ihre liebe Freundin gar nicht laut aussprechen wollen, an eine Person, die niemand sehen konnte, während sie mit den anderen Bankkunden in einer Schlange stand. Alle hatten sie daraufhin neugierig beäugt. Bei diesem Gedanken musste Cassandra lächeln und bei der Erinnerung an Jaleela einmal mehr der Kopf schütteln.

Doch das war vor Stunden gewesen. Jetzt war sie hier im Hospiz und trug ein Kleid, das den anderen hoffentlich gefallen würde. Hatte eine Tasche voll Geld, mit dem sie die Perlenarbeiten bezahlen konnte. Und trug ein Armband am Handgelenk, das für Freundschaft, Hoffnung und all das Gute stand, das aus Schlechtem erwachsen kann.

Doch ein Schlüsselelement fehlte – die Frauen mit ihrem Schmuck. Nachdem Cassandra sich Jaleela den ganzen Morgen nahe gefühlt hatte, war ihr jetzt zumute, als würde sie hier dringender fehlen denn je.

Jaleela, wo bist du? Was würdest du jetzt machen?

Wieder übertönte der Regen jedes andere Geräusch – oder eine Antwort, auf die Cassandra hoffte.

Doch es war egal, denn sie wusste, dass diese Frage sowieso dumm war. Nicht weil Jaleela nicht hier war, um sie zu beantworten, sondern weil sie bereits genau wusste, was Jaleela tun würde.

Sie konnte nicht sagen, dass sie sich besonders wohlfühlte, genau das zu tun. Vielmehr war sie verlegen und unsicher. Irgendwie kam sie sich auch lächerlich vor. Doch Cassandra beschloss, es zu versuchen. Um Jaleelas willen. Um den Traum ihrer Freundin willen.

Oh Jaleela, schau nur, wo du mich hineingezogen hast!

Cassandra faltete die Hände, reckte sie nach oben, wie sie es bei Jaleela gesehen hatte, und sah durch die Glastür in den grauen Himmel hinauf. Sie hatte keine Ahnung, was sie sagen sollte. Auf jeden Fall kannte sie keine originellen Worte.

Aber es hieß: jetzt oder nie.

Sie schloss die Augen und fing an, alles in Worte zu fassen, was in ihrem Kopf war – und in ihrem Herzen. Sie war sich nicht sicher, ob es ein echtes Gebet war. Aber in diesem Moment würde es reichen müssen.

42

„Chloe, die sind ja wunderschön!" Heidi hielt eins der Dutzenden Armbänder hoch, die Chloe hergestellt hatte, und bewunderte, wie es im Sonnenschein glitzerte, der durch das Fenster des Hospizes strömte.

Chloes Hände waren vor Besorgnis zu Fäusten geballt. „Glauben Sie, Jaleela hätten sie gefallen? Ich habe mein Bestes versucht."

„Ich glaube, sie hätten ihr *sehr* gefallen", sagte Heidi. „Sie wäre stolz auf Ihre Arbeit."

„Ich hoffe, alles ist so, wie sie es sich erträumt hat."

„Daran habe ich keinen Zweifel."

Fast den ganzen Vormittag und bis in den frühen Nachmittag hinein platschte der Regen auf die Erde. Der Himmel hätte nicht melancholischer sein können und ähnelte den Weinkrämpfen über den Verlust einer lieben Freundin, die Heidi und die anderen immer wieder schüttelten.

Doch gerade als sie die Hoffnung hatten aufgeben wollen, dass der Regen je versiegen würde und die Perlenhandwerkerinnen doch noch auftauchten, ließ das Unwetter nach. Die Wolken rissen auf. Und die Sonne strahlte wie immer.

Innerhalb einer Stunde füllte sich die Lobby mit Frauen und Kindern, die – wie in der Woche zuvor – ihre besten und farbenfrohsten Kleider trugen und aussahen wie ein prächtiger Regenbogen, der sich von einem Ende der Halle zum anderen erstreckte.

Und die Frauen brachten noch weitere glänzende Perlenarbeiten zum Verkauf mit. Als Heidi den Schmuck betrachtete, der mit geschickten Fingern gefertigt und mit hoffnungsvollen Herzen bearbeitet worden war, konnte sie sich bloß ausmalen, wie viele Stunden es gedauert hatte, diese Schmuckstücke zu erschaffen, die das Leben der Frauen verändern konnten. Und das Leben anderer.

„Ich kann mir vorstellen, dass sie sich gut verkaufen lassen, Chloe. Sie sollten noch mehr davon herstellen."

Heidi war sich nicht immer sicher, welche Frauen Opfer des Virus waren und welchen mehr schlechte als gute Tage bevorstanden. Sie wollte nicht so persönlich werden. Doch da sie Chloes Geschichte kannte, fragte sie behutsam: „Könnten Sie so viel Arbeit schaffen?"

„Ja", strahlte Chloe. „Mir geht es besser, wenn ich etwas mit den Händen machen kann."

„Gut. Darauf habe ich gehofft." Heidi umarmte Chloe, gab ihr einen Bestandsbeleg und schickte sie zu Cassandra, um sich auszahlen zu lassen.

Während sie Chloes handwerkliche Stücke sortierte und Platz schuf für den Schmuck der nächsten Perlenhandwerkerin, wurde Heidi von Mighty unterbrochen. „Mama Heidi! Mama Heidi! Können Sie bitte mal kommen?"

War Mighty aufgebracht? Begeistert? Heidi konnte es nicht ausmachen. Sie sprang von ihrem Stuhl auf und lief zu ihr.

Hinter dem Empfangstisch wedelte Mighty mit den Armen, sah aufgedreht, aber hübsch aus – das leuchtende Karibikblau ihres einfachen Hemdkleides hob sich von ihrer dunklen schokoladenbraunen Haut ab. „Da ist eine neue E-Mail für Katie."

„Eine E-Mail?" Mark hatte noch eine E-Mail geschickt? *Kinder und Computer. Daran führt wohl kein Weg vorbei!*

„Ja. Und tut mir leid." Mightys Gesicht verfinsterte sich. „Tut mir leid, dass ich die E-Mail gelesen habe."

„Macht nichts. Denk gar nicht weiter darüber nach. Ich bin mir sicher, es ist nichts Besonderes."

„Oh doch, es ist etwas Besonderes. Es sind gute Neuigkeiten. Gute Neuigkeiten von Katies Freund in Amerika."

Gute Neuigkeiten von Mark? Das wollte Heidi überhaupt nicht in den Kopf. Ob er ein Auto hatte? Oder seinen Job wieder?

Mighty hielt ihr die ausgedruckte E-Mail hin. „Sie sollten sie sich auch durchlesen. Das sollten Sie", beharrte sie.

Heidi zögerte. Der Tag hatte doch ganz den Perlenhandwerkerinnen gewidmet sein sollen. Ihrem Schmuck. Und Jaleelas Traum. Auf gar keinen Fall wollte sich Heidi durch irgendein Liebesgeplänkel zwischen Katie und Mark davon ablenken lassen. „Nein, ich …"

„Ich hoffe, Sie denken nicht, ich habe keine Manieren, aber wirklich, Sie müssen sie lesen." Mighty wedelte mit dem Papier in ihrer Hand.

Heidi wusste, dass Mighty tüchtig war, aber so bestimmt hatte sie sie noch nie erlebt. Was war nur über sie gekommen?, fragte sich Heidi, als die junge Frau hinter ihrem Schreibtisch hervorkam und ihr die E-Mail in die Hand drückte. Dann weigerte sie sich, ihr von der Seite zu weichen, bis Heidi alles bis zum letzten Wort gelesen hatte.

„Ach du meine Güte! Ich fasse es nicht." Heidi drückte sich das Papier ans Herz. Schauer liefen über ihre Arme.

„Ja." Mighty zuckte fassungslos mit den Schultern. „Ich habe meinen Augen auch nicht getraut."

„Wo ist Katie? Das muss sie sehen." Heidi suchte die Frauengrüppchen nach ihrer Tochter ab. „Hast du sie gesehen?"

Mighty ließ den Blick über die Frauen schweifen. „Da. Da drüben ist sie", zeigte sie mit dem Finger.

Katie kam mit einer älteren Frau in einem traditionellen afrikanischen Gewand aus dem Bad und half ihr, sich wieder auf die Couch zu setzen.

Als die Frau richtig saß, rief Heidi: „Katie, kannst du bitte mal herkommen?"

Katies Knöchel heilte zwar recht gut, doch Heidi merkte, dass sie trotzdem noch vorsichtig war und ihre Zeit brauchte, bis sie am Empfangstisch angekommen war. Dabei zog sie Jaleelas grüngelben Schal fester, den sie als Schärpe um ihren Jeansrock gebunden hatte. Heidi war sich nicht sicher, ob Katie den Schal jemals abnehmen würde. Sie hatte ihn gestern Abend um die Schultern getragen, als Mama Penny bei ihnen vorbeigekommen war. Und dann hatte sie ihn auch mit ins Bett genommen, als eine Art Schmusetuch.

„Was ist denn?" Sie lächelte arglos und sah zwischen Heidi und Mighty hin und her.

„Du hast wieder eine E-Mail bekommen", informierte sie Heidi. „Du weißt schon, von wem."

„Oh.“ Katie sah plötzlich verlegen aus.

Heidi nickte.

„Du hast geguckt, von wem die E-Mail kommt?“

„Und ob. Und sie ist nicht von Mark.“ Heidi blickte Katie intensiver an. „Warum hast du mir nichts gesagt?“

„Ähm … was nicht gesagt?“

„Zunächst einmal von der ersten E-Mail. Sie war auch nicht von Mark, oder? Und da habe ich geschimpft und bin auf dich losgegangen.“

„Ja, und wie du geschimpft hast.“ Katie verdrehte die Augen, aber mit einer Spur von Lächeln fuhr sie fort: „Du warst wie eine wild gewordene Mama. Ich konnte gar nicht mit dir reden.“

Heidi merkte, wie sie rot anlief. „Ich hätte mich nicht so aufgeregt, wenn du mir die Wahrheit gesagt hättest. Das hättest du doch tun können.“

„Ich weiß. Ist doch nicht so schlimm, oder? Und ich wollte sehen, was passiert. Ich wollte dich überraschen.“

„Tja, das ist dir eindeutig gelungen.“ Heidi lachte verhalten. „Das ist allerdings eine Überraschung. Sieh mal.“ Sie reichte Katie den Ausdruck.

Als Katie die E-Mail las, wurden ihre Augen größer und größer, und ihr stand der Mund immer weiter offen. „Das glaube ich ja nicht!“

„Ich kann es auch kaum glauben und ich … nun ja, ich verstehe es nicht.“ Heidi sah Katie blinzelnd an. „Woher wussten die zu Hause denn davon?“

„Weil ich, als ich die erste E-Mail beantwortet habe, ausschließlich *davon* berichtet habe. Von den Frauen und dem Schmuck und Jaleela und was sie sich erhoffte. Davon, wie tapfer sie war und wie sicher sie sich war, es werde Geld da sein und ihr Traum werde eines Tages in Erfüllung gehen.“

Heidi schüttelte den Kopf und wunderte sich nicht zum ersten Mal in der vergangenen Woche über ihre Tochter. „Ich habe noch immer ein paar Fragen, aber ich denke, die können warten. Aber diese Neuigkeit“, sie lächelte und hob Katies Hand, in der sie die E-Mail hielt, „ist zu gut, um sie zurückzuhalten. Du musst sie allen vorlesen.“

„Ich?“

„Ja *du*, Dummerchen.“ Heidi legte Katie einen Arm um die Schulter. „Du hast das Ganze hier ausgeheckt. Du hast damit angefangen.“

„Soll ich es jetzt vorlesen?“

„Oh ja!“, kreischte Mighty. „Du musst! Du musst!“

Katie zuckte zusammen und beäugte Heidi skeptisch. „Kannst du irgendwie dafür sorgen, dass alle mal herhören?“

„Kein Problem. Darin sind wir Lehrer gut.“

Doch als Heidi anfing zu reden, merkte sie, wie ihr Hals vor lauter Frohsinn eng wurde. Warum hatte sie je an Katies Gutherzigkeit gezweifelt? Warum hatte sie auch nur eine Sekunde lang daran gedacht, die Sonne werde heute nicht mehr scheinen?

Ach, hätte sie doch nur Jaleelas Glauben! Unerschütterlich und aufrichtig.

Danke, Jaleela, dass du die Person warst, die du warst! Danke, Gott, dass du sie in unser Leben gebracht hast!

Sie atmete tief ein, schob sich die Haare hinter die Ohren und ließ ihren Blick durch das Zimmer voller Frauen schweifen. „Entschuldigung, meine Damen. Könnte ich bitte für einen Moment Ihre Aufmerksamkeit haben?“

Das Gemurmel ebbte fast augenblicklich ab, als alle Frauen und sogar ihre Kinder Heidi neugierig anschauten, einschließlich Gaby und Cassandra.

„Ich habe nur ein paar Dinge zu sagen. Zunächst“, sie schluckte schwer, „kann ich kaum ausdrücken, wie traurig wir sind, dass wir unsere neue Freundin Jaleela verloren haben. Andererseits glaube ich nicht, dass ich je in Worte fassen kann, wie dankbar ich bin, dass ich sie kennenlernen durfte. Dass ich von ihr inspiriert wurde. Und dass ich das Vorrecht habe, Teil ihres Vermächtnisses, ihres Traums zu sein. Und ich weiß, ohne dass ich nachzufragen brauche, dass dasselbe für Cassandra und Gaby gilt und auch für meine Katie.“

Cassandra und Gaby nickten.

„Sie alle, die Sie heute hier sind, verwirklichen Jaleelas Traum mit Ihren

Schmuckstücken, die das Werk Ihrer Hände und die Freude und Hingabe Ihres Herzens sind. Ich wollte Sie nur wissen lassen, dass Sie nicht alleine arbeiten. Mir scheint, der Traum wird größer und immer realer, noch während wir hier zusammen sind. Außer uns gibt es noch mehr Menschen, denen Sie am Herzen liegen und die an Sie denken. Katie hat nämlich per E-Mail jemandem in unserer Heimatstadt von Jaleela und Ihnen berichtet, und das haben sie Ihnen nun zu sagen." Sie nickte Katie zu.

Katie sah die Frauen lächelnd an, dann senkte sie den Blick auf das Blatt Papier. „‚Liebe Jaleela, Sie sind eine mutige Frau und Sie erinnern uns an die Macht des Glaubens und der Hoffnung, die daher kommt, dass man anderen demütig dient und sie liebt. Wir wünschen Ihnen und den anderen Südafrikanerinnen viel Erfolg bei all Ihren Unternehmungen. Wir möchten dazu beitragen, dass Sie Ihren Traum des Dienstes an anderen Menschen verwirklichen können, und hoffen, Sie akzeptieren unsere Zahlungszusage über dreitausend Dollar, die direkt nach Südafrika überwiesen werden, sobald Sie es anordnen. Beste Wünsche an Sie und an alle, die Ihnen nahestehen.'" Sie machte eine Pause. „‚Mit freundlichen Grüßen, Dr. Kevin Peterson, im Auftrag der Mitarbeiter der Notaufnahme des Lazarus-Krankenhauses.'"

Was für unübertreffliche Klänge, dachte Heidi – die Dankesrufe der Südafrikanerinnen. Das Jubelgeschrei und das Gelächter. Und die Lieder aus dem Mund der Frauen, die Gesänge, die anschwollen und sich miteinander vermischten.

„Jaleela wusste es doch schon immer. Sie wusste, dass das Geld irgendwie zu uns kommen würde. Sie hat nie aufgehört, daran zu glauben", sagte Katie wehmütig und sah den Frauen beim Feiern zu.

„Nein, das hat sie nicht." Heidi zog Katie eng an sich und genoss die pure Freude des Augenblicks.

„Und ich habe auch einen Glauben. Ich glaube, dass ich eines Tages nach Amerika komme", sagte Mighty mit einem Grinsen. „Ich werde dort als Notfallschwester arbeiten."

Nach allem, was sie letzte Woche mitbekommen hatte, zweifelte Heidi nicht daran. „Vergiss nicht – du bist bei uns jederzeit willkommen."

„Vielleicht stellt ihr mich diesem freundlichen Dr. Peterson mal vor?" Mightys Augen funkelten und glitzerten, und sie kicherte wie ein kleines Mädchen.

„Er ist ein bisschen zu alt für dich, Mighty. Aber er hat genau das passende Alter für eine andere Frau, die wir kennen – nicht wahr, Mama?", prustete Katie.

So albern es auch sein mochte, aber als Heidi seinen Namen in der E-Mail gelesen und sich an seine Einladung erinnert hatte, hatte ihr Herz wie verrückt angefangen zu holpern. Als sie jetzt seinen Namen hörte, wurde sie rot. Rasch wandte sie sich von Katie und Mighty ab, damit sie es nicht merkten. „Ach, ihr Mädchen!" Sie grinste und tat die Frage mit einer Handbewegung ab. „Könnt ihr immer nur an Männer denken?"

43

Gaby nahm einen geschnitzten Miniaturelefanten aus Mama Pennys Bücherregal und rieb mit dem Daumen über das glatte Holz.

Tumi hatten doch von allen Tieren auf der Safari die Elefanten am besten gefallen. Er hatte das Bild auf seinem Blatt Papier wieder und wieder eingekreist und sprach fortwährend davon, wie groß die Köpfe und Ohren dieser Tiere waren.

Ein wehmütiges Lächeln kräuselte ihre Lippen. Seufzend stellte sie das Schnitzwerk wieder ins Regal und sah sich in Mama Pennys bescheidenem Wohnzimmer um, in dem viele Dinge standen, die so interessant waren wie die Frau selbst. Ein Engelpaar auf einem Gemälde an der Wand schien jede ihrer Bewegungen zu beobachten und erinnerte sie an Jaleelas beide Engel Nomvula und Tumi.

Würde sie das jetzt immerzu machen? Würde sie alles, was sie berührte, und alles, was sie sah, ab jetzt an Jaleelas Kinder erinnern?

„Tut mir leid, dass Sie warten mussten." Mama Penny rauschte ins Zimmer und umarmte Gaby herzlich. „Es gibt immer viel zu tun, nicht?"

Mama Penny musste ihr nicht erzählen, dass sie außer ihren täglichen Aufgaben auch noch die Vorbereitungen für Jaleelas Beisetzung übernommen hatte, was eine Woche lang Besuche im Dorf und Verpflichtungen bedeutete. Ganz zu schweigen davon, dass die ältere Frau versprochen hatte, sich um Nomvula und Tumi zu kümmern, bis andere Vorkehrungen getroffen werden konnten.

„Sie haben immer sehr viel zu tun."

„Zum Glück hilft mir meine Enkelin Mpumi." Mama Penny zog ein weißes Tuch aus ihrer Rocktasche und wischte sich die Augenbrauen. „Sie hat Sie hereingelassen?"

„Ja. Sie ist so nett und sehr attraktiv, finde ich. Ihr Gesicht ist sehr ausdrucksstark, wie das ihrer Großmutter."

„Ich werde solche lieben Worte vermissen, wenn Sie weg sind", sagte Mama Penny lachend und steckte ihr Tuch wieder ein. „Sie sind gekommen, um sich zu verabschieden; habe ich recht?"

Gaby nickte. Ihre Traurigkeit fühlte sich bleischwer an. „In ein paar Stunden bringt Sipho uns zum Flughafen. Ich weiß überhaupt nicht, wie wir uns von ihm verabschieden sollen. Er war so wunderbar zu uns. Und wir beide haben ja schon gestern Abend auf Wiedersehen gesagt, aber ich konnte nicht abreisen, ohne noch einmal vorbeizukommen."

„Ich verstehe." Mama Penny sah sie wissend an. „Es sind die Kinder. Sie möchten den Kindern auf Wiedersehen sagen."

Natürlich wusste Mama Penny das. Immer schien sie alles zu wissen. Doch Gaby wollte es ihr trotzdem erklären. „Ich denke immerzu an sie. Ich kann nicht damit aufhören. Nicht wenn ich schlafe und nicht wenn ich wach bin. Ich sehe dauernd ihre Gesichter, ihr Lächeln. Ihre Tränen. Sie sind alles, woran ich denken kann."

Mama Penny drückte ihren Arm. „Dann werfen Sie einen Blick auf sie, schauen Sie ihnen ins Gesicht. Sie können sie anfassen und umarmen. Sie werden feststellen, dass sie ganz sind." Sie nickte Gaby ermutigend zu.

„Kommen Sie", gestikulierte sie. „Sie sitzen mit Mpumi draußen. Sie ist eben wieder zu ihnen gegangen."

Gaby folgte der Respekt einflößenden Frau einen schmalen, düsteren Flur entlang zum hinteren Teil des Hauses. Vielleicht hatte Mama Penny recht. Vielleicht könnte sie sich, wenn sie die Kinder sehen würde und wüsste, dass es ihnen gut geht, von ihren besitzergreifenden Gefühlen befreien.

Doch als der Flur sich zu einer von Tageslicht durchfluteten Küche öffnete und Gaby die Tür zur hinteren Veranda sah, wo die Kinder saßen, überkam sie ein mulmiges, dumpfes Gefühl.

Was machte sie da? Wie konnte sie sich wirklich von Nomvula und Tumi verabschieden? Vielleicht für immer? Wie konnte sie den hübschen dunkelhäutigen Kindern, die so sehr litten, den Rücken kehren? Den Kindern mit dem breiten Lächeln, das ihr so viel Freude gebracht hatte? Wie konnte sie sich wirklich von ihnen verabschieden und ihre süßen Gesichter womöglich nie wiedersehen, außer in ihren Träumen?

Der Gedanke zog ihr schier den Boden unter den Füßen fort, und sie musste sich am Küchenherd festhalten. „Nein, ich kann nicht."

Mama Penny blickte verwirrt drein.

„Ich kann ihnen nicht auf Wiedersehen sagen."

„Möchten Sie, dass ich ihnen Grüße ausrichte?"

Gaby schüttelte heftig den Kopf. „Nein. Ich meine, ich möchte mich überhaupt nicht verabschieden. Ich will sie nicht verlassen."

Mama Penny, der unerschöpfliche Quell an Mitgefühl, streichelte Gabys Wange. „Ich weiß, es ist schwierig, Kind. Ich weiß. Aber Sie haben einen Flieger gebucht, und der startet bald. Er bringt Sie heim zu Ihrem Tom. Zu Ihrer Familie. Und zu Ihrer wichtigen Arbeit. Zu allem, wozu Sie gehören."

„Sie verstehen mich nicht. Das hier ist doch jetzt auch etwas, wozu ich gehöre."

Es war keine bewusste Entscheidung gewesen. Es war nichts gewesen, das sie hier gesucht hätte. Es war einfach geschehen. Genau wie Heidi vor Jahren keinen Mann mit einer fünfjährigen Tochter gesucht hatte. Und wie Jaleela sich keine schwächende Krankheit erwählt hatte, die schließlich ihrem Traum und ihrer Hoffnung, anderen zu helfen, Bahn brechen würde.

Das Leben passierte einfach. Und mit himmlischer Hilfe erweiterte die Fähigkeit zu lieben und zu akzeptieren das Herz und verlieh der Seele mehr Tiefgang.

Oh Tom! In ihrem Herzen ging ihr schlagartig etwas auf. Das verstand er doch, oder?

Wie sehr wünschte sie sich, sie hätte von ihm gehört. Wie sehr wünschte sie sich, er hätte ihre E-Mail beantwortet. Doch vor allem wünschte sie sich, sie hätte vor langer Zeit auf ihn gehört, als er ahnte, dass sich schon alles fügen würde. Er hatte immer mehr Glauben gehabt als sie. Warum hatte sie so lange gebraucht, um sich zu öffnen und auch zu glauben? Warum hatte sie sich von Angst kaputtmachen und ihr Leben, ihre Ehe zerstören lassen?

„Mama Penny, ich möchte Nomvula und Tumi adoptieren." Sie stieß die Worte hastig hervor, doch sie kamen direkt aus ihrem Herzen.

Mama Penny schlug die Hände vor die Brust. „Wissen Sie, was Sie da sagen, Liebes?"

„Ja. Ich will sie adoptieren."

Es wäre perfekt, wenn Tom noch für sie da wäre. Wenn er noch immer eine Familie mit ihr haben wollte, wäre es das Allerbeste, und sie wünschte es sich von ganzem Herzen. Er war immer bereit gewesen, ein Kind zu adoptieren, ein kleines Mädchen oder einen kleinen Jungen, die dann zu ihm gehörten, das Kind im Arm zu halten, ihm seinen Namen zu geben. Das stand für ihn nie infrage.

Doch Gaby hatte ihn tief verletzt. Sie hatte all seine Liebe genommen und sie mit Füßen getreten. Sie weggeschoben, sie ihm ins Gesicht gedrückt. Es bestand durchaus die Möglichkeit, dass er das nicht würde vergeben können und dass er nicht über den Schmerz, den sie ihm bereitet hatte, hinwegsehen und neu beginnen könnte.

Doch selbst wenn er es nicht tat, wenn er ihr nicht vergab – wie konnte sie Jaleelas mutterlosen Kindern den Rücken zuwenden? Sie nahmen doch bereits einen so besonderen Platz in ihrem Herzen ein. Sie wollte sie unbedingt heilen und halten, sie immer lieben und für sie sorgen. Wenn Tom von ihrem Handeln zu sehr verletzt war, müsste sie ihre Zukunft selbst regeln. Oder? Wie Heidi und Jaleela und so viele andere tapfere alleinerziehende Mütter. Sie müsste einen Weg finden. Sie musste es einfach.

„Haben Sie verstanden, was ich gesagt habe?", fragte Gaby, als Mama Penny nicht antwortete.

Doch erneut antwortete Mama Penny nicht, sondern zog Gaby ganz eng an sich.

„Sie können mich nicht einfach umarmen und dann wegschicken. Sie müssen mir zuhören. Sonst weigere ich mich zu gehen. Ich werde einfach nicht gehen." Ihre Worte ertranken in Tränen, ihr Körper spannte sich in den Armen der Matriarchin an. „Ich kann nicht. Ich will sie doch so sehr. Ich will doch so sehr, dass sie lernen und eine gute Ausbildung bekommen und in ihrem Glauben stark werden. Ich würde nie zulassen, dass sie ihre Kultur, ihre Traditionen vergessen. Ich würde sie hierher zurückbringen, damit sie sich alles anschauen können. Und ich würde nie, niemals zulassen, dass sie ihre Mutter vergessen. Ehrlich nicht."

„Ach Gabriele." Mama Penny lachte leise. „Ich versuche doch gar nicht, Sie wegzuschicken. Nein, meine Liebe. Ich halte Sie fest, damit ich Ihnen ein Geheimnis verraten kann."

„Ein Geheimnis?"

„Es war Jaleelas Wunsch", sagte Mama Penny weich. „Ihr dringendster Wunsch auf dem Sterbebett. Ja, sie wollte, dass ihr Traum zum Leben erweckt wird. Aber Nomvula und Tumi waren ebenfalls ihr Traum. Ihr wertvollster Traum. Und sie wollte, dass sie unter Ihrer Obhut sind."

Gaby wehrte sich nicht länger gegen Mama Pennys Umarmung, sondern lehnte sich hinein und war dankbar dafür. Dass Jaleela gewünscht hatte, sie würde sich ihrer Kinder annehmen und sie lieben, beschämte sie so, dass ihre Knie beinahe nachgaben. Sie fasste sich wieder, richtete sich auf und trat einen Schritt zurück. „Sie wollte, dass ich ihre Kinder beschütze? Sind Sie sich sicher?"

Mama Penny schenkte ihr ein warmherziges Lächeln. „Die Kinder haben keine Blutsverwandten hier, aber in Ihnen sah Jaleela so etwas Ähnliches. Sie hat gesehen, wie zugewandt und freundlich Sie zu ihren Kindern waren. Sie erkannte in Ihnen auch eine Frau des Glaubens." Sie drückte ihre Schulter. „Jaleela wusste, Sie würden Nomvula und Tumi vieles beibringen und sie beschützen. Sie hatte keinen Zweifel, dass Sie sie sehr lieben würden."

Gaby zwinkerte, konnte sich ein Lächeln nicht verkneifen. „Wann wollten Sie es mir denn sagen?"

„Ich wollte es Ihnen nicht sagen. Das gehörte zu Jaleelas Wunsch. Sie sagte, Sie müssten kommen und mir Ihre Absicht mitteilen. Sie war sich sicher, dass Sie das tun würden."

„Und wenn nicht?"

Mama Penny zuckte die Achseln und grinste. „Das kam mir nicht in den Sinn. Sie kennen doch Jaleela – wenn sie sich etwas in den Kopf setzte, war sie sich auch sicher, dass es so sein sollte."

Das stimmte. Der Gedanke an die starke Südafrikanerin und ihren unerschütterlichen Glauben brachte Gaby zum Lächeln. Und sie wusste, dass es immer so sein würde.

Da sie die überfließende Freude nicht unterdrücken konnte – und wollte, wischte sie sich die Freudentränen von den Wangen. „Dann ist es also möglich? Ich kann sie adoptieren?"

„Ich kenne die richtigen Leute." Mama Penny zwinkerte ihr bestärkend zu. „Es dauert seine Zeit, bestimmt einige Monate, aber ich sorge dafür, dass es klappt. Erst mal müssen Sie nach Hause gehen und alles vorbereiten. Wir werden in Verbindung bleiben. Wir werden viel miteinander reden."

„Oh Mama Penny, danke. Von ganzem Herzen danke ich Ihnen."

Erneut umarmte Gaby die stämmige Frau mit dem großen Herzen, strich sich übers Haar, wischte sich die Spuren der Tränen unter den Augen fort und war bereit, Jaleelas Kindern gegenüberzutreten. Da überkam sie … eine Ruhe. Eine Gewissheit. Ein Gefühl von Frieden, wie sie es schon sehr lange nicht mehr kannte.

Das ist es also, Herr? Dahin führst du mich schon die ganze Zeit?

Als Gaby auf die hintere Veranda und in den Sonnenschein trat, erinnerte sie sich, wie kühn und stechend die Sonne bei ihrer Landung in Johannesburg geschienen hatte und wie leer sie sich gefühlt hatte, so anders als bei der Herzensfülle dieses Augenblicks.

Trotz alledem empfand sie den Anblick von Nomvula und Tumi, die sich teilnahmslos und leblos von Mpumi etwas vorlesen ließen, als schmerzlich. Mit einem Zweig stocherte Tumi unter einem blühenden Strauch im hinteren Teil von Mama Pennys grasbewachsenem, briefmarkengroßem Grundstück in der Erde vor sich hin. Nomvula saß auf der Erde, drehte eine rote Blüte dieses Strauchs in ihren Händen und starrte den scharlachroten Fleck an, der dabei entstand.

Ach, wie sehr litten sie gewiss unter dem Verlust ihrer Mutter, dieser ganz besonderen Frau, die alle so sehr gemocht hatten. Gaby konnte sich das nicht im Entferntesten vorstellen. Ihr Anblick weckte in ihr den Wunsch, sie fest an sich zu drücken und alles gutzumachen.

Gaby wusste, wenn Tom Jaleelas Kinder kennenlernen würde, würde das auch sein Wunsch sein. Er würde Nomvula und Tumi von der ersten Minute an akzeptieren. So toll und liebevoll war der Mann, den sie geheiratet hatte. Wenn er ihr nur vergeben könnte.

Und dann hätten die Kinder nicht nur eine Person, die sie bemuttern würde. Sie hätten auch einen Vater. Sie konnte bloß hoffen und beten, dass es zum Wohl der Kinder und auch zu ihrem und Toms Wohl so ausginge.

Voller Hoffnung wollte sie gerade einen Schritt auf sie – auf ihre und der Kinder Zukunft – zugehen.

„Gabriele."

Ihre Füße hielten abrupt inne. Ebenso ihr Herz. In Mama Pennys Stimme war etwas Unbequemes, Warnendes. Ein tiefer Tonfall, der zuvor nicht darin gewesen war. Gar nicht wie die Stimme der typischerweise ermutigenden, willensstarken Frau.

Gaby drehte sich um und forschte in der Miene der Frau. „Ja?"

Doch Mama Penny sah sie nicht an. Gaby folgte ihrer Blickrichtung und sah, dass der Blick der Älteren beharrlich auf den Kindern lag.

Anscheinend war sich die ungestüme, verspielte Sonne nicht im Geringsten der düsteren Stimmung von Nomvula und Tumi bewusst. Sie ließ ihre Strahlen auf ihren Köpfen tanzen, und die Spitzen von Nomvulas schokobraunem Haar glitzerten wie winzige zauberhafte Kristalle. Dann sprang der launische Sonnenschein auf Tumis Scheitel umher, funkelte und strähnte die Haare wie ein erfahrener Friseur. In tiefen Brauntönen. Mittelbraun. Angenehm fürs Auge.

Aber da war doch noch mehr zu sehen, oder? Bedrohliche feurig-goldene Schattierungen. Und Orange. Farben, die Gaby ängstigten.

„Ich habe gelogen", stieß Mama Penny hervor, und ihr brach die Stimme. „Ich habe sie angelogen. Jaleela."

Gabys Herz verkrampfte sich. „Was sagen Sie da? Sie wollte gar nicht, dass ich ihre Kinder zu mir nehme?" *Nach alldem? Nachdem ich schon so weit gekommen bin? Das darf doch nicht schon wieder passieren.*

Gaby packte Mama Pennys fleischigen Unterarm und versuchte, sie aus ihrer Trance zu rütteln. „Bitte reden Sie mit mir."

„Ich habe Jaleela angelogen", murmelte sie, den Blick weiterhin auf die Kinder geheftet. „Aber Sie kann ich nicht anlügen. Als ich Tumi auf HIV getestet habe, sagte ich, dass die Ergebnisse negativ waren. Ich musste es. Ich musste Jaleela das sagen." Eine Träne löste sich, ein seltener Anblick, und rann über ihre runde Wange. „Sie war meine Freundin. Sie war sterbenskrank. Der Krebs wuchs immer schlimmer weiter, und es gab keine Möglichkeit, sie zu retten. Ich konnte sie nicht dem Grab überlassen wie so viele andere, mit Sorge um ihren Sohn. Nein, ich wollte, dass sie an ihren Traum dachte. Wie er ihren Kindern helfen würde."

Mama Penny wandte den Blick schließlich von Nomvula und Tumi ab und sah sie mit tränennassen Augen an. „Ich habe meine Freundin angelogen. Ja, das habe ich. Ich habe ihr gesagt, ihre Kinder bräuchten bloß spezielle Vitamine. Nomvula sorgt dafür, dass sie sie nehmen – die echten Vitamine, die ich ihr gegeben habe und das antiretrovirale Medikament, das ich für Tumi abgefüllt habe." Sie ließ den Kopf hängen. „Ich habe Jaleela gesagt, dass sie sich keine Sorgen machen soll, dass es Tumi bestens geht."

Tumi war HIV-positiv.

Gaby hatte vorgegeben, es nicht zu bemerken. Sie hatte nicht daran denken oder danach fragen wollen. Doch hier war sie. Die Wahrheit. Endlich. Kein Rätselraten mehr.

Gaby stand in der gewaltigen Sonne, sah den Kindern von Weitem zu und ließ die furchtbare Erkenntnis in ihren Verstand und ihr Herz sinken. Und dann wartete sie. Dass die Furcht sie überkam. Dass die Angst sie lähmte oder fortrennen ließ. Weit, weit weg. Dahin, von wo sie gekommen war.

Doch so lange sie auch wartete, war doch alles, was sie beim Anblick der Kinder wahrnahm, ein Wogen. Ein Anschwellen von etwas, das sie nicht einmal benennen konnte, das sie ausfüllte und dafür sorgte, dass sie sich nicht wegduckte. Das dafür sorgte, dass sie unverrückbar dastehen und kühn sein und kämpfen wollte, das tun, was auch immer für Nomvula und Tumi nötig sein würde. Für ihr Wohlergehen und ihr Glück. Für die Ungerechtigkeit ihrer Vergangenheit. Für die Träume ihrer Zukunft.

Sie wollte sich mit derselben tiefsten Inbrunst für sie einsetzen wie für die namenlosen Babys, die sie unter ihrem Herzen getragen hatte. Sie wollte sie mit derselben Heftigkeit festhalten und beschützen, wie es nur eine Mutter – leiblich oder nicht – vermag.

Es machte nichts, dass sie diese Kinder nicht selbst zur Welt gebracht hatte. Es machte nichts, dass sie körperlich nicht unversehrt waren. Es kam einzig und allein auf das Gefühl an – das unbestreitbar starke Gefühl, dass sie für die beiden bis ans Ende der Erde gehen würde, ohne Frage, ohne jeden Zweifel.

„Nein, Sie haben Jaleela nicht angelogen", wandte sie sich an Mama Penny. „Tumi *wird* es gut gehen. Er bekommt die beste verfügbare Versorgung. Dafür werde ich sorgen. Nomvula auch, ganz gleich, was sie braucht. Sie wird immer gut versorgt sein. Das ist die Wahrheit. Ich werde immer für diese Kinder da sein, in jeder Hinsicht. Ich werde sie bedingungslos lieben … wie meine eigenen. Ich … ich …" Sie schluckte die Emotionen hinunter, die in ihr aufstiegen. „Ich liebe sie doch schon so. Ja, wirklich."

Mama Penny nahm ihre Hände, und in ihren Augen schimmerten Tränen. „Oh, Gabriele, Gabriele, Sie sind wirklich wie der Engel, den Nomvula sich erhofft hat. Die Kinder werden so gesegnet sein, wenn sie Sie als Beschützerin haben. Als ihre Mutter."

Gaby lächelte, und auch in ihren Augen schwammen Tränen. „Glauben Sie mir, sie werden nicht halb so gesegnet sein wie ich."

Daraufhin ging Gaby zu Nomvula und Tumi. Erst schienen sie zu gedankenverloren, um sie zu bemerken, doch dann sahen sie auf und waren überrascht und erfreut, sie zu sehen. Langsam und still kamen sie in ihre ausgebreiteten Arme. Sogleich barg Nomvula ihren Kopf an Gabys Hals.

„Gaby", sagte Tumi ernst, ohne Hallo zu sagen. „Wenn unsere Mama in ihr Zuhause im Himmel gegangen ist, wo wird denn dann unser Zuhause sein?"

Gaby bat mit ihrem Blick Mama Penny um Erlaubnis, ehrlich zu den Kindern zu sein. Die Matriarchin nickte, und Gaby war überglücklich, offen mit ihnen reden zu können. „Ich hätte gerne, dass euer Zuhause bei mir ist."

„Bei dir?" Tumis Augen wurden weit.

Nomvula hob ihren Kopf von Gabys Schulter. „Bei dir?"

„Es war der Wunsch eurer Mutter", erklärte Gaby. „Und mein Wunsch auch."

„Dann bleibst du hier?" Ein Hauch von Lächeln wagte sich auf Nomvulas Lippen.

„Nein, ich fahre nach Hause." Ihr missfiel es über alle Maßen, diesem lieben Mädchen das zu sagen. „Aber bald kommt ihr zu mir, und dann ist es auch dein Zuhause." Sie küsste Nomvulas Scheitel. „Und deins." Sie küsste Tumi auf die Wange.

Noch immer sahen die beiden sie skeptisch an. Wer konnte es ihnen verdenken? Sie hatten schon so viel Schlimmes erlebt, dass sich über die Weisheit in Nomvulas Augen ein Schatten von Zynismus gelegt hatte. Der Glanz, die Hoffnung in Tumis Blick wurden gedämpft, bekamen Zweifel.

Da Gaby keine Worte fand, griff sie in ihre Tasche und holte den zweiseitigen Reiseplan hervor. „Wisst ihr noch, wie wir Herzen gemacht haben?“, fragte sie, faltete jedes Blatt in der Mitte und riss aus jedem Blatt sorgfältig ein Herz aus. Sie hielt die Herzen hoch und trennte beide behutsam in zwei Teile.

„Nomvula.“ Sie gab dem Mädchen die Hälfte eines der Herzen. „Tumi.“ Auch ihm gab sie eine Hälfte. „Nehmt sie hoch und schaut mal, ob eure Hälften zu meinen passen.“

Als sie die Hälften ihrer Herzen an die passenden Gegenstücke hielten, sahen die Kinder sie neugierig an.

„Eins sollt ihr mir versprechen: Jeden Tag, den wir noch getrennt sind, müsst ihr euch eure Hälfte des Herzens ansehen und euch an diesen Tag erinnern. Daran, wie die Sonne schien. Daran, dass ich euch versprochen habe, dass wir wieder zusammen sein werden. Zweifelt nie, niemals daran; versteht ihr?“, sagte sie sehr ernst. „Nomvula? Tumi?“ Sie blickte zwischen den beiden hin und her.

Beide Kinder nickten feierlich und auf ihren Lippen bildete sich ein Lächeln, in ihren Augen glomm neue Hoffnung auf.

„Wenn wir wieder zusammen sind, fügen wir unsere Herzen aneinander“, versprach Gaby. „Und wir werden eine Familie sein.“

„Wann denn?“, fragte Nomvula mit ihrer süßen, leisen Stimme.

Gaby sah Mama Penny erwartungsvoll an.

„Bald.“ Mama Penny lächelte sie wohlwollend an. „Ich verspreche euch – bald.“

44

Heidi sah gerade lang genug von der Schnellstraße weg und zu Katie hinüber, um ihr ein Kompliment zu machen. „Jaleelas Schal passt gut zu deinem Haar. Toller Kontrast zu deiner Tönung."

„Echt?" Katie neigte den Kopf. Ihre Augen spiegelten ihre Zufriedenheit wider. „Danke."

Schon den ganzen Weg vom Flughafen hatte Heidi gedacht, wie hübsch Katie doch in dem einsetzenden rosa-gelben Sonnenuntergang und dem grünen Farbstreifen um ihren Hals aussah. Außerdem wirkte sie ganz frisch, selbst nach fast einem ganzen Tag Flug. Heidi dagegen hatte im Rückspiegel nur einen kurzen Blick auf ihr eigenes müdes Gesicht erhascht und sich sogleich vorgenommen, nicht wieder hinzusehen.

„Ich werde Gaby und Cassandra vermissen", sagte Heidi und lenkte den Wagen auf die Ausfahrt. „Aber es ist bestimmt schön, wieder in unseren eigenen Betten zu schlafen, oder?"

„Allerdings", stimmte Katie zu. „Außerdem sehen wir sie ja nächste Woche. Wir treffen uns in der Kirche und gehen dann zum Abendessen zu Cassandra, oder?"

„So ist es geplant."

Zuvor hatte Heidi gegenüber Katie erwähnt, dass sich die Rückkehr von Südafrika nach Ohio vielleicht ähnlich anfühlen würde, wie wenn die Astronauten nach der Ruhe des Weltalls wieder in die Erdatmosphäre eintreten. Doch Katie hatte sie umgehend belehrt, dass die Astronauten wahrscheinlich mehr Sorge hätten, dass ihr Raumfahrzeug beim Wiedereintritt verglüht oder nicht richtig auf die Atmosphäre trifft und irgendwo in die Weiten des Universums zurückgeschleudert wird.

Allerdings waren Katies Gedanken in diesem Augenblick nicht bei wissenschaftlichen Dingen, als sie sich Heidi zuwandte und wehmütig sagte: „Das war echt nett von ihm."

Heidi musste nicht lange raten, wen Katie damit meinte. Kevin Peterson war ihr in den Sinn gekommen, kaum dass sie von der Schnellstraße auf den Hawthorne Boulevard abgebogen war und am Ende der Straße das Lazarus-Krankenhaus erspäht hatte.

Sie nickte und sah Katie über den Rand ihrer Sonnenbrille hinweg an. „Ich habe dich noch gar nicht gefragt – woher hatte Kevin eigentlich die E-Mail-Adresse von Südafrika?"

„Tja." Katie kicherte. „Ich habe mich schon gefragt, ob du jemals mit dieser Frage ankommen würdest." Sie neigte den Kopf und sah leicht verlegen aus. „Na ja, ich habe ihn ein paar Wochen vor unserer Abreise an der Tankstelle gesehen."

Kevin hatte so etwas am Telefon erwähnt, aber irgendwie ergab das noch immer keinen Sinn. „Aber damals hattest du doch noch gar nicht die E-Mail-Adresse vom Hospiz. Wir hatten noch nicht einmal Gaby kennengelernt."

„So Detektivkram liegt dir wohl sehr, was?" Katie lächelte.

„Mütter bekommen reichlich Übung darin, glaub mir. Und?"

„An dem Tag", hob Katie zu einer Erklärung an, „hat er mir die üblichen Erwachsenenfragen gestellt. Du weißt schon, wie es mir geht und all das. Und dann hat er mich nach Plänen für die Osterferien gefragt."

„Und da hast du Südafrika erwähnt?" Sie setzte den Blinker nach rechts und tat so, als höre sie die Geschichte zum ersten Mal. Noch so eine Kleinigkeit, worin Mütter geübt sind.

„Ich weiß gar nicht, weshalb ich so losgeplappert habe. Ich habe ihm erzählt, dass ich gespannt bin auf den langen Flug, weil ich doch schwanger bin und so. Da hat er mir seine E-Mail-Adresse vom Krankenhaus gegeben, falls ich Fragen hätte. Und so …"

„Du hast ihm vor unserer Abreise eine E-Mail geschrieben?"

„Ich wollte ihn fragen, ob ich Vomex oder so etwas nehmen darf, und …"

„Da hast du ihm die E-Mail-Adresse von Südafrika gegeben."

„Genau", nickte Katie. „Er hat mir dorthin geschrieben und mich gefragt, wie der Flug war. Ach so, und natürlich hat er sich auch nach dir erkundigt."

„Er wollte bestimmt nur höflich sein“, erwiderte Heidi möglichst beiläufig, doch sie musste zugeben, dass sich ihr Gesicht bei dem Gedanken daran unfreiwillig erwärmte.

„Ich weiß nicht. Jetzt, wo ich darüber nachdenke … Er hat jedes Mal nach dir gefragt. Als ich ihn getroffen habe. Und als er gemailt hat.“ Katie drehte sich zu Heidi und wackelte mit ihren Augenbrauen. „Spüre ich da einen Hauch von Romantik in der Luft?“

„Romantik?“ Heidi nahm den Blick kurz von der Straße und sah ein zweites Mal zu Katie. „Na, da wagst du aber einen Riesensatz.“

Katie neckte sie zwar, dennoch hielt es Heidi für den passenden Augenblick, ihr zu erzählen, dass sie auch schon Kontakt mit Kevin gehabt hatte. „Aber, ähm, ich muss zugeben, dass Dr. Peterson mich vor der Reise angerufen hat.“

Statt weiterzuwackeln, hoben sich Katies Brauen nun in die Höhe. „Ja?“

„Er wollte mit mir ausgehen.“

„Ausgehen?“

„Ausgehen, ja. Glaub es oder lass es bleiben.“ Aus dem Augenwinkel versuchte sie, Katies Gesichtsausdruck zu deuten. Sah Katie froh aus über die Möglichkeit, dass ihre Mama und Kevin miteinander ausgingen? Oder besorgt? Katies Miene verriet nichts.

„Ich glaub's dir. Ich meine, schließlich hat er mich jedes Mal nach dir gefragt.“ Katie wurde nachdenklich. „Aber du bist doch noch nicht mit ihm ausgegangen, oder?“

Heidi schüttelte den Kopf.

„Warum nicht?“

„Aus vielerlei Gründen.“ Sie zuckte die Achseln.

„Ich zum Beispiel? Und das Baby?“ Zu ihrer Überraschung wirkte Katie plötzlich fast geknickt. „Im Ernst …“, sie hielt eine Hand hoch, als wolle sie einen Eid schwören, „… dies hier ist die neue Katie, die du gerade anschaust; du erinnerst dich? Ich will, dass du glücklich bist. Wirklich.“

„Es gab eine Menge Gründe.“ Heidi hielt inne und wog ihre Gefühle zur Abwechslung mehr ab als ihre Worte. „Vor allem passte der Zeitpunkt nicht."

„Ja? Also … passt er jetzt besser?"

Diese Frage hatte Heidi auch schon beschäftigt. Doch irgendwann auf dem Rückflug, hoch über dem Atlantik, hatte sie gemerkt, dass sie sich entschieden hatte. Sie wusste, was sie Kevin sagen würde.

Noch vor Wochen, bevor sie nach Südafrika aufgebrochen waren, hätte Heidi nicht gedacht, dass sie das wagen würde – als alleinerziehende Mutter, und in nicht allzu ferner Zukunft auch als Großmutter, wieder einen Mann in ihr Leben einzubeziehen. Doch so eifrig, wie sie versucht hatte, Katies Schwangerschaft geheim zu halten aus Sorge, von einigen Bekannten verurteilt zu werden, war es kein Wunder, dass sie keine Energie für irgendetwas anderes gehabt hatte.

Jetzt allerdings war sie bereit, sich mit dem zu beschäftigen, was ihr begegnen würde. Und sie war sich sicher, dass manches auf sie zukommen würde. Zukunfts- und andere Pläne blieben nie wohlgeordnet, so viel war sicher. Doch jetzt wusste sie, was Jaleela gemeint hatte, als sie in ihrer Küche gestanden und ihr Herz ausgeschüttet hatte. Sorgen abzuladen, sie Gott zu übergeben, schuf Raum für Liebe und Hoffnung. Und Leben.

„Ja. Jetzt passt es besser."

Katie strahlte, als hätte sie gerade ein tolles Geschenk bekommen. „Ist ja klasse. Mach aber nicht sofort etwas aus, wenn wir ankommen. Wir müssen erst einkaufen gehen. – Und sag jetzt bitte nicht, du willst deine Alltagsklamotten tragen, klar?"

„Mir ist überhaupt noch gar nicht in den Sinn gekommen, darüber nachzudenken, was ich anziehen soll. Und denk daran, es ist bloß eine Verabredung."

„Eben. Also müssen wir dir etwas ganz Besonderes aussuchen. Etwas Cooles."

Heidi lachte. Sie versuchte dem Drang zu widerstehen, zu weit in die Zukunft zu denken, doch sogar schon im Flugzeug hatte sie Tagträumen von einem Date mit Kevin Peterson nachgehangen. Sich ausgemalt, wohin sie gehen, worüber sie reden würden. Sich gefragt, ob er ihr einen Gutenachtkuss geben würde …

Als sie merkte, wie ihre Lippen vor Vorfreude zuckten, versuchte sie, ihre Gedanken und das Gespräch auf andere Themen zu lenken. „Hast du Mark sehr vermisst?"

„Ja." Katie nickte langsam, nachdenklich. „Aber es war gut, weg zu sein. Es war gut, neue Freunde kennenzulernen, wie Mighty und Dominic."

„Sie sind etwas ganz Besonderes, nicht?"

„Und wie. Außerdem hatte ich Zeit, über Sachen nachzudenken, und ich weiß nicht … ich glaube, Mark und ich sind eher Freunde als ein Pärchen." Sie seufzte und klang sehr müde für ihr Alter. „Ich glaube, darüber müssen wir uns mal unterhalten; das wird schwer. Er ist nämlich nett, und er hat Potenzial."

Wenn überhaupt jemand Potenzial in einem Menschen oder Dingen sehen konnte, dann Katie. Heidi lächelt. „Was denn für ein Potenzial?"

„Ach, keines, wofür ich ihn heiraten würde. Dafür bin ich noch zu jung, um mir das ausmalen zu können. Aber es ist echt schlimm, dass er nicht von seiner Mama oder seinem Papa unterstützt wird. Er kann nämlich unheimlich gut mit Holz umgehen und macht viel mit den Händen. Ich glaube wirklich, er mag den Duft von Holz lieber als meinen", sagte Katie, selbst überrascht von ihrer Erkenntnis.

Heidi lachte über das erstaunte Gesicht ihrer Tochter. „Trotz all der Kirschblütencremes und Körpersprays mit Orchideenduft, die wir immer kaufen?"

„Ja", kicherte Katie los. „Verrückt, was?"

„Schon lustig."

„Glaub mir, es stimmt", rief sie noch immer lachend. „Ich hoffe, er kann weiter im Holzhandel arbeiten. Das macht ihm richtig Spaß. Dort kriegt er Holzreste geschenkt, und einer der Inhaber lässt ihn auch ein paar Sägen benutzen. Er hat sogar schon einen Tisch für seine Mutter gemacht. Ist echt toll, wie er mit Holz umgehen kann."

„Wirklich?" Heidi staunte, dass Katie noch nie zuvor davon berichtet hatte. Allerdings hatte auch noch keine von ihnen je das Gespräch auf Mark gebracht.

„Vielleicht kann er bei uns im Haus auch ein paar Sachen bauen", schlug Heidi vor. „Ich weiß nicht, wo wir den Schmuck der Südafrikanerinnen unterbringen, aber vielleicht kann er uns ein paar Regale zimmern. Und du weißt ja, dass ich mir schon immer einen Waschtisch mit Spiegel gewünscht habe. So einen altmodischen, vor den man sich setzt. Glaubst du, er kann so etwas bauen?"

Katie sah sie mit einer Art amüsierter Verwunderung an. „Ich weiß, du bist die netteste Frau aller Zeiten, aber er kann nur eins nach dem anderen schaffen."

„He, aber ich bin längst nicht so nett wie du", konterte Heidi. „Ich war ja nicht diejenige, die Hazard zum Abschied den Kopf getätschelt hat. Dieser Hund hat mich bis zum Schluss zu Tode geängstigt."

Im Wagen ertönte ihr Lachen aus vollem Herzen. Heidi empfand es als Segen, dass die Erinnerungen an diese Reise sie ihr Leben lang begleiten würden.

Doch als sie von der Hauptstraße in ihr Wohngebiet abbogen, wandten auch ihre Gedanken sich nach innen. „Du weißt aber sehr wohl, dass wir Marks Mama davon erzählen müssen, nicht? Vom Baby?"

Als sie zu Katie hinübersah, erwartete sie eine missmutige Miene oder Worte des Protests. Stattdessen nickte Katie.

„Ich werde sie wissen lassen, dass sie keine finanziellen Verpflichtungen übernehmen muss", fuhr Heidi fort. „Darüber braucht sie sich also keine Sorgen zu machen. Es ist einfach nur richtig, dass sie es erfährt und …"

„Vielleicht wird sie durch ein Kind auch mal über etwas Fröhlicheres nachdenken können", warf Katie ein und zog sich den Schal um ihren Hals zurecht. „Jeder braucht doch etwas, worauf er hoffen kann. Worauf er seine Hoffnung setzen kann."

Auf diesen klugen Gedanken fiel Heidi keine Erwiderung ein. Sie konnte bloß ihre Tochter ansehen und daran denken, wie weit sie doch gereist waren. Und, oh ja, wie sehr sie gewachsen waren!

45

Der kräftige Taxifahrer trug ihre Koffer mit einer Leichtigkeit bis zur Tür ihrer Eigentumswohnung, als würden sie nicht mehr als ein paar Einkaufstüten wiegen. Was bedeutete, dass er wahrscheinlich auch ein kräftiges Trinkgeld erwartete.

Cassandra fühlte sich bereits jetzt ausgenommen wie eine Weihnachtsgans, seit sie das Dorf Mamelodi verlassen hatte. Aber das war nichts Neues.

Sie war nur bekümmert, dass sie den Ehering an seiner Hand bemerkt hatte und die Fotos seiner vier Kinder am Blendschutz vorne, wobei einer der Jungen in einem Rollstuhl kauerte. Aber sie hatte es bemerkt. Ungewöhnlich für sie, das musste sie zugeben.

Sie schlug noch mal zehn zu den bereits sehr großzügigen zwanzig Prozent Trinkgeld auf den Taxipreis und gab dem Fahrer die Scheine. Mit einer flinken Bewegung seiner Finger zählte er sie durch, und da er wohl gut rechnen konnte, verzog sich sein ganzes rundes Gesicht zu einem breiten Lächeln. „Wow. Vielen Dank, Ma'am. Soll ich Ihnen nicht doch die Koffer ganz hineintragen?"

„Nein. Das geht schon, danke", erwiderte sie und fragte sich, ob er dafür einen weiteren Fünfer erwartete.

Er trat mit gebeugtem Kopf einen Schritt zurück und blickte dankbar drein. „Na dann, noch mal danke. Und willkommen zu Hause", sagte er etwas schüchtern und stopfte sich das Geld in die Tasche seines riesigen Sweatshirts.

Cassandra zog das Gepäck über die Schwelle ihrer Wohnungstür. Es tat gut, nach der langen Reise wieder im eigenen Zuhause zu sein. Sie kam zunächst nur bis zur Küche, wo sie mit ihren Koffern stehen blieb, die Kameratasche von ihren Schultern zog und ihre Handtasche auf der Kochinsel abstellte.

Die Küche war lang, rechteckig und fast dreimal so groß wie die vollgestopfte Küchenzeile in Südafrika. Mit den kirschroten Schränken und den blütenweißen Bodenfliesen war sie auch zeitgemäßer und luxuriöser.

Oder zumindest hatte sie sich einst so angefühlt.

Cassandra verschränkte die Arme vor ihrem kakifarbenen Blazer, ließ den Blick durch den Raum schweifen und runzelte etwas verwirrt die Stirn. Lag es nur daran, dass sie eine Weile weg gewesen war, dass ihr der Raum so farblos und leer vorkam?

Was würden Gaby, Heidi und Katie denken, wenn sie nächste Woche zum Abendessen kämen? Würden sie es hier auch kahl finden?

Andererseits – warum in aller Welt sollte sie sich darum scheren, was sie dachten? War es nicht schon genug, dass sie für ihre Zusammenkunft zum Andenken an Jaleela die Gastgeberin spielte? Reichte es nicht, dass sie sie zur Chefin in diesem Unternehmen ernannt hatten, seit Jaleela ihr das Armband vermacht hatte?

Und jetzt sollte sie auch noch für sie umdekorieren?

Doch als sie sich erneut ausgiebig in ihrer Wohnung umsah, fiel ihr auf, dass sie durchaus eine Auffrischung vertragen konnte. Wie zum Beispiel ein Panoramafoto über den drei langen Fenstern neben dem Küchentisch. Ihre Aufnahme vom Sonnenblumenfeld würde perfekt hierherpassen, oder? Und auch andere Fotos, die sie aufgenommen hatte, würden dem Zimmer guttun. Wie das der Südafrikanerin mit dem leuchtend orangen Tuch, die am Straßenrand grün gestreifte Wassermelonen verkauft hatte. Oder das Foto vom Eisverkäufer auf dem himmelblauen Fahrrad mit der kalten Box auf dem Rücken, in der das Eis am Stiel und im Hörnchen kühl gehalten wurde.

Und natürlich wäre die Ausschmückung nicht vollständig ohne den neuen Kerl in ihrem Leben, der am Kühlschrank hängen würde.

Als sie vor dem Abflug noch einmal bei Mrs Olomi gewesen war, war sie mit der Absicht dorthin gegangen, ein Bild von Daniel zu machen. Doch die anderen Kinder hatten sich um sie geschart und lautstark Fotos von sich gefordert, kaum dass sie die Kamera hervorgeholt hatte. Alle außer ihm. Ein freundliches kleines Mädchen hatte Daniel jedoch am Arm genommen und zu der Gruppe geführt. Cassandra hatte es geschafft, ihm ein – wenn auch sehr schwaches – Lächeln für die Kamera zu entlocken. Nur dass sie sein Lächeln nicht für die Kamera gebraucht hatte. Sondern für sich.

Als sie jetzt darüber nachdachte, waren – abgesehen von Jaleelas Armband – die Foto- und Videoaufnahmen für ihre bestimmt provozierend wirkende Reportage die einzigen greifbaren Andenken von der Reise. Sie hatte das Gemälde aus dem Kunstladen in Johannesburg nicht, wie geplant, gekauft. Das Geld, das sie für das Kunstwerk veranschlagt hatte, hatte sie stattdessen als Startkapital für Jaleelas Existenzgründungsinventar zurückgelegt. Doch als das Geld von den Mitarbeitern der Notaufnahme am Lazarus-Krankenhaus auftauchte, hatte sie einen anderen Verwendungszweck für die Mittel gefunden: Sie hatte das Geld Mrs Olomi gegeben und der netten Südafrikanerin versprochen, die Kinder durch einen vierteljährlichen Scheck zu unterstützen. Sie musste es tun, wollte sie je wieder Schlaf finden.

Sie wusste bloß, dass ein Gewissen es schaffte, einen nachts wach zu halten. Sie hatte immer viel besser schlafen können, als sie noch keins gehabt hatte.

Sie zog ihren Blazer aus, faltete ihn in der Mitte und legte ihn auf die Arbeitsplatte. Dann schlüpfte sie aus den Schuhen und befreite ihre geschwollenen Füße aus ihrem modischen Gefängnis. Sie fühlte sich wie ausgetrocknet von dem Flug und holte sich eine Flasche Evian aus dem Edelstahlkühlschrank. Als sie die Tür schloss, klimperten die blauen Perlen an Jaleelas Armband vernehmlich an den Metallrahmen.

Ach Jaleela, du lässt wohl nicht locker, was?

Bevor Jaleela am Abend ihrer Schlafanzugparty eingeschlummert war, hatte sie sich von Cassandra versprechen lassen, dass diese einen ganz bestimmten Anruf tätigen würde. Damals war ihr das wie die schlechteste Idee auf Erden vorgekommen, und auch jetzt noch fand sie sie nicht toll. Doch Cassandra wollte Jaleela die Bitte erfüllen. Dann hätte sie es hinter sich. Sie sollte es einfach erledigen, wenn sie je in ihrem Leben noch mal auf einen friedlichen Augenblick hoffen wollte. Sonst würde sie immerzu Jaleela soufflieren hören. Würde immer den Eindruck haben, sie würde ihr über die Schulter schauen, bis sie sich der unerledigten Sache annähme, wie sie es versprochen hatte.

Nachdem sie reichlich vom kühlen Wasser zu sich genommen hatte, stellte Cassandra die Flasche auf die Arbeitsplatte und drehte sich zu ihrem Telefon. Sie gab die Ziffern ein und versuchte nicht bewusst daran zu denken, was sie da tat.

„Welche Stadt in welchem Bundesstaat, bitte?"

„P...Plaines", stammelte Cassandra. „Indiana." Schon allein den Namen des Ortes auszusprechen, brachte sie aus dem Gleichgewicht und verlieh ihr ein Gefühl, als schwebe sie außerhalb ihrer selbst. Diese Empfindung gefiel ihr gar nicht.

„Wie heißt der Teilnehmer?"

„Miles. Trudi. Ach so, nein. Wahrscheinlich sind sie unter Bobby angemeldet. Robert."

„Einen Augenblick bitte. Der Anschluss lautet ..."

Bildete sie es sich ein? Schien Jaleelas Armband fröhlich zu klingeln, als sie weitere Ziffern ins Telefon tippte? Oder zitterte sie bloß?

„Hallo?" Aus unerklärlichen Gründen überraschte sie Trudis Stimme.

„Hallo? Trudi?" Plötzlich wurde sie kurzatmig. „Hier ist ..."

„Cassie?"

Cassandra versuchte, nicht über ihren Spitznamen zusammenzuzucken. „Hast du mich an der Stimme erkannt?"

„Nein, Dummerchen. Rufnummernanzeige!"

„Ach so. Klar." Cassandra lächelte zögerlich. Sie fühlte sich irgendwie erleichtert. Trudi war also nicht so von ihr besessen, wie sie ursprünglich vermutet hatte.

„Das ist ja was. Ich fasse es nicht!" Sie spürte regelrecht, wie ihre Freundin aus Kindertagen ins Telefon grinste. Doch selbst damals schon war Trudi ein freundliches, geselliges Kind gewesen. „Du bist es wirklich, was?"

„Ja, ich bin es."

Oder *war* sie es gewesen? Cassandra war sich gar nicht mehr so sicher. Jaleela hatte behauptet, Gott wirke in ihr. Cassandra hatte bereits etwas wahrgenommen und musste es glauben. Sie sehnte sich nach der Gelassenheit, die Jaleela offenbar gehabt hatte. Jaleela hatte gesagt, sie brauchte bloß aufzuhören zu kämpfen. Ihn zu bekämpfen. Anfangen, ihn aufzunehmen. Cassandra hatte versprochen, dass sie es versuchen würde.

Da Jaleela nicht nur eine geistliche Frau war, sondern auch eine wissende, realistische, hatte sie Cassandra den Gedanken mitgegeben, ihren Frieden mit der Vergangenheit zu machen. Dazu hatte Cassandra der Südafrikanerin ihr Wort gegeben.

Ich habe sie angerufen, wie Sie es wollten, Jaleela. Mit dem Telefon noch am Ohr sah Cassandra zur Decke hinauf. *Das soll mal bloß gut ausgehen!*

Schließlich war sie nie jemand gewesen, die je zuvor ein Versprechen einer Freundin gegenüber gehalten hatte. Auch das war neu an ihr.

46

Gaby stand auf der schattigen Schwelle ihrer Haustür, während die goldene Sonne gemächlich am Himmel über Cantebury Court unterging.

Endlich war sie wieder zu Hause!

Allein der Gedanke ließ ihren Atem stocken.

Ach, wenn sie doch nicht so nervös wäre, wieder da zu sein. Wenn sie doch nur wüsste, was sie erwartete.

Sie hielt ihr Ohr an die weiß gestrichene Tür und lauschte, ob von drinnen Geräusche zu hören waren. Ein laufender Fernseher vielleicht? Schlurfende Schritte? Jemand am Telefon? Es hätte ihr Mut gemacht zu wissen, dass Tom da war.

Doch sie konnte nichts vernehmen. Nichts bis auf den dumpfen Schmerz, der in ihren Schläfen pochte. Nichts bis auf das unregelmäßige Klopfen ihres Herzens.

Ihre Hand zitterte, als sie den Hausschlüssel aus ihrer Jeanstasche zog und versuchte, ihn ins Schloss zu fummeln.

Wie dumm war ihr Wunsch gewesen, Tom möge sie am Flughafen abholen. Sie hatte ihm nicht einmal einen Flugplan dagelassen, oder? Doch wie eine Schülerin, die danach schmachtet, dass ein ganz bestimmter Junge ganz zufällig an ihrem Spind vorbeischlendert, hoffte Gaby, dass ihr Mann sie hier erwartete.

Sie hatte in der Wartehalle alle Menschengruppen nach ihm abgesucht. Jedes Mal, wenn sie um eine Ecke gebogen oder mit einer Rolltreppe gefahren war, hatte sie nach ihm Ausschau gehalten, auf die andere Seite gespäht und gehofft, er würde herbeieilen. Ein Dutzend Mal hatte sie auf ihrem Handy nachgesehen, ob sie vielleicht seinen Anruf verpasst hatte, eine Nachricht, dass er unterwegs zum Flughafen war oder hier bereits nach ihr suchte.

Sie wünschte sich sehnlichst, sein Gesicht zu sehen – genau so, wie sie es auf dem langen Heimflug in all ihren Träumen gesehen hatte. Tom, Nomvula, Tumi und sich selbst. In ihren Träumen war sie immer an einem glücklichen Ort gewesen, wo sich alles vollkommen richtig anfühlt hatte, wo sie vier beisammen waren.

Doch Tom war nicht am Flughafen gewesen, und es sah ganz so aus, als wäre er auch nicht zu Hause. Wenn der Westie-Welpe aus der Nachbarschaft nicht gejault hätte, hätte sie gar keinen Willkommensgruß erhalten. Aber was erwartete sie denn auch? Sie ruckelte mit dem Schlüssel, bis sie ihn endlich herumdrehen konnte. Als sie vor ihrer Abreise nach Südafrika die Tür hinter sich verschlossen hatte, hatte sie geahnt, dass ihr Leben nicht mehr dasselbe sein würde. Und jetzt wusste sie, dass es stimmte.

Als sie die Haustür öffnete, mussten sich ihre Augen erst an das Dämmerlicht gewöhnen; dann beförderte sie ihre Koffer über die Schwelle in den Eingangsbereich. Dabei zog ihr der Duft von etwas in die Nase … Spaghettisoße?

Mit einem Hoffnungsschimmer blieb sie stehen. Doch dann fiel ihr ein, dass es durchaus möglich war, dass ihre Mutter gekommen war, um ein selbst gekochtes Essen à la Rosalie O'Malley auf den Tisch zu zaubern, wenn Gaby nach Hause kam. Und wo Spaghetti und Fleischbällchen waren, da durften auch frischer Salat und Knoblauchbrot nicht fehlen.

Gaby wünschte, sie hätte Hunger, doch die Mischung aus schmerzhafter Traurigkeit und nervöser Unsicherheit hatte keinen Platz für Appetit gelassen. Doch sie konnte das Essen immer noch beiseitestellen und für später aufheben. Gaby ließ ihre Koffer im Wohnzimmer stehen und kam sich auf dem Weg zur Küche wie eine Fremde in ihrem eigenen Haus vor.

Sie dachte, es wäre der frühlingshafte Sonnenuntergang, der die Küche in ein warmes Gelb tauchte. Doch als sie um die Ecke kam, entdeckte sie, dass es nicht die untergehende Sonne war.

Es waren Kerzen. Überall brennende Kerzen.

Verwirrt blieb sie stehen. Kerzen in Kerzenständern aus Zinn schimmerten auf dem Küchentisch zwischen zwei Platztellern aus Porzellan und glänzendem Besteck. In der Mitte der Kochinsel standen Kerzen neben einer Vase voller Frühlingsblumen. Kerzen leuchteten sogar von dem Wandschränkchen ihrer Großmutter herab. Mit ihrem Strahlen erzeugten sie um sich herum ein besonderes Leuchten.

Ihre Mutter würde niemals Kerzen in der Küche brennen lassen. Es musste Tom sein. Ganz bestimmt. Hatte er sich bei der Gemeinde erkundigt, wann ihr Flieger gelandet war? Hatte er gewusst, wann sie kommen würde? Oder hatte er das alles – bei diesem Gedanken sank ihr Mut plötzlich – für jemand anderes vorbereitet?

Plötzlich kamen Geräusche aus dem Bad – ein laufender Wasserhahn, der wieder ausgestellt wurde. Sie stand wie erstarrt da, lauschte auf die Schritte, die über den Teppich liefen, den Flur entlang und schließlich in die Küche kamen. „Tom!"

Erschrocken blieb er stehen. „Ich habe dich gar nicht kommen hören."

„Du musst wohl … Du warst im Bad", stellte sie überflüssigerweise fest.

Eine gefühlte Ewigkeit lang standen die beiden wie reglos da und starrten einander im flackernden Kerzenschein an. Ach, wie hatte sie sich danach gesehnt, ihn zu berühren. Er ähnelte weder Beckham noch sonst einem Spitzensportler, mit denen Katie ihn hatte vergleichen wollen. Nein, er sah so viel besser aus. Er sah einfach wie ihr Tom aus. Mit seiner breiten, starken Brust, an die sie sich so viele Jahre gekuschelt hatte. Mit seinen strahlend blauen, bejahenden Augen, die auf den Grund ihrer Seele geblickt … und sie trotzdem geliebt hatten. Und den zarten, wissenden Lippen, deren Gefühl sie vermisst hatte. So sehr.

„Tom, ich …" Sie zögerte ratlos. Es gab so vieles, was sie sagen, fragen, wissen wollte. Sie hatte sich diese erste Begegnung so oft vorgestellt, aber jetzt wusste sie nicht, wo sie anfangen sollte. Sie war verlegen und ängstlich.

„Hast du Hunger?", fragte er. „Ich dachte, nach der langen Reise … Darum habe ich …"

„Das hast du alles für mich gemacht?"

„Für wen denn sonst?" Tom steckte eine Hand in die Tasche seiner Jeans und betrachtete sie vorsichtig.

„Ich weiß nicht. Ich dachte bloß, als du meine E-Mail nicht beantwortet …" Sie zuckte die Achseln und wollte den Rest nicht aussprechen.

„Welche E-Mail?"

„Die ich dir von Südafrika geschickt habe."

„Ach so." Tom rieb sich den Nacken und hielt den Blick auf den Boden gesenkt. „Ich, ähm … ich habe die Woche sozusagen freigemacht." Er sah sie an. „War oben in Papas Hütte. Ich hatte eine Menge nachzudenken."

„Ja? Du warst die ganze Woche nicht hier?" Wie viele Stunden war sie so angespannt gewesen, so sicher, das er ihre E-Mail gelesen, aber keine Liebe übrig hatte, um ihr zu antworten.

„Nein." Er zog seine Hand aus der Tasche und deutete mit dem Kinn auf den Tisch. „Ich dachte, wir reden über alles – über uns – beim Essen."

„Oh!" Sie lächelte vorsichtig; beim Gedanken daran, was er zu sagen hatte, geriet ihr Magen in Aufruhr. „Ich sage es sehr ungern, aber mir ist etwas flau im Magen, und ich kann jetzt noch nichts essen."

„Ja, das verstehe ich gut." Er lächelte mit zusammengepressten Lippen.

„Also“ – er hielt die Lehne des Stuhles, der vor ihm stand, fest –, „was stand denn in deiner E-Mail?“

„Da stand, na ja, ich …“ Sie drehte ihren Ehering und versuchte, ihre Nerven zu beruhigen. „Ich wollte wissen, ob du mir je vergeben kannst. Da stand, dass sich die Dinge geändert haben. Aber das stimmt so nicht. Nein, denn ich bin diejenige, die sich verändert hat. Durch diese Reise und durch die Menschen, die ich kennengelernt habe.“ Da sie nun einmal angefangen hatte zu reden, konnte sie gar nicht mehr aufhören. „Die Reise hat mir die Augen und auch das Herz geöffnet. Und da stand, dass ich dich liebe; denn das stimmt, Tom. Ich liebe dich.“

Ihre Worte fanden ihren Widerhall in der Stille; Tom sah sie unverwandt an. Die Flammen der Kerzen auf dem Küchentisch tänzelten fröhlich, trotz ihres Unbehagens, während sie auf seine Antwort wartete.

„Du hast dich verändert?“ Neugierig sah er sie an.

Sie richtete sich gerade auf, reckte ihr Kinn vor und sah ihn ohne zu blinzeln an. „Ja. Ja, das habe ich.“

„Hm, tja, ich hoffe, nicht allzu sehr“, sagte Tom und verblüffte sie damit so sehr, dass sie sich kaum rühren, kaum atmen konnte.

Sagte er da, was sie dachte – was sie hoffte?

„Denn die ganze Zeit da in der Hütte“, – seine Mundwinkel verzogen sich zu einem leichten Lächeln –, „konnte ich nur daran denken, dass es immer nur dich gab. Das habe ich dir vor ein paar Wochen im Mancusi's gesagt, weißt du noch? Ich habe nie eine andere gewollt. Das hat sich nicht geändert.“

Erleichterung durchströmte ihren Körper, vom Herzen bis in die Zehenspitzen. In ihren Augen schwammen die Tränen. Sie wusste nicht, wer den ersten Schritt gemacht hatte, aber plötzlich waren sie zusammen. Endlich gab es keinen Abstand mehr zwischen ihnen. In der Umarmung ihres Mannes klammerte Gaby sich mit aller Macht an ihn. Sie wusste, sie wollte niemals loslassen.

„Ich liebe dich, Gaby. Für immer.“

Ein vertrauter Glücksschauer überkam sie, als sie sein Versprechen hörte. „Ach Tom, ich war doch so schrecklich“, entschuldigte sie sich.

Seine Lippen fanden ihre, und er küsste sie erst zart, dann schließlich innig, womit er alles zurückforderte, was sie je verbunden hatte.

Gaby hatte sich nie so geliebt gefühlt wie in diesem Augenblick, als sie losgesprochen wurde von allem, was je zwischen ihnen gestanden hatte. Tom sah ihr fest in die Augen, strich ihr eine Haarsträhne aus dem Gesicht, und sie wurde sich gewahr, wie sehr sie seine zärtlichen Berührungen vermisst hatte. „Aber es ging dir doch schlecht, Gaby. Ist schon in Ordnung."

„Aber dir doch auch, und durch mich noch schlechter."

„Ja, na ja …" Er lächelte sie an. „Zufälligerweise bin ich stark. Ich kann das aushalten." Frotzelnd spannte er seine Armmuskeln an, wodurch seine Umarmung nur noch fester wurde. Gaby kicherte.

Grinsend sagte sie: „Ich will dich nie verlieren. In guten wie in schlechten Zeiten. Ich will nie etwas davon vergessen, weil es uns ausmacht. Und es wird nie ein anderes ‚Wir' geben, weißt du."

Tom lachte und beugte sich hinab, um ihre Lippen zu küssen. „Und nur, um das festzuhalten: Du brauchst dir keine Sorgen zu machen. Wir brauchen uns auch nie wieder über eine Adoption zu unterhalten. Das verspreche ich."

„Oh." Gaby löste sich etwas aus seiner Umarmung und war plötzlich ein bisschen verlegen. „Na ja, irgendwie schon. Wir müssen uns sehr wohl darüber unterhalten."

Verblüfft starrte er sie an.

„Es ist, ähm, eine längere Geschichte. Eigentlich eine sehr lange Geschichte. Aber ich glaube, das Ende wird dir gefallen", sagte sie und war erfüllt von liebevollen Gedanken an Nomvula und Tumi. „Mir jedenfalls gefällt es."

„Solange die Geschichte mit dir beginnt." Er zog sie wieder in seine Arme.

„Du meinst mit uns, oder?"

„Richtig. Mit uns."

Wie lange sie sich im Schein der Kerzen küssten, wusste sie nicht. Sie wusste bloß, dass es ihnen schwerfiel, sich wieder voneinander zu lösen, obwohl sie noch genug Zeit – den Rest ihres Lebens – für das Nahesein hatten. Es fühlte sich zu gut – zu richtig – an, einander im Arm zu halten. Es musste schon viel zu lange her sein, dass sie das getan hatten und für alles dankbar gewesen waren, was ihnen Segensreiches geschenkt worden war, vor allem das Geschenk, einander zu haben.

Als Tom ihr einen Küchenstuhl anbot und sie sich setzte, beugte er sich vor und berührte mit seinen Lippen ihren Hals. Seine Stimme hatte nie so gut geklungen wie jetzt, als er ihr ins Ohr flüsterte: „Ich bin froh, dass du wieder da bist, Gaby. Willkommen zu Hause."

Epilog

Ein paar Tage vor Weihnachten
Port Columbus International Airport

Tom drückte Gabys Hand.

Sie waren so nah es ging an die ankommenden Passagiere von Flug Nr. 1044 herangetreten, doch am liebsten wären sie noch näher dran gewesen. Erst wenn sie Nomvula und Tumi in den Armen hielten – dann, erst dann, würde es nah genug sein.

„Jetzt sind sie schon fast hier, Süße." Tom führte ihre Hand an seine Lippen und küsste sie, während die Passagiere auf sie zukamen.

„Siehst du sie?" Ihre Wangen kribbelten, und sie konnte ein Lächeln nicht verbergen, als sie sich auf die Zehenspitzen stellte und versuchte, an den Leuten vorbeizuschauen, die vor ihr standen.

Im Flughafen herrschte Weihnachtsstimmung. Überall hingen Kränze mit purpurroten Schleifen und grüner Reisig, Glöckchen bimmelten, und es war belebter als sonst. Gaby zählte schon nicht mehr mit, wie oft ihr die Tränen gekommen waren, als sie beobachtete, wie sich Menschen mit ihren Lieben vereinten und Verliebte sich vor Freude umarmten, dass sie die Feiertage miteinander verbringen konnten.

„Nein, noch nicht. Aber sie werden jede Minute hier sein." Tom wandte sich zu Gaby und lächelte sie an. „Jede Minute", wiederholte er, und sie wusste genau, was er meinte.

Nach so vielen Monaten, in denen sie nur die Fotos von Nomvula und Tumi betrachten konnten. Nach Wochen, in denen sie nicht einmal mit ihnen telefonieren konnten. Nach allem Beten und Hoffen, dass den Adoptionsanträgen stattgegeben würde. Nach einer gefühlten Ewigkeit brachte Mama Penny Nomvula und Tumi zu ihnen. Endlich.

Gaby wusste nicht, wie oft sie in den letzten Tagen in die Zimmer gegangen war, die sie für die Kinder hergerichtet hatte, Kissen aufgeschüttelt hatte, die schon aufgeschüttelt waren, Decken geglättet hatte, die keine Falten zeigten. Sie hatte auch Tom dabei ertappt, vor allem in den letzten vierundzwanzig Stunden. Plötzlich war er verschwunden gewesen, und sie hatte ihn in der Garage entdeckt, wo er noch einmal die Reifen der Fahrräder überprüfte, die der Weihnachtsmann den Kindern bringen würde.

Noch bevor sie am Morgen das Haus verlassen hatten, hatten sie sich beide noch einmal vor die selbst gemachten Strümpfe gestellt, die am Kaminsims hingen, und sie glattgezogen, damit man die darauf gestickten Namen Nomvula und Tumi gut lesen konnte.

„Oh Mann, ich kann es kaum glauben", murmelte Tom jetzt und spähte über die Menge.

„Was?" Gaby stand wieder auf Zehenspitzen und versuchte erneut, über den einen oder anderen Kopf zu schauen, jedoch ohne Erfolg. „Kannst du sie nicht sehen?" Ihre Brust schnürte sich zusammen, doch einen Augenblick später lachte Tom in sich hinein. Es war ein tiefer, seelenvoller Klang, der direkt aus seinem Herzen zu kommen schien.

„Doch, ich sehe sie. Ich sehe sie wirklich. Tumi ist viel größer, als ich dachte." Tom klang schon wie ein stolzer Vater. „Und Nomvula ist so …"

Gaby hörte die Emotionen in seiner Stimme, die rau wurde, weil er so fasziniert war von den Kindern. „Sie ist so hübsch, nicht wahr? Nomvula ist hübsch, genau wie Jaleela."

Im nächsten Moment schien die Menge zur Seite zu weichen, sodass Gaby sie endlich auch sehen konnte. Nomvula und Tumi hielten sich an den Händen, liefen ganz langsam und hatten die Augen vor gespannter Erwartung weit aufgerissen. Mama Penny war direkt hinter ihnen und wirkte erleichtert, den langen Flug hinter sich zu haben.

„Nomvula! Tumi!", rief Gaby und winkte. „Mama Penny! Hier drüben."

Die Gesichter der Kinder hellten sich auf, als sie sie in der Menge erkannten. Sie war gespannt gewesen, wie die beiden reagieren würden, wenn sie Tom und sie sahen. Darüber brauchte sie sich jetzt keine Sorgen mehr zu machen. Lachend rannten Nomvula und Tumi auf sie zu.

Tränen strömten über Gabys Wangen, während sie ihre Arme für die hübschen Kinder öffnete. Auch Toms Augen schimmerten, als sich die vier endlich wie eine Familie umarmten.

Doch da Tumi keiner war, der länger als eine Minute still sein konnte, wand er sich aus ihren Armen und sah Tom und sie neugierig an. „Du bist jetzt mein Papa? Und du meine Mama?"

„Ja, mein kleiner Sohn." Toms Kiefer zitterte. „Wir sind deine stolzen Eltern."

„Und auch Nomvulas Papa und Mama?"

„Und auch Nomvulas stolze Eltern."

„Dann sind wir eine Familie?" Tumi sah sie beide an, und Gaby dachte daran, dass sie das jungenhafte Glimmen in seinen kastanienbraunen Augen nie vergessen würde.

„Ja, wir sind jetzt eine Familie", antworteten Gaby und Tom.

Erneut umarmten sie sich. Gaby war so unendlich dankbar, dass ihnen allen dieses Glück nicht verwehrt worden war. *Und alles deinetwegen, Herr. Danke, dass du mir geholfen hast, meine Angst zu überwinden, dass du meine Ehe geheilt und uns hierhergeführt hast. Deinetwegen und nur deinetwegen, Herr, sind unsere Herzen heute so voll.*

„Und wir haben noch mehr Familie, die ihr bald kennenlernen werdet", sagte Gaby, als sie Mama Penny umarmte und küsste und ihr zutiefst für alles dankte, was sie getan hatte, um sie zueinanderzubringen.

Sie fuhren miteinander die Rolltreppe hoch. Nomvula und Tumi machten den Eindruck, dass sie sich auf noch mehr Verwandte freuten. Doch die Menge an Menschen, die sie erwartete, schien ihre Erwartungen zu übertreffen.

Ihre Augen wurden größer, ihr Lächeln breiter, als sie die vielen Leute sahen, die zu ihrer Begrüßung gekommen waren. Gabys und Toms Väter waren da, die den Kindern großväterlich zuwinkten. Die beiden Großmütter, die den Kindern Handküsse zuwarfen und sich mit der anderen Hand die Tränen abwischten. Onkel und Tanten klatschten und lächelten übers ganze Gesicht. Cousins und Cousinen aller Altersgruppen hielten Ballons und Schilder in der Hand, riefen wieder und wieder ihre Namen und bejubelten ihre Ankunft. Und dann waren da noch andere Menschen, die Nomvula und Tumi bereits kannten – Katie, Heidi und Cassandra. Aber selbst für Gaby waren neue Gesichter dabei, wie Katies süßes Baby und Kevin Peterson.

Nomvula zerquetschte fast Gabys Hand und wirkte von dem Anblick total eingeschüchtert. „Das ist ja wie Zauberei. Das fühlt sich schon wie zu Hause an."

„Ja, ich liebe diese Familie", rief Tumi und richtete seinen Blick auf seine Cousins, vor allem auf den gleichaltrigen Mikey.

Als sie oben ankamen und sich alle Nomvula und Tumi vorstellten, lachte Mama Penny auf die ihr eigene herzliche Art. „Ach, ich bin mir sicher, Jaleela singt heute mit den Engeln", sagte sie. „Ich weiß, dass sie glücklich ist."

„Wir sind auch glücklich, und ohne Sie hätten wir das nicht geschafft." Tom bedankte sich bei der südafrikanischen Matriarchin. „Weihnachten ist in diesem Jahr etwas früher, was, meine hübsche Frau?" Er packte Gaby um die Hüfte und küsste ihre Wange.

„Das stimmt", nickte Gaby und sah zu, wie sich die Kinder, denen sie ihr Herz geschenkt hatte, unter die geliebten Verwandten und Freunde mischten.

Dieses Weihnachten hatte ihnen sehr wertvolle Geschenke gebracht, die sie ihr Leben lang glücklich machen würden.

Christa Parrish

Reise ans Licht

336 Seiten, gebunden
ISBN 978-3-7655-1182-0

Ein kleines Mädchen, erst wenige Stunden alt, wird gerade noch rechtzeitig gefunden – in einer Plastiktüte am Ufer des Flusses. Von der Mutter fehlt jede Spur. Ihr Retter, der Polizist Benjamin Patil, übernimmt die Ermittlungen. Benjamin und seine Frau Abbi, selbst kinderlos, nehmen als Pflegeeltern das Mädchen bei sich auf.

Doch das neugeborene Kind reißt bei Abbi alte Wunden auf und bringt ihren gewohnten Alltag gehörig durcheinander. Gleichzeitig öffnet es ihr die Augen für die Situation ihres Mannes, der schwer traumatisiert von einem Afghanistaneinsatz zurückgekehrt ist. Benjamin hofft, dass das Kind ihn von seinen düsteren Gedanken abbringt. Beiden ist bewusst, dass sie sich innerlich weit voneinander entfernt haben.

Ist die gemeinsame Sorge um das Mädchen eine Chance für beide, das sie wieder zueinander finden?

BRUNNEN VERLAG GIESSEN
www.brunnen-verlag.de